茅盾研究
八十年書系

錢振綱・鍾桂松◎主編

丁爾綱◎著

44

茅盾評傳(中)

花木蘭文化出版社

國家圖書館出版品預行編目資料

茅盾評傳（中）／丁爾綱 著 — 初版 — 新北市：花木蘭文化
出版社，2014〔民103〕
目 2+222 面；19×26 公分
（茅盾研究八十年書系：第 44 冊）
ISBN：978-986-322-734-2（精裝）
1. 沈德鴻 2. 傳記 3. 文學評論
820.908   103010565

中國茅盾研究會《茅盾研究八十年書系》編委會

主　編：錢振綱 鍾桂松

副主編：許建輝 王中忱 李　玲

特邀顧問：

邵伯周 孫中田 莊鍾慶 丁爾綱 萬樹玉 李　岫

王嘉良 李廣德 翟德耀 李庶長 高利克 唐金海

ISBN-978-986-322-734-2

9 789863 227342

茅盾研究八十年書系
第四四冊   ISBN：978-986-322-734-2

茅盾評傳（中）

本書據重慶出版社 1998 年 10 月版重印

作　　者　丁爾綱
主　　編　錢振綱　鍾桂松
總 編 輯　杜潔祥
副總編輯　楊嘉樂
編　　輯　許郁翎
出　　版　花木蘭文化出版社
社　　長　高小娟
聯絡地址　235 新北市中和區中安街七二號十三樓
　　　　　電話：02-2923-1455／傳真：02-2923-1452
網　　址　http://www.huamulan.tw 信箱 hml 810518@gmail.com
印　　刷　普羅文化出版廣告事業
初　　版　2014 年 7 月
定　　價　60 冊（精裝）新台幣 120,000 元

茅盾評傳(中)

丁爾綱　著

目次

第六章　左聯中堅（1930～1937）

第一節　和魯迅一起引導左翼文藝運動

　　茅盾回國後，因通緝令尚未解除，他的行動仍需隱蔽。景雲里住得太久，不宜再住。1930 年 5 月中旬，先遷往公共租界靜安寺東。因房租太貴，7 月中旬又遷愚園路口慶雲里。〔註1〕茅盾仍用方保宗這個化名。母親爲給兒子節省開支，獨自返回烏鎮居住。自此，茅盾每年至少返里省親一次，每次十天半月不等。他充分利用這機會了解鄉情，擴大生活積累。

　　這時表叔盧鑑泉正在上海任交通銀行董事長，寓所常聚集經濟界、政界、軍界等各方人士。茅盾每週至少去一次。再加上他二叔、三叔、四叔均在上海各大銀行任職。茅盾借此把觸角伸向上海各個階層，借以把握當今中國社會和上海十里洋場的脈搏。

一

　　茅盾稍作觀察，就感到他關於中國革命的記憶與眼前的黑暗現實之間，存在難以接受的反差。這感受在一年後所寫的短篇《喜劇》〔註2〕中，折光成一個獨特的視角：青年華是左派國民黨員，五年前因散傳單被北洋軍閥政府逮捕下獄。奇怪的是，拖到 1930 年他才被放出。由於一直與世隔絕，五年前他固有的政治觀念與出獄後面對的現實處境發生嚴重錯位：他看到張掛的青

〔註 1〕據韋韜 1995 年 5 月 22 日函稱：此寓所應爲「慶雲里」。《我走過的道路》單行本誤爲「樹德里」。《茅盾全集》收入此書時已經勘誤訂正。
〔註 2〕《喜劇》是爲支持丁玲主編的《北斗》而作，刊於《北斗》創刊號，1931 年。

天白日旗，意識到革命已經成功，因而心情激動；但老百姓卻把這國旗看作掩蓋國民黨反動本質的一種飾物。他亮出自己為革命坐牢五年是黨國有功之臣的身份；老百姓卻因他是反動當局的同黨，避之惟恐不及。最後他找到熟人，才知道所謂「黨國」已經變質。於是他重新找到自己的位置：改變政見，與當局同流合污；和他的「黨」同樣，華也轉化為自身的反面了！

茅盾奮鬥數載，參與創造的大革命高潮的美好現實，被「四一二」反革命政變徹底粉碎。這兩種現實，曾形成難以承受的巨大反差。赴日本後這心態略有緩解。他驅散了幻滅情緒，恢復了革命激情與信心。回國前，他對白色恐怖的現狀本來有一定的思想準備。但回國後面對的黑暗與血腥鎮壓，不僅超出所料，而且比「四一二」時有增無減。這再次形成他難以忍受的反差，產生了十分荒誕的感覺。巨大的反差使他獲得一個獨特的視角；荒誕的現實啓發他從中提煉出《喜劇》所採取的荒誕小說的藝術形式。這獨特的視角是他抒發回國後形成的憤懣情緒的渠道，也使他能創造出鞭撻黑暗的獨特藝術形式。這時茅盾已開始探索在白色恐怖下從事創作，什麼是趁手的藝術武器。而《喜劇》則開中國荒誕小說之先河。

茅盾當然不會像華那樣去同流合污。正相反，他要積極參與戰鬥，以改變此黑暗現實。他所能做的也只有兩點：一邊創作；一邊投身左翼文藝運動與其他力所能及的政治鬥爭。其中最重要的，當然是和魯迅密切配合，引導與推動革命運動與左翼文藝運動。

黨中央制止了「革命文學」論爭及攻擊魯迅、茅盾等革命作家的那種極「左」傾向之後，一面幫助這些同志認識錯誤，一面加強與魯迅及其他左翼作家的聯繫，盡力消除分歧，增進團結。1929 年上半年，黨派馮雪峰擔任黨聯繫魯迅的工作。由於馮雪峰尊敬愛護魯迅，很快得到魯迅的信任，並建立起友誼。下半年，中共中央派中宣部幹事兼文化工作委員會書記潘漢年著手籌建中國左翼作家聯盟。經過一段時間的準備，他派馮雪峰去徵求魯迅的意見，並請魯迅領銜參與發起。魯迅給予了熱烈的支持。他還出席了最後一次籌委會。1930 年 3 月 2 日召開了左聯成立大會，選舉了以魯迅為首的七人執委會。魯迅講了話。這就是經馮雪峰整理發表的《對於左翼作家聯盟的意見》。講話批評了當時文藝隊伍中存在的「左」傾，並指出了其危險性。但盟員中頗有些思想較「左」的黨員不尊重魯迅及其意見。在立三路線影響下，左聯要求盟員參加遊行與飛行集會，刷標語散傳單，到工廠宣傳鼓動，對文

學工作倒嚴重忽視。對這些活動，魯迅頗不以爲然，也不去參加。故茅盾回國拜訪他時，魯迅隻字未提左聯。倒是通過柔石介紹認識孔德沚，並暫時借住他們家的馮雪峰，與茅盾一見如故，是他最早向茅盾介紹了左聯的大概的情況。

4月下旬，馮乃超通過楊賢江的介紹，來拜訪在楊家暫住的茅盾，並邀他加入左聯。茅盾見左聯的綱領有些規定很「左」，對盟員要求也過高，就說：「我還不夠資格。」這綱領的起草者就是馮乃超。他解釋說：這只是奮鬥目標。只要同意即可。茅盾難再推辭，就加入了。4月下旬，他參加了一次「以實際行動迎接『五一』」的動員大會。馮乃超在政治報告中，「分析了當時的階級鬥爭形勢，說明革命高潮快要到來。」要求文學家「加入這艱苦的行動中去，即使把文學家的工作地位拋去，也是毫不足惜的。」茅盾和魯迅同樣不贊成對「革命」與「文學」之關係的這種理解與擺法，也就沒有參加這類活動。盟員中對此頗有議論。馮雪峰以茅盾年紀大了爲理由代爲解釋。左聯的這類過「左」行動，付出了慘痛代價。如：「五一」參與遊行的左聯成員，被捕去三分之一。鄭振鐸、葉聖陶都被關在左聯大門之外。郁達夫是魯迅介紹的，才勉強得以加入。但這年11月，左聯以他不願參加這些盲動主義的活動爲藉口，又把他開除。根據中央要求，馮雪峰動員魯迅參加了自由運動大同盟。如果魯迅被通緝，不得不離家出走。李立三還要魯迅發表聲明支持立三路線。魯迅說：「這對中國有什麼好處？那樣我在中國就住不下去。只好到外國當寓公，在中國我還能打一槍兩槍。」〔註3〕這一切引起馮雪峰的深思。從此他自己開始接受教訓，並勸說其他領導人，不再勉強魯迅以及茅盾去做這些會引起無謂犧牲的事。

1930年8月瞿秋白夫婦由蘇聯回國，茅盾夫婦去拜訪，獲悉沈澤民夫婦也馬上要回國，當然都非常高興！沈澤民1926年隨劉少奇赴蘇聯開會後，留在莫斯科中山大學學習。他是被共產國際派回國參與糾正立三路線錯誤的頭批黨員之一。沈澤民這次回國，帶回了《共產國際給中共中央關於立三路線問題的信》。他和瞿秋白一起出席了9月24～28日召開的中共中央六屆三中全會。在瞿秋白與周恩來主持下，會議批判了立三路線。此後中央工作由瞿秋白、周恩來主持。沈澤民在會上當選爲中央委員。此後，他又參與中宣部的領導工作。茅盾從他們這兒及時了解了三中全會精神。他又把母親接到上海，一

〔註 3〕轉引自馮雪峰：《談有關魯迅的一些事情》，《雪峰文集》第4卷，第496頁。

家人團聚了一次，共享天倫之樂。1931 年 4 月底，沈澤民被調往鄂豫皖蘇區任書記。張琴秋和他同行。誰知兄弟倆這次分手，竟會成爲永訣！

從 1930 年秋開始，茅盾眼疾、胃病、神經衰弱一齊發作，醫生囑他不要看書，少用眼多休息。他就利用這時間勤跑盧公館，跟同鄉故舊中那些工廠主、銀行家、商人、公債投機者來往，進一步深入生活，積累素材。這時他已開始醞釀、構思《子夜》了。

不過這時他著手寫的作品，卻是歷史題材的短篇。因爲這時正面抨擊現實，受制太多。茅盾就想繞開，先試試以古喻今的路子：既改換題材，又可探索新形式。繼「五四」之後，30 年代歷史題材創作出現了第二次高峰。魯迅的《故事新編》開創了一個路子：取一點因由，生發開去，鋪成一篇；並應用了把當代生活摻進歷史描寫中起諷刺作用的魯迅自稱爲「油滑」的藝術手法。既以今人眼光燭照古事，又借古人軀殼寫今人靈魂。魯迅的這類作品，已達爐火純青境界。新感覺派的施蟄存、穆時英等開創了另一個路子：讓今人披上古人服裝，骨子裡卻充盈著作家那具當代性的主體意識。再加上郭沫若的歷史劇寫法，共形成三種不同的歷史題材創作的類型。此時茅盾該作何抉擇？

茅盾 1937 年寫道：「魯迅先生以他特有的銳利的觀察，戰鬥的熱情，和創作的藝術，非但『沒有將古人寫得更死』，而且將古代和現代錯綜交融，成爲一而二，二而一。」「我們勉強能學到的，也還只有他的用現代眼光去解釋古事這一面，而他的更深一層的用心，——借古事的軀殼來激發現代人之所應憎與應愛，乃將古代和現代錯綜交融，則我們雖然理會，能吟味，卻未能學而幾及。」〔註 4〕其實茅盾業已「幾及」，此話實際上是自謙之詞。茅盾的獨創處在於，用歷史唯物主義與階級分析方法「爬羅剔抉，顯幽闡微」，以昇華史識。在發掘到的古今相似或相近的社會現實變化規律的「接合」部，奠定了使筆下的古人古事既合乎歷史眞實，又具時代取向、現實針對性的生活基礎。例如《豹子頭林沖》〔註5〕既取材於《水滸》故事，又有新的開掘：茅盾賦予林沖農家子出身，既具農民忍耐安分的性格，也具其原始的反抗性，使他和「三代將門之後，五侯楊令公之孫」楊志及其貴族意識，形成對照：

〔註 4〕《宋雲彬著〈玄武門之變〉序》，《茅盾全集》第 21 卷，第 283 頁。
〔註 5〕寫於 1930 年 8 月 10 日，初刊於《小說月報》第 21 卷第 8 號，1930 年 8 月，收《茅盾全集》第 8 卷。

他們都曾有「邊廷上一刀一槍替朝廷出力」的「耿耿孤忠」，都受迫害身處逆境，但楊志矢志不悔；林沖卻由此看透：「什麼朝廷」，還不是「一伙吮哂老百姓血液的魔鬼！」這就較《水滸》更本質地揭示出因「逼」激發出反抗意識而「上梁山」的動因；通過楊志、林沖的性格對比，展現出兩條不同的人生道路。茅盾的《石碣》和《大澤鄉》〔註6〕也採用與此近似的描寫視角，闡發同類主題，揭示農民逐漸覺醒，走上反抗道路的心靈歷程。從這個意義上講，這三篇歷史題材的小說，上通在日本寫的《泥濘》；下通《農村三部曲》，是共同展示出茅盾寫中國農民命運的作品的幾個重要環節。

　　茅盾的歷史題材小說所寫，古即是古，而並非今；他追求的是歷史真實與藝術真實的統一。借古喻今的意義，是在古今接合部、交叉點處展示出來。歷史氛圍描寫也力求真實。這就區別於魯迅的「油滑」筆法與新感覺派今人著古裝以展現今人主體意識這兩種不同類型的寫法。茅盾是按革命現實主義原則開闢古今通衢的；故能別樹一幟。

　　不同的時代在不同時代的文學中有不同的要求與體現。「五四」文學的主導思想取向是個性主義。30 年代左翼文學的主導思想取向是集體主義與群體意識。茅盾寫歷史題材只是試筆。出於他反映時代要求的自覺，面對白色恐怖，根據左聯服務現實、參與政治鬥爭的取向，茅盾只能在生活準備不足情況下倉促上陣，去描繪現實。這就是 1930 年 11 月始作，次年 2 月 8 日續成的中篇《路》，和 1931 年 6 至 11 月寫成的《三人行》。〔註7〕

　　茅盾雖上過中學，教過上海大學，但對 1930 年頃的大學風潮與中學生的人生道路抉擇，缺乏直接的生活體驗。當時正處「左聯五烈士」被害前後，〔註8〕有必要指引青年尋求正確的人生道路。《路》寫從 1930 年「五一」節開始的某大學學生反抗反動當局鎮壓學潮的兩個鬥爭回合，體現出「中國青年是嚇不倒的，他們苦心探求自己的出路與革命道路」。〔註9〕茅盾把暫時處在

〔註6〕分別初刊於《小說月報》第 21 卷第 9、10 號，均見《茅盾全集》第 8 卷。《大澤鄉》本是寫陳勝吳廣起義的長篇的一部分，限於條件，長篇未能寫成，取部分題材寫成《大澤鄉》。

〔註7〕《路》1932 年 6 月由上海光華書局初版；《三人行》先連載於《中學生》雜誌第 16 至 20 期，1931 年 6、9、10、11、12 月，同年 12 月由開明書店初版。

〔註8〕1931 年 1 月 17 日至 21 日，反動當局捕革命者 23 人，其中包括左聯黨員作家李偉森、柔石、殷夫、胡也頻、馮鏗。2 月 7 日他們被秘密殺害，史稱「左聯五烈士。」

〔註9〕《路》法文版序，《茅盾序跋集》，第 203 頁。

中間狀態的主人公火薪傳置於黨領導下的左派學生與反動當局控制的右派學生之間經受種種考驗，使之克服其自身的懷疑主義、虛無主義傾向，通過對比思考，他放棄了中間道路，走上革命的正路。所以《路》實際上是對比描寫了三條不同青年的不同人生道路的一組「三人行」。

借戀愛線索陪襯人物的革命追求的描寫，是茅盾早期創作的一大特徵，但《路》異於《蝕》，卻承接著《虹》。當時的評論家賀玉波就著文指出：「《蝕》中的人物對於革命與戀愛同時感到幻滅」；《路》「對於戀愛感到幻滅；而對於革命則否。」這證明茅盾擺脫了「頹廢與感傷的情調」，「思想確已走上了比較積極而正確的路。」〔註10〕不過限於生活積累不足，使校園生活與地下黨的活動的描寫，氛圍欠濃，且略帶朦朧虛幻與神秘色彩。這影響了對人物性格發展與內心世界的深入開掘。

《三人行》寫的是中學生人生道路的三種不同選擇；也具人物性格與人生道路的對比性。鑑於所寫的人物年齡小，《三人行》並未鋪繪出其活動的時代背景，遂使人物的人生道路取向，欠充分社會內涵，陷於人物個性的單純勾勒。性格發展與人物行為，有的也欠統一性。較之《路》，《三人行》有更嚴重的概念化傾向，基本上是個敗筆。

《路》和《三人行》突破了此前的茅盾小說的結構框架，開創了三種類型人物對比性描寫的「鼎」式藝術結構。但兩書的布局卻不相同，各有各的長處。

茅盾後來總結兩作失敗的教訓道：「徒有革命的立場而缺乏鬥爭的生活，不能有成功的作品。」〔註11〕但我「這幾年來沒有被自己最初鑄定的形式所套住。」「一個已經發表過若干作品的作家的困難問題也就是怎樣使自己不至於沾滯在自己鑄成的既定的模型中。」〔註12〕

這裡我想涉及一個較少被涉及，也無圓滿答案的問題：茅盾一向反對公式化概念化傾向，為何此時他卻在《路》、《三人行》的創作中犯此創作大忌？我想原因有三：一、他回國後對革命出路認識得更加清楚，他懷有以新創作糾正《蝕》留下的消極幻滅印象的功利目的。二、在左聯「左」的文藝思想氛圍中，他也懷有革命的功利目的。關於這一點，1936年他曾說：「有若

〔註10〕 《茅盾的〈路〉》，《茅盾論》，光華書局，1933年版，第270頁。
〔註11〕 《茅盾選集·自序》，《茅盾論創作》，第20頁。
〔註12〕 《我的回顧》，《茅盾全集》第19卷，第409頁。

干部分是不盡了然的，並且還有頗爲生疏的，然而我亦大膽寫了。」「在前進意識的文藝作品的產量和非前進的乃至有毒的文藝作品的產品尚是一與二之比的現在，即使是犯了公式主義錯誤的作品，也比完全沒有好。敵人殺過來的時候，沒有機關槍來擋禦」，終不能「連標槍也不用罷？」〔註13〕三、當時把文藝當宣傳工具的思想影響很普遍。茅盾藝高人膽大。他自恃其藝術經驗能彌補生活積累不足的缺陷。但實踐證明：此路不通。因爲藝術規律是不可抗拒的。這些經驗教訓，當然有助於茅盾今後的創作。所以後來在《子夜》的寫作中，當他面臨同樣問題時，他曾努力作了很多彌補生活積累不足的工作。

三

　　1930 年 11 月，蔣介石調動 10 萬大軍對江西中央蘇區進行了第一次「圍剿」。同時，在國統區展開文化「圍剿」。12 月公布了《出版法》，對革命的進步的書刊嚴加限制或查禁。1931 年 1 月又逮捕了大批革命文化工作者秘密處決。其中就包括「左聯五烈士」。據茅盾回憶：這使左聯的陣容「非常零落。人數從九十多降到十二。公開的刊物完全沒有了。但是因爲動搖分子投機分子的脫退，左聯的內部比較整齊，開始了新階段的工作。那時最先籌備的，是發行（秘密）機關刊物《前哨》。第一期就是被害五作家的紀念號。」「從第二期起，改名《文學導報》」，「注重於揭露當時國民黨的『民族主義文學』的眞面目，反對封建文學，討論文學大眾化。」〔註14〕在這關鍵時刻，黨於1931 年 2 月調馮雪峰任左聯黨團書記。他始終注意充分發揮魯迅、茅盾的核心與引導作用。在他們合編的《前哨》上，發表了茅盾參與研究起草的《中國左翼作家聯盟爲國民黨屠殺大批革命作家宣言》與《爲國民黨屠殺同志致各國革命文學和文化團體及一切爲人類進步而工作的著作家思想家書》。這時茅盾已開始醞釀寫《子夜》並起草寫作大綱。

　　1931 年 5 月，鑑於鬥爭形勢嚴峻，急需加強左聯的領導力量。馮雪峰堅請茅盾出任左聯行政書記。茅盾義無反顧，毅然放下《子夜》的創作準備工作，挺身而出，挑起重擔。他首次任書記，一直幹到 10 月。因《子夜》構思成熟，他就請求辭職，以便專心寫作，但只獲准請長假，仍需參與領導核心

〔註13〕《想到什麼就寫什麼》，《茅盾全集》第 21 卷，第 126 頁。
〔註14〕茅盾：《關於「左聯」》，《左聯回憶錄》上冊，第 150 頁。

的重大決策。1933 年 2 月因工作需要，他再次出任左聯行政書記，到 10 月份因病辭職獲准。茅盾感到「左聯自始就有一個毛病」，即「作爲『政黨』似的辦」。〔註15〕他任職時雖無力補天，但他盡可能地予以補救：如突出文學工作特點，開拓刊物陣地，加強創作與理論批評等等。

從 1931 年 1 月中共六屆四中全會開始，王明控制了中央，開始了第三次「左」傾路線。瞿秋白被從中央排擠出去。茅盾與魯迅、馮雪峰抓住這個機會，請瞿秋白參與左聯領導工作。瞿秋白在黨內威信高。他努力做那些不尊重魯迅的黨員的工作，使魯迅能發揮眞正的領導核心作用，形成左聯領導力量最強的時期。這時茅盾通過瞿秋白向中共中央提出了恢復黨籍的要求。但王明控制的中央不予答覆！瞿秋白撫慰茅盾：像魯迅那樣，發揮黨外布爾什維克的作用也是很好的。茅盾毫不介意。他一如既往，在領導工作中，對黨組織仍舊非常尊重。他先後兩次任行政書記，和這兩任的黨團書記馮雪峰、陽翰笙的合作親密無間，配合默契。陽翰笙回憶道：「我印象最深的是他在政治上對黨的忠誠和尊重，他把黨的事業當作自己的事業」，雖失掉了組織關係，「總是以黨員的標準要求自己。」「我是二十多歲的青年，他已經是三十多歲很有名的作家了，『左聯』工作他是領導」，但他「民主作風很好」，經常「跟我商量事情，徵求意見。」「黨團決定的有些問題」，需經他提交左聯執委會討論，他總是「滿腔熱情，而且認眞負責。」這都反映了茅盾對黨的態度。〔註16〕

擔任了領導工作，茅盾就不能像從前那麼超脫。但他注意糾正左聯的盲動主義行爲，與關門主義作風。他特別注意團結有影響的文壇宿將與培養扶持新生力量的工作。這一切使茅盾形成強大的凝聚力，從而發展了左聯的組織，擴大了統一戰線，加強了整體的戰鬥力。

四

像當年以理論建設引導「五四」新潮流那樣，茅盾很注意左聯的理論導向。鑑於 1930 年 8 月左聯決議《無產階級文學運動新的情勢及我們的任務》的制定受立三路線影響，存在『左』的傾向，現在批判了立三路線，就有必要重作決議。於是茅盾積極參與討論，由馮雪峰起草，經 1931 年 11 月左聯執

〔註15〕茅盾：《關於「左聯」》，《左聯回憶錄》上冊，第 149 頁。
〔註16〕《時過子夜燈猶明》，《憶茅公》，第 24 頁。

委會討論，通過了新決議：《中國無產階級革命文學的新任務》。茅盾晚年評價說：「這個決議分析了形勢，明確了任務，並就文藝大眾化問題、創作問題、理論鬥爭與批評等問題，提出了自己的主張，特別是一反過去忽視創作的傾向，強調了創作問題的重要性，就題材、方法、形式等方面作了詳細的論述。」這「是『左聯』成立以後第一個既有理論又有實際內容的文件，它是對於1930年8月那個左傾決議的反撥，它提出了一些根本原則，指導了『左聯』後來相當長一段時期的活動」。決議也有「『左』的流毒」，但它的總方向總精神「基本上是正確的，符合當時的歷史條件的。」「它標誌著一個舊階段的結束和一個新階段的開始。」〔註17〕

由於形成了以魯迅為旗幟，有瞿秋白、茅盾、馮雪峰參加的堅強領導核心，又作出這個決議作為指導，就出現了一個「奇特的現象」：「在王明左傾路線在全黨佔統治的情況下，以上海為中心的左翼文藝運動，卻高舉了馬列主義的旗幟，在日益嚴重的白色恐怖下，開闢了無產階級革命文學的道路，並且取得了輝煌的成就。」〔註18〕

然而當時左翼文藝運動面臨著一個帶根本性質的矛盾。從實際看，當時中國革命的性質，仍是中國共產黨領導的新民主主義革命。這就應該結成廣泛的統一戰線，但「決議」和茅盾所寫的文章，都受當時王明提出的極「左」的政治口號「現階段革命的性質是無產階級階級爭取政權」，並誇大「反資產階級鬥爭的意義」等錯誤思想的影響，左聯所提出的要求，就是「政治上絕對服從無產階級領導，思想上必須是馬克思主義的」和「唯物辯證法」的。這對黨員作家是可以的，對黨外左翼的或進步的文藝工作者提這種要求，就過高過「左」。這是左聯未能徹底克服其關門主義以至宗派主義錯誤的思想根源，也是此後進行的文藝思想批判中有時混淆兩類不同性質矛盾的原因。後來左聯引導文藝運動，開展諸如文藝大眾化討論等活動當中，內部存在許多分歧意見，都和這個總根源有密切關係。這和茅盾本時期指導文藝運動的幾篇大文章的基調存在片面性以至誤認誤斷，也有直接關係：可見人是不能完全脫離環境的影響的。

茅盾接受了瞿秋白提出的系統總結「五四」以來文藝運動經驗教訓的建議，也考慮到糾正過去左聯忽視文學創作的傾向的必要性，先後寫了五篇長

〔註17〕　《我走過的道路》（中），第86～87頁。
〔註18〕　《我走過的道路》（中），第87頁。

文:《「五四」運動的檢討》、《關於「創作」》、《中國蘇維埃革命與普羅文學之建議》、《「五四」與民族革命文學》、《我們必須創造的文學作品》。〔註 19〕

這些文章集中談了三個大問題。首先是對「五四」運動的總結。茅盾指出,所謂「五四」運動,包括了「從火燒趙家樓的前二三年」到「後二三年」的發展全過程。作爲政治運動,它經過新文化運動「前哨戰」、反封建思想的攻堅戰、政治鬥爭的學生運動三個不斷擴展的階段。作爲新文化運動與新文學運動,它經歷了由反對舊文學的文學戰線,擴大到反對舊禮教的文化戰線,再擴大到提倡民主運動的政治戰線並與政治運動合流這三個不斷擴展的階段。他還認爲,「五四」運動中「就有『五卅』的要素在孕育、發酵。」這些總結都是正確的,符合歷史實際的。

然而茅盾既然受上述「左」的政治總口號的影響、儘管主觀上他對「左」有保留,有抵制;但上述「左」的口號不能不滲透進其理論文章與作品。例如錯誤地斷定:「五四」運動是「資產階級領導的」;從這個立點出發,其評價「五四」就必然偏低,並導致誤認:把胡適當作「五四」領導力量的思想代表;把他後來倡導「少談主義,多研究問題」這一反馬克思主義傾向,當作「五四」運動的延伸。他忽視了「五四」主潮及其指導思想是無產階級通過率先覺悟起來的共產主義知識份子,在十月革命影響下,對馬克思主義的傳播;因而也忽視了這場運動是無產階級領導下的屬於世界無產階級革命一部分的新民主主義革命這一根本性質。因此他把「五卅」作爲無產階級領導的政治運動的開始。這實際上割裂了從「五四」到「五卅」的內在同一性與有機聯繫。這當然是時代的局限。後來經過不斷認識總結,到 40 年代,才由毛澤東的《新民主主義論》作出正確的判斷。

第二是對「五四」以來文學運動與創作的總結。由於對「五四」性質判斷的失誤,導致認爲「五四」文學都屬於資產階級文學範疇這一文學性質判斷的失誤;茅盾必然對「五四」新文學評價偏低。他認爲,由於資產階級發育不健全,使「新文學始終沒有健全的發育」。這就把問題簡單化了:既忽略了「五四」新文學包含著社會主義因素,也從在日本時他所堅持的小資產階級及其文學具革命性質與進步作用的觀點後退了。這和他此時接受了現階段

〔註 19〕 分別刊於 1931 年 8 月 5 日《文學導報》第 1 卷第 5 期,9 月 20 日《北斗》創刊號,11 月 15 日《文學導報》第 1 卷第 8 期,1932 年 5 月 2 日《文藝新聞》第 53 號和 5 月 2 日《北斗》第 2 卷第 2 期。

中國革命的性質是「無產階級爭取政權」的口號，也是密切相關的。當然這段時間並不太長，茅盾不久就有所認識，予以糾正了。

他對普羅文學現狀評價也不高，認為它「經過了幼稚的一時期，眼望著將來，腳力腕力都還不夠。」因為還沒有產生無產階級本階級的作家，別階級轉變過來的作家，或者「舊意識形態尚未淘汰淨盡，或者生活經驗尚未充實到足夠產生成熟的作品。」〔註20〕他主張踢開過去「那些淺落疏漏的分析，單調薄弱的題材，以及閉門造車的描寫！」〔註21〕

第三，他對今後的創作提出了總要求：「忠實地刻苦地來創作新時代的文學」。特別是面對「九一八」事變的新形勢，茅盾從文學是「斧頭──創造生活」的基本觀點出發，要求文學「藝術地表現出一般民眾反帝國主義鬥爭的勇猛」，以「打破帝國主義者共管中國的迷夢」，〔註22〕使作品「成為工農大眾的教科書」。為此，一要「以辯證法為武器」；二要「走到群眾中去，從血淋淋的鬥爭中充實我們的生活，燃旺我們的感情」；三要「從活的動的實生活中抽出我們創作的新技術。」〔註23〕使「正確的觀念，充實的生活與純熟的技術」能夠統一。他強調：「最最主要的還是充實的生活。」〔註24〕關於創作提出的這些觀點與要求，不論在當時，還是在今天，其基本精神都是正確的。

五

茅盾在致力於左翼文藝隊伍自身建設之同時，也積極參與粉碎白色恐怖下文化「圍剿」的對敵鬥爭。特別突出的是他1931年對國民黨御用文人「民族主義文學」派的批判。他所發表的《「民族主義文學」的現形》、《〈黃人之血〉及其他》、《評所謂「文藝救國」的新現象》〔註25〕三篇長文，連珠炮般給「民族主義文學」派以沉重打擊。前兩篇文章的發表先於魯迅的《「民族主

〔註20〕　《關於「創作」》，《茅盾全集》第19卷，第280～281頁。
〔註21〕　《中國蘇維埃革命與普羅文學之建設》，《茅盾全集》第19卷，第306～308頁。
〔註22〕　《我們必須創造的文藝作品》，《茅盾全集》第19卷，第314頁。
〔註23〕　《中國蘇維埃革命與普羅文學之建設》，《茅盾全集》第19卷，307～308頁。
〔註24〕　《關於「創作」》，《茅盾全集》第19卷，第280頁。
〔註25〕　分別刊於1931年9月13日《文學導報》第1卷第4期，9月28日該刊第1卷第5期，10月23日該刊第1卷第6、7期合刊。

義文學」的任務和運命》，末文則與魯迅的文章同期發表。兩位偉人對敵鬥爭
配合得十分默契。

　　茅盾首先指出「民族主義文學」的實質，是與國民黨白色恐怖手段並存
的另一手段：「麻醉與欺騙。」「但在階級鬥爭日益尖銳化的今日」，其「效力
是微乎其微的」，故其結果「一定是法西斯蒂化」；「打著『民族』的旗號，行
階級統治與壓迫之實。」第二，茅盾針對「民族主義文學」派盜用丹納的理
論「種族、環境和時機」三要素作爲外衣的種種言論，作出了階級的分析：
他們強調的「種族」與「民族」，不過是借其「共同性」掩蓋其階級性、階級
統治關係的欺騙手段。這裡茅盾實際上也對自己早年所受丹納思想的影響，
作了自我清理。茅盾預言：「民族主義文學」體現「國民黨的白色的文藝政策」，
定會「方生方滅」，「不會有長久的命運。」〔註 26〕這個預言後來果然被歷史
所證實。

　　當時左聯對「新月派」與自稱「自由人」與「第三種人」兩個文學派別
進行批判中，存在著「左」的傾向：是作爲對敵鬥爭性質進行批判的。茅盾
沒有著文參加這批判。他提到「新月派」時曾冠以「反動」的性質判斷詞，
對後者卻未作判斷。看來他對這兩派與「民族主義文學」派是區別對待的。
這顯然是有分寸、有見地之舉。

　　1931 年 10 月，茅盾因寫《子夜》請准長假後，就和馮雪峰相約，一起向
魯迅交代一下。魯迅很高興地款待他們吃陽澄湖大閘蟹。他鼓勵茅盾說：「在
夏天就聽說你有一個規模龐大的長篇小說要寫了。現在的左翼文藝，只靠發
宣言是壓不倒敵人的，要靠我們的作家寫出點實實在在的東西來。」魯迅向
馮雪峰了解了蘇區反第三次「圍剿」取得勝利的情況。向茅盾了解領導反
「圍剿」的朱德、毛澤東的情況。茅盾說：「朱德我也沒見過。毛澤東我『五
卅』運動前就認識了。1926 年春在廣州還與他共過事，他是我的頂頭上司。
毛澤東是共產黨裡的大學問家，博聞強記，談笑風生；他的夫人楊開慧卻相
反，是個賢淑腼腆之人。在廣州時毛澤東給我的印象是個白面書生，誰料
得到現在竟能指揮千軍萬馬！」〔註 27〕馮雪峰則介紹了蘇區與紅軍的近況。
馮雪峰所談的這些情況，和瞿秋白所談蘇區情況，對茅盾寫《子夜》有很
大幫助。寫蘇區和紅軍的情況，是《子夜》背景描寫的暗線與政治「節奏」

〔註26〕《茅盾全集》第 19 卷，第 250～258 頁。
〔註27〕參看《我走過的道路》（中），第 88～89 頁。

之一。

　　瞿秋白參與左聯工作前後，茅盾和他來往很親密。一度因地下組織被破壞，瞿秋白還在茅盾家暫住過。他對《路》、《三人行》，特別是《子夜》的構思，提出過很多意見，並被茅盾所採納。《子夜》關於地下黨與工運的描寫，有些就是根據瞿秋白提供的材料。在這過程中他們加強了相互的了解，更加深了友誼。

　　繼 1931 年「九一八」事變後，1932 年又爆發了日軍侵滬引起的「一・二八」抗戰。茅盾十分關注，並深入了解了許多情況。後來在許多散文和小說中，他寫到或運用過這段生活積累，如長篇小說《第一階段的故事》。再如短篇《右第二章》、散文《故鄉雜記》、《第二天》〔註 28〕等。「一・二八」戰爭時母親正在上海。戰爭平息後，茅盾於 5 月送母親回鄉。這年 8 月因祖母逝世，茅盾再次返鄉料理喪事。沈家是烏鎮的望族。茅盾的幾位叔叔都在上海大銀行任職，茅盾又是文壇大作家，因此，來祭奠者頗多當地富貴顯要人物；喪事不得不氣派一點。這也提供了茅盾接觸社會各階層人物的機會。

　　兩次還鄉，接觸社會面都很廣。這從《故鄉雜記》〔註 29〕等文所記可以看出。他特別注意到農民與小市民對「一・二八」上海戰事的反映和心態；以及戰爭與經濟衰敗導致農村破產等社會動態。這些素材，在後來的許多小說中包括《子夜》在內，都得到提煉和運用。

　　這些事也使得《子夜》的寫作過程斷斷續續。茅盾在《後記》中說：《子夜》始作於 1931 年 10 月，至 1932 年 12 月 5 日脫稿；其間因病，因事，因上海戰事，因天熱，作而復輟者，綜計亦有八個月之多。這的確是紀實之言。

六

　　《子夜》寫作過程中出現的時時打斷《子夜》的寫作的事，還包括應刊物之約寫稿，和參與文藝論戰和論爭。例如，在《子夜》寫作過程中，茅盾就介入了文學大眾化討論。不過這次討論歷時很長，也延伸出派生問題，直

〔註 28〕 分別刊於《東方雜誌》第 29 卷第 4、5 號，1932 年 10、11 月、《現代》第 1
　　　　卷第 2、3、4 期，同年 6、7、8 月，《文學月報》第 1 卷第 2 期，1932 年 7
　　　　月 1 日，分別收入《茅盾全集》第 8 卷和第 11 卷。
〔註 29〕 此文是綜合多次還鄉所得材料寫成的。文中集中這些材料於一次還鄉的見聞
　　　　中，是假託。

到《子夜》出版的次年即 1934 年才告段落。討論是在左聯學習列寧「藝術是屬於人民的」思想,為解決「文藝與群眾結合」的實踐問題時展開的。

第一次討論發端於 1929 年,普遍展開於 1930 年春夏之交。第一次討論開始時茅盾還未回國。回國後討論已近尾聲,因此他沒有介入。

茅盾參與的第二次討論在 1931 年冬至次年秋。在 1930 年 8 月左聯決議中提出,文藝大眾化「只有在通訊員運動當中找到具體辦法」;1931 年 11 月左聯的第二個決議的提法更「左」:大眾化「問題之解決實為完成一切新任務所必要的道路。」為此要求「實現了運動與組織的大眾化,作品、批評以及其他一切的大眾化」。並把實現的渠道歸入組織工農兵通訊員運動之一途。

然而討論中提出的許多意見,包括左聯兩個決議中有些提法,多屬難以實現的「動聽的話」,茅盾和魯迅均不以為然。

1932 年 3 月 9 日,《文學月報》創刊號以頭題位置發表了瞿秋白的長篇論文《論文學的大眾化》,引發了一直延續一年多的第二次討論。《文學月報》的主編姚蓬子可能認為此文既重要又複雜,就約請多人著文參加討論。經姚蓬子再三約請,茅盾寫了長文《問題中的大眾文藝》。〔註30〕他在肯定瞿文的長處之同時,也提出了商榷意見。茅盾和瞿秋白的分歧主要是兩點:一是文藝大眾化的先決條件是什麼?瞿秋白認為是「用什麼話寫」;茅盾認為「技術是主,文字是末」。兩種看法其實都有片面性。二是用什麼語言寫大眾化的作品。這裡邊包含著如何評價「五四」以來白話新文學的重大分歧。瞿秋白對「五四」以來新文學的語言持徹底否定態度。他認為那是「非驢非馬」的「新文言」。大眾讀不懂,只能摒棄不用。他認為,在都市新興階級中,已形成「普通話」。這是「真正的現代中國話」。茅盾認為,瞿秋白否定「五四」新文學語言,實際與魯迅的「當有種種難易不同的文藝,以應各種程度的讀者之需」〔註31〕這一寬闊的路子有違。而且這種新文學語言只要「多下功夫修煉」,肅清歐化、日本化及抽象的不常見於口頭的詞,有小學三、四年級文化程度即可讀懂。不能說它是「新文言」。而這種語言讀者層很廣。倒是瞿秋白所提倡的「舊小說的白話」,是「古代的白話」,是「死的語言」,能懂的讀者面更窄;主要的是受過「說書場教育」或「讀過幾年蒙館、識字千

〔註30〕刊於《文學月報》第 2 號,1932 年 9 月 10 日,收《茅盾全集》第 19 卷。
〔註31〕魯迅:《文藝的大眾化》,《魯迅全集》第 7 卷,第 349 頁。

把」的群眾，而非「一般群眾」。茅盾還到鐵廠、印刷廠、紡織廠和碼頭工人中實地調查。他發現瞿秋白說的新興階級中形成的「眞正的現代中國話」即所謂「普通話」，根本不存在。都市新興階級中雖然各省人雜處，其通用的「普通話」，大都以一種方言爲主，摻雜著部分各地區方言。上海上述四種工人的「普通話」，是以「上海白」爲主，混有來自江、浙、魯、閩、粵、津、皖、湘、鄂等省市工人帶來的各自的方言。這種話只通用於上海。易地則又用該地方言爲主體，摻雜外省人帶來的方言。據此，茅盾否定了瞿秋白的上述意見。

瞿秋白發表了《再論大眾文藝答止敬》〔註 32〕作答辯。茅盾發現，他們的出發點不同。茅盾談的是作家用大眾化語言寫大眾文學；瞿秋白則主張由工農大眾用自己的語言寫大眾文學。分歧點就成了「靠一條腿走路」，還是走寬闊的路；即按魯迅的構想「當有種種難易不同的文藝，以應各種程度的讀者之需」。茅盾認爲，沒有藝術性的作品，不是大眾文學；瞿秋白似乎把大眾文學與是否具備藝術性分割開了。這就又脫離了「文學大眾化」的基本前提。於是茅盾決定不再爭論，而致力開拓與探討文學大眾化討論的新領域，如內容與形式之統一、利用舊形式、批判繼承文學遺產等問題。他寫了《創作與題材》、《連環圖畫小說》、《我們這文壇》、《封建的小市民文藝》、《給他們看什麼好呢？》、《論兒童讀物》〔註 33〕等。這就使討論深化了，也更務實了。

例如他在《「連環圖畫小說」》中，介紹了這種藝術形式的內容與社會效果，其讀者延伸到相當多的學徒與工人子弟中，提高了他們的思想意識與文化水平。這種小書攤兒成了「上海大眾最歡迎的活動圖書館，並且也是最厲害最普遍的『民眾教育』的工具。」但應排斥不健康的內容，創作健康的作品。把這形式「很巧妙地應用起來，一定將成爲大眾文藝的最有力的作品」，發展成「比之德國的連環版畫還要好些」的「藝術品」。最後這番話是針對「自由人」「第三種人」的，因爲他們嘲笑：「連環圖畫產生不出托爾斯泰」。後來茅盾又寫了《木刻連環圖畫故事》，把此意見再深化一步：連環圖畫小說「不

〔註 32〕「止敬」是茅盾發表與瞿秋白商榷文章時用的筆名。

〔註 33〕分別刊於《中學生》第 32 期，1933 年 2 月 1 日、《文學月報》第 1 卷第 5、6 期合刊，1932 年 12 月 15 日、《東方雜誌》第 30 卷第 1 號，1933 年 1 月 1 日、《東方雜誌》第 30 卷第 2 號，1933 年 2 月 1 日、《申報・自由談》，5 月 11 日、6 月 17 日，均收入《茅盾全集》第 19 卷。

是大眾化這問題的全體」，卻是「達到大眾化的一條路」。〔註 34〕這個觀點就更加辯證了。

第三次討論在 1934 年春夏。與前兩次討論不同的是，它超出了內部論爭的範圍。這年 2 月，蔣介石推行標榜「尊孔讀經」、「禮義廉恥」等口號的「新生活運動」。國民黨政府教育部御用文人汪懋祖，鼓吹「復興文言」來配合蔣介石。新感覺派作家施蟄存則打出「利用前時代遺產」旗號鼓動青年讀《莊子》和《文選》。還有些人利用小品文創作繁榮之機會，把袁中郎奉爲「法寶」。根據左聯統一部署，茅盾配合魯迅，寫了一大批文章：《對所謂「文言復興運動」的估價》、《不要閹割了的大眾語》、《我們有什麼遺產？》、《再談文學遺產》、《關於小品文》、《文學遺產與洋八股》、《所謂歷史問題》、《大眾語運動的多面性》、《不算浪費》、《一律不再奉陪》。〔註 35〕茅盾首先揭露「復興文言」等主張爲了配合蔣政權「尊孔讀經」的「新生活運動」的「御用」性質。他高屋建瓴地指出：「一、文言和白話之爭不是一個簡單的文字問題，而是思想問題；在反對文言運動的時候，應該同時抨擊那些穿了白話衣服的封建文藝。二、從種種不同的角度上傾向於『復古』或『逃避現實』的論調，應該給它嚴格的批評。」三、「大眾語文學的建立」應「從實踐中求解決」；「不能離開實際情形太遠」。〔註 36〕他揭露汪懋祖「也贊成大眾語」是在搞陰謀：「他們表面上把大眾語視爲神聖，實際上是把它關在黑房子裡不使它跟新的接觸而得進步。」「沒有多量的代表新思想的新原素加進去，怎麼能夠負荷它在文化上特殊的使命？所以那些主張『大眾語排斥新東西』的論客是要大眾語停滯在目前的封建的階段」；「無怪汪先生也贊成了。」〔註 37〕

茅盾最後寫了《大眾語運動的多面性》一文，實際上對第三次論爭作了總結：「這一次由反對『復興文言運動』引起的『大眾語』運動，已經成爲近年來文壇上」和「中國文化史上」「一大事件」。「大眾語運動自始就是一個多

〔註 34〕《文學》第 1 卷第 5 號，1933 年 12 月 1 日，《茅盾全集》，第 556 頁。

〔註 35〕分別刊於《文學》第 3 卷第 2 號，1934 年 8 月 1 日、《申報·自由談》，8 月 24 日、《文學》第 2 卷第 4 號，4 月 1 日、《文學》第 3 卷第 1 號，7 月 1 日、《文學》第 3 卷第 2 號，8 月 1 日、《文學》第 3 卷第 3 號，9 月 1 日、《文學》第 3 卷第 4 號，10 月 1 日，均收入《茅盾全集》第 20 卷。

〔註 36〕《對所謂「文言復興運動」的估價》，《茅盾全集》第 20 卷，第 138～139 頁。

〔註 37〕《不要閹割了的大眾語》，《茅盾全集》第 20 卷，第 184 頁。

方面的廣泛的文化運動。在思想方面是『反封建』，在文學方面是『白話文』
的清洗和充實，在語言問題方面是『新中國語』的要求」，「而在適應大眾解
放鬥爭過程中文化上的需要是漢字拉丁化。」茅盾也指出了討論取得成功的
原因：「大眾語運動的多方面性，並不是它本身內部有矛盾；這正是它的辯證
法的發展。所有反對方面的各種各樣的『逆襲』，都是在客觀上助成這發展
的！」〔註38〕

七

茅盾在參與引導左翼文藝運動過程中，還用極大的精力開拓陣地，培養
新生力量，擴大統一戰線，依靠集體力量，強有力地反對文化「圍剿」，取得
了赫赫戰績。

茅盾和魯迅並肩作戰，奪取了一個又一個陣地。比較有代表性的一戰，
是從舊文人手中把《申報・自由談》奪過來，改造成進步文化陣地。唐弢
回憶道：「1932 年 12 月 1 日，《申報》副刊《自由談》改組」，魯迅先生爲其
寫稿前，「茅公至少已經發表了四篇短文。」鑑於被通緝的茅盾的政治活動
很惹敵人注目，而且被特務釘過梢，「魯迅總是將替《自由談》寫稿的關係拉
到自己身上，一人承擔責任。」但「國民黨的《社會新聞》還是不肯放過」，
造輿論道：「魯迅與沈雁冰現已成了《自由談》的兩大台柱。」「考其用意」，
是視作「新文藝對舊文藝的一次進攻」的「政治行動」。他們認爲，1921 年
「奪取《小說月報》編輯權而實行革新的，是這位沈雁冰；相隔 12 年之後，
在 1932 年底，支持黎烈文從周瘦鵑手裡奪取《自由談》編輯權而實行革新
的，魯迅而外，又是這位沈雁冰。」〔註39〕其實國民黨和舊文人的這種看法
並不錯；他們視作「奪權」罪惡的看法，正是從一個特殊角度的記錄了茅盾
的歷史功績。從 1932 年 12 月 27 日到 1933 年 5 月 16 日，茅盾以月均 6 篇之
數，給《自由談》供稿，共發表了 29 篇。從文章看，「茅公當時最注意的是
社會問題，其次是文化教育問題。」他「把這些問題掛在國民黨反動政策
上，給以徹底的批判與分析，鞏固人們改造和革新的決心。」〔註40〕

於是 1933 年 5 月，反動當局向《申報》老闆史量才與《自由談》主編黎
烈文施加壓力，作出了想扣上「宣傳赤化」的帽子的姿態。黎烈文被迫發表

〔註38〕《大眾語運動的多面性》，《茅盾全集》第 20 卷，第 215～216 頁。
〔註39〕唐弢：《側面》，《憶茅公》，第 143 頁。
〔註40〕唐弢：《側面》，《憶茅公》，第 143～145 頁。

啓事：懇請作者「多談風月，少發牢騷。」茅盾據此把《自由談》劃分爲前後兩期。他自己也改變策略：從此，「不直接談政治」，而「大談特談」社會問題。到 1934 年 5 月 9 日黎烈文被迫辭職時止，茅盾又在《自由談》發表雜文政論 33 篇，可分爲談兒童讀物、談文藝、談青年思想與時論四類。茅盾晚年總結道：這是「從敵人那裡奪過一塊有很大影響的陣地」，「意味著左聯作家突破了自設的禁錮，更大膽地運用了公開合法的鬥爭方式」；並藉此「推動了雜文的發展，造就了一批雜文家。」〔註 41〕茅盾在《自由談》前期把自己的雜文創作推到鞭撻反動政治、抨擊黑暗社會、鋒芒畢露、戰鬥性強的雜文創作鼎盛期。在後期他也像魯迅那樣，很善於用「曲筆」。這些雜文像大石壓迫底下曲曲彎彎生長的小草一般，呈現出頑強的戰鬥生命力。

茅盾與魯迅互相配合，支持陳望道創辦的專刊登小品文的《太白》半月刊。這和支持《自由談》頗爲相似。1932 年林語堂創辦《論語》，倡導幽默的小品文。1933 年林語堂又創辦提倡「閑適」小品文的《人間世》。但其傾向是不健康的。魯迅就說：其幽默是「將屠戶的凶殘化爲一笑，收場大吉。」1934 年 8 月，陳望道辦《太白》，既是適應倡導大眾文學運動、對抗汪懋祖鼓吹「文言復興運動」之需要，也是與《論語》、《人間世》那種「幽默」「閑適」的小品文頗風唱對台戲，使 1934 年這個「小品文年」，與關於小品文的論爭，走上健康的軌道。其刊名《太白》含有支持白話文，以「太白星」（啓明星）暗示國民黨黑暗統治即將結束等多層寓意。茅盾和魯迅仍是一「暗」一明，配合默契。茅盾的抒情散文名篇《黃昏》、《沙灘上的腳印》、《天窗》，敘事散文名篇《大旱》、《戽水》、《阿四的故事》等，都在《太白》推出。他還以《小品文半月刊〈人間世〉》、《關於小品文》、《所謂「雜誌年」》、《不關宇宙或蒼蠅》等名篇，支持魯迅，與林語堂代表的不健康的小品文傾向作鬥爭。他提醒青年與讀者：「中國民族性裡缺乏『幽默』，然而『油腔』向來就發達。」萬勿「被『油腔』蒙混了去撞騙招搖。」因此，他反對藉此「把『閑適』、『自我中心』之類給小品文定起唯一的軌範來。」〔註 42〕他主張使小品文「成爲新時代的工具」，成爲標槍和匕首，「使這社會的要求趨於光明」，「使得小品文發展到光明燦爛的大路。」〔註 43〕

〔註41〕《我走過的道路》（中），第 189 頁。
〔註42〕《小品文半月刊〈人間世〉》，《茅盾全集》第 20 卷，第 96～99 頁。
〔註43〕《關於小品文》，《茅盾全集》第 20 卷，第 107～108 頁。

　　茅盾在奪取新陣地之外，非常注意支持與鞏固左聯固有的陣地，藉以培養新生力量。繼支持創辦《北斗》之後，在他支持下，1932 年 6 月 10 日《文學月報》創刊了。前兩期由姚蓬子主編，自第三期起由周揚主編。共出刊 6 期。茅盾任編委，並負責審小說稿。於是看青年作者的稿子，發現、培養、幫助修改發表稿子以促進青年作者成長，就成了茅盾一項佔大量時間的工作。對其中有培養前途者，茅盾還寫評論予以指導；使之更快地成長與提高。沙汀就是茅盾這時發現和大力扶植，使他由小苗長成參天大樹的一位。茅盾把他的《碼頭上》、《野火》修改編發，推薦給文壇。他還為沙汀的第一個短篇集《法律外的航線》寫了書評。艾蕪的短篇《人生哲學的一課》也是經茅盾之手發表的。茅盾對他們熱情幫助，但要求卻極嚴。他給沙汀的短篇集寫評論時，既肯定其現實主義的堅實傾向；又批評其所存在的「革命文學」公式化的餘毒。直到晚年，沙汀還牢記茅盾的這些教誨。沙汀回憶道：「是他，曾經啟發我」「寫自己熟悉的生活」，拋棄了憑零碎的印象或從報刊「掇拾的素材拼製作品的簡便途徑」，「是他，幫助我掌握寫作的新形式。」他還「同我單獨談我的創作問題。他鼓勵我寫中篇。並對作品的結構和藝術處理作了不少指教。」兩年後，沙汀的自傳體中篇果然一炮打響，並在 40 年代「鼓起勇氣進行創作長篇小說的嘗試」。〔註44〕人皆知魯迅是沙汀、艾蕪的引路人，卻鮮知茅盾也是他們的引路人。何況，茅盾培養成材的作家比比皆是，決不止沙汀、艾蕪幾個人。

　　左聯時期茅盾致力最大的，是創辦了《文學》月刊。這塊陣地，廣泛團結作家，擴大統一戰線，強有力地進行反對文化「圍剿」的鬥爭。此刊是 1933 年春節期間茅盾與在京任教、返滬度寒假的鄭振鐸一起籌辦的。於當年 7 月 1 日創刊。出到 1937 年底 9 卷 4 號，因抗戰爆發與其他刊物合併辦《吶喊》後才終刊。因鄭振鐸在京，只能任掛名主編，實際主編就是茅盾。但他當時處「地下」狀態，刊物為尋求一層「保護色」，就請出有「輪盤賭」怪癖、其兄是江蘇省教育廳長「這雙重保護色」的傅東華，任另一具名主編。《文學》由生活書店出版發行。生活書店負責人鄒韜奮也是中間派，又有地位頗高的黃炎培的中華職業教育社為背景。凡此種種，都使當局不敢輕易查封。但《文學》的編輯方針卻純屬「左翼」性質。實際工作由茅盾總主持。他不僅要審定全部創作稿，包寫「社談」欄文章，還包寫作品評論。如 1 至 3 卷「書報

評論」欄刊文共 43 篇，其中茅盾寫了 28 篇。茅盾為壯大聲勢，擴大統一戰線，在創刊號推出的文章，其作者除魯迅、鄭振鐸、傅東華和自己外，還包括陳望道、郁達夫、葉聖陶、朱自清、夏丏尊、俞平伯、陳子展、顧頡剛、張天翼、曹靖華、朱湘、沙汀、艾蕪、臧克家、樓適夷、黑嬰，以及和左聯打過筆仗的「自由人」、「第三種人」胡秋原、杜衡等。這裡既括「五四」前驅、左聯中堅，也包括文壇新秀和中間派，以及中間偏右的文壇名流。這是對左聯關門主義的大突破，對統一戰線的大拓展。這也充分體現了茅盾的戰略眼光與凝聚力。

茅盾在創刊號上以「社談」形式發表了批判國民黨當局摧殘新文學的《槍刺尖上的文化》，和宣示扶植新生力量方針的《新作家與處女作》兩篇文章。從第三期起，他系統地介紹蘇聯文學。先發表了周揚的《十五年來的蘇聯文學》，此後譯刊了高爾基、A·托爾斯泰、肖洛霍夫等的作品，與盧那察爾斯基等的《社會主義的寫實主義派風格問題》等論文。茅盾還寫了一批著力推薦革命作家，特別是現代派作家和新人的文章，像評論丁玲、臧克家等等的文章和《廬隱論》、《冰心論》、《落花生論》等大塊頭的作家作品論，在文壇影響很大。上述數端，是《文學》的基本導向。出刊不久，其作用就相當於《小說月報》之於「五四」時期那樣，主宰著文壇導向了。

1933 年底起，國民黨上海市黨部對《文學》連連採取迫害限禁措施。其內部報告《查禁〈文學〉經過》中說：《文學》本係文總刊物。態度惡化已極。名為傅東華與茅盾兩人主編，實際則由茅盾主幹。」這就從特殊角度證實了茅盾所作的貢獻。為此，茅盾退居幕後指揮；《文學》也改換版面，暫避鋒芒，連續推出創作、弱小民族文學、翻譯與中國文學研究四個專號。但明眼人仍能洞悉其戰術與良苦用心。如蘇州讀者蘇蜇來信就說：「《文學》所刊《羅伯斯比爾的秘密》〔註45〕照見了統治者『殺以止殺』的秘密。」

這時茅盾處境非常危險，他已被列入黑名單作為該殺的對象。社會上報刊上甚至流傳茅盾被捕被殺的消息。1933 年 8 月 1 日夜，魯迅就在寫信給在北平清華大學《科學新聞》當編輯的端木蕻良（化名為「辛人」）的信中糾正該刊所刊的這類「消息」。此信的全文如下：「今天看見《科學新聞》第三號。茅盾被捕的消息，是不確的；他雖然被編入該殺的名單中，但現在還

〔註45〕此係 1934 年 4 月 1 日《文學》第 2 卷第 4 期，《創作專號》所刊外國歷史題材的小說，王文慧作。

－218－

沒有事。這消息，最初載在《微言》中，這是一種匿名的叭兒狗所辦，專造謠言的刊物，未有事時造謠，倘有人眞的被補被殺的時候，它們倒一聲不響了；而這種造謠，也帶著淆亂事實的作用。不明眞相的人，是很容易被騙的。關心茅盾的人，在北平大約也不少，我想可以更正一下。至於丁玲，毫無消息，據我看來，是已經被害的了，而有些刊物還在造許多關於她的謠言，眞是畜生之不如也。」〔註46〕這反映出魯迅對茅盾的關懷與友誼；對反動當局及其爪牙的唾棄；也反映出當時茅盾的惡劣處境和他仍堅持鬥爭的精神。

　　1934 年夏，形勢稍有好轉，茅盾又走到前台，以《文學》爲陣地，又向反動勢力發動猛烈進攻了。茅盾不斷改換筆名，發表了大量匕首投槍式的雜文政論。從 1935 年第 5 卷第 1 號起，王統照接替傅東華任《文學》主編。茅盾仍審全部創作稿，並繼續發表雜文評論，一直堅持到抗戰爆發。《文學》出完第九卷後終刊。與此同時，茅盾又主持了《文學》等四刊物聯合出版的應抗戰急需的《吶喊》。

八

　　1933 年白色恐怖期間，茅盾身處險境。按地下工作慣例，一地不宜久居。因此茅盾於 4 月下旬由慶雲里遷往施高塔路大陸新村 3 弄 9 號，戶主用名改爲沈明甫。這所新居與先他遷來的魯迅的寓所 1 弄 9 號隔院相對。這是他們再次比鄰而居，配合作戰。

　　這年 12 月，成仿吾帶著沈澤民用藥水抄在一件襯衣上的寫給中共中央的工作報告，由鄂豫皖蘇區來上海，通過魯迅來找中央。魯迅、茅盾約成仿吾在一家白俄咖啡館晤面。事畢之後，成仿吾告訴茅盾沈澤民病逝的噩耗！沈澤民自 1931 年赴蘇區任鄂豫皖書記。1932 年第四次「圍剿」對，張國燾率主力轉移。張琴秋隨軍西去。沈澤民留下堅持鬥爭。敵強我弱，鄂豫皖蘇區損失慘重，又與中央失去聯繫。11 月初，沈澤民肺病轉危。他咬牙堅持，寫完給中央的報告後溘然長逝！這使茅盾一家悲痛萬分。

　　悲痛沒有壓倒茅盾，反而變成戰鬥的推動力。他繼續和魯迅配合，推動左翼文學向前發展。爲總結與展示新文學的戰果與實力，1935 年他們支持並參與趙家璧編輯出版的專收「1917～1927」頭十年新文學作品的大型文庫《新

〔註46〕《魯迅全集》第 12 卷，第 207～208 頁。

文學大系》。茅盾選編了「小說一集」，並寫了總結這十年小說創作與思潮歷史的長序。

他還一如既往，繼續推動翻譯工作，1934 年 5 月他和魯迅一起創辦了影響深遠的大型雜誌《譯文》。1935 年春，瞿秋白在福建遇害的噩耗傳來。悲痛之餘，茅盾與魯迅議定了悼念瞿秋白的辦法。由於瞿秋白的論著涉及黨史，他們覺得應由黨去處理，遂決定把秋白的全部譯著編輯出版。這就是具永久紀念意義的《海上述林》上、下卷。

茅盾自己也一直沒放下譯筆。自 1928 年由開明書店出版了他譯的外國作家群的短篇集《雪人》，由商務印書館出版了西班牙作家柴瑪薩斯的中篇《他們的兒子》，希臘作家帕拉瑪茲的中篇《一個人的死》（兩書均附茅盾為作家寫的長篇譯傳）以後，1932 年現代書局又出版了他譯的俄國作家丹青柯的長篇《文憑》。1935 年 11 月和次年 3 月，文化生活出版社出版了他譯的多國作家短篇集《桃園》和蘇聯作家鐵霍諾夫的長篇《戰爭》。這些譯著繼續表現出茅盾對俄國、蘇聯，和東歐等國的弱小民族文學的熱切關注。

1935 年和次年，茅盾還先後出版了他的《漢譯西洋文學名著》、《世界文學名著講話》兩部研究外國文學的力作。這兩部書至今還有其廣大的讀者群。

1935 年 3 月下旬，茅盾遷居滬西極司非爾路信義村 1 弄 4 號，繼續領導與擴大左翼文藝隊伍，開拓陣地。他仍通過自己的創作、理論批評、翻譯及緝輯工作，去教育人民，打擊敵人，直到抗戰爆發，離開上海奔赴抗日新戰場。

第二節　里程碑《子夜》

《子夜》是茅盾的代表作；也是他回國後在新形勢新環境影響推動下，審美觀與創作視野不斷昇華，追求新突破，攀登新高度的力作。如果說忠實地記錄他的人生體驗的《蝕》遵循的是他在 1922 年提出的「文學是人生的反映」的「鏡子」說；〔註47〕「欲為中國近十年之壯劇留一印痕」〔註48〕的《虹》遵循的是他 1925 年提出的把「指示人生向更美善的將來這個目的寓於人生的

〔註47〕《文學與人生》，《茅盾全集》第 18 卷，第 269 頁。
〔註48〕《虹・跋》，《茅盾全集》第 2 卷，第 291 頁。

如實的表現中」的「指南針」說；〔註49〕《路》、《三人行》遵循的是他1929年提出的「文藝不是鏡子，而是斧頭；不應該只限於反映，而應該創造」的「斧子」說；〔註50〕那麼他充分醞釀構思《子夜》時，他的美學觀又有昇華。《中國蘇維埃革命與普羅文學之建設》這篇長文，就綜合了他「構思《子夜》時反覆想到」，並通過《子夜》來實踐的新理論：珍視過去革命鬥爭的經驗教訓，把它體現於作品使之「成爲工農大眾的教科書！」因此，必須從工廠、農村、蘇維埃區域建立「革命作品的題材」。在這篇文章中茅盾還有這樣一大段話：「從一切統治階級的崩潰聲中，革命巨人威脅的前進中，互全社會地建立起我們作品的題材。」特別是要「從統治階級各派的互相不斷的衝突」，其「背後的各帝國主義的衝突」，「統治階級的瘋狂的白色恐怖以及末日將至的荒淫縱樂」，其「最後掙扎的猙獰面目所透露出來的絕望的恐怖」，以及「從小資產階級的動搖」中，「建立起我們作品的題材」。〔註51〕這一切顯然與《子夜》直接有關。而且「教科書」說比「斧子」說更昇華一步，也更加切合文學的實際作用了。茅盾還接受了「革命文學」的標語口號化傾向和自己的《路》、《三人行》缺乏生活導致概念化的教訓，〔註52〕他特別強調充分積累生活，使作品具備紮紮實實的現實基礎；對此生活依據要作「透視的觀察與辯證法的分析」。他還強調「燃旺我們的情感，從活的動的實生活中抽出我們創作的新技術！」〔註53〕事實證明，《子夜》正是在此美學觀指導下，才實現了茅盾創作的自我超越，實現了對「五四」以來新文學特別是長篇整體水平的超越，成爲一部里程碑的鉅製宏篇。

一

作家的創作，特別是大部頭的長篇創作，不可能僅憑現炒現賣似的爲寫作而現去搜集的新材料；通常其生活積累都有並無寫作意圖時的人生經驗，和立意後圍繞寫作意圖進一步作人生體驗這兩個階段。前者可稱爲生活的「原

〔註49〕　《文學者的新使命》，《茅盾全集》第18卷，第539頁。
〔註50〕　《西洋文學通論》，第322頁。
〔註51〕　《茅盾全集》第19卷，第306～307頁。
〔註52〕　這兩個中篇寫於《子夜》的構思中與《子夜》據第三次的大綱正式動筆寫作之前，其失敗教訓對《子夜》頗有助益；也是形成《中國蘇維埃革命與普羅文學之建設》一文許多觀點的重要基礎。
〔註53〕　《文學導報》第1卷第8期，1931年11月15日，《茅盾全集》第19卷，第308頁。

始積累」；後者可稱爲「定向積累」。茅盾自述《子夜》創作經歷時，多涉及1930 年後的「定向積累」；基本上未述及其「原始積累」。朱自清說《子夜》「是爲了寫而去經驗人生的。」〔註 54〕吳組緗和今天有的年輕學者各從不同立點說茅盾是「主題先行」，都是因爲，他們並不了解爲寫《子夜》，茅盾到底都作了哪些「原始積累」的緣故。茅盾並不作辯解，他只回答這些責難說：「我並不是爲了要寫那樣的生活就去看那些生活。」〔註 55〕

《子夜》的生活「原始積累」，爲時遠比《蝕》長。

茅盾調動了自童少年時代到寫《子夜》時 30 多年的全部人生經歷與體驗（由於計劃一再壓縮，農村部分的生活素材切下來寫成《農村三部曲》、《林家舖子》等中短篇，下述的「原始積累」也部分地應用於說明這些作品的形成，大體包括以下幾方面：一、童少年與青年時代茅盾在故鄉的體驗，及此後多次返鄉的生活體驗。本書首章已經指出，茅盾的故鄉桐鄉縣烏鎮，是連接城鄉、匯農桑絲織等農工兩業生產過程與流通過程使之銜接的生產基地與水陸要衝集散地。植桑、養蠶、繅絲業之發達，與上海絲紗大廠連結之緊密，從古到今，一脈相承，持續不斷，常盛不衰。茅盾自幼就跟隨出身農村的祖母養蠶採桑。及諳世事就觀察把握了葉行、繭行欺行霸市、魚肉蠶農桑農的複雜社會矛盾。他與類似他家的丫姑老爺顏富年（這是《春蠶》中老通寶的原型之一）之類的蠶農、黃財發之類的桑農、及幹葉行、繭行生意，參與操縱市場的親戚故舊等等，不僅熟稔，且能溝通思想；了解他們酸甜苦辣的人生體驗與複雜的心態。這一切說明：他對吳蓀甫的「雙橋王國」及其裕華絲廠的原料基地的複雜社會矛盾，早有深切的觀察與體驗。本書首章論述過的茅盾自幼即具備的極強的觀察感受、直覺體驗、情感記憶、想像提煉與審美加工能力，使他一直保持並逐漸提煉昇華著這珍貴而又豐富的題材。對照歷史上的茅盾故鄉烏鎮及《子夜》所寫吳蓀甫的「雙橋王國」、《農村三部曲》、《林家舖子》、《當舖前》與《小巫》等小說所寫的典型環境，我們不難發現：其相互關係頗類似魯迅的故鄉紹興之與其作品的典型環境魯鎮、未莊。而葉行、繭行的買空賣空，又是茅盾後來了解公債市場的買空賣空的認識基礎。他自幼了解桑蠶絲生產流通過程，後來又漸漸認識、了解了桑農、蠶農、絲

〔註 54〕 《〈子夜〉》，《文學季刊》第 1 卷第 2 期，1934 年 4 月 1 日。
〔註 55〕 《關於文藝創作中一些問題的解答》，《電影創作通訊》第 16 期，1955 年 3 月 10 日，《茅盾文藝評論集》（上），第 173 頁。

廠主的破產命運與帝國主義的入侵深入到農村的關係：這不過是因日本絲奪去中國絲的紐約、里昂等國際市場，並受列強操縱下的捎客趙伯韜式的買辦資本的鯨吞因而破產，遂使中國民族資本主義及其代表人物吳蓀甫、朱吟秋們「此路不通」的第一個大環節。這當中當然包含著城鄉之間、資本家與工人、農民之間隨之被激化了的矛盾在內。對這一切，茅盾觀察體驗了整整 30 年！〔註56〕二、從茅盾 1916 年進商務印書館到寫《子夜》之間的 15 年時間，他對上海十里洋場的上層社會生活與各階級、各階層間的矛盾，不僅有所參與與直接體驗；而且日深一日地從領導革命與創作提煉這雙重視角，作過反覆觀察體驗調查研究。在上海，他的朋友與戰友中間有革命黨、自由派；同鄉故舊中有企業家、公務員、商人、銀行家。自幼爲其父執與師長，稍長又提攜過他左右過他的命運與前途的表叔盧鑑泉，在北京時擔任北洋軍閥政府公債司長，提供給茅盾以觀察國債兌現大會的機會。在上海擔任交通銀行行長時，他又把他蛛網般的上層社會軍、政、商、工、金融以及社交界的複雜社會關係提供給茅盾。其公館是三教九流、社會各界人物麇集的場所。茅盾來此交際觀察了解，始自入商務印書館後盧表叔隨即亦來滬任職的一、二十年代之交。這大大早於 1930 年他患眼疾時由原始積累轉向定向積累若干年。在上海還有茅盾的二叔沈永欽，他 1920 年和 1930 年分別任新亨銀行、交通銀行高級職員。三叔沈永釗從 20 年代到 1935 年也一直是交通銀行職員。四叔沈永錩 1931 年起任中央銀行職員。他們和盧表叔給茅盾提供了了解上海以至全國金融界，如何左右民族資本與買辦資本複雜關係的全方位視野。茅盾參與中共上海兼區執行委員會領導工作，擔任國民運動委員會委員長，負責對國民黨及上海社會統戰工作期間的一切政治活動，也能把觸角伸展到包括經濟在內的各個領域。這都使他能較系統地把握中國經濟、政治、軍事各條戰線的情態及其相互衝突相互糾結的狀況。這一切正是趙伯韜、吳蓀甫、杜竹齋、朱吟秋、唐雲山、雷鳴等《子夜》中人物的活動天地。對此，茅盾寫《子夜》前，有十餘年的觀察與體驗。三、茅盾在黨內有上述任職；他還在上海大學任教，並參與「五卅」運動；此後又領導商務大罷工並取得勝利；他在武漢執教軍校，又主編《國民日報》；再加上他參與直接領導婦運的機會，

〔註56〕參看《我走過的道路》（上、中）有關章節，《我怎樣寫〈春蠶〉》、《〈子夜〉是怎樣寫成》等創作自述，及《子夜》創作前後的散文副產品《故鄉雜記》、《「現代化」的話》、《我的學化學的朋友》、《鄉村雜景》、《陌生人》、《桑樹》、《大旱》、《人造絲》、《戽水》、《舊賬簿》等記錄「原始積累」的作品。

和孔德沚從事婦運、工運給他提供的機會，這一切使茅盾對黨內，對國共兩黨與軍政各界，對工運以至農運、婦運、學運的綜合舉動，如「五卅」、「北伐」等，或觀察體驗過，或直接介入過，這使他對這一切領域及其活動在 30 年代的延續情況作間接了解時，有足夠的參照系。四、《子夜》涉及的知識界與時代女性，則是他過去，以及寫《子夜》時，作過長期觀察體驗，都有充分的直接經驗的。五、我按有情節行為、介入過事件的原則作統計，《子夜》所寫直接出場與個別未出場（只有三個）但合乎上述原則的人物共 92 個。較重要者 50 餘人。其中含各類資本家 9 人；地下黨員、工人及家屬、黃色工會成員及資方代理人共 29 人；知識份子與時代女性近 20 人。一、三兩型「是作者與有接觸，並且熟悉，比較真切地觀察了其人其事的」，第二型「則僅憑『第二手』材料」〔註 57〕和大革命前參與革命活動時與有接觸者。茅盾說，其寫人物的基本的方法是借鑑高爾基，即「是把最熟悉的真人們的性格經過綜合、分析，而後求得最近似的典型性格。」〔註 58〕但有的人物也有原型：如主要人物吳蓀甫「部分取之於我對盧表叔的觀察，部分取之於別的同鄉之從事於工業者。」周仲偉就是「綜合數人而創造的」。盧鑑泉之女寶小姐則「以為吳少奶奶的模特兒就是她」。〔註 59〕茅盾對這些原型，多經過長年的觀察。他觀察研究吳蓀甫的主要原型盧鑑泉則經過烏鎮、北京、上海三個時期，長達 30 餘年之久！

　　《子夜》的立意也源遠流長，同樣經過不自覺的「原始積累」與自覺的「定向積累」的過程。自從認同了父親「大丈夫當以天下為己任」的抱負起，茅盾就逐漸養成宏觀地認識把握歷史與社會現實的習慣，並相應地逐漸形成了思維定勢。首次集中地展現其社會參與意識的，是嚮往辛亥革命並因其失敗而頹喪。〔註 60〕第二次則是「五四」前發表《學生與社會》與《1918 年之學生》；入共產主義小組和入黨；發表《自治運動與社會革會》；參與上海兼區執委會領導工作，參與「五卅」運動；在廣州與武漢發表大批政論。這一切都是，而且更加是他對中國社會及其前景形成了宏觀地、全方位地認識思

〔註 57〕 《再來補充幾句》，《茅盾全集》第 3 卷，第 562 頁。
〔註 58〕 《我走過的道路》（中），第 98 頁。
〔註 59〕 《我走過的道路》（中），第 98、123 頁。
〔註 60〕 構思《子夜》前後，茅盾連續發表的《我的中學時代及其後》、《我所見的辛亥革命》兩文，與《子夜》的立意有關，留下了他宏觀把握中國社會性質，反思革命道路，提煉《子夜》主題時回溯歷史的痕跡。

考與把握的，幾十年來日深似一日的連貫性線索的標誌。其思考的中心，是中國社會的本質、中國革命的道路與正確方向問題。《蝕》與《虹》是他先後分別從橫向與縱向這兩個略有不同的視角，大規模反映中國社會與革命道路的最早的創作。《路》、《三人行》則又回到橫向的揭示。《喜劇》透示的雖是回國後他對照去國前的革命高潮與回國後處在革命低谷期間對「革命者」成了「新軍閥」問題所產生的困惑與現實間離感、歷史反差感；但也說明茅盾所持的清醒的現實態度；說明他對中國社會性質一仍其舊、革命的艱鉅性也一仍其舊，具有透徹認識。理性思考與形象揭示的幾十年的思路，集中在中國社會性質與中國革命道路這個聚集點上：這既是《子夜》立意的淵源；也是茅盾大規模全方位反映中國社會走向的濫殤。所有這一切都是我們把握《子夜》創作過程及其奧秘的鑰匙。

二

　　《子夜》最初的立意，形成於 1930 年晚秋。1930 年秋，茅盾「眼疾、胃病、神經衰弱並作」，〔註61〕醫生要他「八個月甚至一年內不要看書」。於是，他「每天沒事，東跑西走」，在盧公館，也在其他場所，和同鄉故舊中的企業家銀行家以及社會各階層人士常常來往。茅盾說：向來對社會現象「僅看到一個輪廓的我，現在看的更清楚一點了。當時我便打算用這些材料寫一本小說。」這就是他寫《子夜》最初的立意。「後來眼病好一點，也能看書了。看了當時一些中國社會性質的論文，把我觀察得的材料和他們的理論一對照，更增加了我寫小說的興趣。」〔註62〕中國社會性質大論戰始於 1928 年陶希聖、陳獨秀、施存統、譚平三等發表的對中國社會性質的謬論，與蔡和森、李立三等中共領導人、理論家對他們的批駁。這場論戰歷時很長，約在 1932年才告段落；其餘波一直延續到抗戰爆發。茅盾的自述表明，他是在眼疾發作不能看書而深入生活之後，形成了《子夜》最初的立意；眼疾稍好能看點書時才讀這些論戰文章的。因此讀論戰文章的作用，並非幫助確定《子夜》的立意；而是促進其深化其立意的種種思考；推動他對原始積累所得生活素材的分析理解、提煉昇華，從而逐漸形成了較明確的主題範圍：「（一）民族工業在帝國主義經濟侵略的壓迫下，在世界經濟恐慌的影響下，在農村破產

〔註61〕《我走過的道路》（中），第 91 頁。
〔註62〕《〈子夜〉是怎樣寫成的》，《新疆日報》，《綠洲》副刊，1939 年 6 月 1 日。

的環境下，為要自保，使用更加殘酷的手段加緊對工人階級的剝削；（二）因此引起了工人階級的經濟的政治的鬥爭；（三）當時的南北大戰，農村經濟的破產以及農民暴動又加深了民族工業的恐慌。這三者是互為因果的。」其最終導致的結果是：「中國並沒有走向資本主義發展的道路，中國在帝國主義的壓迫下，是更加殖民地化了。」「在這樣的基礎上產生了中國民族資產階級的動搖性。」大革命失敗後民族資產階級已從中國共產黨領導下的革命統一戰線中分裂出去；如果不重新回來，「他們的『出路』是兩條：（一）投降帝國主義，走向買辦化；（二）與封建勢力妥協。他們終於走了這兩條路。」〔註 63〕茅盾意識到對此作形象表現寫成小說，其審美效果將能反駁托派與資產階級學者關於中國社會性質與出路的那些謬論。〔註 64〕

可見《子夜》立意之前，先有了幾十年有關生活的原始積累；這當中當然會伴之以關於中國社會性質與發展方向道路的初步的理性思考。其後利用眼病休養時間，進一步直接接觸後來成為描寫對象的民族資本家與買辦資本家。在這一深入接觸過程中，才產生了作品的立意。隨後又在閱讀中國社會大論戰文章中，借助理性思考促進了小說主題思想的形成，並預計到審美表現可能達到的後果。這是其創作過程的第一階段。其特點一是先有充分的生活積累；二是據生活積累提煉主題時帶有明顯的理性思考的特徵。這時其主要人物尚處在胚芽中未能破土而出。

1942 年茅盾寫道：「創作先有主題呢？還是先有人物？從主題的命義上講，它是在人物之前就有了的。譬如打算描寫社會現象中的這麼一種現象」，「當然包括我們對於這種現象的看法和見解，是先有這個主題，才來寫的。」可是事實上「也不一定這麼呆板」。在構思或創作過程中「只想到主題，而沒有想到人物，也是不會有的。」「總先有了幾成影子，進一步把和那主題有連帶關係的人物，更詳細的分析起來，那麼人物的影子在作家的腦子裡就更加明顯起來。」「所以在理論上講起來，應該是主題在先。但實際上也不老是這樣的。差不多在主題已經很成熟的時候，人物十之八九也已經有了。至少主要的人物已經有七八成的樣子。」〔註 65〕這就是茅盾的主題通常略先於人物而形成的「主題先行」論。但他這裡有個基本前提：在生活積累充分的基礎

〔註 63〕 《〈子夜〉是怎樣寫成的》，《茅盾全集》第 22 卷，第 53～54 頁。
〔註 64〕 《我走過的道路》（中），第 92 頁。
〔註 65〕 《談「人物描寫」》，桂林《青年文藝》第 1 卷第 1 期，1942 年 10 月 10 日，《茅盾全集》第 22 卷，第 333 頁。

上，才能先後形成主題與人物。主題是先於人物形成而不是先於生活，主題的形成也是以充分的生活積累爲基礎的。這就和「四人幫」後來的主題先於生活的「主題先行」論有質的區別。茅盾上述論述大體準確地反映了《子夜》的情況。因爲茅盾形成上述《子夜》的基本主題時，以盧表叔與上海灘頭那些親戚故舊以及其他方面的工、商、金融等資本家爲基礎提煉虛構的人物，已經有七八成影子了。於是茅盾結束了生活的「原始積累」階段；開始了擴展與補充生活的「定向積累」這第二階段。

茅盾「不只一次到交易所、絲廠、火柴廠等等，實地觀察」，以期將虛構人物置於眞實的而且具時代特色的環境中，更「典型地刻畫他們的性格。」〔註66〕在正幹經紀人的商務印書館老同事章郁庵的幫助下茅盾才得進門禁森然的交易所，並聽他「說明交易所中做買賣的規律及空頭、多頭之意義」。茅盾借助自幼所得關於葉行繭行買空賣空的知識基礎，很快把握了這一切。〔註67〕黃果夫也回憶他陪茅盾去交易所時之所見：茅盾對此極熟稔；「活躍得像一個商人」，「擠在人叢打聽行情，是那樣認眞和老練。」〔註68〕

這些「定向積累」大大豐富了茅盾的題材。約在 1930 年 10 月，他的構思基本成型，於是動筆寫了第一份大綱。茅盾說他這是學巴爾扎克的做法。但實際上他也有所創造。他「先把人物想好，列一個人物表，把他們的性格發展以及聯想關係等等都定出來，然後再擬出故事的大網，把它分章分段，使他們聯接呼應」。〔註69〕第一份大綱手稿幸運地保留下來，現存在韋韜同志處。〔註70〕大綱寫在短篇小說《色盲》手稿背後，題名爲《記事珠》，署名蒲劍。共是三冊；以英文字母列序號爲：A.《棉紗》；B.《證券》；C.《標金》。每一冊都依次分別列出「表現之要點」、「故事的結構」、「動作的組織」、「側面描寫之要點」、「時間的分配和地點」諸項。《證券》還列有「描寫之方法」項。《棉紗》寫上海紡織工廠中的勞資衝突與罷工運動。《證券》寫同年秋至次年底約一年半時間，在天津或武漢證券市場的鬥爭。時地之擴大，導致人

〔註66〕英文版《茅盾選集》序，《茅盾序跋集》，第 218 頁。

〔註67〕《我走過的道路》（中），第 114～115 頁。

〔註68〕《記茅盾》，《雜誌》月刊第 9 卷第 5 期，1942 年 8 月 10 日。

〔註69〕《〈子夜〉是怎樣寫成的》，《茅盾全集》第 22 卷，第 55 頁。

〔註70〕此大綱第一稿刊於《小說》雜誌 1996 年第 6 期，據手稿署名爲「蒲劍」。題目也據手稿，《記事珠》，但「ABC」三個字母是編者誤置；那是手稿用以作「三部曲」的「標序」的。

物陣營成倍地擴大，人物關係與故事情節極曲折複雜，展現出銀行家勾結政府操縱證劵市場吞噬工業資本的殘酷鬥爭。《標金》故事的時間是 1929 年 2 月至 10 月約八九個月，對火柴等民族工業凋敝與投機事業之興隆作對比描寫。對買辦資本與帝國主義之勾結，揭露尤深。對家庭內部與男女關係中之腐朽面，涉筆亦多。這就是茅盾最早構思的「都市三部曲」。其結構類似《蝕》：時間有交叉，地點有交換，人物體系各自獨立，而由《棉紗》中工廠主之弟貫串《證劵》（時為銀行總司庫）、《標金》（時已為銀行副總經理）。基本立意與主題已約略顯現。人物與情節是在原始積累與定向積累所得的生活素材基礎上提煉的；但提煉欠精，頭緒稍繁，較為雜亂。主要人物性格雖已顯現出《子夜》中吳蓀甫、趙伯韜的雛型，但其性格特點有交叉，且極分散；人物均未正式命名。總體看離大規模反映中國社會的要求尚遠。茅盾自感「形式不理想」。「農村部分是否也要寫成三部曲？這都市三部曲與農村三部曲又怎樣配合、呼應？等等，都不好處理。」於是「就擱下了這個計劃」。11 月份轉而寫《路》，約寫了一半後又發作第二次更嚴重的眼疾。中間全休了三個月。乘此機會茅盾不斷思考，決定改變原計劃而重新構思。〔註 71〕

這次他決定「不寫三部曲而寫以城市為中心的長篇，即後來的《子夜》。」其他重大的決定是：「將紗廠改為絲廠。」〔註 72〕並「以絲廠老板作為民族資本家的代表。」這樣更能充分發揮茅盾的生活積累優勢：「對絲廠的情況比較熟悉」；能用絲廠「聯繫農村與都市」以更深層地揭示經濟危機的實質與深廣度，〔註 73〕也能更充分地反映民族工業所受帝國主義經濟的壓榨：中國絲在法國里昂、美國紐約的市場優勢受日本絲競爭「漸趨失利」。在上海，中國絲廠又受日本廠家的擠兌。茅盾仍保留火柴廠在瑞典火柴競爭下「不能立足」紛紛破產以為副線。他還把時間集中在一年之內，地點則集中在上海一地。這一切都更能充分寫民族工業破產及「最後悲劇的原因」。為加深「定向積累」與深化自己的認識，茅盾「再一次參觀了絲廠和火柴廠」。據此新構思，茅盾寫了一個《提要》和一份簡單的提綱。1931 年 1 月眼疾漸愈。2 月 8 日續完《路》後，「又據此提綱寫出了約有若干冊的詳細的分章大綱。」〔註 74〕這些大綱均佚，但《提要》手稿卻在，茅盾全文引入《我走過的道

〔註 71〕　《我走過的道路》（中），第 96～97 頁。
〔註 72〕　《我走過的道路》（中），第 97～98 頁。
〔註 73〕　《〈子夜〉是怎樣寫成的》，《茅盾全集》第 22 卷，第 55 頁。
〔註 74〕　《我走過的道路》（中），第 97～99 頁。

路》（中）。〔註75〕

　　從中可以看出：茅盾把《棉紗》、《證卷》、《標金》中工業、公債市場、農村三條縱線集於已正式命名的主要人物吳蓀甫之一身，使之成為統貫全書的主幹人物。其性格集中了「原始積累」、「定向積累」形成的第一份大綱中棉紡廠主、火柴廠主的某些側面；剔除了與性格主體不諧和的某些側面，把它移到趙伯韜身上使用。把原火柴廠主的老太爺性格及家庭成員移入吳府，組成吳老太爺與吳蓀甫父子兩代的五口之家。圍繞吳蓀甫形成「兩大資產階級團體」：以吳蓀甫為首的工業資本家團體，含買辦及火柴廠主周仲偉、航商某甲、礦商某乙、絲廠主朱吟秋、綢廠主某丙〔註76〕、捲煙廠主某丁；以趙伯韜為首的銀行資本家團體，含經紀人韓孟翔、大地主某甲〔註77〕、銀行家杜竹齋等。這時陸匡時、李玉亭、劉玉英、雷參謀等均已獲名並已出場。其餘介於兩團體間的人物均以甲、乙、丙、丁……庚、辛或「某」等標之，並注明身份。此外在「叛逆者之群」項下，列有地下黨員及工人（蔡真、朱桂英等），但性格很不具體。

　　二稿涉及社會層面與人物遠較現在的《子夜》定稿廣泛，但較初稿集中：它以兩大集團鬥爭為基幹，展開交易所的三次大戰與工廠的三次罷工。情節也更激烈更複雜：如趙伯韜插手工運、策劃逮捕吳蓀甫；吳蓀甫則策劃暗殺趙伯韜。資本家的性關係糜爛與小資產階級、知識份子的情愛、情變、婚外戀等等均已穿插其中。借助這複雜多姿的矛盾糾葛，繪出城鄉交織、以上海十里洋場為主的光怪陸離、危機四伏的社會矛盾大全景。其最大的突破，是主要人物的典型化、人物關係的一體化與藝術結構的有機化。

　　據此大綱，茅盾開始動筆。到1931年3月已「寫完前幾章的初稿」。但命筆後茅盾「感到規模還是太大」，生活積累仍嫌不足。再作定向積累，則「非有一二年時間的詳細調查，有些描寫便無從下手。」軍事方面因茅盾素無體驗，再調查「也未必能寫好」。「於是就有再次縮小計劃的考慮。」〔註78〕

　　4月下旬沈澤民夫婦赴蘇區前曾來辭行，提供了中共中央四中全會後被擠出中央、肺病又發的瞿秋白的住址。茅盾夫婦兩次趨訪。因黨的機關遭破壞，瞿秋白必須轉移，他暫住茅盾家約兩週。他們的中心話題是《子夜》的構思。

〔註75〕見《我走過的道路》（中），第99～107頁。
〔註76〕這甲、乙、丙被寫入《子夜》即孫吉人、王和甫和陳君宜。
〔註77〕即《子夜》中之尚仲禮。
〔註78〕《我走過的道路》（中），第109頁。

瞿秋白看了大綱和已寫好的前四章初稿。他支持正面寫城鄉工農革命運動的構想，他詳細介紹了「當時紅軍及各蘇區的發展情形，並解釋黨的政策」之成功面與失敗面。他對工業資本家與買辦資本家的性格及其相互鬥爭的審美表現與細節描寫，都提出具體意見。這對《子夜》定稿規劃影響很大。茅盾基於據「耳食的材料」而不能「實地去體驗這些生活」只能導致概念化「不如割愛」的原則，〔註79〕並未接受瞿秋白正面寫城鄉革命鬥爭的意見。但卻用他所提供的材料充實側面描寫與背景描寫。茅盾仍下決心壓掉農村、集中寫城市。只有第四章不忍割愛；保留下來，成了半游離狀態。但對瞿秋白關於資產階級描寫的建議，如改兩大集團最終握手言和爲一勝一敗，吳蓀甫最終走了投降洋商之路；吳蓀甫憤怒絕頂獸性發作要破壞東西，因而姦了吳媽等等；均據以照改。於是茅盾又寫第三份大綱。〔註80〕

第三稿是據以寫《子夜》的大綱定稿。其最大的變化是：一、割去了農村、農運的正面描寫；壓縮了戰局的正面描寫。二、取消了綁架、暗殺、通緝、以及趙伯韜插手工運等描寫。集中寫經濟鬥爭特別是公債鬥法。三、簡化了缺乏直接體驗的工運、地下黨中的路線鬥爭的描寫。四、刪去諸如軍火買辦、政客、地主、失意軍人、報館老板、左翼作家等人物。也簡化了次要人物關係的正面描寫，如張素素的多次失戀等。五、特別重要的是增添了從未出場的屠維岳這個人物。而許多主要人物如孫吉人、王和甫等航商、礦商脫穎而出，給他們定性格、定位置，組織到人物關係矛盾衝突的有機結構中。但這時馮雪峰堅請茅盾出任左聯行政書記。從5月上任到10月請准長假寫《子夜》，這期間又中斷了5個月。這就是《子夜》從生活到創作構思，再到正式執筆前的創作準備階段。茅盾1933年在《子夜·後記》中說：「右《子夜》十九章，始作於一九三一年十月，至一九三二年十二月五日脫稿；其間因病，因事，因上海戰爭，〔註81〕因天熱，作而復輟者，綜計亦有八個月之多。」這是指結束了上述創作準備，正式於10月動筆後的情形。可見《子夜》的創作準備所用的時間，數倍以至幾十倍於寫作的時間。

〔註79〕 《我走過的道路》（中），第110頁。

〔註80〕 此分章大綱現存的只剩下第十至十九章，刊於1984年出版的《茅盾研究》叢刊創刊號。其後所附，即此分章大綱前的部分大綱殘稿；其內容與人物和三稿不同。說明這是第三稿之前的殘稿。

〔註81〕 事主要指包括奔祖母喪事在內的兩次回鄉等；戰爭即1932年「一、二八」上海抵抗日軍侵略之戰。

　　由此可得出以下結論：一、《子夜》的創作方式是以「托爾斯泰方式」爲主、以「左拉方式」爲輔的。其大部分素材是自童少年起幾十年「經驗了人生」所得的原始積累；由此產生了創作立意。然後又用約一年左右時間爲寫作而去經驗人生作定向積累。其主題形成於大量生活積累之後，與主要人物的形成過程大體上相伴而生。二、這決定了茅盾大規模反映中國社會與時代，敢於通過創作回答中國社會性質與道路問題的膽與識。茅盾曾說：《蝕》與《子夜》發表後即引起轟動。原因之一是「我敢涉足他人所不敢而又是人們所關注的重大題材」。「這並非三十年代的作家中沒有才華如我者，而是因爲作家們的生活經驗各不相同。」《子夜》成功的主導方面是寫資產階級與小資產階級，茅盾在這方面的生活積累，無人能與之比肩。敗筆則在對工農和地下黨的描寫。這方面他雖再三努力，終未臻生活積累比較充分的境地。由於茅盾「悟出一條眞理：豐富的生活經驗是作家創作的無窮的泉源。」〔註82〕三、《子夜》寫成後曾獲好評曰：「第一是眞實，第二是眞實，第三是眞實，沒有口號，沒有標語，也沒有絲毫主觀的教訓主義的色彩。」〔註83〕這是很中肯的評價。其原因首先在堅持了充分積累生活的原則；在充分的生活眞實性基礎上形成其高度的藝術眞實性。說《子夜》「是爲了寫而去經驗人生」，顯係不了解原始積累情況之語。說《子夜》是「主題先行論的典型」，更是毫無根據的判斷。《子夜》由生活到創作的過程，的確曾經接受理性的過濾，形成了茅盾形象思維始終伴隨理性思考的特徵。但其審美表現，不僅堅持了充分形象化、充分典型化原則，而且舉凡易導致概念化的部分（如農村、戰爭、地下黨、工運），或者斷然刪去，或者變正面描寫爲側面描寫與背景描寫。因此，說《子夜》「是一部以嚴謹的客觀性、科學性、社會科學的觀察分析代替了創作中的個人思想情緒」所寫的「一份高級形式的社會文件」，〔註84〕則更是毫無事實根據，全憑主觀杜撰的妄斷。這一切說法，都經不住事實的檢驗。

三

　　《子夜》最突出的特點與貢獻，是以「排山倒海」的磅礴氣勢，「大規模

〔註82〕英文版《茅盾選集》序，《茅盾序跋集》，第218～219頁。
〔註83〕余定義：《評〈子夜〉》，《戈壁》第1卷第3期，1933年3月10日。
〔註84〕藍棣之：《一份高級形式的社會文件——重評〈子夜〉》，《上海文論》1989年第3期。

表現社會」,「大規模的描寫中國都市生活」; 〔註 85〕「揭示在這漫漫的長夜裡」,人們「怎樣的解決他們所爭執著的『現在』」;「摸索著他們的前途」,從而「把握著 1930 年的時代精神的全部」,充分體現出「社會辯證法的發展」態勢, 〔註 86〕因此,它是「五四」以來的文學作品特別是長篇小說中觀照社會最具宏觀性、整體性、時代性與史詩品格的一部。

對此基本特徵的內涵,茅盾簡要概括說:「這部小說以上海爲背景,反映了中國人民在中國共產黨領導下進行長期反帝反封建鬥爭中的一個階段;這個階段的鬥爭是殘酷的,情況是複雜的,然而從整個形勢看來,這是黎明前的黑暗,所以小說題名爲《子夜》。」 〔註87〕茅盾想了好幾個書名。最初「擬了三個:夕陽、燎原、野火」。 〔註 88〕現存的手稿的題名是《夕陽》。最後出版時定名《子夜》。因爲它更能體現蛻舊出新、積極進取的時代的歷史的發展動勢。

茅盾以生花的妙筆,寫了 90 多個人物,借助一樹千枝的宏大藝術結構,把他們組織到以吳蓀甫的性格典型化爲核心、圍繞吳趙兩大集團血肉拼搏的矛盾衝突裡;展開在複雜的形形色色的人物關係中:資產階級內部買辦資本家、民族資本家與中小資本家「大魚吃小魚、小魚吃蝦米」的生死搏鬥;以國民黨政權爲靠山的地主資產階級與中國共產黨領導下的工農革命運動時起時伏、政治與軍事並舉的階級鬥爭;反動政權內部分別以美英日帝國主義爲主子的蔣介石集團、汪精衛集團的政治鬥爭與南北大戰;特別是關乎全局的國共兩黨、白區蘇區分別代表著性質、方向、前景均不相同的兩個「中國之命運」的大決戰,正處在由「子夜」漸趨「黎明」的歷史性大轉變。茅盾描寫的這一切,構成縱橫交織的 30 年代中國社會的鳥瞰圖。他把這複雜交錯衝突多變的時代社會內涵,納入吳趙兩大集團、與「三條火線」性質不同的矛

〔註85〕 瞿秋白:《讀〈子夜〉》,《中華日報》,1933 年 8 月 13、14 日。

〔註86〕 余定義:《評〈子夜〉》。

〔註87〕 《〈子夜〉朝文版序》,初見於 1960 年朝鮮國立文學藝術書籍出版社朝文版 《子夜》。現據手稿編入《茅盾全集》第 3 卷;引文見556 頁。

〔註88〕 《我走過的道路》(中),第 112 頁。茅盾起先曾定名《夕陽》:那時寫作及半,應鄭振鐸要求先在《小說月報》第 23 卷起連載。但抄件及《小說月報》其他稿子毀於「一‧二八」上海抗戰大火中(《小說月報》因之亦終刊),未能先與讀者見面。但定名《子夜》出版之前,其二章一節與第四章曾分別以《火山上》、《騷動》爲題,刊於 1932 年 6 月 10 日、7 月 10 日《文學季刊》創刊號與第 2 期。這些書名、篇名的變化確定,反映了作者立意及審美表現不斷深化的過程。

盾鬥爭中。

　　茅盾在雄才大略的主人公吳蓀甫周圍，集結了精明果斷的太平輪船公司總經理孫吉人、講義氣肯實幹的大興煤礦公司總經理王和甫、金融大亨杜竹齋、汪派政客唐雲山。他們各具經濟政治實力，共同經營益中公司及其兼併的朱吟秋、陳君宜絲、綢大廠和另外八個小廠，遂與周仲偉的火柴廠形成犄角之勢。這是趁第一次世界大戰間隙發展起來的程度不同地具「法蘭西性格」的中國民族資本家精英集團。若處在資產階級上升時期，何愁不能把中國推上逐漸發達的資本主義社會！然而茅盾以清醒的理性，充分把準自鴉片戰爭迄今在帝國主義全方位侵略下，已變中國爲半封建半殖民地，並使民族資產階級具先天軟弱性的殘酷歷史眞實，以自己自辛亥到北伐近二十年的革命實踐生活閱歷爲依據，藝術地來爲這群民族資本家精英典型，描繪出十分狹窄、處處碰壁的生態環境：他們面對的一方，是有美國金融資本與蔣記政權爲背景的買辦資本家趙伯韜集團；另一方是中國共產黨邊克服「左」傾路線錯誤，邊實施以農村包圍城市的正確路線，因而能正確領導日益壯大的紅軍、蘇區、與城市的群眾政治運動。生不逢時的中國民族資產階級，這時已錯誤地離開中共領導的民主革命統一戰線，投向時時以反動政策限制他們的當政的大地主大資產階級。這一切使吳蓀甫「國家像個國家，政府像個政府」的發展民族工業的憧憬，以「雙橋王國」與益中公司爲基礎，實現其「高大的煙囪如林」，「輪船在乘風破浪，汽車在駛過原野」的「理想」，注定都將化爲泡影。茅盾持如椽大筆，通過吳、趙鬥法的中心情節，舉重若輕地展開這場以吳蓀甫命運悲劇演出的時代悲劇的歷史進程。

　　茅盾寫吳趙衝突，極力突出其才華與實力之間存在的巨大反差以突出其悲劇性質。趙伯韜才智遠遜於吳蓀甫，但他憑蔣政權與美國金融資本的實力，就有了對付吳蓀甫游刃有餘的經濟政治與軍事手段。他從工業與公債投機兩條火線，發動了對吳蓀甫四面圍擊的殲滅戰。針對吳蓀甫資金原料兩不足的中國民族資本家的致命弱點，茅盾寫趙伯韜以朱吟秋廠壓死吳蓀甫的工業資金、分化出杜竹齋藉此切斷了吳蓀甫的資金外援，從而把吳蓀甫在工業方面推入困境。針對吳蓀甫牟取暴利的資產階級貪婪本性，茅盾寫趙伯韜以「投之以鼠，引蛇出洞」的戰略，從合作搞公債初戰告捷的第一回合，到一切對著幹的二、三個回合，通過公債鬥法，變吳蓀甫等的工業資本爲投機資本，然後戰而勝之；使其連廠帶資本加上住宅，都被一網打盡。於是吳蓀甫剩下

的只有一顆供自殺用的子彈，和那顆不甘臣服的破碎的心。然而這點點餘忿，也僅限於另尋外國主子充當掮客，以挫趙伯韜渴望全勝的快意。而其放棄了發展民族工業，促中國走資本主義道路的理想的實質則同。對變中國為半殖民地的帝國主義而言，其目的倒是全部實現了！

寫吳蓀甫對抗趙伯韜與寫吳蓀甫鎮壓與對抗中國共產黨領導下的工運農運，是茅盾藉以反映時代，揭示這段歷史的史詩性內涵的藝術構架的兩翼。對此兩翼茅盾不僅同樣重視，而且對後者更加著力。寫趙伯韜僅讓他出場了四次；其集團的基本成員也僅寫了尚仲禮一個。寫工運，茅盾卻展示出一個龐大的人物陣容，組成一個多層面建構的複雜階級關係與階級鬥爭衝突。

大綱三稿毅然捨棄了趙伯韜煽動工運，脅迫吳蓀甫的情節，並且虛構了一個被評論界中人稱作「吳蓀甫的替身」的屠維岳，取代老昏無能的莫幹丞，任吳蓀甫的裕華紗廠主事。他以更加狡猾與陰狠的手段，鎮壓黨領導的工運。這些修改，前者是因趙伯韜的操縱削弱了黨的領導與工運的自主性，後者則因其顯得水落船低難充分反映工人的鬥爭精神，而且吳蓀甫不可能親自指揮去平息工潮，莫幹丞又不足以體現吳蓀甫心狠心辣，大刀闊斧的性格側面，對展示大革命失敗後民族資產階級已經加強了的反動性顯然有礙。因此這些修改，都增加了審美力度的多義性。亦因此，屠維岳不僅如某些論者所說是吳蓀甫的「替身」，寫他的更重要的意義，既是對吳蓀甫的性格中反動性與陰險狠辣的一面的反照；也是寫吳蓀甫知人善任的精明。吳蓀甫起用屠維岳前後那兩次唇槍舌劍的對話，既體現了把與趙鬥法的損失轉嫁到工人頭上的矛盾的連鎖性與延伸性，又藉此兩強相撞迸射出的性格火花，反映他們雖站在不同立點，卻共同表現出對工人陰險毒辣凶狠狡詐；表現出對共產黨咬牙切齒的刻骨痛恨。這就從兩個層面共同刻畫了他們的反動的階級本性。因此寫屠維岳儘管存在性格成因描寫不足的弱點，但對其性格內涵的刻畫，卻具自我表現與反襯吳蓀甫這雙重作用。特別是寫他鎮壓工運、發現並打擊地下黨、分化利用黃色工會的對立派別藉以分化瓦解工運，這有膽有謀、軟硬兼施的性格特色，無不反襯出吳蓀甫軟硬兼施、以硬為主、知人善任、以「大將風度」自詡的性格。這就在平息工潮這條火線上，一箭雙雕地寫出主子與鷹犬合謀為奸這種統治者壓迫者層面的複雜情態。

茅盾由上往下推及黃色工會這一基層鷹犬兩派狗咬狗的鬥爭，既寫其愚弄鎮壓工人的一致性，也寫桂長林與錢葆生兩派分別以汪、蔣為靠山的複雜

性。茅盾採用一明一暗、顯隱交錯的筆法，既寫其明爭暗鬥的矛盾性，又寫
其一旦涉及本派利益，又共同損害吳的利益，利用工潮分化工人，打擊對方，
這又一種一致性。這一切描寫，都在行動與矛盾衝擊中反映出 30 年代初插手
工運的又一類爪牙的複雜社會層面。茅盾還忙裡偷閑，在兩派中穿插上一個
中立的李麻子，和並非工會、因與屠維岳爭寵爭權而站在錢葆生這一派的曾
家駒、吳爲成、馬景山等幾個吳蓀甫的親屬，使其撥亂其間；此外又寫了老
昏無能，失寵但又不甘心失敗故時時充當「耳報神」的原工廠主事莫幹丞，
讓他站在屠維岳一旁「添亂」：這一切描寫，就把勞資雙方衝突對立中，中層
壓迫者及其複雜性，一覽無餘地展現在讀者面前。

　　黨領導下的工人運動的描寫也頗有氣勢。爲表現時代特色，也爲使工潮
描寫能居高臨下，茅盾推出了執行李立三「左」傾路線的克佐甫、蔡眞，執
行正確路線的瑪金，以及站在「取消派」立場的蘇倫這三類地下黨員形象。
小說以有限的篇幅，寫其思想衝突所反映的路線鬥爭內容；也寫出「左」佔
上風後，既造成了工運的高漲，也帶來了慘重損失。我們如果把茅盾的這
種有分寸的分析批判態度放在當時的文學創作環境中衡量，幾乎可以說是空
谷足音。茅盾很注意把握分寸：即便寫「左」傾如克佐甫也是代表革命力
量。他在對敵鬥爭、支持與發動工人打擊資產階級的反動行徑，爲工人爭取
生存權利，借以發展黨領導下的革命事業上，不僅是堅決的，也是有戰鬥性
與打擊力度的。這就準確地眞實地再現了革命低潮期黨領導工運的成功經驗
與失敗教訓。

　　茅盾寫工運和工人階級在工運中的情態，也注意描寫的準確性與分寸
感。不論寫站在正確路線一邊或寫盲從「左」傾線一邊的工人、工人黨員
如陳月娥、何秀妹、張阿新、朱桂英，都首先盡力表現其堅強奮鬥、忘我犧
牲的革命本質與樸素的階級覺悟這一主導層面。正是她們發動了工潮並衝在
最前面，聯合兄弟廠，共同掀起全市性罷工浪潮。茅盾旨在表明即便革命處
在低谷，又有「左」的干擾，革命群眾運動那戰鬥的氣勢與堅韌的鬥爭精
神，仍然形成並代表著時代主流。茅盾也不回避工運內部的複雜性：確實有
姚金鳳、薛寶珠等敗類被收買，而分化出去；成爲工運發展的隱患。但茅盾
又寫出工人們一旦發現他們的背叛行爲，就堅決揭露；顯示出敵我間憎愛分
明的鮮明態度。寫黨內與工人內部存在隱患而毫不回避，正反映出茅盾尊重
生活尊重歷史的藝術家風範。但他寫來極有分寸，一直準確地把握住主流與

支流的位置。

此外茅盾還精心設置了朱桂英、朱小三姐弟倆分處吳蓀甫的裕華廠與周仲偉的火柴廠，分頭參與了兩場不同形式的勞資鬥爭。兩個廠不僅資方是犄角之勢，就是勞方發動的形式不同的工運，也呈犄角之勢。這和其他兄弟廠的相互聲援、配合衝廠以形成全市工運的描寫一起，反映出 1930 年上海工運所體現的革命時代的進取精神與歷史的動勢。

「農村交響曲」的寫作計劃，經一再壓縮，成了《子夜》的政治背景與局部小結構。但保留的第四章並非絕對的游離成分。它展示出：農民運動向吳蓀甫的「雙橋王國」發動的致命的攻勢，是毛澤東「以農村包圍城市」正確路線與「星星之火，可以燎原」革命總形勢的有機部分。這個點和茅盾以背景描寫方式虛線般地時時點染出的工農紅軍向蔣軍、蘇區向白區的強有力的攻勢一起，成為城市工運描寫的對應物；正是這些描寫，使城鄉呼應、工運農運配合，形成由「子夜」向「黎明」漸進的巨大歷史驅動力。有了中國共產黨領導下的這種白區工運低潮與蘇區農運高潮的緊密配合的整體性描寫，就從另一個方面展示出中國共產黨領導的新民主主義革命，同樣是堵塞中國走資本主義道路的性質不同的歷史障礙。也是在這裡，茅盾給尚不思悔改，不肯走回頭路的吳蓀甫，留下一條有真正意義的出路。這也是由「子夜」轉向「黎明」的歷史必然性與可信性的審美表現的重要的一隅。

這一個工運層面和通過吳趙鬥法那另一個層面異曲同工，都從各自的歷史必然性角度，強有力地揭示了資本主義的此路不通！這各從一面揭示出的辯證發展的客觀歷史取向，明確回答了中國社會的性質問題；對大論戰中的托派與資產階級學者，作出了雄辯有力的形象感人的回答！

《子夜》還寫了作為上述經濟、政治鬥爭對應物的上層建築、意識形態領域中那形形色色的複雜生態，即茅盾所說的「新『儒林外史』」。這裡有直接介入吳趙鬥法，明為調停、實則參與，明似幫閑、實際幫忙的經濟學教授李玉亭、律師秋準、交際花徐曼麗，以及等而下之但亦不可少，主觀上犧牲色相從中分一杯羹，客觀上各以其微力推波助瀾的劉玉英、馮眉卿。有表面超脫於公債市場、實際亦打「遊擊戰」，詩人其表、玩弄女性者其裡，但時不時代替茅盾來評點人物行為的范博文。杜氏叔侄與范博文表現迥異，本質上大致相同。茅盾的描寫表明：這些教授、文人、博士、大中學生，既然生在那個時代，誰也無法靠自拔頭髮脫離地球。在「新『儒林外史』」中，最精彩

的藝術形象依然是形形色色的時代女性。她們有獨自的特點，卻都具類似的共性。徐曼麗、劉玉英、馮眉卿也歸此類。林佩瑤放棄了學運中的「白馬王子」，嫁了叱吒經濟風雲的企業家「英雄」，成了吳少奶奶，是一個金錢強姦愛情後產下的怪胎。她殘留的似水柔情，又是對金錢扭曲了情慾的吳蓀甫那情感上的粗疏的強有力的反襯。不論人生道路抑或貞操觀念，林佩珊和四小姐吳慧芳都是吳蓀甫與其父之間存在的那種資本主義與封建主義意識形態衝突的對應物。由此可更充分地去把握茅盾對這兩位女性性格描繪的核心內涵與個性特徵。只有張素素比較模糊。可能因為最初構思的她原來與李玉亭等人的愛情糾葛史方案，被定稿大大壓縮，僅留下點蛛絲馬跡所致。但她仍有資格與徐曼麗、劉玉英、林佩珊一起，作為慧女士的代表，和林佩瑤、吳慧芳等靜女士型人物構成雙峰對峙的時代女性群的兩「極」，展現出茅盾寫女性的文筆那特異的風采。

　　表面看來，這「新『儒林外史』」世界比第四章有更大的游離性。但如果從茅盾對經濟基礎、上層建築、意識形態作總體觀照的新型社會剖析小說的藝術結構視角考察，就不難看出，這也是《子夜》及其觀照社會生活的宏觀性、整體性、時代性、史詩性特徵不可或缺的有機組成。何況，從人物關係說，他們又是刻畫吳蓀甫性格特徵，構建《子夜》典型環境的不可或缺的有機組成部分。

四

　　從主題思想內涵說，以上描寫的幾個側面，幾乎是同等重要的。它們異曲而同工，共同奏出「時代交響曲」的整部樂章。但從典型人物塑造看，其成就卻相差極大。可能因為茅盾不僅沒在工運第一線作更久的參與，〔註89〕而且限於他仍被通緝、且已失去組織關係等政治環境的局限，他對1930年的工運、農運的了解，只能憑瞿秋白等介紹的第二手材料和參觀工廠時獲得的部分淺層次的觀照。對當時的地下黨，茅盾有些接觸，對身先士卒的基層黨員及其活動的了解，也大體如此。因此，茅盾儘管用了很大的力氣去了解、去描寫這許多工人和地下黨員形象，卻沒有一個稱得上是真正意義上的典型。特別是地下黨員，除瑪金個性較鮮明具一定典型性外，其餘多呈扁平

〔註89〕1925年他參與了領導商務印書館的大罷工。此前他在印刷工人中發展黨員、建立組織，有過一段直接參與的經歷。

狀，缺之立體感。比較起來，對「新『儒林外史』」中那群知識份子與時代女性，由於茅盾熟悉他們，寫來就能妙筆生花，多數形象個性鮮活，具較強的典型性。

《子夜》推出了一系列形形色色的資產階級形象。這才是眞正意義上的典型人物。其中吳蓀甫的典型性格塑造尤見功力。把他與魯迅筆下的著名典型阿Q、祥林嫂放在一起也毫不遜色。這是茅盾及其《子夜》一個大特色大貢獻。直到1949年，中國現代文學史翻完最後一頁，儘管作家隊伍高手成群，雕成的人物畫廊豐富多彩，琳瑯滿目，但能夠成批推出形形色色資本家形象系列的作家，除了茅盾沒有第二位。至於描繪資本家其典型化程度臻魯迅筆下的阿Q水平而毫無遜色者，除《子夜》中的吳蓀甫外，更沒有第二個。由此可見，茅盾及其塑造的典型吳蓀甫在中國現代文學史上的意義和位置是何等重要了。

茅盾顯然是在充分研究了中國資產階級形成發展史基礎上，把握了充分的人物原型，進行吳蓀甫性格典型提煉的。出於大規模反映中國社會與反映30年代初特定時代風貌的需要，茅盾選定了中國第二代民族資本家作爲吳蓀甫的性格定位基礎，賦予其性格以充分的文化內蘊。其父吳老太爺本有可能由官而商，成爲維新變法前後湧現的第一代民族資本家。但他由新黨而舊派，由居官而退隱，由儒而道，走了一條二者折衷互補的路。因此他未能跳出封建主義藩籬；他的人生道路與其子南轅北轍，構成了父與子的代溝與衝突。茅盾是從封建家庭脫穎而出的。他和吳蓀甫道路不同，但對這種人身上的封建階級烙印之深，感同身受。故寫吳蓀甫性格具兩重性時，略加點染，即能入骨三分。茅盾寫吳蓀甫精心營建「雙橋王國」，此舉具多義性：一是爲寫「農村交響曲」張本。二是爲了體現第二代民族資本家，其資本的原始積累大都以地主經濟實力爲始基這種中國特色。三是寫這表面上的鄉土意識，其實質與發家買地的地主階級封建意識一事兩面。因此吳蓀甫思想意識的經濟政治文化思想各個層面，均與封建主義具千絲萬縷的聯繫。這決定了吳蓀甫性格發展的取向；也是切入其內心世界的一把鑰匙。以此爲基礎，吳蓀甫遊歷英美，借鑑資本主義工業振興經驗，尾隨其後想在中國走「法蘭西道路」。這被茅盾稱之爲「法蘭西性格」的基質，是以封建層面爲基礎，後天形成的；因此具軟弱性、不徹底性與被前者制約的特性，就不難理解了。二者異質同構互補，而且有機結合，形成了吳蓀甫這個典型性格兩大內在

要素。由此可見，從性格典型化言，茅盾從性格基礎上就注意使吳蓀甫具中
國國情特色；他就命定地無法成為真正意義上的法蘭西資產階級典型。因此
他們絕不能推動中國走上資本主義道路。吳蓀甫在家庭內部的封建家長作
風，並不弱於乃父。他還把這種封建家長作風帶到益中公司，特別是他個人
的裕華紗廠。這也有別於民主主義經濟政治法律制度為基礎的西方資產階級
的個性與共性及其文化意蘊。這一切使吳蓀甫必然在得意的順境中，具有「頤
指氣使」的個性特色；這就和趙伯韜的蠻悍霸道、杜竹齋的和氣奸滑，形成
鮮明對照。

　　堅持發展民族工業以振興經濟，是吳蓀甫真誠的夢寐以求的理想。這和
他因貪上當，違背初衷，把工業資本移作投機資本，最終滑入破產的泥坑，
一紙兩面地構成吳蓀甫性格內涵相互矛盾相互對立的兩「極」，但又有機統一
於其性格深層；形成又一獨特的性格內蘊。當他看不起願以金融優勢經營工
業的杜竹齋，而產生自我優越感時，他當然想不到他會走後來那條路。同樣，
當他把汪精衛的振興實業的政治謊言當作真心實意的經濟綱領時，也絕沒想
到他這位一隻眼睛看政治、一隻眼睛看經濟利益的不肯在商言商的明智人
物，有朝一日也會像趙伯韜尾隨蔣介石當美商國民政府在華的掮客那樣，自
己也尾隨著汪精衛，另覓外國主子，當趙伯韜式的掮客。然而追求利潤不擇
手段的資產階級貪婪本性，使上述貌似矛盾的對立的兩「極」，磁鐵般地統一
在吳蓀甫的人生道路中，成為一紙兩面似的有機構成。這就使大革命失敗後
投靠了大資產階級的民族資本家吳蓀甫，對抗共產黨、對抗與鎮壓工運農運
的反動政治態度必然每下愈況。隨著三條火線的失敗，他不僅不肯回頭，重
新加入黨領導下的民主統一戰線，而且愈失敗愈頑固，反動性與日俱增。這
正是 1930 年茅盾準確把握著的吳蓀甫的性格的關鍵。也許正是在這裡，吳蓀
甫有無愛國意識，是否值得同情這個問題，和茅盾在「左」的政治氛圍逐漸
增濃的 1952 年，曾給吳蓀甫扣過「反動資本家」的帽子到底對不對的問題一
起，至今仍是讀者關注的熱點，和學界看吳蓀甫引起爭論的焦點。究其實，
愛國主義與愛國意識，本來就是既具階級性又具時代性的意識形態範疇。過
去可能忽略了這一點，遂拿人民群眾的或今天的愛國主義標準，來要求吳蓀
甫。因此就有人對吳蓀甫的愛國意識，產生了不承認態度。這種結論當然是
非歷史主義的。如果承認愛國主義及愛國意識具有階級性與時代性，我們就
不應要求或指望吳蓀甫作為一個民族資本家形象，會放棄其個人私利或階級

利益，以無私的集體主義的動因爲基礎，形成其愛國主義意識。反之，茅盾正是把握住了吳蓀甫從特定階級立點，在特定時代，把個人與本階級的私利與汪精衛打出的「振興實業」口號統一起來這種行爲特點。吳蓀甫希望「國家像個國家，政府像個政府」；換言之就是這一切都要保障自己發展民族工業。但吳蓀甫發展民族工業的努力，不僅與當時中國特定的時代要求，即發展生產力，促使國力增強的要求相統一；而且也與限制阻礙中國國力與民族工業的發展，竭力使之成爲半殖民地的帝國主義的利益與態度，產生了根本對立。這是他和買辦資本家趙伯韜性格碰撞的基本內涵。對吳蓀甫這種愛國意識，我們沒有理由懷疑其眞誠。正因爲有這了個側面，抗戰爆發後吳蓀甫們才可能重新回到民族統一戰線中來。茅盾也正是在這個立足點上，毫不掩飾他對吳蓀甫持同情態度，也不掩飾後來他塑造許多民族資本家，對其作審美表現時的同情態度。朱自清曾說：茅盾把「吳屠兩人寫得太英雄氣概了，吳尤其如此，因此引起了一部分讀者對於他們的同情與偏愛，這怕是作者始料所不及罷」。〔註90〕此說其實只對了一半。茅盾寫吳蓀甫對趙伯韜鬥法的英雄氣概，是出於上述取向而刻意爲之；並不掩飾審美傾向。今天看來，這取向經得住歷史的檢驗。對這我們毋庸諱言。這與寫鎮壓工運屠維岳的才氣產生了不應有的副作用，是作者始料不及，且取向欠當問題，根本不是一回事。因此，評價吳蓀甫性格的愛國意識層面及其典型意義時，對作家的審美傾向與作品的審美效果的正面價值，不應該持非難態度。不過朱自清的評價其本質不同於後來的「左」傾評價。

但茅盾寫吳蓀甫對工運、農運的鎮壓，對共產黨和紅軍的敵意卻都持鮮明的鞭撻態度。1952 年《茅盾選集》自序中稱吳蓀甫爲反動資本家，固然有與當時「左」的氛圍相關的聯繫性；但此說僅僅存在以偏概全之弊，卻並非無中生有之論。因爲他強調的是，大革命失敗後從革命統一戰線分裂出去，投靠蔣介石和大資產階級的吳蓀甫的反共與鎮壓工運的階級本性在特定時代中表現出的反動性層面。即便寫《子夜》的當時，茅盾對此層面與性格側面的描寫，也持批判鞭撻的鮮明立場。這已是《子夜》書成時就鑄就的事實。因此茅盾 1952 年說吳蓀甫是「反動資本家」，並非定性失誤；而是以偏概全。中國民族資產階級本來就具毛澤東所一再論述過的兩重性，也具備在不同歷史環境中其主導層面會相應地轉化這一基質。茅盾所寫的典型環境能把

〔註90〕《〈子夜〉》，《文學季刊》第 1 卷第 2 期，1934 年 4 月。

握住時代的特性。《子夜》手稿扉頁今尚保留。在豎寫原書名《夕陽》時，其下的英文橫寫著：

A Romance of modern China transition

In Twilight $\left\{\begin{array}{l}\text{a novel of}\\ \text{industrialized China}\end{array}\right.$

初版封面題書名《子夜》，內封題簽下面反覆襯書著許多斜行的英文，仍是：

The Twilight: a Romance of China in 1930〔註91〕

　　茅盾正是緊扣著時代歷史環境，塑造吳蓀甫上述性格兩大層面與兩大特徵的。這種審美表現，既具生活眞實性、時代眞實性，也具藝術眞實性與藝術典型性。對此也不應持異議。

　　茅盾寫吳蓀甫上述兩個性格側面及其主導位置的相互轉化，扣緊這典型環境的時代特徵，通過其個性由剛愎果斷到自餒、寡斷這一巨大轉化過程，來反照在吳與趙由初次合作公債到二、三兩次公債鬥法被趙「引蛇出洞」圍而殲之，遂使吳蓀甫的工業資本徹底敗在以國際金融資本與國內官僚資本爲後盾的買辦資本之手的失敗過程。這說明：命運可以扭曲性格；這既符合時代發展邏輯，又符合吳蓀甫性格發展邏輯與吳趙人物關係發展邏輯。因此這種性格發展與人物關係發展的審美表現，均具高度的生活眞實性與藝術眞實性。通過幾十年的審美效果的檢驗，更證明了其眞實可信性。

　　茅盾對吳蓀甫內心世界的開掘描寫，也具高度的典型性。金錢慾利潤佔有慾，是支配吳蓀甫一切情慾的軸心。這使其內心世界的道德層面與情感層面被擠到狹窄的一角，形成了極端貧乏極端空虛的心態。特別處在徹底失敗境地時，表現出鮮明的強烈的色屬內荏性格特徵。在這種內心世界的描寫中，茅盾也緊扣住其矛盾重重的性格特徵。如寫他自認爲具外國企業家般「高掌遠蹠的氣魄和鐵一樣的手腕」從而極「富自信力」的一貫心態，這當然是他剛愎自用作風的心理基礎。但當楚歌四面困境日甚時，他又跌入「苦悶沮喪」、「閉門發悶」、自感渺小與孤獨的心態低谷，極力把「由藐視一切的傲慢轉成了沒有把握的晦暗」的臉色，深深隱藏，不肯暴露於人前。他擴大資金兼併吞噬大小敵手，與其說這是滿足於貪婪的金錢渴望，不如說是要滿

〔註91〕漢譯文字當是：「一部關於當代中國轉折時期的小說。黎明：一部關於中國實業界的小說。」「黎明：1930年發生在中國的浪漫故事。」

足其強烈的佔有慾更合乎他的心態。處理家庭關係時，他也注重孝悌等封建道德行為規範。但變父親入殮大典為策劃兼併小廠與公債投機陰謀的場合；對弟妹的命運前途也極關注，但其情感取向卻在行使和維護自感似將失去的封建家長權威；利用郎舅關係與杜竹齋「結盟」，目的不在親情而在利用；結果卻成了「開門揖盜」。這道德情感層面，也充滿虛偽與矛盾：最終證明了溫情脈脈的親情紗幕下籠罩著的卻是赤裸的金錢關係。他也渴求情愛與情慾的放縱；但「事實」上的種種追求，使他的情慾被擠到情感世界之一隅，沒有如趙伯韜那樣充分放縱的機會。吳蓀甫不沉湎酒色的正人君子形象，其實是個假象；原因在於他無暇分心，以致三次當面放過妻子愛情不專的物證。對劉玉英的色情挑逗當時他竟麻木未覺，事後也不過「把不住心中一跳」了事。他姦污王媽，其肉慾快感竟被破壞的快感所取代：這正是吳蓀甫式的特殊的心態。

吳蓀甫上述種種性格特徵，充滿了矛盾對立性，因為這一切都是東西方文化撞擊的對應物。他的物質生活方式是歐化的；精神生活卻凝結著中國古老文明的東方色彩。一切矛盾對立互補，統一於其典型性格的審美表現中。這與別人毫不雷同也不可重複的個性特徵，與集階級性時代性民族性於一體的共性的結合，真個是渾然天成，水乳交融！說這完全符合黑格爾與恩格斯提出的「這一個」典型化標準，毫無誇張之嫌。其性格描寫的功力，似可與巴爾扎克寫高老頭、歐也妮‧葛朗台，魯迅寫阿 Q 的功力相比肩：這說法當不為過。正因此，茅盾藉吳蓀甫的個人悲劇展示時代悲劇的審美立意，顯然是通過其高超的審美表現才能得到完滿的充分的體現。

《子夜》以吳蓀甫為核心，推出了一個資本家典型人物系列：黃金榮杜月笙般蠻悍霸道且具流氓氣質、公債與女人一齊扒進的買辦資本家趙伯韜，貌極和善、內含狡猾奸詐、關鍵時刻為了錢竟六親不認的金融資本家杜竹齋，瀕臨破產仍能插科打諢哈哈大笑的周仲偉，膽大心細有大將風度的孫吉人，較仗義、肯實幹的王和甫，此外還有個性鮮明的朱吟秋、陳君宜等等……茅盾一部小說足足推出了一條資本家人物畫廊。如果把《子夜》與此後的作品作統一觀，則茅盾以半生精力為中國文學史雕塑了一所中國資產階級各種典型人物陳列館；若按時序排列這些典型，足以展示中國資產階級歷史命運的發展史。在中國文學史上，這一偉大建樹是獨一無二的。就是縱觀世界文學史，做出茅盾這種建樹的大作家，也只有巴爾扎克等少數幾位大師。

五

《子夜》在藝術方面也有許多重要特點和重大歷史貢獻。

《子夜》展現出了茅盾的社會剖析小說的最高成就。茅盾推出了《子夜》，影響著左翼文壇湧現出一批作家，共同形成了文壇與學界公認的社會剖析小說流派；他們的貢獻建構了左翼文壇最重要的文學殿堂。其首要的特點，如同瞿秋白所指出的那樣：是以馬克思主義先進世界觀方法論爲武器，把握生活、剖析社會。它把茅盾 20 年代倡導的實地觀察、客觀描寫的原則，提高到充分揭示社會本質及其歷史動向與前景的新水平。另一個特徵則是把「經驗了人生而後創作」的「托爾斯泰方式」與明確了創作指向而後去經驗人生的「左拉方式」有機地結合起來，形成了與蘇聯社會主義現實主義同步的有中國特色的革命現實主義創作方法；並運用這一方法大規模、全方位、宏觀微觀緊密結合，通過典型形象群體的塑造，與博大的藝術結構的營建，史詩般地剖析與反映中國特定時代特定社會的現實。這是《子夜》賴以開創社會剖析流派小說的基本思想特徵。

與此相對應的是，以博大的藝術結構體現社會剖析力度，我曾用「一樹千枝」「榕樹型」藝術結構爲其命名。〔註92〕這是因爲《子夜》包含了三條主線、兩條副線，其下又附屬 15 條支線，共同形成整體藝術結構。三條主線即工廠、公債市場與雖已割去仍殘存著的農村及蘇區紅軍的斷續描寫。兩條副線即「新『儒林外史』」與枝枝蔓蔓地把情節通向軍政兩界（當然包括重要背景的南北大戰與紅軍的革命攻戰）。其下 15 條支線盤根錯節相互糾結著 92 個人物所組成的複雜人物關係：共同構成 1930 年中國社會特定的時代大景觀；共同顯示出中國並未走上資本主義道路，而是更加殖民地化的殘酷現實，也展示出它由「子夜」逼近「黎明」的時代動勢。這是《子夜》的社會剖析力度別人難以企及的一大特色，正是在這些地方時時閃現著茅盾及其《子夜》的理性特徵。

其實《子夜》又不單純是社會剖析小說；它也具有自《蝕》開始爲茅盾後來的許多中短篇不斷發展了的心理剖析小說的特徵。二者經緯交織，完成了其大規模剖析社會以回答中國社會性質的大問題。明乎此，就更易理解《子夜》時代景觀爲什麼會極富立體感：它是由生活與心理兩層結構厚度所構成。這是一所既可觀賞又可感受的藝術大殿堂。

〔註92〕見拙著《茅盾的藝術世界》第五編：結構藝術論。

　　無怪乎《子夜》問世不久，連茅盾的論敵《學衡》派的吳宓，也化名「雲」，著文稱贊其爲「結構最佳之書」，說它「不時穿插激射，具見曲而能直，複而能簡之匠心。」不僅「人物之典型性與個性皆極軒豁，而環境之配置亦殊入妙。」「筆勢具如火如荼之美，酣恣噴微，不可控搏。而其微細處復能委宛多姿，殊爲難能而可貴。」〔註93〕這些話實際上已大體闡述了茅盾社會剖析藝術的基本特色。

　　《子夜》另一個藝術特點與貢獻是開創了都市文學的新格局。在《子夜》之前，都市文學創作已經有兩個流派：一是老舍爲代表的描寫帝都京城市井細民的京派現實主義都市文學；一派是劉吶鷗、穆時英爲代表的描寫半殖民地上海大都會畸形生態的新感覺派都市文學。但兩者都限於都市景觀的局部，反映不出時代動態與歷史取向。茅盾推出《子夜》，徹底改變了都市文學的現狀，展現出它應有的整體格局：一、它從經濟基礎到上層建築意識形態，對大都市大時代的面貌作出全方位的反映。二、它以資產階級爲重點，兼及社會各階級、各階層，對社會生態構成與人物關係作出多層面的反映。三、它以國情爲基礎，對西方文化與西方生活方式對中國文化與中國生活方式無孔不入的滲透所造成的畸形與扭曲，從都市文化景觀的變異性與多樣性視角，作出總體反映。四、它對這畸形的病態的都市現狀及其發展趨勢、未來前景，對發展中的主流、支流，積極動勢與消極動勢的總體取向組合的複雜情態作出眞實的本質的反映，使都市文學不僅從力度與速度等方面獲得了律動感，而且把大都市的歷史、現狀、前景作縱橫結合的整體觀照，顯示出「都市美和機械美」與農村的「靜態美」大異其趣，展現出「動態美」的都市文學特徵。〔註94〕五、對環境、人物、人物關係，外部世界與內心世界作統一的立體化的藝術觀照，借助時空的變換，聲色力等多重視角，抒情狀物寫人、對比反差扭曲、戲謔與漫畫化等多種筆法的綜合運用，展現不同於鄉村荒漠的喧囂駁雜的大都市文學觀照的力度、速度與強度。

　　一切都圍繞體現充滿殘酷競爭與矛盾衝突的都市的時代新特徵；也注意表現現代化的人物、環境、主題，以適應業已現代化了的審美情趣與閱讀期

〔註93〕《茅盾著長篇小說〈子夜〉》，《大公報》文學副刊，1933年4月10日。
〔註94〕茅盾：《都市文學》，《申報月刊》第2卷第5期，1933年5月15日，《茅盾全集》第19卷，第422頁。

待。茅盾說：「都市文學新園地的開拓必先有作家的生活的開拓。」〔註95〕《子夜》對都市文學格局的新開拓，恰恰反映了茅盾的思想與生活的新開拓。也因此，《子夜》所代表的都市文學的新格局、新格調，既不同於老舍與新感覺派代表的京派、海派都市文學；也不同於《子夜》問世前後湧現的巴金、曹禺分別代表的「川味」、「津味」都市文學。《子夜》以鐵鼓銅鈸般的音響，閃電霹靂般的動勢，描繪出半封建半殖民地中國大都市已死方生的世相百圖，與全方位、多視角、立體化的人文景觀；取得與世界都市文學同步前進的效果。

　　《子夜》又是中國文學現代化的里程碑。中國文學現代化，始自「五四」新文學革命。其里程碑標誌是魯迅的小說，尤其是《阿Q正傳》。其理論表述則是「為人生」的文學與現實主義文學：為改變人民群眾被壓迫的命運提出了「人的解放」與「揭出病苦，引起療救的注意」的口號；個人與環境衝突的悲劇成了文學現代化的思想主題。但這個文學現代化命題未突破資產階級民主主義的局限。魯迅就說：「吾輩診同胞病頗得七八，而治之有二難：未知下藥，一也；牙關緊閉，二也。牙關不開尚能……啟之，而藥方則無以下筆。」〔註96〕茅盾也說魯迅筆下寫的是古老中國鄉村過去的人生與靈魂。

　　從1923年《中國青年》倡導革命文學到1925年茅盾提倡「無產階級藝術」，中國文學現代化開始了其無產階級新階段的序幕。但創作上雖有蔣光慈的《短褲黨》等問世，但其公式化概念化傾向不能作為新階段的標誌。葉聖陶的《倪煥之》（1928）和巴金的《家》（1931）雖在很大程度上發展了「五四」文學命題，卻仍是「藥方則無以下筆」之作。茅盾的《虹》（1927）倒是開了藥方，但仍嫌力度不夠。

　　只有1933年《子夜》問世，才以其群體命運與階級解放的現實觀照。社會上、中、下各層面的全方位描寫，黨領導下工農革命前景的樂觀展示，以及思想與藝術的有機統一，審美表現的整體性成熟，足可與《阿Q正傳》比肩。而其思想導向，則有質的超越，成為中國文學現代化即無產階級化與革命現實主義化的里程碑標誌。於是以《阿Q正傳》為標誌建構了被馮雪峰稱為「清醒的現實主義」的第一階段；以《子夜》為標誌建構了被瞿秋白和馮雪峰稱之為「革命的現實主義」的第二階段。中國文學的現代化進程，至此才趕上了世界文學步伐；並且被全世界廣泛承認。中國文學現代化的真正意

〔註95〕《都市文學》，《茅盾全集》第19卷，第423頁。
〔註96〕《致許壽裳》，《魯迅全集》第11卷，第345頁。

義的兩座里程碑，就是《阿Q正傳》和《子夜》。

　　《子夜》這一切成就，充分反映出茅盾鮮明的創作個性。《子夜》的時間跨度僅從1930年5月16日寫到7月22日共兩個月零六天；而且空間切入點主要限於城市。但包容的卻是整個中國的大千世界。茅盾說：他「喜歡規模宏大，文筆恣肆絢爛的作品。」〔註97〕其實這也很能說明《子夜》風格特色的主導面。若把它與精雕細鏤入木三分這另一側面整合一起，則可以視作茅盾的創作個性在《子夜》中的基本體現。

　　1933年9月21日朱自清的日記寫了一段趣事：李健吾來「談在滬遇茅盾的情形，茅盾開口講社會問題，健吾開口講藝術（技巧）」，「聖翁則默坐一旁，偶一噫氣而已」。「默揣兩方談話情形，甚有味。」〔註98〕這段文字活畫出三位作家不同的個性。此事發生在《子夜》問世之際，茅盾似仍沉醉在其社會問題的觀察、研究、品味、表現的，由感性到理性再到感性的形象揭示的激情之中。審美表現伴之以理性思索的特徵，是形成《子夜》風格的淵源所在。這給《子夜》帶來許多長處。但其部分弱點也與此有關。在生活不足時理性過強，就難免概念化之弊。《子夜》寫三條火線其藝術造詣不甚均衡，似與此不無關係。

六

　　《子夜》剛剛問世，瞿秋白就斷言：「應用真正的社會科學，〔註99〕在文藝上表現中國的社會關係和階級關係，在《子夜》不能夠不說是很大的成績。」「這是中國第一部寫實主義的成功的長篇小說。」「1933年在將來的文學史上，沒有疑問的要記錄《子夜》的出版」。〔註100〕稍後馮雪峰進一步斷言：《子夜》「是『五四』後的前進的、社會的、現實主義文學傳統之產物與發展」；是「革命的、戰鬥的現實主義的」「普洛革命文學裡面的一部重要著作。」《子夜》並且是把魯迅先生先驅地英勇地所開闢的中國現代的戰鬥的文學道路，現實主義的創作的路，接引到普洛革命文學的『里程碑』之一。」〔註101〕這些評價已經被歷史充分檢驗過，證明確是科學的實事求是

〔註97〕轉引自《茅盾的創作歷程》，第397頁。

〔註98〕《新文學史料》1981年第4期。聖翁指葉聖陶。

〔註99〕當時這提法是指馬克思主義而言，限於文網，不能直說。

〔註100〕《〈子夜〉與國貨年》，《申報·自由談》，1933年4月2日。

〔註101〕《〈子夜〉與革命的現實主義的文學》，1934年11月作，刊於次年4月20日

的評價。

　　《子夜》出版不久，就在國內外產生了重大的影響。當時還是小青年的理論批評家陳沂回憶道：「這是當時轟動我國社會和文藝界的大作品，德國共產黨還爲這部作品專門開過紀念會。」〔註102〕趙景深回憶道：「高爾基在生時對於茅盾的作品亦很稱道。」〔註103〕1936 年斯諾在《活的中國‧序言》中說：「茅盾大概是中國當代最傑出的小說家，他的《子夜》已有英、法譯本。」作家杜埃當時「正在東京，『左聯』支部曾發起舉行《子夜》的討論會，出席人數出乎意料之多，後來成爲捷克著名的漢學家的普實克院士……作了精彩的發言。」〔註104〕劇作家趙明回憶 1937 年讀了《子夜》，認識了中國的性質與「可悲現狀」，「決計離開國統區」去延安或蘇聯走革命道路。後來去了新疆，1939 年成了去新疆講學的茅盾的學生。〔註105〕當時是內蒙一個中學生的袁烙說：「《子夜》使我們這些生活在困難日亟的北中國古城的青年學生」認清了「一個根本問題：中國的出路何在？誰能領導人民拯救中國？」他們得出共同答案：「我們一定要投奔共產黨」，就這樣「有的同學參加了八路軍，有的到了延安。」〔註106〕許多作家回顧說：正是讀了《子夜》，明確了革命與文學之關係，和文藝創作的規律，因而走上文學道路。

　　《子夜》的出版引起了很大的反響。此書三個月內重版了四次，初版3000 部，此後重版每次均 5000 部。這種情況引起了反動當局的恐慌。1934年 2 月，反動當局以「描寫帝國主義者以重量資本操縱我國金融之情形」，「諷刺本黨」，「描寫工潮」，「內容鼓吹階級鬥爭」等罪名下令禁之。後經書商再三交涉才被允許必須大加刪削才能出版。但當即有個至今尚不明爲何人所辦的「救國出版社」按原版全文重印。其《翻印版序言》說：「《子夜》是中國現代最偉大的作品。」不僅「描寫中國社會的眞象，而且也確能把這個社會的某幾個方面忠實反映出來。《子夜》的偉大處在此，《子夜》不免觸時忌，也正因此。」「天才的作品是人類的光榮成績，我們爲保存這個成績而翻印

　　　　《木屑文叢》第 1 輯。
〔註102〕《憶茅公》，第 158 頁。
〔註103〕《茅盾紀實》，第 166 頁。高爾基當時讀的是俄文《子夜》片斷。那時《子夜》尚無俄文譯書。
〔註104〕《憶茅公》，第 294 頁。
〔註105〕《憶茅公》，第 355 頁。
〔註106〕陝西人民出版社：《紀念茅盾》，第 89 頁。

本書。」〔註107〕

　　而今文學史已翻過 40 多年的篇章，《子夜》在國內外均獲得了世界名著的文學史地位。如美國的《東方文學大辭典》茅盾條目說：它「特別成功的地方」是「採用現代小說的技巧」，「精確地描繪出當時中國的許多相互衝突的力量」。「茅盾的作品標誌著中國文學中現實主義傾向的頂峰。」法國《大拉魯斯百科全書》說：茅盾是「眾所公認」的「第一位將革命記錄下來的歷史家」，包括《子夜》在內的著作「細致地描繪了自封建王朝結束以來中國生活與經濟的變遷」。蘇聯《大百科全書》說：「《子夜》是中國新文學中第一部社會史詩型的優秀作品。」〔註108〕

　　《子夜》在獲得很高聲譽之同時，也存在徹底否定的評價。美籍華裔學者夏志清在《中國現代小說史》中說：《子夜》「僅是按照馬克思主義的觀點給上海畫張百醜圖而已。」書中人物包括吳蓀甫「都是定了型的」，「是注定了要受馬克思主義觀點詆毀的那種醜化人物。」他說：茅盾缺乏「有創造性的想像力」；「同情心範圍縮小了」。「小說家感情已經惡俗化了。」因此夏志清判定「《子夜》是失敗之作」，遠不如其前期的《蝕》。其實，夏志清貶低茅盾和《子夜》是不足為奇的，因為他的總傾向就是貶低進步作家，抬高有資產階級傾向或反共的作家。正因為如此，他的《中國現代小說史》中文版 1979 年在香港面世以後，就成了促成中國國內捧資產階級文學貶無產階級文學之潮流的濫殤和源頭。

　　《上海文論》1988 年第 4 期率先開闢「重寫文學史」專欄，旋即於當年和次年發表了一系列文章，先否定了趙樹理、柳青等作家的方向，接著否定了丁玲、何其芳的思想發展及其後期創作。他們否定茅盾則更為著力，在《上海文論》1989 年第 3 期上同時發表了兩篇長文。北京某些刊物也予呼應。從這些文章總取向看，所謂「重寫」的基本路子是：抬高資產階級傾向的作家，或避開其錯誤政治傾向而過譽其藝術；貶低無產階級作家的政治傾向時多半是扣一頂「機械論」、公式化、概念化的帽子。對世界觀轉變者則肯定其前期而否定其後期。可見其政治藝術標準、傾向均極鮮明。

　　其中否定茅盾與其《子夜》的意見，綜合起來大致是：一、說《子夜》創立的「社會剖析小說」「範式」，「構成了對『五四』文學傳統的一次重要背

〔註107〕《晦庵書話》，第 48、67～71 頁。
〔註108〕以上評論轉引自《茅盾研究在國外》一書，第 100、95、102 頁。

逆」。因而也是對魯迅傳統的「背離」、「拋棄」、「歪曲」與「片面的發展」。〔註109〕二、說《子夜》的創作方法是與「四人幫」搞的那套「三結合」、「三突出」創作原則「相通」的「主題先行」論，是以「嚴謹的客觀性、『科學性』，社會科學的觀察分析代替了創作中的個人思想情緒和早期浪漫蒂克（小資產階級對現實的空想和革命狂熱性等等）的帶古典傾向的作品」，是「一份高級形式的社會文件。」〔註110〕三、說茅盾「戴上『階級』的濾色鏡與『鬥爭』的變色鏡在作品中僞造生活」；通過《子夜》形成了「非『敵』即『我』」、「非此即彼、先進與落後、革命與反革命」的『二元對立』模式。」〔註111〕四、說存在「兩個彼此對立的」政治家和文學家的茅盾，其「靈魂分裂爲兩半」，但文學家的一半「屈從」政治家的那一半。其小說「面對虛構世界」對政治能持「比較超脫的態度」；但同時又把文學當作「發泄」政治失意時的「幻滅情緒的出口」。儘管茅盾具「文學天賦」，「卻沒有建立起皈依文學的誠心」。因此擔心他會無意中輕慢了文學遭到藝術女神的拒絕。〔註112〕

　　本書不承擔評論茅盾研究史的任務，〔註113〕但以茅盾研究史反照茅盾的文學史貢獻與地位，卻是本書命題應有之義。自《子夜》誕生至今已經 65年。不論對它如何評價，都證明《子夜》作爲文學力作〔註114〕是個無法抹煞的客觀史實。上述種種相同的以至對立的看法與評價，有的當然是客觀地反映了《子夜》的成就或缺陷這種客觀存在。有的則是讀者、論者從個人的社會政治傾向與文藝觀、審美情趣的取向出發，所作出的並不符合其客觀實際的主觀臆斷；於是也就反映出評論者自身的主觀傾向性與局限性；這與《子夜》無關。有的則因爲《子夜》和其他少數內涵及張力既宏大又複雜的文學名著同樣，認識它並不容易，而且這認識過程也將十分漫長；於是仁者見仁，智者見智，就成了不可避免的現象。

〔註109〕汪輝：《關於〈子夜〉的幾個問題》，《中國現代文學研究叢刊》1989 年第 1期。

〔註110〕藍棣之：《一份高級形式的社會文件》，《上海文論》1989 年第 3 期。

〔註111〕徐循華：《對中國當代長篇小說一個形式的考察》，《上海文論》1989 年第 3期。

〔註112〕王曉明：《一個發人深思的矛盾》，《中國現代文學研究叢刊》1988 年第 1 期。

〔註113〕1993 年 9 月南京大學出版社出版的《茅盾與中外文化》收有我 1991 年 10 月在南京召開的茅盾研究國際學術討論會上提交的長文《論東西方文化碰撞中對茅盾的歷史評價》，對這些觀點提出了反駁意見。

〔註114〕夏志清在《中國現代小說史》中否定《子夜》時也用過此語。

然而有一點十分明確:《子夜》的思想內涵與藝術蘊藏,作為客觀存在的文藝客體,其能量將隨著歷史的延續,作持久性的揮發與放射。它那鮮明的無產階級革命思想傾向與革命現實主義的審美張力,過去、現在、將來,都將使取向相同者作出愉快的思想藝術的審美認同;使取向對立者感到極不愉快,甚至受到嚴重衝擊,因而作出思想藝術的審美排斥。他們的強烈反映,都是很自然的。

這就從審美過程與文學史發展過程這個重要的層面與貫串線,證明了一個真理:《子夜》是一部不朽的鉅製與力作!

有了這部力作,茅盾的文學大師地位就堅如磐石,想把他從「文學大師」行列中除名,當然也是徒勞的!

第三節　《子夜》的「餘韻」

創作《子夜》期間及其後茅盾發表的 5 個中篇與 22 個短篇,基本上都是《子夜》的「餘韻」。大部分收入《春蠶》、《茅盾短篇小說集》第一集、《泡沫》、《煙雲集》與《茅盾短篇小說集》第二集中。〔註115〕只有《兒子開會去了》、《送考》未收入;《多篇關係》1936 年由生活書店單獨出版。這些作品都屬社會剖析小說範圍。

從內容看,它們是《子夜》展現時代的藝術工程的繼續。從 30 年代到抗戰爆發,這一歷史時期的時代脈搏跳動,在階級和民族的雙重壓迫下中國人民的生存掙扎與戰鬥吶喊,特別是城市中革命地火的奔突,中國共產黨領導下以農村包圍城市鬥爭所形成的燎原之勢,大時代風暴中各色人等的諸般生態,大都在小說中有程度不同的觀照。它們與《子夜》一起,成了茅盾小說創作黃金時代的標誌,也鞏固了社會剖析小說在中國文壇的顯著地位。

一

以半封建半殖民地中國城市與農村的「交響曲」匯成 30 年代的時代樂章,本是茅盾的雄圖。限於生活積累不足才從《子夜》總體構架中忍痛割愛

〔註115〕分別由開明書店、生活書店、良友圖書印刷公司於 1933 年 5 月、1934 年 9 月、1936 年 2 月、1937 年 5 月、1939 年 8 月先後出版。其中《茅盾短篇小說集》第一集中多數是《子夜》前的作品,不屬於本階段,特點也顯然不同。

了「農村交響曲」部分。已積累的素材進入了《小巫》〔註116〕、《春蠶》、《秋收》、《殘冬》〔註117〕、《當舖前》和《賽會》〔註118〕中。但它們仍與「都市交響曲」《子夜》相呼應。

把《春蠶》、《秋收》、《殘冬》組成短篇小說「三部曲」（通稱《農村三部曲》），是茅盾小說文體的一個創造。它與時間交錯、無統一中心人物的《蝕》三部曲不同是的：其時間地點、故事與情節具連續性；由老通寶與多多頭兩個主要人物貫串小說結構整體與情節發展的始終；次要人物也大都通貫全篇。若用一個統一的標題、把三篇各節序號統一編序連在一起，勿需修改，就能成爲一部完整的中篇。

茅盾把故事背景置於 1932 年上海「一‧二八」抗擊日本侵略之戰的當年，由初春到殘冬的浙江農村。1932 年 11 月寫的《春蠶》，是寫春蠶豐收「繭賤傷農」的社會畸形現象。它和《子夜》所寫帝國主義經濟入侵、買辦資本鯨吞民族絲織工業相銜接，重點描寫其導致的嚴重後果之一，即春蠶豐收卻無人收購；從而導致蠶農負債、農村經濟破產的社會悲劇。這種進一步殖民地化趨勢，更加激發了農民的反帝情緒。1933 年 1 月寫的《秋收》反映了 30 年代初糧食豐收反而「穀賤傷農」這又一個社會畸形現象。它與《春蠶》異曲同工，但揭露打擊的重點是資本主義剝削。這激發了農民以「吃大戶」形式表現出的自發反抗鬥爭。茅盾沒有注明《殘冬》的寫作時間，但其發表時間緊隨《秋收》之後。它的揭露重點則是封建性的高利貸超經濟剝削。這一切導致農蠶兩傷；走投無路的農民的自發反抗也由「吃大戶」發展到奪取槍桿子，作揭竿而起的自發性武裝鬥爭。「三部曲」分別突出了反帝、反資本主義、反封建主題；又整合性地描寫了農民由逆來順受到群起鬥爭的覺醒過程。它與《子夜》所寫第四章「騷動」，及其他各章不斷點染的我黨領導下的蘇區紅軍「以農村包圍城市」的鬥爭相呼應，顯示出以「星星之火可以燎原」爲基調的「農村交響曲」，與時代主旋律。而反帝反封建反官僚資本主義的新民主主義革命任務的實現與農民的覺醒並投身階級解放的鬥爭，正是當時時代的主導傾向與歷史的必然趨勢。於是茅盾的《農村三部曲》宣告的「冬既殘，

〔註116〕刊於《讀書雜誌》第 2 卷第 6 期，1932 年 6 月。
〔註117〕分別刊於《現代》第 2 卷第 1 期，1932 年 11 月、《申報月刊》第 4～5 期，1933 年 4～5 月、《東方雜誌》第 30 卷第 4 號，1933 年 2 月。
〔註118〕分別刊於《現代》第 3 卷第 3 期，1933 年 7 月、《文學》第 2 卷第 2 號，1934 年 2 月。

春還會遠麼」的動勢，也就獲得了史詩品格。

《當舖前》從殘酷剝削的災難性後果角度，承接著《農村三部曲》，從自發反抗角度鋪墊了由《秋收》的「吃大戶」到《殘冬》的自發武裝鬥爭之路。《賽會》則從哀苦無告的農民內部自相摧殘的角度，揭示其災難性後果。

這內涵豐富的歷史性主題，是通過新舊兩代農民對立的人生道路及其互相消長的典型化描寫來實現的。茅盾指出：這苦難的命運的首當其衝的承受者，是以老通寶為代表的老一代農民。老通寶形象能成為與阿 Q 比肩的世界知名的典型人物，既是茅盾長期觀察積累剖析提煉生活的結果，也是其高超藝術功力的體現。兩者均與作家高瞻遠矚的視野與立點有關。

談《子夜》生活積累時，我已經提到茅盾自幼從祖母養蠶，稍長漸諳奸商操縱葉市繭行買空賣空欺行霸市魚肉鄉民等等社會矛盾的底裡。《子夜》所寫帝國主義經濟入侵，它與買辦資本相勾結扼殺民族工業資本，國際市場上日本絲與中國絲的競爭等等，都與葉市蠶行的奸商一起，從不同角度榨取桑、蠶、糧農而導致農村經濟日趨破產。這一切觀察體驗概括與藝術錘鍛，形象思維與理性思維交織並舉，不斷昇華提煉最終定型的過程，在與《農村三部曲》具血緣關係，差不多同時發表的《香市》、《鄉村雜景》、《陌生人》、《田家樂》、《桑樹》、《戽水》特別是《故鄉雜記》等散文中，留下了明顯的軌跡。

茅盾展示上述豐富內涵所由產生的依據，他表現此內涵所選擇的描寫對象，是《我怎樣寫〈春蠶〉》中所說的常來他家走動的「幾代『丫姑爺』」。他在《故鄉雜記》中所集中描寫的那位「丫姑爺」，則是老通寶的主要原型顏富年（茅盾祖母貼身丫頭鳳英的丈夫）。他與老通寶，猶如章運水與魯迅筆下的閏土。沈家的祖墳，一直由顏家父子代為照料。顏富年對此事亦極盡職著力。顏富年抗戰前夕病故；鳳英解放前夕病故。但其子顏銀寶、其媳蓮娜今尚健在。其家住烏鎮東柵顏家濱。他們說，茅盾歷年清明來掃墓，必來與其父深談。寫《春蠶》前的那年清明節，茅盾與其父深談了大半天。此即《故鄉雜記》所寫「丫姑爺」談其家庭日趨破產那番「自白」的主要來源之一。老通寶另一原型是《桑樹》中所寫的桑農黃財發。以此二人為基礎，又概括了許多同類型的桑農蠶農，這才孕育出老通寶這個典型。其成熟程度已臻「閉了眼」恍如人物「即在眼前」之境界。

茅盾的典型提煉加工，有以下幾個著力點：一、緊扣原型是村中數一數

二的殷實富戶這一經濟地位，但略降低其擁有的資產數量。二、兼取兩人之行業集於老通寶一身，使之亦農亦桑亦蠶；從而與國內外侵略壓迫諸勢力發生多頭的被壓榨關係。三、把顏富年與沈家的關係虛化，改沈為浙江同音字陳，虛構了老通寶祖父與老陳老爺即地主與佃戶之間的密切關係：一是陳家靠絲生意發家，老通寶家養蠶收益亦使家道逐漸富裕。二是他們一起被長毛〔註119〕擄去又一起逃出時，曾殺一小長毛，且帶出一批浮財。這些特殊關係與一般關係就使老通寶與地主階級思想意識有剪不斷、理還亂的認同取向，及階級界限十分模糊的立場態度。

於是茅盾借助老通寶倔犟、保守、固執、老牛般的個性描寫，不僅展現出其勤儉勞動、安分守己、信天認命、甘受剝削、逆來順受的人生哲學及其代表的老一代農民馴順而不思反抗的老路，也使其獲得了歷史性、民族性、古老的傳統意識及其文化意蘊、江浙偏遠農村農民地區性等與頗具時代色彩的反帝自發意識相結合的典型性格特徵。茅盾圍繞蠶種之「土」與「洋」之爭，展開老通寶與大兒子阿四夫婦間尖銳的性格衝突；圍繞安分守己還是反抗造反問題，展開了他和小兒子多多頭之間的政治取向衝突。於是家庭內部的矛盾衝突，就真實可信地展現出新舊兩代農民不同的人生的政治道路的取向抉擇。在30年代黨領導農民實施農村包圍城市戰略之際，啟發老一代農民的階級覺悟，克服老通寶身上依舊存在的「造反就是與我為敵」、「造反是要殺頭的」老一代農民的落後意識，對革命而言這已成為急待解決的時代性歷史性重大課題。茅盾發動小兒子多多頭向老通寶的人生道路直接挑戰；又讓他經受蠶賤傷農、穀賤傷農兩場驚心動魄的人生悲劇衝擊；因此生病致死的老通寶，彌留時終於承認了：小兒子的路「竟然是對的！」這非同小可的階級大覺醒，是父子兩代性格與人生道路衝突的必然結局。

寫老通寶的階級覺醒是與寫其自發反帝意識相銜接的有機結合。茅盾把握住老通寶的人生實踐體驗形成的獨特思路，寫其性格內在的矛盾與合理發展，他把洋貨充斥鎮上與自己地裡的產品漸漸不值錢聯繫起來，推導出「銅鈿都被洋鬼子騙去」的樸素的直觀的結論；形成「聽得帶一個『洋』字就好像見了七世冤家」的態度，與「洋錢也是洋，他倒又要了」的生命意識、性格需求之間的深層矛盾：馴服於階級壓迫卻不甘洋人侵略；在發現洋人侵略與階級壓迫內在聯繫後終於獲得初步的覺醒而心服了小兒子選擇的反抗

〔註119〕太平天國軍隊的俗稱。

道路！正是這種種矛盾集於一身使老通寶獲得世界知名的藝術典型的文學史地位。

吳組緗先生生前說《春蠶》的寫作是「先有主題思想，而後再去找生活，找題材」。〔註120〕從老通寶的性格塑造過程與藝術客體內涵看，此說顯然與實際情況不合。這可能是由於他不解茅盾作過長期的生活積累所致。

如果說老通寶的覺醒是過遲的，那麼他的小兒子多多頭的覺醒則基本上與時代同步。茅盾一再點染老通寶擔心多多頭是老陳老爺所殺的那個小長毛轉世，是因為他已明顯意識到，兒子已經充分繼承了太平天國農民起義式的那種革命造反精神。他所擔心的其實是怕兒子走同一條反抗的道路。他的出發點並不複雜：怕兒子步入險境。但茅盾尊重老通寶生活在封閉的浙江農村視野狹窄意識模糊的特點。直到寫多多頭和他的同伴從領導「吃大戶」（《秋收》）發展到摒棄「真命天子」奪取槍支開始自發武裝鬥爭（《殘冬》），也沒有點明這行動與黨領導下的農民暴動在組織上或觀念上有具體聯繫。他仍把握住自發反抗的分寸。這顯然又是尊重特定時間特定地點生活真實的嚴肅之舉。因為當時浙江農村仍為蔣政權所控制，非蘇區勢力發展所及。但多多頭性格的發展邏輯與行動取向的描寫，則是與時代同步的生活客觀取向必然性的真實觀照與藝術再現。這同樣是頗具分寸感的。因此，多多頭的反叛進取與既定命運抗爭的人生道路取向，和乃父相對應，分別代表反叛的與安分的新舊兩代農民不同的人生道路，並構成鮮明對照。後者是與蘇區農民運動同步的相對應的，是歷史取向的真實寫照。多多頭因此也獲得了時代色彩極其鮮明的典型性，而構成其藝術生命。不過茅盾對這新一代農民的觀察體驗明顯不足，因此多多頭的性格描寫，遠不如老通寶那麼豐滿，而成為此作的局部缺陷。從這一角度來講，吳組緗先生的觀點也有一定依據。《農村三部曲》中筆勢與力度有漸弱漸減趨勢。《秋收》不如《春蠶》，《殘冬》更等而下之。這恐怕與多多頭與老通寶在《秋收》中主次易位，《殘冬》中老通寶已逝，多多頭的藝術力度難以獨力支撐這藝術格局變化有關。

老通寶的性格塑造，是茅盾對建構中國現代文學史典型人物畫廊所作的重大貢獻。老通寶和吳蓀甫，是茅盾奉獻給文壇的「雙璧」。至今這兩個人物仍能和阿Q等齊名，成為世界公認的著名典型。

《小巫》取的視角略異於《農村三部曲》，與《子夜》第四章《騷動》則

〔註120〕《談〈春蠶〉》，《中國現代文學研究叢刊》1984年第4期。

頗類似，由此視角切入了吳蓀甫的「雙橋王國」。它借被父子兩代，父與子、婿三人共同蹂躪的菱姐的視角，寫這個豪紳、團總的家庭內部，及其統治的外部世界的血淋淋的「人吃人」關係：子姦父妾，婿奪翁愛，甚至親手殺了老丈人。他們對農民一貫作血腥鎮壓，但終於覆滅在農民運動的汪洋大海中。作品成功地寫出農運的壯大聲勢；成功地寫出內外交織的階級鬥爭態勢與取向。它推出一個茅盾筆下僅見的「妾」的典型：菱姐是《小巫》中性格最鮮明的典型。小說的標題暗含著土著統治者與蔣介石新軍閥的血腥屠殺相比，簡直是「小巫見大巫」。可惜此隱喻很少被論者所認識。在茅盾的作品中，《小巫》也一直受到本不該有的冷遇。

二

在都市、農村交響曲的邊緣地帶，茅盾通過中篇《林家舖子》與《多角關係》〔註121〕建構了一個也屬於《子夜》「雙橋王國」的小城鎮的藝術世界。這兩篇作品中所寫的「錘子吃釘子，釘子吃木頭」（《多角關係》中語）的社會矛盾，則是《子夜》所寫「大魚吃小魚，小魚吃蝦米」關係的有機延伸。

茅盾說他的故鄉烏青二鎮「是個大鎮」，「店舖很多」。他祖上就遺有泰興昌紙店。他「從童年以至青年，跟鎮上的商店中人就很熟悉，也熟知當時他們做生意之困難，同行競爭是普遍的」。1932年「一・二八」戰事後他送母還鄉，促成了《林家舖子》的創作，〔註122〕因為這次他更深切地了解了社會動蕩、農村與城鎮破產趨勢日益嚴重，許多小商人面臨著徹底破產的悲劇命運，而這與政局時局新態勢大有關係。他在《故鄉雜記》中所記甚多，所寫的那位熱心助人與傳播信息、綽號「活動新聞報」的小雜貨店主，即林先生的原型之一。烏鎮茅盾紀念館負責人汪家榮著文提供了又一說：林先生的原型是與茅盾有親戚關係的與其家泰興昌紙店比鄰的雲昇祥京廣雜貨店主姚蘭馨。其獨女姚鳳珠還與茅盾在私塾有同窗學誼。壽生的原型則是雲昇祥對面振興雜貨店那個精幹的伙計聞以蓀。姚蘭馨以釜底抽薪法招他為婿，改名姚繼蘭，替自己主持店務，並把振興店擠垮。那位一著急就打「呃」的林大娘，是茅盾把應家橋頭一位有此病的老板娘「搬」到林家的。許多情節諸如抵制日貨

〔註121〕《林家舖子》寫於1932年6月18日《子夜》殺青前，刊於同年7月《申報月刊》第1卷第1期。據《我走過的道路》記，《多角關係》1935年寫於剛落成的烏鎮故居後院新屋，刊於1936年1月《文學》第6卷第1期。

〔註122〕《我走過的道路》（中），第129～131頁。

風潮，商人買通官府，改日貨商標冒充國貨，許多細節諸如望仙橋、「西柵外的繭廠」、「票市快班」、土匪「太保阿書」等，當地老年人均能指出其眞人眞事的依據。〔註123〕這完全合乎茅盾「取精用宏」的典型化原則。他說：「要寫一個小商人」，就「應當同時觀察了十幾個同樣的商人，加以歸納綜合」，才能臻「同中有異，異中有同」之「創造的最上乘」。〔註124〕實際上他是把多年積累，準備寫「農村交響曲」，因縮小了計劃才從《子夜》素材中切割下來的生活素材與新獲得的生活素材合在一起用於寫《林家舖子》，也用於《小巫》等作品的。林先生這個典型，正是取精用宏的產物。

茅盾賦予這個人物以善良、本分、不問政治，卻熱衷於利潤的個性特徵。他當然是舊制度的「擁護者」。他身受「軍閥的剝削，錢莊老板的壓迫」剝削；又「把身受的剝削如數轉嫁到農民身上。」農民是他的「衣食父母」，他盼「農民有錢就像盼自己一樣」。〔註125〕茅盾的《林家舖子》也具《子夜》般的社會剖析特徵。他當然要同時觀照人物及其與環境之關係，注意從這「特定地區的生產關係，社會制度，立於支配地位的特權階層以及被支配的階層」〔註126〕如林先生的處境中，展開人物與環境之關係的描寫，以深化其典型性格。小說寫出四條繩索捆綁著林先生，展示出其個人悲劇具備充分的時代悲劇內涵：一、作為小商人，林先生在商品流通過程中既分享工人與店員的剩餘價值，又與主要雇客鄉下人構成剝削關係。但農民的破產卻使他失去了傳統的雇主！二、小店主林先生也具小資產階級兩重性。在維持上述剝削他人之關係的同時，他又受恆源錢莊及有黨部背景的同行裕昌行的盤剝與榨取。但他又把其損失轉嫁到小股東朱三太、張寡婦等的頭上。三、在「一‧二八」日軍侵滬之戰衝擊下，林先生具雙重複雜心態：他並未意識到戰爭會危及自身；卻乘機向難民兜售「一元貨」發一筆小財。戰爭激起的抑制日貨風潮衝擊了他的生意，也導致上海東升號騎門索債；他的店員又幾乎被「拉夫」：沒有愛國心的他，此時才倍感民族侵略的嚴重性及對自身的危害性。四、他又面臨著代表「三大敵人」的國民黨棍陳麻子與反動當局卜局長的敲詐逼婚。這一切整合的結果，就是林家舖子徹底破產，林先生不得不攜女潛逃的悲劇。茅盾把社會剖析所得，昇華為審美表現的情節結構與藝術手段，從而使個人悲

〔註123〕《瑣談〈林家舖子〉的生活原型》，《桐鄉茅盾研究會刊》第3輯。
〔註124〕《創作的準備》，《茅盾全集》第21卷，第25、19頁。
〔註125〕《故鄉雜記》，《茅盾全集》第11卷，第123頁。
〔註126〕《創作的準備》，《茅盾全集》第21卷，第26～28頁。

劇的時代的社會的悲劇內涵表達到極致。

　　茅盾把這四條「催命索」勒到林先生身上，其牽線人物不是別人，恰恰是林先生的掌上明珠林小姐：一、她身著東洋貨遭非議，要添新衣又沒錢；這件事最早傳來了時代的衝擊波。二、黨棍陳麻子、官僚卜局長為爭娶她為妾所施加的種種壓力，正是林家舖子倒閉的主要原因。三、這就使林大娘做主，把女兒配給店員壽生的行為，具有充分的合理性。茅盾說：這「正表現了舊社會中婦女的『寧願粗食布衣為人妻，不願錦衣玉食作人妾』的高貴傳統心理」。〔註127〕這又反襯出林先生小資產階級兩重性之進步面。這一切描寫，可以說是茅盾道德評價與審美評價相結合的神來之筆！

　　這一切描寫，使《林家舖子》與《子夜》，林先生的命運與吳蓀甫的命運的時代悲劇內涵，發生了有機聯繫。

　　《多角關係》與《子夜》聯繫的有機性，與其說主要在寫人物命運上，不如說主要在寫經濟危機的連鎖性上。1945 年 1 月 11 日重慶《新華日報》為此作所登的廣告中說：「這個中篇可以算作《子夜》的續篇。寫的是 1934 年年關的金融恐慌，與《子夜》一般的真實生動。故事是四五組人物中間的債務糾紛」，「這樣的『多角關係』表現出農村經濟破產與金融停滯雙重的嚴重性來」。茅盾剖析了工商、勞資、營銷、信貸等多組人物關係及其相互欠債所打的「死結」。結果使「風流債」也成了索金錢債的一種手段。這種蜘蛛網般的「多角債」，遠比今天的「三角債」要複雜得多。茅盾生動地寫了一張賬單所反映的畸形關係：主人公唐子嘉擁有七八十萬資產。人欠他九萬多；他欠人不足三十萬。只要能抵押貸款，本不該過不了「年關」。但他卻因躲債無處藏身。這反映了上通上海，下連農村，民族矛盾階級矛盾與經濟領域中的外資入侵、官僚資本壟斷相交織的經濟危機所導致的社會畸形的「死結」，是半封建半殖民地中國社會的一個縮影。茅盾指出了一個尖銳的問題：誰是罪魁禍首？

　　此作比較通俗，結構藝術頗民族化。全書無明顯的支配全局的主人公。結構與《儒林外史》頗近似：「全書無主幹，僅驅使各種人物，行列而來，事與其來俱起，亦與其去俱訖。雖云長篇，頗同短製；但如集諸碎錦，合為帖子，雖非巨幅，而時見珍異，因亦娛心，使人刮目矣。」〔註128〕魯迅評《儒

〔註127〕《致吳奔星》，見吳奔星著：《茅盾小說講話》。
〔註128〕《中國小說史略》，《魯迅全集》第 9 卷，第 221 頁。

林外史》的這些話，用於《多角關係》，亦頗吻合。這確是中國現代文學史上的一部極獨特的中篇。若非對社會剖析非常透徹，則極難羅織。

　　與上述兩中篇相近的短篇，還有《趙先生想不通》、《微波》、《擬〈浪花〉》，〔註129〕分別從公債投機、金融危機和通貨膨脹導致社會動蕩、民不聊生角度，以諷刺喜劇筆法，為當時的畸形社會畫了一幅幅寫真畫。這批作品也溝通著《子夜》那大規模反映社會的宏圖，並發展了其諷刺藝術風格。

三

　　《子夜》中的「新『儒林外史』」的小結構，在此後的中短篇中也有精彩的延伸，而且其社會批評道德批評色彩不斷加濃；其諷刺筆法也加大了力度。《第一個半天的工作》、《夏夜一點鐘》〔註130〕描寫了某些公司腐朽醜惡的世相生態。既為置身其中的嚴肅女性受侮辱、被戲弄、人格受損的遭際鳴不平；又對愛虛榮、貪享受以致被佔有後又遭遺棄的職業婦女的不幸命運略表同情之餘，對其不自尊不自愛的個性弱點，也頗多嘲諷。對形形色色的時代女性，茅盾始終傾注著關切之情。《有志者》、《尚未成功》、《無題》〔註131〕也是以共同人物為主角的短篇，可稱之為《「創作」三部曲》。因為唯一的主人公是一位范博文型的做「作家夢」的小學教員。小說連續跟蹤描寫他脫離生活、閉門造車、寫不出東西，卻孤芳自賞其才華的可笑行徑。寫這組小說的前兩年，茅盾發表過一篇隨筆：《一個文學青年的夢》，〔註132〕應該說是這組「三部曲」的先聲。在此文中，茅盾勸文學青年收拾起環境優越、經濟充足、「明窗淨几、愛人相伴」等「粉紅色」的條件要求，另找寫不出寫不好的原因。這立意在《「創作」三部曲》中得到形象的揭示。主人公是位想當大作家的小學教員；他夢想寫一部一鳴驚人的大作。《有志者》寫他躲進深山古剎冥思苦索；結果卻只寫出一句無病呻吟的開頭。他把寫不出的原因，歸罪於「沒有生活」。但他這「生活」，不是茅盾一再強調的創作的生活源泉，而是指優越的物質生活。《尚未成功》寫他靠裙帶關係獲得了「生活」，但在豪華寓所中仍只是面壁枯

〔註129〕分別刊於《文學》第 3 卷第 6 號，1934 年 12 月 1 日、《生生月刊》創刊號，1935 年 2 月 1 日、《大眾生活》第 1 卷第 5 期，1935 年 12 月 5 日。

〔註130〕分別刊於 1935 年 7 月《婦女生活》創刊號，同年同月《新小說》第 2 卷第 1 期。

〔註131〕分別刊於 1935 年 6 月《中學生》第 56 號，同年 7 月《申報月刊》第 4 卷第 7 期與同年 10 月《文學》第 5 卷第 4 號。

〔註132〕刊於《文學》第 1 卷第 3 號，1933 年 9 月。

坐，未得一字，於是下決心籌巨資去「經歷」生活。《無題》的開端寫他中了
航空獎券四等獎。憑藉此款他真地經歷了生活且得一言情武俠小說。然而屢
投稿屢被退。究其實，他這種無聊透頂的言情武俠小說，文壇上已多加牛毛！
《「創作」三部曲》是一部社會剖析與心理剖析相結合的諷刺喜劇式遊戲之
作。它對動機不純、「志」向不對、既無生活積累又無文學素養，可謂胸無點
墨的「空頭文學家」，是一記當頭棒喝！茅盾對這類文學青年十分熟悉，寫來
也入木三分。奇怪的是 50 多年來，此《「創作」三部曲》也倍受冷遇。究其
實，恐非緣於缺乏知音；倒可能因其辛辣的諷刺對準了文壇，人們怕照這面
現形的鏡子所致！

　　茅盾還把諷刺的烈火引向《子夜》已經突出了的道德倫理主題的小說。
中篇《煙雲》〔註133〕即其中的佳作。這是茅盾中短篇中唯一寫「第三者」插
足者。他的同情當然在道德品格高尚但書生氣十足，連維護妻的貞操與供養
妻子享用的能力也沒有的陶先生方面。陶太太是個庸俗無知貪圖小利不惜失
身以放縱貪慾的市儈女人。但茅盾重點鞭撻的，卻是乘虛而入以金錢為誘餌
玩弄女性傷害善良的市儈文人朱先生。藉寫其性慾、物慾的惡性放縱，建構
了一個卑鄙下作文人無行的偽君子典型；他反照出人際關係金錢化必然導致
社會道德水準的低下。

　　也是寫道德倫理主題的中篇《水藻行》〔註134〕的情感基調，由諷刺批判
轉向熱情謳歌。小說寫了共同承受政治的階級的壓迫的堂叔財喜、堂姪秀生
及其妻之間，圍繞亂倫關係發生的衝突。從表淺層面看，秀生的貧病與性無
能，是階級壓迫所致。財喜與其妻私通，從道德與夫權雙層面損害了他。財
喜與秀生妻的私通，理應像《煙雲》中朱先生、陶太太那樣，受到應得的撻
伐，但茅盾取秀生妻的視角，作了深層開掘，卻產生了完全不同的審美效
果。他和丈夫承受同樣的壓迫與苦難。但她又為夫權所壓迫，時時受丈夫的
打罵。丈夫轉嫁給她的痛苦，與丈夫的病「弱」和她的健壯與生命平等意
識，使包括性生活在內的夫妻關係，矛盾重重，反差極大。受雙重苦難的
她，就把愛轉向豪爽、健壯，頗有俠氣，以無私忘我的勞動支撐這個家的堂
叔財喜。她寧肯忍受丈夫旨在興師問罪的鞭撻；並以拼命式的贖罪性的勞動

〔註133〕初刊於《文學》第 7 卷第 4～5 號，1936 年 10～11 月。
〔註134〕初刊於 1937 年 5 月日本《改造》月刊第 19 卷第 5 期，同年 6 月刊於上海《月
　　　　刊》第 1 卷第 6 期。這是茅盾唯一一篇先以外文在國外發表，又以中文在國
　　　　內發表的小說。

補償丈夫；卻仍頑固地維持這扭曲人倫的畸形關係。這就和寫財喜的自責、懺悔，以拼命幹活、與挺身而出對抗逼秀生出工築路的有權有勢的一鄉之長，而不計個人得失的贖罪式行動描寫，有同樣的深度。茅盾以生動的描寫，突出了財喜豪邁開朗樂觀的性格和見義勇為、扶危濟困而不惜犧牲一切的中華民族傳統美德。且從財喜的心態剖析角度，寫他懷著彌補秀生的性無能，給秀生妻以性滿足，與維持其做人權利這雙重目的，來對待秀生妻；又以勞作與救危等行為，去補報堂侄。這些描寫，旨在揭示生命需求壓過人倫規範，突破道德桎梏的行為選擇的合理性。茅盾也從這裡切入，展現其謳歌人性美與性格美的主題。小說旨在揭示：殘酷的階級壓迫苦難，扭曲了愚魯質樸、頗具生命活力的三個農民的性格；也扭曲了他們間正常的人倫關係。但這反常的現象，卻不見容於這反常的社會。《水藻行》以其生命意識追求突破道德規範的主題，與粗獷的環境與人物關係描寫等特色，在 30 年代中國文壇放一異彩。但其性格描寫的理想化與西歐式的個性解放取向，似與中國國情、民族文化道德倫理環境與規範相左。發表時反響冷淡，貶多褒少。倒是新時期文壇偶有肯定性評價出現。這說明了思想解放後文壇的新取向。此作是魯迅應日本改造社山本實彥之請求，代向茅盾約稿，並表示可代譯為日文的結果。因此茅盾寫來十分著力，旨在向海外一展中國人美好的人性風采。但典型環境與典型性格必須統一，是鐵的審美法則。也許正是有礙於這原則，才使此作遭冷落，受苛責。儘管如此，此作不失為審美探索方面的有膽有識之作。

四

自 1931 年「九・一八」事變發生，日本帝國主義侵華攻勢日甚一日，使民族矛盾日漸壓過階級矛盾，上升到中國社會主要矛盾的位置。緊密關注時代發展的茅盾，當然要隨著形勢的發展，突破其創作的現有格局，尋求題材主題及藝術形式的新開拓。

最早透出此動向的，是他的兒童文學論文與兒童文學創作。茅盾的創作，始自寫童話神話。對兒童文學，他一直關注備至。1933 年至 1936 年 1 月他先後發表了《給他們看什麼好呢？》、《孩子們要求新鮮》、《論兒童讀物》、《怎樣養成兒童的發表能力》、《對於〈小學生文庫〉的希望》、《關於「兒童文學」》、《八本兒童雜誌》、《讀安徒生》、《再談兒童文學》等近 10 篇論文。這對中國兒童文學創作由沿襲古代、照抄外國階段向創新階段轉變，起了重大促進作

用。他主張認眞研究現有著譯不受兒童歡迎的原因；要求「選定比較『衛生』的材料，有計劃地或編或譯。」並遵循下述三條創作原則：健康的正確的教育，特別是生活理想教育；思想藝術有機統一；適合兒童審美心理。他率先創作了兒童中篇《少年印刷工》〔註135〕、兒童短篇《兒子開會去了》和《大鼻子的故事》，〔註136〕並把愛國主義教育引入兒童文學。

《少年印刷工》的背景縱跨 1932 年「一・二八」上海抗擊日軍侵略之戰到 1935 年抗日戰爭全面爆發前夕，共四個年頭。小說有三條貫串線：一是寫印刷廠童工趙元生從「失妹」到「認妹」這過程的悲慘身世經歷與父子兩代人的衝突，勾勒出在民族壓迫與階級壓迫交織下，骨肉離散、民不聊生、失學、就業艱難、勞資矛盾：致使趙元生童心受摧殘，過早地變成「小大人」的人生悲劇。二是寫在老工人老角及其辦抗日小報的革命行動指引下，小主人公昂揚向上的奮進精神，被引導到抗日與反抗階級壓迫的新征程中。這就把民族意識階級意識覺醒的嚴肅主題引入兒童文學創作。三是應夏丏尊的要求，茅盾把自己在商務印書館編輯發稿工作中學得的造紙印刷生產知識與技術羅織其中，給兒童以知識教育。於是形成兒童小說多主題、大密度、愛國主義意識強烈等新特徵；與冰心的母愛、大海、童心等「五四」兒童文學主題大異其趣。這更大大加強了「衛生」成分，於兒童大有教益。但這些負載過於沉重；老角抗日活動這條線又寫得撲朔迷離；生產知識的滲入也稍嫌生硬；所以兒童接受起來有些吃力。再加上抗戰前夕茅盾的精力轉向救亡與文藝界論爭等大事中無力分心，此作結束得較爲匆忙。茅盾因此一向不喜此作。

《兒子開會去了》是茅盾眞實經歷的虛化。情節是據其子韋韜介入抗日政治進步活動生發出來，是茅盾與孔德沚既高興又擔心的心態寫照。老兩口當年並肩參加「五卅」運動；而今兒子又投身紀念「五卅」的政治活動。正所謂父踏路，子緊跟，革命自有後來人！但茅盾充分估計了革命的長期性。作品寫道：「恐怕要到阿向的兒子做了小學生，這才群眾大會之類是沒有危險的。」這預言被後來的事實所證實。但此作氣氛過於沉重，缺乏應有的童心童趣，倒像是寫給大人看的兒童題材小說。

〔註135〕連載於《新少年》半月刊，1936 年第 1 卷第 1～12 期，第 2 卷第 1、6、7、8 期。

〔註136〕分別刊於 1936 年 6 月《光明》創刊號，和同年 7 月《文學》第 7 卷第 1 號。

　　《大鼻子的故事》更具兒童文學特點，故更能抓住童少年的心。「大鼻子」是一個流浪兒童的綽號，其《三毛流浪記》般的經歷，反映了民族壓迫階級壓迫交織下兒童的苦難經歷，使兒童失去了純真，過早地成熟：他在這複雜矛盾衝擊錘鍛下，確立了美與醜、善與惡的辨識能力。作家通過大鼻子目睹的紀念「一‧二八」抗日遊行活動，接受了「打倒帝國主義」、「『一‧二八』精神萬歲」、「中華民族解放萬歲」等口號的薰陶，寫其萌發了樸素的民族意識與愛國意識。這就比上述諸作更貼近童心。

　　這一切說明，茅盾即便寫兒童文學，其政治傾向、時代使命感與社會解剖思維特徵，也不知不覺地貫注其中。這才使其兒童文學與其張揚的抗日愛國精神能兩相契合。

　　抗日愛國是茅盾兒童小說的副主題，在其社會剖析小說中，卻是主旋律。如最早的一篇《右第二章》〔註137〕取材於1932年「一‧二八」戰火焚毀商務印書館事件，寫其職員李先生雖口出「匈奴未滅何以家為」之豪言，大敵當前時卻龜縮不前的「企鵝」式形象；工人阿祥卻奮不顧家，奔赴國難，表現出公而忘私的精神。《搬的喜劇》〔註138〕同樣諷刺國難當頭小市民的龜縮醜態與「企鵝」般的心態。但小說借不斷奏出國民黨歌「咨爾多士，為民前鋒」詞句的風琴聲，寫了一個形勢危急即率先「腳底擦油」的「隱形人物」。茅盾寫這個黨棍或官僚，實際上是對國民黨當局的辛辣的諷刺。《一個真正的中國人》〔註139〕寫一位「『抗戰』老爺」非常滑稽的「生命合理化」錮弊：「一‧二八」抗戰時他是主和派；1937年頃，本應主張停止內戰一致對外，他卻成了「主戰派」。他將其主張「服務社會」「合理化」為「服務民族」，實際目的是掩蓋其把日貨半成品加工成「國貨」大發國難財的可恥行徑。茅盾筆下這個「毛絨廠主」，是他很少寫的暗喻形象。此人不僅有消極抗戰積極反共的黨棍色彩；其「生活合理化」實際反諷著蔣介石倡導的「新生活運動」。只是作品的結合巧妙，不露痕跡罷了。這類人物在《第一階段的故事》等小說中，也曾出現過。

　　這三篇小說縱跨了五年，諷刺烈度、戲謔與漫畫化色彩不斷加濃。和茅盾社會剖析小說審醜比重的日益加濃相適應，說明其創作風格的發展日益犀

〔註137〕刊於《東方雜誌》第29卷第4～5號，1932年10～11月。
〔註138〕刊於《東方雜誌》第33卷第1號，1936年1月。
〔註139〕刊於《工作與學習叢刊》（生活書店出版）之一：《二三事》初刊，1937年3月。

利化了。在這類小說中，《手的故事》〔註140〕當屬最上乘之作。

《手的故事》從開場的人物譜系、人物關係描寫起，作家就使一股陳腐的「霉味」力透紙背。他用電影似的「淡入」手法，引一個個人物，依集團界分，魚貫登場；各以其音容行動作自我表現。小說行文如畫，每描一筆，就向「白刀子進、紅刀子出」的「無形」戰爭逼近一步。茅盾以把持公款營私舞弊投機倒把的二老爺集團與趙緝庵集團的暗爭明鬥這「兩醜」襯托「一美」：具抗日熱忱與鋤奸勇氣，不計得失，不怕犧牲的革命知識份子張不忍、潘雲仙夫婦。他們回到縣城即組織民眾，發動了抗戰與鋤奸並舉的凌厲攻勢。小說調動多種筆法，極力展現張氏夫婦嫉惡如仇，張揚民族大義的浩然正氣；鞭辟入裡地描繪兩個土豪劣紳集團的奸詐、陰險、狡猾、毒辣。其後台則是隱身幕後的可說是個「獨夫民賊」化身的武夫縣長。他對外屈膝，對內鎮壓。茅盾讓他那陰森的殺氣籠罩全局，直到結尾才引他出場，一展其猙獰面目。張氏夫妻人單勢孤，當然以失敗的悲劇告終，但他們的凜然正氣，卻始終壓過這陰森的殺氣。小說以對方議論潘雲仙的手不像大家閨秀而猜測其「政治身分」為貫串線，貫串矛盾衝突的發展。此作也成了茅盾小說僅見的以「物件線索」統貫結構整體，情節則草蛇灰線伏脈萬里，具一字長蛇陣之氣勢的中篇。此作放到《林家舖子》、《農村三部曲》行列中，思想深度藝術力度均毫無遜色。

左聯時期是茅盾小說創作的黃金時代。從形形色色人生道路展示，到社會出路探索；從重在階級矛盾的揭示，到重在民族矛盾為主階級矛盾交織的情態萬千的社會全景的勾勒；從城市轉向鄉村又轉回城市；從突出時代主潮到開闊廣袤的社會各層面的橫向開拓：茅盾日甚一日、日深一日地對中國社會作全景性剖析與描繪；建構成其社會剖析為主心理剖析為輔的小說體系。從而體現出汪洋恣肆、恢宏磅礴、犀利灑脫的創作個性與作品審美風格。他這組覆蓋中國社會全景，具史詩品格的30年代中國社會百圖式小說系列，令人想到巴爾扎克的《人間喜劇》與左拉的《盧貢・馬卡爾家族》小說系列。迄今為止，在這個領域中，還沒有哪位中國作家能與茅盾這種恢宏審美視野與大手筆相比肩。

它從社會正劇到時代悲劇，再到諷刺喜劇，甚至個別還算是鬧劇，多方面體現出茅盾的審美藝術才情。其結構藝術雄偉壯闊，搖曳多姿，既有樓堂

〔註140〕初刊於「開明書店創業十週年紀念」專刊：《十年續集》，1936年12月出版。

殿閣，也有小榭亭台；情節與線索婀娜回環，曲徑通幽；既有油畫，也有國畫；既用寫意也用工筆；把茅盾的小說審美觀，與存儲豐富的藝術武庫，形象地展現在讀者面前。

尤其是茅盾繼魯迅之後，既堅持其清醒的戰鬥的現實主義傳統，又把它推向 30 年代革命現實主義的最高峰。正如瞿秋白、馮雪峰所論：這的確是劃時代性的貢獻。

不過，隨著民族矛盾上升，文藝界形勢日趨複雜，內外兩條戰線的文藝活動佔他的精力愈來愈多；生活庫存則愈用愈少，他又沒有時間精力去補充，作品生活內涵後勁不足與藝術功力日臻爐火純青的矛盾，就日益尖銳。所以茅盾 30 年代小說創作的黃金時代，表現出「馬鞍形」情態。人的精力畢竟有限，有所得必有所失。茅盾文藝運動上貢獻愈大，創作受影響就愈大：這也是無法兩全的憾事！但也未必是壞事。

五

茅盾在左聯時期的創作，小說與散文都處黃金時代高峰期。本期的散文可分三類：一是前面多處提到過的敘事散文。長者如《故鄉雜記》、《上海》、《百貨商店》；短者如《春來了》、《我不明白》。或寫人物如《老鄉紳》；或寫景致如《鄉村雜景》。或追憶往事如《我所見的辛亥革命》；或析現狀如《上海大年夜》。有的塑造了典型，可視作小說，如《小三》、《阿四的故事》、《瘋子》、《再談瘋子》。有的描繪鄉土風情民俗，如《冥屋》、《舊賬簿》。雖是敘事散文，有的卻詩意蔥蘢，意境蘊藉，頗具散文詩品格，如《冬天》、《我不明白》。有的亦詩亦文，處在邊緣地帶，是意象的捕捉，是詩意詩景的抒發，如《談月亮》。不論哪種類型，大都具社會情態心態與歷史軌跡剖析的共同特色。

二是雜文與政論。開頭此類篇什較少，其政論色彩多滲入敘事散文中：夾敘夾議，亦此亦彼，如《「現代化」的話》、《陌生人》即是。抗戰前夕應時代急需，要說的話太多，雜文政論遂脫穎而出，取代了敘事與抒情兩類散文，成爲茅盾最主要的散文體裁。故其結集索性叫《話匣子》。〔註141〕隨後又有《速寫與隨筆》、《印象·感想·回憶》〔註142〕等結集。與早期的《宿莽》、中期前

〔註141〕良友圖書印刷公司初版，1934 年 12 月。
〔註142〕分別於 1935 年 12 月與 1936 年 10 月由開明書店、文化生活出版社出版。

半的《茅盾散文集》﹝註143﹞對比，可看出發展的軌跡。抗戰爆發前後，以《炮火的洗禮》﹝註144﹞爲標誌，政論成了茅盾散文的最主要的文體。茅盾的雜文政論，雖不似魯迅那麼凝練犀利，但卻氣勢恢宏、汪洋恣肆、鞭辟入裡，保持著《子夜》似的大手筆氣勢。

三是抒情散文。它承接20年代末散文「苦悶的象徵」階段的審美基質，雖突出了大規模、全方位社會概括剖析的新特色，但仍以象徵手法出之，我認爲可稱此階段的抒情散文爲「時代的象徵」。這也和他由「鏡子說」、「指南針」過渡到「斧子說」的文學本質觀的發展同步，而與前期相區別。其特點一是其象徵手法開始脫離現實主義窠臼，已邁進革命浪漫主義新領域。二是在宏觀展現現實之同時，能較充分地預示理想的前景，從前那苦悶、消沉格調一掃而空，充滿的是開朗樂觀執著理想追求的戰鬥激情。故能充分體現30年代昂揚的時代精神。如在《雷雨前》﹝註145﹞裡，茅盾以「灰色的幔」代替迷茫的「霧」來象徵黑暗勢力控制下的政局；以蠅、蚊、蟬象徵形形色色的社會勢力與思潮，此前從未出現於茅盾作品的揮刀砍幔的巨人象徵工農革命；以暴風雨的到來象徵風雲迭起的革命動勢：革命浪漫主義詩人般地展現了一幅令人驚心動魄、倍受鼓舞的革命壯潮寫意圖。字裡行間，昂揚著革命樂觀主義、理想主義的激情與時代主旋律。

《沙灘上的腳印》﹝註146﹞的基調，顯得更險惡、艱難和嚴峻。吃人的夜叉、排出「光明之路」字樣的惡鬼、唱迷人歌曲的美人魚，是反動勢力複雜情態的象徵。第三人稱的「他」，則頗似魯迅筆下的「過客」。不過「他」不迷惘，也不彷徨；「靠著心火的照明，在縱橫雜亂的腳跡中」，認準了「眞的人的足跡，堅定地前進」。這既是茅盾由幻滅到追求的自況，也是由大革命失敗到30年代革命新形勢這一時代轉折的縮影。此文使人聯想到高爾基的《伊則吉爾老婆子》；「他」的形象令人聯想到掏出心照亮前進之路的丹柯。《黃昏》﹝註147﹞則描繪出《子夜》所蘊含的時代轉折般的詩意詩境，雖寫的是黃昏日落，卻又具「大風雨來了」的動勢，使人想起高爾基那首波瀾壯闊、叱吒革

﹝註143﹞分別於1931年5月與1933年7月由大江書舖、天馬書店出版。
﹝註144﹞烽火出版社初版，1939年4月。
﹝註145﹞初刊於《漫畫生活》第1期，1934年9月20日，現收入《茅盾全集》第11卷。
﹝註146﹞刊於《太白》第1卷第5期，1935年11月。
﹝註147﹞刊於《太白》第1卷第5期，1935年11月。

命風雲的《海燕之歌》！

茅盾把這三篇抒情散文編成一組，交《新少年》重新發表時，在前言中說：他本來得到三種題材，準備寫成三個短篇。但因忙不能命筆。恰值刊物索千字文稿，就「把那些題材壓緊了，又濾清了，抽去血肉骨骼，單把『靈魂』披上一件輕飄飄的紗衣。如果要寫為小說時，中心的思想還是一樣，不過面目可要大不相同。」〔註148〕這固然說出三文的成因，但無意中既體現出茅盾散文觀中一個重要論點：「散文隨筆之類光景是倒過來『大題小做』的。」〔註149〕也道破了茅盾左聯時期散文創作那避實就虛，取精用宏，一以當十的突出審美特徵。

避直寫社會政治之實，以就描繪自然景觀之虛，是茅盾抒情散文一大特徵。這更能由社會寫真的「形似」，昇華為社會情態與時代精神的「神似」，是茅盾對古代散文精髓的繼承與發展。茅盾站在時代制高點，狀物以求神似，目的是以優秀文學傳統技法，更有力地體現時代精神。如《黃昏》寫其時移景變的海邊日落、天海一體，無不緊扣黑暗即將過去、光明終將來臨這一時代交替的軸心，與歷史發展的不易的法則，而且寫來氣勢磅礴，充滿激情與活力：「在夜的海上，大風雨來了！」這「風帶著永遠不會死的太陽的宣言到全世界。」行文至此，其政治寓意，不著一字，仍能得到充分體現！當然茅盾另外一些散文，並不託物寄意，也能以一當十。如《從半夜到天明》，只把北上請願的學生被當局重重設阻、押解回滬這一生活片斷描寫，與同時進行的官場富宅舞廳中的達官富賈紙醉金迷、狂歡狂舞、通宵達旦的生活片斷描寫兩相對比，就使兩組小鏡頭，反照出一幅社會大寫真：一面是白色恐怖、政治高壓、官場黑暗、社會腐朽；一面是抗日反蔣、知難而進，使茅盾筆下的社會精英及其壯行，體現出一往無前、踏過一切黑暗迎接光明的時代動勢。

這一切描寫，有實有虛，有密有疏，

一切圍繞一個最高審美境界：取精用宏！

上述各類散文大都收入1933年天馬書店出版的《茅盾散文集》、1934年良友圖書印刷公司出版的《話匣子》、1935年開明書店出版的《速寫與隨

〔註148〕《〈隨筆三篇〉題記》，《新少年》第2卷第9期，1936年10月，《茅盾全集》第21卷，第194頁。

〔註149〕《茅盾散文集・自序》，《茅盾序跋集》，第55頁。

筆》、1936 年文化生活出版社出版的《印象‧感想‧回憶》等散文集中。

第四節　總結實踐經驗，把握文壇導向

　　和 20 年代重在借鑑外國，倡導具現實針對性與理論導向性的文學主張不同，茅盾 30 年代的理論批評工作，重在總結「五四」以來特別是 30 年代文壇的實踐經驗。他對文藝運動、文學思潮、自己的以至別人的創作，作了全方位的考察；但又從不就事論事，而是著重理論的總結、提煉與昇華。他力圖從中國文壇實際出發去把握規律，上升爲理論，起針對現實的導向作用。這是「五四」以來中國文學漸趨成熟的標誌；也是茅盾自身的創作與理論已臻成熟的標誌。

　　本章首節已經評述了茅盾對文藝運動、文學思潮所作的理論總結。本節著重評述他對自己的與文壇的創作所作的理論總結與論述。

一

　　茅盾從開始創作到抗戰爆發，積累了十年的創作經驗；左聯時期又是他創作的黃金時代。社會的和自身的需要，使他隨時注意總結實踐的經驗與教訓。這些文章分爲三類：一類是回顧創作道路的自傳：《我的小傳》、《茅盾自傳》、《小傳》、《茅盾小傳》。〔註150〕二是創作經驗談：如《我的回顧》、《幾句舊話》、《答國際文學社問》、《談我的研究》、《回顧》。三是序跋：如《宿莽‧弁言》、《路‧校後記》、《子夜‧後記》、《茅盾自選集‧後記》、《茅盾散文集‧自序》、《速寫與隨筆‧前記》、《印象感想回憶‧後記》。此外，別的文章間或也有自省之筆。

　　茅盾回顧自己的創作道路時，作過兩點自我評價：一是「未嘗敢『粗製濫造』」；二是「未嘗爲要創作而創作」，「未嘗忘記了文學的社會的意義」。他說這是他「一貫的態度」，此外他還「常常以『深刻』和『獨創』自家勉勵」。〔註151〕茅盾重視文學的社會意義，其參照系是多方面的；易卜生、巴爾扎

〔註150〕分別寫於 1932 年 6 月、1934 年 4 月、10 月和 1936 年初，收入《茅盾全集》第 19 卷，第 316 頁；第 20 卷，第 82、255 頁；第 21 卷，第 69 頁。後三篇是分別應伊羅生、斯諾、史沫特萊的要求所寫。最後一篇名爲「小傳」，實際篇幅最長，是用第三人稱口氣爲史沫特萊計劃譯的《子夜》英文版所寫。
〔註151〕《我的回顧》，《茅盾自選集》代序，天馬書店版，1933 年 4 月，《茅盾全集》，第 406 頁。

－267－

克、左拉、托爾斯泰、契訶夫，他都借鑑過。他說：「社會問題是易卜生作品的中心」。「所有易卜生的戲曲便都是個人與社會的衝突。」左拉的「眼光注射在社會問題上，他以社會改革家自任。」「他是徹底地『爲人生而藝術』。」〔註152〕托爾斯泰則「要把俄羅斯民族最困難的年頭（對拿破侖戰爭）的全般社會相寫進」《戰爭與和平》裡。〔註153〕契訶夫的札記是記錄可用於創作的「風景、人物和事件」的材料庫。巴爾扎克則在排印稿上一再修改，把他對事物種種不同角度的立體的觀察、綜合的透徹的理解融進作品，「因此他的人物一上場，就是非常複合的性格（正像眞正的活人）。」〔註154〕茅盾說：這些都影響著他的早期創作。到20年代和30年代之交，他感到「這些舊理論不能指導我的工作，我竭力想從『十月革命』及其文學收穫中學習。」他「堅決地要脫下我的舊外套。」通過對高爾基的重新認識，通過借鑑蘇聯文學社會主義現實主義的創作方法，建立起新格局。

蘇聯的社會主義現實主義成熟於以高爾基爲標誌的20年代文學。社會主義現實主義是在1932年10月起清算「拉普派」的「唯物辯證法的創作方法」之同時始正式提出的；並在1934年9月通過的《蘇聯作家協會章程》中對其涵義作出完整的表述。茅盾最早論述到這概念是在1933年5月7日發表的《讀了田漢的戲曲》一文中。

茅盾說他自己的寫作方法的關鍵在於把握與提煉生活。這是他的創作出發點。先是運用「『無意中』積聚起來的原料。」繼而「帶了『要寫小說』的目的去研究『人』。『人』是我寫小說的第一目標」。「單有了『人』還不夠，必得有『人』和『人』的關係」「成了一篇小說的主題，由此生發出『人』。」且使人物語言「的確是活人的話」。這一切都得「向活人群中研究」，決不作「赤手空拳毫無憑藉的作家」。當然也要借鑑別的作家作品。他借鑑較多的是狄更斯、司各特、大仲馬、莫泊桑、左拉、托爾斯泰、契訶夫和高爾基，此外還有弱小民族的作家。中國的作品則多得益於《水滸》、《儒林外史》與《紅樓夢》。

不過他決不描摹生活或因襲別人，甚至也不因襲自己。他特別重視獨創性。他認爲「新寫一篇的時候，最好能把他的舊作統統忘記；最好是每次

〔註152〕《西洋文學通論》，世界書局版，第198、194頁。

〔註153〕《世界文學名著雜談》，百花文藝出版社版，第211頁。

〔註154〕《關於「寫作」》，《文學》第3卷第4號，1934年10月，《茅盾全集》第20卷，第212～214頁。

都像是第一次動筆，努力把『已成的我』的勢力擺脫。」〔註155〕他意識到
「一個已經發表過若干作品的作家的困難問題」在於不「粘滯在自己所鑄
成的既定的模型中」。〔註156〕他以自己沒有被「最初鑄定的形式所套住」
〔註157〕而感到欣慰。他的辦法是：透徹剖析，深入開掘，力求把握生活的
底蘊與特點，然後作準確而有特色的表現。他牢記社會對作家的迫切要求
「是那社會現象的正確而有爲的反映」。他牢牢把握的原則一是「須有廣博
的生活經驗」；二是具有「訓練過的」「研究過社會科學的」「頭腦」，以求
正確「分析那複雜的社會現象」，特別是「這轉變中的社會」。在白色恐怖
的中國當時所說的「社會科學」，實際是指馬克思主義。而這「頭腦」則指
世界觀與方法論。爲此茅盾永不滿足，「永遠『追求』著」，「年復一年，創作
不倦」。〔註158〕

　　茅盾的文學道路具有邊實踐、邊反思、邊突破、邊總結，藉以求新的特
點。他從《蝕》的不足及時引出兩個結論：一是決不再「帶熱地」使用材料，
「要多看些，多咀嚼一會兒，要等到消化了，這才拿出來應用」。〔註159〕二是
「作家思想情緒對於他從生活經驗中選取怎樣的題材和人物常常是有決定性
的」。因此他要求自己端正思想情緒。他從《路》、《三人行》中又總結出「徒
有革命的立場而缺乏鬥爭的生活，不能有成功的作品」。〔註160〕因此，一方面
他充分發揮自己敢於使用別人不敢或難以使用的重大題材的一貫長處，另一
方面又不斷地改換創作題材：從大革命的現實題材轉換到農民起義的歷史題
材；再轉換到學生及學生運動題材；終於匯成大規模全面反映中國社會與時
代的整體性表現視野：先是寫大都市，繼而寫鄉村小鎮，又深入到農村寫鄉
土文學；然後又回到寫大都市的都市文學。這時他不是簡單地重複過去，而
是遍及光怪陸離的都市各階層、各角落，甚至深入到流浪兒童。「題材是又一
次改換，技術方面也有不少變化。」筆法由悲劇而正劇而諷刺喜劇。他不斷
變換視角和品類：從主體性很強的心理剖析到主體性隱於情節中的社會剖

〔註155〕　《談我的研究》，《中學生》第 61 期，1936 年 1 月，《茅盾全集》第 21 卷，
　　　　　第 60～63 頁。
〔註156〕　《宿莽・弁言》，《茅盾全集》第 19 卷，第 226 頁。
〔註157〕　《我的回顧》，《茅盾全集》第 19 卷，第 409 頁。
〔註158〕　《我的回顧》，《茅盾全集》第 19 卷，第 406 頁。
〔註159〕　《我的回顧》，《茅盾全集》第 19 卷，第 409 頁。
〔註160〕　《茅盾選集・序言》，見該書第 2 頁。

析；再到二者的有機結合。他在小說文體形式上也作過多方面的探索。最初覺得自己的題材「恰配做長篇，無從剪短似的」。寫歷史小說就試著「剪得『短』」。後來又放長。他在《春蠶‧跋》中自我批評道：「我的短篇小說，實在有點像縮緊了的中篇。」〔註161〕其實這未必是敗筆，倒反映出茅盾作品題材、主題、人物及人物關係均極複雜、社會容量也極大的特徵，人為地剪短倒束縛了內涵。

縱觀茅盾二三十年代的小說，從《野薔薇》到《農村三部曲》，經歷了由含蓄到外露、由隱而顯的風格衍變過程。由《農村三部曲》到《水藻行》又有個由外露到含蓄、由顯到隱的過程。不過這不是簡單的復舊或回歸，而是螺旋性上升。後一階段的含蓄與「隱」不同於早期，這是兼具社會剖析階段的「露」與「顯」的鮮明傾向性特徵的。對此茅盾總結說：「文藝作品本以感動人為使命。」「真正有力的文藝作品應該是上口溫醇的酒。題材只是平易的故事，然而蘊含著充實的內容；是從不知不覺中去感動了人，去教訓了人」。這是靠「豐富的生活經驗和真摯深湛的感情」〔註162〕才能產生的。經驗在此昇華為理論，形成了茅盾著名的「醇酒說」。

對自己的散文創作，茅盾也作了總結。他認為自己與「性靈」無緣，但卻有「個人筆調」。特點之一即其「議論的腔調」。這是他革命家與文學家完美結合所形成的理性思辨性與社會剖析性相結合的創作個性的反映。不過這特點並不表現為生活的解脫，而表現為生活內涵的濃縮。所以他說：「隨筆之類光景倒是『大題小做』的。」〔註163〕

當然茅盾有時也受政治潮流的衝擊，出於時代與政治的需要，寫了許多政論。這政論色彩有時也浸潤了文學散文；部分作品不免概念化或帶表淺性。他在談及蘇聯清算公式主義錯誤時指出，其根源在於「與現實生活隔離。」「對於他表現的人生有不盡了然的時候。」茅盾承認自己也「有若干部分是不盡了然的」與「頗為生疏的，然而我亦大膽寫了」的時候。他認為這是不足為訓的。這多半是出於急功近利的時代急需所致：「敵人殺過來的時候，即使沒有機關槍來抵禦，標槍也是武器；終不成因為機關槍尚未造好，就連標槍也

〔註161〕《茅盾全集》第9卷，第526頁。

〔註162〕《力的表現》，《申報‧自由談》，1933年12月1日，《茅盾全集》第19卷，第570頁。

〔註163〕《速寫與隨筆‧前記》，開明書店版，1935年12月，《茅盾全集》第20卷，第585、586頁。

不用罷？」〔註164〕

　　茅盾的自省，出自謙虛的品性，更出於總結經驗教訓以利再戰的需要。他有一段極富哲理的話：「人生如大海，出海愈遠，然後愈感得其浩淼無邊。昨日僅窺見了複雜世相之一角，則瞿然自以爲得之，今日既由一角而幾幾及見全面，這才嗒然自失，覺得終究還是井底之蛙。倘不肯即此自滿，又不甘到此止步，那麼，如何由此更進，使我之認識，自平面而進於立體，這是緊要的一關。能不能勝利地過這一關呢？不敢說一定能夠，但也不甘願說一定無望。事在人爲」。於是他憶及小學時校門上的對聯：「先立乎其大，有志者竟成」。〔註165〕這正是茅盾文學事業成功的秘訣！

二

　　左聯時期茅盾已能純熟地運用辯證唯物主義和歷史唯物主義這一馬克思主義哲學觀方法論統率自己的文學批評，把社會批評、歷史批評、文化批評滲透到審美批評中，因此論作品能顧及作品總傾向與作家全人；論作家能置於時代歷史環境中作整體觀照。而且從這一時期始，運用思想與藝術揉合一起作評論的方法，故較之20年代的文學批評，更具力度與導向性。他扶植了一大批作家特別是青年作家如沙汀、艾蕪、臧克家、丁玲、吳組緗等。對老一代作家如王統照、冰心、徐志摩、廬隱的創作道路，茅盾通過寫作家論給予總體分析與推動，使之加速其思想藝術探索的創作道路進程，使其對自己的局限也了然於心。而且茅盾決不淺嘗輒止。不論論單篇作品或是論整個作家，都能從其經驗中引出理論性規律性很強的結論。

　　茅盾承認「生活條件和社會階層的從屬關係決定了人們的意識」，〔註166〕但同時又從意識形態的能動作用出發，強調文學的反作用：文學「是新時代降生的哭聲，是未來的創造之神——創造之人的呼聲。」因此他堅持「描寫現實，認識現實，企求改變現實」的一貫態度。〔註167〕這也是他在30年代對文學提出的時代性要求。儘管他很欣賞作者（尤其年輕作者）「把他親身的見

〔註164〕《想到什麼就寫什麼》，《文學界》第1卷第1期，1936年6月，《茅盾全集》第21卷，第126頁。

〔註165〕《回顧》，重慶《新華日報》，1945年6月24日，《茅盾論創作》，第16頁。

〔註166〕《〈東流〉及其他》，《文學》第3卷第4號，1934年10月，《茅盾全集》第20卷，第240頁。

〔註167〕《〈清華週刊〉文藝創作專號》，《文學》第2卷第1號，1934年1月，《茅盾全集》第20卷，第3頁。

聞做材料，因而也就有感動人的地方」。但又常常批評他們作品的「內容不能全般地代表現代」的弱點。他要求作家「更進一步『把捉住時代』，描寫那些代表社會生活『全般的』現象，那些連鎖在社會動向的個別現象」。〔註168〕他高度評價王統照的長篇小說《山雨》，固然因爲「這是血淋淋的生活的記錄。」但更因爲它「是從『昨日』聯結到『今日』的，並且還企圖在『今日』之眞實中暗示了『明日』的」。〔註169〕他熱情肯定青年詩人臧克家「時時在嚴肅地注視『現實』」，「有和『磨難』，去苦鬥的意志」。但批評他「對於現實還沒有確切的認識」，「不敢確信自己的力量和自己的方向」，描寫勞動者時是個「完全超然的『藝術家』」。希望他在生活煎熬中接受「前進的意識」，立定腳跟，使「眞正有重大意義的詩會在他筆下開了花」。〔註170〕

　　茅盾這裡要求作家的，不僅是執著現實、能與惡勢力苦鬥的態度，還要求具洞察現實的能力與堅信理想必定實現的樂觀主義精神，給人以改變現實的力量。這就把眞實性與歷史性、現實主義理想主義統一到他的時代性與革命性要求中去了。他認爲人生中總是「光明與黑暗交織著」，不能以爲或全明或全暗，因而或樂觀或悲觀。要克服「爬石像的螞蟻的見識」，雖是寫「片段的人生」，仍必須是「社會生活全體的縮影。」「惟能見全體者爲能認識客觀的眞實」，才能「感得這是『美』」；是「『眞實人生』的反映」。〔註171〕

　　左聯時期茅盾的文學批評觸及了典型問題的核心：民族性與階級性的關係。他批判以民族性掩蓋階級性的「民族主義」文學家，指出即便《伊里亞特》、《奧德賽》和《詩經》也絕非「基於民族的一般意識」的「文學的原始形態」，它們經統治階級文人之手時，已「滲透了統治階級的意識了。」〔註172〕這就戳穿了以民族性掩蓋階級性藉以反對無產階級文學的騙局。但茅盾又不簡單地把文學典型與階級性等同。他贊成周揚與胡風當時爭論《阿Ｑ正傳》時的共識：「阿Ｑ是代表農民意識」的。但茅盾認爲阿Ｑ「決不是僅僅

〔註168〕《不要太性急》，《文學》第1卷第4號，1933年10月，《茅盾全集》第19卷，第512～513頁。

〔註169〕《王統照的〈山雨〉》，《文學》第1卷第6號，1933年12月，《茅盾全集》第19卷，第568頁。

〔註170〕《一個青年詩人的〈烙印〉》，《文學》第1卷第5期，1933年11月1日，《茅盾全集》第19卷，第545～549頁。

〔註171〕《螞蟻爬石像》，《上海政治學院季刊》創刊號，1933年3月12日，《茅盾全集》第19卷，第576～580頁。

〔註172〕《「民族主義文學」的現形》，《茅盾全集》第19卷，第254～255頁。

代表農民意識」。因爲這「是把阿 Q 縮小了」。「阿 Q 相」「在農民中間還不及士大夫等等中間那麼普遍」。「『阿 Q 相』是幾千年的封建的儒教的環境所造成的中國『民族性』的提要。」〔註173〕茅盾此言是說民族性作爲典型之構成因素，對不同階級的階級性具強大的滲透性。這糾正了他自己 20 年代初把精神勝利法看作「人類普遍弱點之一種」的人性論觀點，而認識到其特定的民族性內涵；又否定了把民族性等同於階級性的普遍存在的偏頗，從而說清了構成典型性格的諸多因素，諸如階級性、民族性、時代性等等在文學典型內的複雜組合這一重大理論問題。

　　茅盾還系統地考察了形形色色的作家的世界觀與創作的複雜關係。與左翼文學思潮同步，茅盾此時特別強調馬克思主義的科學的世界觀方法論對創作的指導作用。他常用的「科學的頭腦」「社會科學知識」等，是爲避開政治檢查時，用以特指馬克思主義世界觀的代用語。他既要求作家「對於社會科學應有全部的透徹的知識」，又要求以此「去從繁複的社會現象中分析出它的動律和動向」；並且「要用形象的言語、藝術的手腕來表現社會現象的各方面」；並「指出未來的途徑。」因此作家應具備兩個條件：「（一）社會現象全部的（非片面性的）認識；（二）感情地去影響讀者的藝術手腕。兩者缺一，便不能成功一部有價值的作品。」他批評陽翰笙的長篇《地泉》和蔣光慈一樣，因缺乏全面的認識而導致人物「臉譜」化，與人物關係非革命即爲反革命卻「不見有動搖不定的分子」的「拗曲現實」的公式化描寫，又缺乏「訴諸感情的東西」，因而導致概念化。〔註174〕他肯定沙汀的「很精細地描寫出社會現象」的「寫實手法」與「藝術的才能」；也批評他有時離開此原則，給作品「硬紮上去的『尾巴』。」〔註175〕這和茅盾總結自己在《路》、《三人行》中的失敗教訓一起，提出了思想認識的片面性既破壞生活眞實性與藝術眞實性，也破壞藝術特質與審美規律之正常發揮這兩個重大問題。其正面意義在於：強調了正確的世界觀與方法論對創作的指導作用；它是生活眞實性、藝術眞實性、藝術審美力、藝術感染力的重要保證。

〔註173〕　《也是「想到什麼就說什麼」》，《申報‧每日增刊》第 2 卷第 21 期，1936 年
　　　　　5 月 30 日，《茅盾全集》第 21 卷，第 130～131 頁。
〔註174〕　《〈地泉〉讀後感》，收入 1932 年 7 月上海湖風書局出版的《地泉》一書爲序，
　　　　　《茅盾全集》第 19 卷，第 331～333 頁。
〔註175〕　《〈法律外的航線〉讀後感》，《文學月報》第 1 卷第 5、6 號合刊，1932 年 12
　　　　　月，《茅盾全集》第 19 卷，第 345～348 頁。

　　在作家論的寫作中，茅盾提出兼考察了作家世界觀與時代精神、時代發展的關係問題。他指出「廬隱與『五四』運動有『血統』關係」，她和她筆下的人物都「是『五四』的產兒」。儘管她能夠「注目在革命性的社會題材」，卻停滯在「五四」式的「感情與理智衝突下的悲觀苦悶」上。及至「五卅」取代了「五四」，她卻跟不上時代步伐了。「她對於『現在』的認識很模糊」，「猜不透人類的心」。「她的題材的範圍很仄狹」。當中雖曾從「『海濱故人』的小屋子門口探頭一望，就又縮回了」，重新「俯首生活於不自然的規律下」，陷於焦灼、懺悔、苦悶中。﹝註176﹞茅盾指出的廬隱與時代的這種落差，很帶普遍性。它令人想起魯迅筆下的呂緯甫與魏連殳。

　　廬隱的基本態度是執著現實，茅盾認定她是無處可躲的。他指出冰心卻脫離現實，躲在她用「母愛」與「大海」建構成的「愛的哲學」裡。故在「五四」作家中，「冰心女士最最屬於她自己。」她的起點固然「是對於『現實』的注視」，被「五四」激發寫「問題小說」是其「第一部曲」。中庸思想使她回答不了這些社會問題，就躲進帶神秘主義玄學色彩的「愛的哲學」的「第二部曲」中，以「愛」與「憎」兩根線編織出她內心的簡單化世界，體現出「『唯心論』」的立場。但「一元論」的冰心受不了「二元論」的「不調和」，她讓「愛終於說服了『憎』」，「使『二元』歸於『一元』」，求得了世界觀與創作的「統一」。但這卻和時代矛盾著。茅盾高興地發現《分》和《冬兒姑娘》表示冰心終於「知道這兩者『精神上，物質上一切，都永遠分開了！』」「愛的哲學」與創作內部的統一被打破了，冰心卻呈現出與時代相統一的好兆頭；她由躲避矛盾進入了邁步向前的新情態。於是茅盾引冰心的詩以爲賀：「先驅者！／前途認定了／切莫回頭！／一回頭——／靈魂裡潛藏的怯弱，／要你停留。」﹝註177﹞這犀利的哲學目光與熱切的時代呼喚兩方面，都令人怦然心動！統貫《冰心論》全文的茅盾的鮮活的思辨力，至今仍具現實性。

　　茅盾指出，許地山的世界觀與創作也呈統一性；但不像冰心那樣沉緬於愛與美的天國；也不似廬隱般苦悶焦灼。﹝註178﹞他比較能腳踏實地，每一作

﹝註176﹞《廬隱論》，《文學》第3卷第1期，1934年7月，《茅盾全集》第20卷，第109～117頁。

﹝註177﹞《冰心論》，《文學》第3卷第2號，1934年8月，《茅盾全集》第20卷，第146～167頁。

﹝註178﹞《落華生論》，《文學》第3卷第4號，1934年10月，《茅盾全集》第20卷，第225～235頁。

品都試著放進一個「他所認為合理的人生觀」。他不悲觀，不空想，但認定「人生好比蜘蛛織網」，破了再織，織了再破，「或完或缺，只能聽其自然罷了」。茅盾指出：這種人生觀的「積極的昂揚意識」與「消極的退嬰的意識」是「二重性的」；其作品的浪漫主義異域情調與寫實主義筆法也是「二重性」的。茅盾認為這兩種「二重性」，都可從作家世界觀與時代之關係的角度作出回答：前者是「『五四』初期的市民意識的產物」；後者則是「五四」落潮「滿眼是平凡灰色的迷惘心理的產物。」〔註179〕兩者都和時代的及作家世界觀的矛盾具有機聯繫。

茅盾考察徐志摩時運用自己社會批評的特長，把徐志摩的世界觀與創作的考察，納入史的發展的考察，與詩作意境的欣賞品味、詩人心態的細致剖析之中。他肯定徐志摩「意識曾經進步開闊」到謳歌「代表人類史裡最偉大的一個時期」，「為人類立下了一個勇敢嘗試的榜樣」的十月革命的境地。但終因其憧憬「英美式的資產階級」民主模式的世界觀的局限，面對「暗慘到可怕」的中國現實，感到實現理想的「縹渺」，「一步一步走入懷疑悲觀頹唐」的「粘潮的冷壁」的「甬道」。其詩情橫溢的時期，就只兩三年，隨即「逐漸『枯窘』」了。茅盾得的結論是：「志摩是中國布爾喬亞『開山』的同時又是『末代』的詩人。」他和其階級的命運同樣，「除了光華的外形和神秘縹渺的內容而外，不能再開出新的花來了！這悲哀不是志摩一個人的。」「因為他對於眼前的大變動不能了解且不願意去了解！」「他見了工農的民主政權是連影子都怕的。」「於是他就只有『沉默』的一道了！」「這是一位作家和社會生活不調和的時候常有的現象。」〔註180〕這評價和茅盾在《子夜》裡寫吳蓀甫的命運悲劇，宏觀地看，頗具共同性。但茅盾決不因此而忽視了徐志摩詩歌的藝術審美的貢獻。他充分肯定徐志摩的詩「章法很整飭，音調是鏗鏘的」的形式美；也指出其「回腸蕩氣的傷感的情緒」，「圓熟的外形，配著淡到幾乎沒有的內容」，「輕煙似的微哀，神秘的象徵的依戀喟嘆追求：這些都是發展到最後一階段的現代布爾喬亞詩人的特色。」《徐志摩論》是茅盾諸作家論中美學批評色彩最濃的一篇。文章從詩的藝術分析入手，通篇文章都扣緊詩的藝術，由具體到概括。茅盾同樣也從中昇華出普遍性的結論：「詩，和其他

〔註179〕《中國新文學大系・小說一集》導言，《茅盾全集》第 20 卷，第 483～484頁。

〔註180〕《徐志摩論》，《現代》第 2 卷第 4 期，1933 年 2 月，《茅盾全集》第 19 卷，第 373～394 頁。

文藝作品一樣，是生活的產物。」但這「不是指作家個人的私生活，也包括了社會生活在內。詩這東西，也不僅是作家個人情感的抒寫，而是社會生活通過了作家的感情意識之綜合的表現。」〔註181〕這講了詩學，也講了美學。不同於評論其他作家時的議論的是，這裡茅盾把生活帶到作家世界觀與創作之關係中作更宏觀，更具綜合性、整體性的考察中去了。

　　茅盾考察吳組緗時，又採取了對生活經驗、寫作態度、寫作方法之間的關係綜合考察的新角度。他把寫農村的作家分成兩類。一類是「把『農村帶到我們面前來』」：把佔有的農村材料「經過了作家主觀的分析整理、用藝術手段再現出來」，寫成主體意識很強的作品。另一類如以吳組緗爲代表的，是「把我們帶到農村裡去看」。「沒有眞實體驗到的人生，他不輕易落筆。」茅盾認爲，吳組緗就是這種「非常忠實的用嚴肅眼光去看人生的作家。」「他一邊要留心寫得逼眞，要跨過『概念的泥淖』，一邊就不能把純客觀態度擺脫淨盡。」他並不滿意吳組緗這「純客觀態度」，因爲這使「推進時代的意義受了損失」，因爲作家與現實的關係，「不是『複印』而是『表現』；作家有權力『剪裁』客觀的現實，而且『注入』他的思想。」這就把眞實性、傾向性與創作方法之關係的考察，提到革命現實主義創作規律的更深更高的層次。茅盾很欣賞吳組緗細膩明快的文筆；「各人一個身分，各人是一個『典型』，不但各人的形容思想各如其人，連各人的『用語』也很富於『典型』的色調，這是一幅看不厭的『百面圖。』」〔註182〕

　　左聯時期茅盾的文學評論，由個別作品評論到整體觀照作家創作道路的那批作家論。除對具體作家作品及時作出評價藉以推動創作外，還著重理論性總結與規律性把握。其考察的重點，在於闡述創作與生活、創作與時代、創作的傾向性導向性、作家世界觀與創作、作品的思想與藝術、內容與形式、藝術審美諸因素及其在再現或表現過程中的功能作用與運作規律等等。他特別強調生活是創作唯一的源泉，和藝術的本質與審美規律。他一再指出：由於忽視它們而導致的公式化、概念化、臉譜化偏向。這一切都爲了使文學發揮其特殊效能，以推動時代與文學自身的發展進程。

　　他的作家作品論和對自己的創作經驗教訓的總結，與他總結從「五四」

〔註181〕《徐志摩論》，《現代》第 2 卷第 4 期，1933 年 2 月，《茅盾全集》第 19 卷，第 373～394 頁。
〔註182〕《〈西柳集〉》，《文學》第 3 卷第 5 號，1934 年 11 月 1 日，《茅盾全集》第 20 卷，第 268～271 頁。

到「左聯」中國文學發展歷史的工作，是互爲表裡，有機配合的。三者合一，實際上構成一部「散珠成串」式的斷代文學史雛型。這是一項總體性歷史反思性的理論工程。《〈中國新文學大系・小說一集〉導言》一文，最充分地體現出這個特徵。

由於茅盾對「五四」運動的性質認識上有失準確，當然影響到對作家作品的進步性評價偏低；對思想局限的評判偏嚴；其史論就略嫌美中不足。然而茅盾並無庸俗社會學傾向；其觀點總地看比較辯證。例如他論徐志摩，不僅不像有的史家那樣上綱上線地批判《秋蟲》、《窗口》等傾向錯誤的詩；整篇作家論對此並未置一字。這種公允的全方位性的史家眼光，在當時，在今天，都是鳳毛麟角之屬。

<h2 style="text-align:center">三</h2>

茅盾左聯時期的文藝批評與自我總結，雖然注重在理論的總結提煉與昇華。但限於文體特徵，不可能很系統。因此他一直醞釀著一部系統的理論專著。1936 年 8、9 月間生活書店籌劃出版「青年自學叢書」，派徐伯昕登門約稿，請茅盾爲「叢書」寫一本指導初學寫作者從事創作的深入淺出的書。茅盾雖辭之再三，但因徐伯昕堅請，茅盾也覺得這正是把「平時在腦海中就有醞釀」，與青年作家通信、交談，「過去寫的評論文章中有時也涉及」的這些問題「歸納起來加以系統化」〔註183〕的機會，於是答應下來。由於積累有素，約一週時間就一氣呵成三萬字左右的專著，這就是他那本流傳很廣的《創作的準備》。〔註184〕此書共八章：學習與模仿、基本練習、收集材料、關於「人物」、從「人物」到「環境」、寫大綱、自己檢查自己和幾個疑問。這是一部篇幅雖小，卻具理論體系，切實有用的基本規律與基本方法論。它論述了以下幾個重大問題。

作家論：茅盾論述了作家的特質、任務與發揮作用的獨特方式。他認爲偉大的作家「同時一定是不倦的戰士」。其反映現實的作品，應針對其「時代的人生問題和思想問題」作出「解答」。作家與社會科學家都以社會爲觀察研究對象；不同之處在於作家是「從活生生的人」及其關係之研究出發「用藝術手段來『說明』它」。只要有正確而深入的眼光，「雖不作結論而結論自在

〔註183〕《我走過的道路》（中），第 363 頁。
〔註184〕1936 年 11 月由上海生活書店出版，收入《茅盾全集》第 21 卷。以下引文未注出處者均見此書。

其中了。」

　　茅盾論述了作家的生活、思想與藝術及其相互間的關係。他認爲作家最主要的是「充實的生活」。但「生活積累再豐富的作家也有用盡和不足用的時候。因此應該補充生活，搜集材料」，決不能「臨時抱佛腳」。這又是「應當時時處處爲之」並注意「社會生活的各部門是有機的關係」的工作；應該到處鑽，「避免只顧到一角」。這才能「取精用宏」，產生精品。對創作起指導作用的是正確的世界觀。然「只有從生活中把握到的正確觀念方是眞正的『正確』」。「沒有社會科學的基礎」就不會正確地思索。「思想整理了經驗，而經驗又充實了思想。到這境界，作品的內容方始成熟的產生！」藝術手術及其獨創性是作家再現或表現生活的基本手段。它既凝結著從文化遺產中「提煉得來的精髓」，更需有作家「獨創的部分」。後者也源於生活，「只有從生活中體認出來的技術方是活的技術」。這是茅盾最具卓見的論點。他要求作家把「世界觀和人生觀融合在他的藝術形象中」，充分估計讀者的想像感受力，藉作品的「暗示力與含蓄力」和他們溝通心靈，「決不要充當說教者。」這裡茅盾道破了作家把握生活、思想、藝術三者的辯證關係的許多關鍵。

　　題材與主題論：茅盾反對「宇宙間盡是文章材料」的「名士派態度」，他始終堅持「取精用宏」的原則。其要義一是「須有普遍性」；一是和「人生有重大的關係」。〔註185〕題材之選擇取決於作家的「主觀的思想意識」，對同一現象的選擇，因人而異能「造成完全不同的藝術品」。選擇的標準，一是「能表現那社會的特殊『個性』——動態及其方向的材料。」〔註186〕二是能反映「普遍的全般的」社會現象，「從『現在』中透露出『過去』，並且暗示著『未來』。」「密度要大，不能太單純」，借以反映出「充滿矛盾的複雜的社會。」

　　茅盾又反對複製的生活，他要求加工製作「自創『故事』，自創又不是「幻想」，必須「寄根在這現實社會。」〔註187〕同時又「注入思想的審美的傾向」、藉以具「推進時代的意義。」〔註188〕這就涉及到主題的提煉。他要作家

〔註185〕《創作與題材》，《中學生》第32期，1933年2月，《茅盾全集》第19卷，第356、358頁。

〔註186〕《談題材的「選擇」》，《文學》第4卷第2號，1935年2月，《茅盾全集》第20卷，第356頁。

〔註187〕《創作與題材》，《茅盾全集》第19卷，第361～362頁。

〔註188〕《〈西柳集〉》，《茅盾全集》第20卷，第269～270頁。

把生活中「有正面或反面教育意義的事物，根據他的世界觀」綜合其共同性，「通過形象的表現，使其更概括、更集中」，「在思想性上提高一步」，從而成爲作品的主題。「一般說來，作家不應先有主題，然後從主題出發，找求表現此主題的人和事。」可見茅盾與「主題先行」論大異其趣。

人物論：茅盾提出「人物是本位」，是故事的中心，「由人物生發出故事」的觀點。他指出了人物形象形成、豐滿起來的規律與過程：先「有了人物的面影，然後逐漸成型。」但「不要『布局』就寫」，而是「勾勒」下來再到生活中「留心觀察同樣性格的人」以作補充，使之「漸趨豐滿」。「要寫一個商人罷，應當同時觀察了十幾個同樣的商人，加以綜合歸納」，使之與「社會上相當的那一群活人之間：同中有異，異中有同」。而且不能脫離環境孤立地觀察人。而應從他和他同階層人的「膠結」及與不同階層的人「迎拒」兩方面，觀察他和環境的相互關係，並要把握人在環境影響下經常變動的特點，從運動發展中把握其生態特徵與厚度。

寫成人物後應認眞作四個方面的自我檢查：是否「太簡單」而非「複合」型？描寫是否「太直線」？是否「單從大事件上」著力，忽視了「小事上烘托」？性格是否雷同？既要防「混雜不清」，又要防截然相反，缺乏共性。此外，茅盾還提醒作家要持客觀態度，不能熟悉所憎者就「寫來畢肖」；不熟的所愛者寫來「只有一個空洞的觀念或模糊印象」，必須把人物寫成「有血有肉的『活人』」。

環境論：前面述及茅盾對廣義的與狹義的環境的界分。茅盾固然重視人物生活其中的狹義的環境；但茅盾更重視廣義的環境，即要從「一特定地區的生產關係，社會制度，立於支配地位的特權階層以及被支配的階層，在一方面是武器而在另一方面是鐐鎖的文化教育的組織以及風尚習慣等等」出發，把人與環境同時置於觀照之中，而不能「劈爲兩半」。茅盾指出：人物與環境存在兩種關係：「『環境』固然支配了『人』；但由於這被支配而發生的反作用，能使『人』發生破壞束縛的思想而形成改造環境的行爲。」因此兩者的「作用是交流的，是在矛盾中發展的。」談人物時和談環境時，茅盾都強調這種雙向關係，談觀察和寫作時，他也都強調這雙向關係。他認爲這樣才能通過人物與環境的描寫，「灼見現象的過去、現在和未來。」從現在的描寫中，「透露出『過去』，並且暗示著『未來』。」這才能脫出「人在環境中行動」的低層次，而臻「從『人』的行動中寫出『環境』來」的高層次，體現

出「人」、「境」兩「活」、「人是本位」的基本審美表現原則。茅盾還把氛圍描寫視作典型環境描寫的要素，要求這種描寫同樣要統一於人物及其行動描寫中。這一切構成了茅盾的革命現實主義的典型人物、典型環境及其相互關係的完整的理論。

創作方法與技巧論：在20年代前半，茅盾分別倡導過自然主義、新浪漫主義、寫實主義等許多創作方法。左聯時期他不再倡導這主義那主義。他只在1933年5月7日刊於《申報‧自由談》的《讀了田漢的戲曲》文章結尾，輕輕帶了一句話：說田漢的《梅雨》「除『革命的浪漫主義』而外，還相當的配合著社會主義的寫實主義。」這是中國也是茅盾最早提到的社會主義現實主義，但他並未作任何發揮。然而統觀茅盾左聯時期的創作與理論批評，我們卻看到他始終遵循的，正是在蘇聯形成、1933年11月1日繼茅盾之後，由周揚介紹到中國的社會主義現實主義創作方法。〔註189〕在這之前三四年間，由蘇聯照搬的「唯物辯證法的創作方法」衝擊左翼文壇時，茅盾並未接受或影響。由於他自「五四」迄今，對世界文學思潮史與創作史作過十多年跟蹤研究，他深知世界觀與創作方法有明確的界限。因此雖然他承認「作家的思想方法和他的表現方法常常是一貫的。至少，後者會受到前者的很大拘束」。也強調「必須以辯證法為武器，走到群眾中去，從血淋淋的鬥爭中充實我們的生活，燃旺我們的情感，從活的動的實生活中抽出我們創作的新技術！」〔註190〕但這只說明茅盾承認世界觀對創作的指導作用，並不說明茅盾想用世界觀或唯物辯證法代替創作方法與藝術規律。他經常強調的倒是：「正確的觀念，充實的生活，和純熟的技術」是創作的三個基本條件，和「最主要的還是充實的生活」〔註191〕這個基本出發點。在此基礎上建立其內容形式觀。

茅盾認為「文藝作品的形式與內容，猶之一張紙的兩面」，「不但不能截然分離」，「倒是內容決定了形式的」。〔註192〕但他從未忽視形式與藝術的作用；他一再告誡作家勿當「說教者」，要把思想「融合在他的藝術的形象中。」

〔註189〕周揚：《關於「社會主義的現實主義與革命浪漫主義」》，《現代》第4卷第1期，1933年11月1日，《周揚文集》第1卷，第101～114頁。

〔註190〕《中國蘇維埃革命與普羅文學建設》，《茅盾全集》第19卷，第308頁。

〔註191〕《關於「創作」》，《茅盾全集》第19卷，第280頁。

〔註192〕《關於「創作」》，《茅盾全集》第19卷，第263頁。

　　茅盾不但擺正了生活、思想、藝術之關係，還把它放到形象思維過程中，作完整準確的考察與描述。從材料的整理、選剔，到打腹稿、用藝術手腕加以組織，對在創作衝動中新的意象、活潑的想像奔流輻湊而來時，迫使作家不得不「颼颼然寫下去」的形象思維全過程，他都作了生動的描繪。他還著重介紹了其中的幾個重要環節：如寫大綱（備忘錄式的大綱、人物表、故事要點、重要場面、主題、分段以及「萬萬不可那樣寫」的「自警的大綱」等等）、故事與人物、故事與情節、情節與結構、結構與線索、細節描寫、語言藝術、文體特徵等等，都有精到透闢的論述。但其出發點是內容與形式、思想意識與美學價值的統一；是文學作品的美的「整體性」。

　　借鑑論：自登文壇始，茅盾就反對白手起家，提倡借鑑。不過他從 20 年代重在借鑑西方，到左聯時期的全方位借鑑，有個發展過程。他特別贊賞「很大膽的吸收異族的文化，不怕因此而喪失了國故」的唐代，認為「混有異族文化成分」是唐代眼光開展，精神前進的基因。不過茅盾的借鑑是有原則的。這就是重在借鑑那些表現了當時的社會生活、有前進傾向與大眾化的東西。他和魯迅同樣，也極力反對生吞活剝；主張「拿來消化」，以增加自身新的創造力。

　　左聯時期茅盾的文學思想較「五四」時期有很大發展。主要標誌是：多創見，而且形成了體系。他博覽約取，重在自身與別人創作實踐經驗的理論昇華。因此形成了理論能緊密聯繫創作實際、極能切中創作肯綮的特徵。故較「五四」時期的影響更大。

　　著名作家馬烽回憶說：「我讀的第一篇作家談創作經驗的文章，是茅盾的《創作的準備》。這本小冊子，可以說是我走上創作道路的引路書。」〔註193〕但茅盾的理論批評遠不止《創作的準備》一部書；其影響所及，又何止馬烽一個人？馬烽的話，只是一種「代表」。茅盾的理論批評，如同別林斯基之於俄國文學；茅盾的理論與創作的影響，遍及好幾代人！

第五節　為建立抗日民族統一戰線而嘔心瀝血

　　左翼文藝運動開始不久，隨著「九一八」事變日本帝國主義侵華戰爭的開始，民族矛盾日漸取代階級矛盾佔據了主要地位，茅盾立即敏感地把握住

〔註193〕《懷念茅盾同志》，《憶茅公》，第 331 頁。

這一時代激變勢頭。特別是 1932 年上海「一・二八」抗擊日軍侵略的戰火燃起，自幼以國事與民族大事爲重的茅盾迅速作出反應：作爲左聯領導人之一，他把「藝術的表現出一般民眾反帝國主義鬥爭的勇猛」，「藝術的去影響民眾，喚起民眾間更深一層的反帝國主義的民族革命運動」，作爲「作家肩上的偉大任務」，大聲疾呼，廣爲號召。正是從這個立點出發，他把自己的文學的「鏡子」說發展爲「斧頭──創造生活」〔註 194〕的新說。他嚴厲批判倡導「民族主義文學」的御用文人是「對於侵略中國的英、美、日、法帝國主義」「連屁也不敢放一個」，反倒仰承其鼻息的「警犬」和「奴族主義」。〔註 195〕茅盾寫了大批雜文和小說譴責日本帝國主義的侵略罪行與蔣政權的「所謂『鎮靜』與不抵抗」〔註 196〕行徑。他還以《「一二八」的小說〈煙雲〉》〔註 197〕等評論推動抗戰文學創作。同時，他傾盡全心推動抗戰文藝運動；尤其是 1935～1936年，在促進文壇策略轉移，促使文壇抗日民族統一戰線的形成上，他配合黨和魯迅指引文壇，起了導向作用。

一

自「五四」到左聯，中國文壇總方向雖然大體正確；創作與理論批評也得到健康的發展；但左右搖擺的現象始終存在。這和處在幼年時期的中國共產黨內的路線偏頗有關，也和文壇對待西方和蘇聯、日本某些文藝思潮亦步亦趨的錯誤態度與取向有關。1936 年圍繞文藝界建立抗日民族統一戰線組織與提出相應的戰略口號所發生的爭論，與一度出現的分裂現象，就是如此。面對此種局面，茅盾起了維護團結、正確把握導向的重大作用。他力爭減少由於分歧所造成的損失。

站在愛國主義立場，以文學爲武器參與反帝國主義侵略鬥爭，是當時廣大進步文藝工作者的共同願望和共識。但提出什麼口號來凝聚力量，指引方向，從一開始自發倡導時，就存在分歧。一種做法是照搬蘇聯。最早是周揚

〔註 194〕《我們所必須創造的文藝作品》，《北斗》第 2 卷第 2 期，1932 年 5 月，《茅盾全集》第 19 卷，第 324～325 頁。

〔註 195〕《〈黃人之血〉及其他》，《文學導報》第 1 卷第 5 期，1931 年 9 月 28 日，《茅盾全集》第 19 卷，第 292 頁。

〔註 196〕《評所謂「文藝救國」的新現象》，《文學導報》第 1 卷第 6 期 7 期合刊，1931年 10 月 23 日，《茅盾全集》第 19 卷，第 294 頁。

〔註 197〕刊於《文學》第 2 卷第 4 號，1934 年 4 月 1 日，《茅盾全集》第 20 卷，第 63～67 頁。

1934 年 10 月在《國防文學》一文中介紹蘇聯「防衛社會主義國家，保衛世界和平」的「國防文學」時，認識在中國就需要「暴露帝國主義的侵略戰爭」、描寫「民族革命戰爭的英勇事實」的「國防文學」。〔註 198〕一年多後，周立波在《關於「國防文學」》一文中予以響應。他雖然也指出在中國倡導的「國防文學」與蘇聯的國防文學的不同：蘇聯的是「對付國外的敵人」，「防衛工農的偉大建設」，中國是國外反帝、國內反漢奸的「廣大群眾運動中的意識上的武裝」。但這一認識並未觸及本質，而且他已經把寫明「我是中國人！我反對漢奸和外敵」口號的「國防文學」當作團結「營盤裡的戰友」的統一戰線的「旗子」。〔註 199〕不論周揚還是周立波，都未涉及蘇聯與中國當時在社會制度與國體政權性質上的根本區別；也未說清「國防文學」和左翼文學與左聯倡導的具階級鬥爭內容與人民性質的大眾文學是何關係。因此，儘管它的出發點是反帝愛國的；但在此「國防文學」的階級的人民的政治傾向性方面，一開始就存在後來魯迅所指出的「不明瞭性」。

比周立波文章早兩天，即 1935 年 12 月 19 日，夢野在《民族自衛運動與民族自衛文學》一文中，提出了其文章標題所概括的這個口號。這也是站在愛國主義立場倡導反帝反漢奸的口號。但它不是照搬蘇聯且不界分社會性質之本質區別；而是從中國實際出發，提出這個「為民族底大眾而寫作」的口號，並與左聯倡導的大眾文學相銜接。他要求「大眾文學運動的戰士們，愛國的文學作家們，以及一切從事文學，愛好文學的青年朋友們」，結成「民族自衛運動與民族自衛文學」的「統一的陣線」。〔註 200〕這裡的界分很明確，沒有周揚、周立波兩篇文章那種混淆了不同性質的國家與社會制度、模糊了不同政治傾向的文學的「不明瞭性」，而是非常明確地與大眾文學相銜接。

這種認識上的分歧與提法上的差別帶一定普遍性。然而儘管周揚當時是左聯領導人之一，其文章卻是以「企」的筆名發表的。故與周立波、夢野等的文章同樣，均屬個人行為。但是，當這種分歧後來與黨內及共產國際內部

〔註 198〕刊於《大晚報‧火炬》，1934 年 10 月 2 日，轉引自《「兩個口號」論爭資料選編》（上），第 1～2 頁。以下引此書時簡稱《選編》。

〔註 199〕《關於「國防文學」》，《時事新報‧每週文學》，1935 年 12 月 21 日，引自《選編》（上），第 3～4 頁。

〔註 200〕夢野的文章刊於《客觀》雜誌第 1 卷第 10 期，1935 年 12 月，引自《選編》（上），第 6～9 頁。

的同一分歧發生聯繫時，問題立刻就複雜化、嚴重化了。

在 1935 年 7 月 25 日召開的共產國際第七次代表大會上，總書記季米特洛夫作了題爲《法西斯主義的進攻與共產國際爲工人階級的反法西斯主義的統一而鬥爭的任務》的報告。中共駐共產國際代表團團長王明也發了言，題目是《論殖民地半殖民地的革命運動與共產黨的策略》；此即後來題爲《論反帝統一戰線問題》的文章。他們都提出了建立廣泛的國際反法西斯統一戰線的主張。但季米特洛夫明確地強調提出了加強無產階級與共產黨對統一戰線的領導權問題；在反「左」的同時要「提高我們對左傾機會主義的警惕」問題。王明對這些卻隻字不提。8 月 1 日由王明起草，以中國蘇維埃中央政府和中共中央名義，發表了《爲抗日救國告全國同胞書》。這就是史家簡稱的「八一宣言」。12 月 17 日至 25 日，中共中央在瓦窰堡召開了政治局擴大會議。會上通過了政治局常委的總負責人張聞天起草的《中央關於目前政治形勢與黨的任務的決議》。兩天後毛澤東在黨的活動分子會議上作了《論反對日本帝國主義的策略》的報告。王明當時不是黨中央的負責人與中國蘇維埃中央政府的主席。〔註 201〕他起草的「八一宣言」和瓦窰堡會議通過的決議雖然都提出建立廣泛的抗日民族統一戰線和建立反抗侵華的日本帝國主義與賣國賊蔣介石的「國防政府」；但中共中央的決議對統一戰線與「國防政府」，均作了階級組成及其相互關係的分析，明確提出加強黨的領導問題。毛澤東的報告沒提「國防政府」，他集中論述了變「工農共和國」爲以廣泛的抗日統一戰線爲基礎的「人民共和國」的策略轉變問題，和加強黨對統一戰線及人民共和國的領導問題。王明的報告、文章及他起草的「八一宣言」，對這兩個重要問題卻隻字未提。黨內的這些分歧，在文藝界很快就有所反映。

而王明的直接干預，更導致文藝界的論爭與分裂。他和康生軟硬兼施，讓駐共產國際的左聯代表蕭三寫信給左聯，令其解散。茅盾回憶道：「一九三五年十一月間，我在魯迅家中曾看到蕭三給『左聯』的信。」〔註 202〕這封信是經史沫特萊交魯迅轉左聯的。魯迅當即請茅盾來商量對策。茅盾見蕭三在信中既肯定了左聯的成績，又嚴厲批評了左聯長期存在的「左」的關門主義

〔註 201〕在 1935 年 1 月在遵義召開的中共中央政治局擴大會議上決定：由張聞天取代博古擔任中共中央政治局常委總負責人。中國蘇維埃中央政府成立於 1931 年 11 月，主席是毛澤東。

〔註 202〕《我走過的道路》（中），第 309 頁。

與宗派主義，要求「取消『左聯』，發宣言解散它，另外發起一個廣大的文學團體」。「吸引大批作家加入反帝反封建的聯合戰線上來。」茅盾覺得事關重大，就問魯迅該怎麼辦。魯迅「取看一看再說的態度。」〔註203〕他讓許廣平留下抄件，原件請茅盾轉交當時的中共上海中央局文委書記和左聯黨團書記周揚。

　　據當時任文委成員和左聯領導成員的夏衍說：1935年10月中旬，他們先後在中共駐共產國際代表團辦的《救國報》上看到了「八一宣言」，從共產國際辦的英文版《國際通訊》上看到了季米特洛夫的報告。中共上海中央局及其領導下的「文委」，當時「和中央失去組織關係已經九個月了」。他們就把這當成中共中央的指示。他們組織討論並向下屬各單位黨員傳達，統一了認識，一致持擁護態度。「11月中旬，『文委』開會時，周揚給我們看了蕭三從莫斯科給『左聯』的」要求解散左聯的信。「我們就毫不遲疑地決定了解散『左聯』。」〔註204〕周揚則說：「並不是一接到蕭三來信，我們就著手解散『左聯』。解散左聯的設想在收到來信之前就有了。」這說明他們此時和後來的舉措，是主動跟駐共產國際的中共代表團的王明等取同一態度的結果。而對中共中央瓦窯堡會議精神，這時他們卻一無所知。他們決定了解散左聯，另行建立文藝家的新組織。但正如周揚後來承認的：「在解散左聯問題上，我犯了兩個錯誤：一、沒有很好地聽取魯迅的意見」並予以尊重；二、「沒有在黨員群眾中作充分的說明。」〔註205〕而是在黨外廣泛醞釀，採取了實際步驟。

　　直到1936年正月初，周揚才派夏衍通過事先已經參與此事的鄭振鐸，約茅盾在鄭家晤談。夏衍向茅盾說明：決定解散左聯，並建立「不管他文藝觀點如何，只要主張抗日救國，都可以加入」的「文藝家的抗日統一戰線組織」。「夏衍說魯迅不肯見他們」，所以只好請茅盾「把這意思轉告魯迅」，〔註206〕並問茅盾有什麼意見。這時茅盾已從史沫特萊那裡獲悉「共產國際在戰略策略上有重大變化，號召各國共產黨在本國團結最廣大的社會階層建立反法西斯的統一戰線。」茅盾就說：「我對於黨中央提出的建立抗日統一戰線的主張是贊成的。」具體「究竟怎麼辦，我還要考慮考慮，等我同魯迅談

〔註203〕《我走過的道路》（中），第309頁。
〔註204〕《懶尋舊夢錄》，第293～298頁。
〔註205〕1979年9月28日答訪問者，《魯迅及三十年代文藝》，第88～89頁。
〔註206〕《我走過的道路》（中），第307頁。

過以後再說。」當即約定三天後仍在鄭振鐸家見面。夏衍走後，茅盾和鄭振鐸交談，發現在夏衍找自己之前，早已和鄭振鐸做過許多醞釀。他倆雖都同意解散左聯，成立更廣泛的組織，但對拉「禮拜六」派等加入，都很不放心。〔註207〕

茅盾深知這次斡旋難度很大。因為他早就發現周揚等不尊重魯迅。但茅盾當時「與雙方都保持著良好關係」，「能起到一個調節作用。」他「認為同一營壘內的戰友，在這號召建立抗日統一戰線的關口，更應該消除隔閡，聯合起來，一致對敵」。因此茅盾努力保持著自己這種「比較特殊的地位」，「小心地不使它被破壞」。〔註208〕他情願擔起協議雙方關係與步調的重擔。由此我們可以觸摸到茅盾博大高尚的胸襟；也易於了解和理解在此前後他一直知難而進，委屈求全，有時折中調和，不能按個人意願辦事，甚至被罵為「腳踏兩家船」也毫無怨尤的苦衷。這是我們打開解散左聯與「兩個口號」論爭過程中茅盾的行為與心態隱密及動機的一把鑰匙。

第二天茅盾去見魯迅，把夏衍的意思原原本本作了介紹。看來經過這段時間的深思熟慮，魯迅已經拿定主意。他的意見是：「組織文藝家抗日統一戰線我贊成，『禮拜六』參加進來也不妨，只要他們贊成抗日」。對於解散左聯他卻「不表贊同」。他認為：「『左聯』的宗派主義、關門主義是嚴重的，『他們實際上把我也關在門外了』，但宗派主義和關門主義是有人在那裡做，不會因為取消了『左聯』他們就不做了。『左聯』是左翼作家的一面旗幟，旗一倒，等於是向敵人宣布我們失敗了。」「文藝家的統一戰線組織要有人領導，領導這個組織的當然是我們，是『左聯』。解散了『左聯』，這個統一戰線就沒有了核心，這樣雖說我們把人家統過來，結果恐怕反要被人家統了去。」〔註209〕

茅盾對魯迅的意見深以為然。第三天就把這些告訴了夏衍。「夏衍極力辯解，他說不會沒有核心的，我們這些人都在新組織裡邊，這就是核心。」茅盾說：「魯迅的意見是有道理的。我可以把你的意見再告訴魯迅，我只做個傳話人。」魯迅這次聽茅盾介紹夏衍的這些話之後，笑了笑道：「對他們這般人我早已不信任了。」茅盾看出魯迅的意思：「有周揚他們在裡邊做核心，這個

〔註207〕《我走過的道路》（中），第307～309頁。
〔註208〕《我走過的道路》（中），第315～316頁。
〔註209〕《我走過的道路》（中），第309～310頁。

新組織只是搞不好的。」就知道再談也不會有什麼結果。於是「就託鄭振鐸把魯迅堅持不解散『左聯』的意見轉告夏衍。」〔註210〕後來茅盾聽到又由徐懋庸直接找魯迅商量的經過。據徐懋庸寫的回憶文章說：第一次談魯迅仍不贊成解散左聯，只同意「秘密存在」。他把此意帶到左聯常委會上。代表「文總」出席此會的胡喬木堅持說，不能讓左聯秘密存在而「具有第二黨的性質」。他要徐懋庸再找魯迅談。這次魯迅讓了一步：「解散時發表一個宣言，聲明左聯是在新形勢下組織抗日統一戰線文藝團體而使無產階級領導的革命文藝運動更擴大更深入」才解散的；以免造成被敵人壓迫而「潰散」的副作用。周揚同意發表宣言，但幾天後又告訴徐懋庸：為避免轟動，由「文總」代表包括左聯在內的下屬各團體統一發表宣言。魯迅第三次聽了徐懋庸的介紹後說：「那也好。」幾天後周揚又告訴徐懋庸：「文總」討論後認為，這時正籌組文化界救國會，「文總」發表解散宣言，救國會易被看作「文總」的替身。魯迅聽徐懋庸第四次的轉告：「文總」也不發表宣言了，「就臉色一沉，一言不發」。〔註211〕這過程大約在 1936 年 1 月份。茅盾就此回憶說：「魯迅因此大為生氣，認為他們言而無信，因為在魯迅看來發不發宣言是個重大的原則問題。事情因此弄僵了。從此，魯迅對於他們更加不信任了。對於他們的各種倡議、活動，多取不合作的態度。」魯迅也不加入周揚等籌組的作家協會。魯迅對茅盾說：「我看作家協會一定小產，不會像左聯，卻還有些人剩在地底下的。」〔註212〕事實被魯迅不幸而言中，新組織未搞成，左聯倒先解散了。文藝隊伍又因展開了「兩個口號」論戰而分裂成兩派。說是要擴大，實際反而縮小了聯合戰線。

　　據蕭三回憶，他於 1943 年 10 月底在棗園向毛澤東匯報王明、康生逼他寫解散左聯的那封信的情況時，毛澤東說：「那就是和解散共產黨差不多……那就是和『中聯』、『右聯』一起嘮！」「反帝而沒有無產階級領導，那就反帝也不會有了。」蕭三感慨道：「毛主席的心和魯迅的心是相通的，於此也可見一斑。」〔註213〕

〔註210〕《我走過的道路》（中），第 310 頁。

〔註211〕徐懋庸：《回憶錄》第七章，《新文學史料》1980 年第 4 期，第 37～38 頁。

〔註212〕《我走過的道路》（中），第 309～311 頁。

〔註213〕蕭三：《我為左聯在國外作了些什麼？》，《新文學史料》1980 年第 1 期，第 37 頁。蕭三在向訪問者提供材料時說：他和毛主席的談話，是據其 1943 年 10 月 31 日的日記。參看《魯迅研究資料》第 4 輯，第 195 頁。

二

1936 年 1 月底 2 月初，周揚根據得到的上述刊物所刊「八一」宣言和王明講話，把兩年前自己文章中從蘇聯介紹到中國的「國防文學」口號，作為我國結成文藝統一戰線的口號與標誌，正式提出來了。他徵得「文委」另外的負責人章漢夫、胡喬木和夏衍等的同意後，就部署人力發表文章。為了配合周揚，夏衍在戲劇界提出了「國防戲劇」口號。文學界的周立波、何家槐在《讀書生活》、《時事新報》副刊上接連發表的倡導「國防文學」的文章，就是這樣推出的。〔註214〕特別是在 1936 年 2 月 1 日創刊的《新文化》雜誌的代發刊詞《新文化需要統一戰線》中，毫不掩飾地吹捧「去年八月中國工人階級優秀的政治家王明在莫斯科共產國際第七次代表大會上的講演」，並據其觀點鼓吹組織「國防政府」和「文化上的統一戰線」。但此文畢竟與王明的講話不盡相同。如它注意強調無產階級在統一戰線中的獨立性與黨派性，宣布我們的中國指的「是蘇維埃的中國」，我們的文化「是走向社會主義的普羅列塔文化」。〔註215〕

對「國防文學」口號，魯迅「持懷疑態度」。他對茅盾說：這個口號「我們可以用，敵人也可以用。至於周揚他們的口號內容實質到底是什麼，我還要看看他們的口號下賣的是什麼貨色。」後來夏衍推出的《賽金花》被稱作「標本」，魯迅見了哈哈大笑，對茅盾說：「原來他們的『國防文學』是這樣的。」〔註216〕魯迅看準的這個弱點果然產生了副作用。例如徐行就在 3 月下旬拋出《評「國防文學」》一文，把此口號說成「放棄無產階級利益向資產階級投降的口號」。夏衍的看法是：「現在托派（徐行）跳出來攻擊『國防文學』了，這說明我們的口號是正確的。」茅盾卻認為：這恰恰「從反面暴露了」它「沒有強調甚至沒有談到無產階級在『國防文學』中的領導責任」的弊端。但茅盾對「這場熱鬧的討論一直保持緘默」。他考慮的「還不只是這個口號本身的是非」，而是它「可能引起的進步文藝界內部分歧的進一步加

〔註214〕周立波的《1935 年中國文壇的回顧》、《非常時期的文學研究綱領》分別刊於 1936 年 1 月 10 日《讀書生活》第 3 卷第 5 期與 2 月 10 日《讀書生活》第 3 卷第 7 期。何家槐的《作家在救亡運動中的任務》刊於同年 1 月 11 日《時事新報》副刊《每週文學》。提出「國防文學」的醞釀情況，可參看夏衍《懶尋舊夢錄》，第 310 頁。

〔註215〕《新文化》創刊號，《選編》（上），第 26 頁。

〔註216〕《我走過的道路》（中），第 312 頁。

劇」。〔註217〕因此他盡力彌合分歧，維護團結。

　　1930 年 3 月 1 日茅盾發表了《作家們聯合起來》〔註218〕一文，尖銳指出國難當頭，不容前進的作家間存在怨恨與嫌隙，甚至互相仇視。他發出號召：「嚴格的辨別敵與友，謹慎的施予愛與憎。」「站在一條線上的，聯合起來，一同走向前去罷！」但周揚等人根本聽不進這些意見。他們一面鼓吹「國防文學」口號，一積極籌備文藝家協會，並拉茅盾作為發起人之一。為了維護團結，茅盾表示同意。但他仍希望彌合分歧，提高對立雙方的立足點。茅盾 4 月 1 日發表的《向新階段邁進》一文，就出此目的。此文高屋建瓴，從反帝反封建與追求民族解放出發，提出了「表現民族解放鬥爭的英勇壯烈的行動，推動民族解放鬥爭的進行」的總目標；又從「不容情的抨擊」「投降的理論和失敗的心理」與「要潑辣，要刻毒」這內容與形式兩方面，闡述了實現目標的要求。此文發展了茅盾的美學觀，提出了正確處理真實性與藝術誇張之關係的原則：藝術創造「不是拍照」，有「誇張地描寫『善』，也誇張地刻畫『惡』」的權利。但這不是允許「閉門冥想而『誇張』」，而是要求「從實生活裡體驗得的汲取得的『典型』」和「不傷害『真實』」的斯威夫特、果戈理、巴爾扎克般的技巧。這說明此時茅盾完全和自然主義劃清了界限。他從革命現實主義的真實性、典型化理論出發，要求抗戰文學運用「大膽的粗線條的筆觸」、「衝鋒號似的激越的音調」和「暴風雨般的氣勢」，去體現全民抗戰的時代精神。〔註219〕今天回顧歷史，當時的論文雖多如牛毛，但還沒有哪一篇能站在茅盾這兩篇文章的歷史高度，去引導面臨分歧與分裂的文壇，並提高其立點與視野。

　　在「國防文學」討論得十分熱鬧的 1～2 月，茅盾主持的《文學》雜誌卻始終保持沉默。對「國防文學」口號頗不以為然的《文學》主編傅東華，找茅盾商量著文反駁。茅盾以顧全統一戰線大局為據勸他慎重。但傅東華仍忍不住用「角」為筆名，在 3 月 1 日《文學》6 卷 3 號發表了《所謂非常時期的文學》一文。不過他還是聽從茅盾的勸告，對「國防文學」不置可否，只說：「光喊口號並不就能寫出真正有血有肉的作品來。」不幾天就有人來打聽「角」是誰。茅盾認為這是對方認定「《文學》不支持『國防文學』口號的信

<hr>

〔註217〕《我走過的道路》（中），第 313 頁。
〔註218〕刊於《文學》第 6 卷第 3 號，《茅盾全集》第 21 卷，第 93～95 頁。
〔註219〕《向新階段邁進》，《文學》第 6 卷第 4 號，1936 年 4 月 1 日，《茅盾全集》第 21 卷，第 96～98 頁。

號」。果然對方旋即由梅雨出面，發表也題爲《所謂非常時期文學》〔註 220〕的文章，對傅東華予以反擊。雙方往來了好幾個回合，這就使《文學》再難沉默。茅仍不想陷入口號之爭。不過他決定針對徐懋庸的《中國文藝的前途》〔註 221〕一文予以批評。他先後寫了《中國文藝的前途是衰亡麼》、《悲觀與樂觀》、《論奴隸文學》〔註 222〕三篇文章，都是針對徐懋庸認定的觀點：中國的前途不論是抗戰、滅亡抑或維持現狀，中國文學都不免衰亡，要使文藝存在，「只有建立國防文藝運動，國防文藝就是今後文藝所要完成的使命」。茅盾認爲：「這實際是說，你不贊成『國防文學』，你就要擔當中國文藝衰亡的責任，這就很有點『霸』氣。」〔註 223〕茅盾在文章中指出：不論徐懋庸說的哪種情況，都不會導致中國文藝的衰亡，因爲「民族革命鬥爭的偉大赤熱的精神，將啓發在鬥爭中的民族的每一人的心靈，而這心靈將唱大時代的史詩。」「我們相信中國文藝只有前進，——展開全新的一頁前進。」「如果一位作家心裡有了『文藝無用論』之類的黑影，則他的『國防文學作品』也不會做得好。」因爲「失敗的心裡，悲觀的情緒，在『國防文藝』中是絕對的危害！」〔註 224〕

這批文章剛剛發表的 4 月初，周揚通過沙汀約茅盾在沙汀家晤談：周揚「談了『左聯』解散後文藝界籌組統一戰線組織的情形，表示這方面的工作進展得比較順利。」倒是魯迅不肯加入這組織，「使他們十分爲難，因爲魯迅是文藝界的一面旗幟」，他不加入，致使大批作家對這新組織「表示冷淡」。因而使他們的工作遇到很大困難。周揚又解釋：社會流言與小報刊載「魯迅破壞統一戰線」等，是「敵人的造謠」。周揚自我表白說：他是尊重魯迅的。最後他要求茅盾「從中調解」。茅盾覺得魯迅保持的是原則，自己不能說服他放棄這正確的原則。但茅盾也說服不了周揚，只好說：「調解工作我實在做不了，不是我不願調解，而是我沒法調解。」〔註 225〕這場談話毫無結果，只好不歡而散。

這次會面後，茅盾和魯迅商量，他認爲只有寫文章把「國防文學」口號解釋得完備，才能消除分歧，減少副作用。魯迅對此不抱希望，但同意茅盾

〔註 220〕刊於《大晚報》，1936 年 3 月 8 日。
〔註 221〕刊於《社會日報》，1936 年 2 月 23 日。
〔註 222〕均刊於《文學》第 6 卷第 4 號，1936 年 4 月 1 日，收入《茅盾全集》第 21 卷。
〔註 223〕《我走過的道路》（中），第 318 頁。
〔註 224〕《茅盾全集》第 21 卷，第 101～103 頁。
〔註 225〕《我走過的道路》（中），第 311～312 頁。

試試看。這就是後來刊於《文學》6卷5號與6號的《需要一個中心點》和《進一解》。茅盾寫這兩篇文章還有另外的目的，一是替某些論點站不住腳的傅東華解圍；二是回答讀者來信要求《文學》解釋「國防文學」問題。茅盾肯定了「國防文學」旨在抗戰與民族自救的順應時代而生的出發點，但對「國防文學」題材作出了寬泛的解釋：既包括直接的描寫；也包括城鄉勞苦大眾的生活與「有閑者的頹廢生活，小市民的醉生夢死」等的間接描寫。這顯然是正確的，相當開闊的。但茅盾對「國防文學主題」的解釋，卻相當狹窄：「凡此種種的題材都必須有一中心思想，即提高民眾對於『國防』的認識」，「促進民眾抗戰的決心，完成普遍一致的武力抵抗侵略的行動。」〔註226〕這和周揚所說的「國防的主題應當成為漢奸以外一切作家之最中心的主題」〔註227〕基本一致。這麼嚴格的限制，文學創作顯然難以辦到。這和《進一解》中的提法：對國防文學「『不是擁護就是反對』這句名言在這裡也完全適用」，〔註228〕同樣絕對化。這樣的結果，被魯迅不幸而言中！

對這些觀點，魯迅頗不以為然。但他一向尊重茅盾，所以未予反駁。對周揚的上述觀點與夏衍的「國防戲劇」《賽金花》，魯迅卻說過挖苦的話：「作文已經有了『最中心之主題』：連義和拳時代和德國統帥瓦德西睡了一些時候的賽金花，也早已封為九天護國娘娘了。」魯迅反對把不相干的題材任意往國防主題上拔高。他說：「戰士如吃西瓜」，「他大概只覺得口渴，要吃，味道好」，決不會「想到我們土地的被割碎，像這西瓜一樣。」〔註229〕

以茅盾的視野與思辨能力，本不該陷入自相矛盾的境地。他這文章很難與批評徐懋庸倡導「國防文學」時表現的霸氣這一主旨相統一。所以然者，我想這和茅盾既要對「國防文學」作出寬泛的較為科學的解釋，也要顧及「國防文學」派的基本立場，以便團結他們的這種兩難境地大有關係。可見他用心良苦，但折衷調和又是不可能的。何況對這些複雜問題，茅盾也有一個認識過程。

三

約在1936年4月中下旬，馮雪峰作為黨中央的特派員來到上海。據雪峰

〔註226〕《茅盾全集》第21卷，第113～114頁。
〔註227〕《關於國防文學》，《選編》（上），第235頁。
〔註228〕《茅盾全集》第21卷，第135頁。
〔註229〕《「這也是生活」……》，《魯迅全集》第6卷，第602頁。

回憶：「中央給的任務是四個：一、在上海設法建立一個電台，把所能得到的情報較快地報告中央；二、同上海各界救亡運動的領袖沈鈞儒等取得聯繫，向他們傳達毛主席和黨中央的抗日民族統一戰線政策，並同他們建立關係；三、了解和尋覓上海地下黨組織，取得聯繫，替中央將另派到上海去做黨組織工作的同志先作一些準備；四、對文藝界工作也附帶管一管，首先是傳達毛主席和黨中央的抗日民族統一戰線政策。」「黨中央指示說，前兩個是主要的。」第一個任務是周恩來布置的。二、三、四個是政治局常委總負責人張聞天親自布置的。他多次囑咐：「務必先找魯迅、茅盾等，了解一些情況後，再找黨員和地下黨組織。派你先去上海，就因為你同魯迅等熟悉。」〔註230〕雪峰的工作，在中央指定的從莫斯科經巴黎、香港先後抵上海的潘漢年、及直接與中共中央特科單線聯繫的胡愈之的緊密配合下，嚴格按照中央指示的任務與方法進行，並得到中共中央的認可與肯定。〔註231〕

「大約在四月二十四五號」，魯迅約茅盾在自己家裡和暫住在魯迅寓所三樓的馮雪峰見面。據茅盾回憶：馮雪峰介紹了他的幾項任務和黨的抗日民族統一戰線的方針政策，長征的經過，陝北蘇區的形勢，及在陝北的一些老朋友的近況，並約定第二天來看望茅盾的母親。其實次日來訪的主要目的，是個別聽茅盾介紹上海的情況。茅盾在《我走過的道路》中詳細記錄了茅盾這次談話的內容：「我講到這幾年左聯工作的變化，周揚與胡風的對立，周揚他們在工作上對魯迅的不夠尊重，以及魯迅對周揚他們的意見。但是胡風在中間也沒有起好作用，他把對周揚的私人成見與工作纏夾起來，使文藝界的糾紛更加複雜化。」「我也講到胡風在『中山文化教育館』領津貼，卻向戰友保密之可疑」。「我介紹了左聯解散的經過」以及「文藝家協會正在籌建，已有一百多人簽名，我是發起人之一，他們推我起草宣言。但是魯迅不肯加入，……有一批作家也就採取觀望的態度。」「最近胡風他們又傳出消息，說要組織另外一個文學團體。這樣使我很難下筆起草那份宣言。我說，戰友之間有不同意見，……但在組織上不能分裂，這樣只能使親者痛，仇者快。我希望馮雪峰勸魯迅加入文藝家協會。」〔註232〕對照馮雪峰回憶這次

〔註230〕《有關1936年周揚等人的行動以及魯迅提出「民族革命戰爭的大眾文學」口號的經過》（1972年作者修訂稿），《雪峰文集》第4卷，第506頁。
〔註231〕參看1936年9月6日張聞天、周恩來致雪峰的信，原件存歷史檔案館，1992年7月6日《人民日報》公開發表。
〔註232〕《我走過的道路》（中），第320～321頁。

談話的文章，內容與茅盾的回憶基本一致。茅盾的談話十分坦誠，毫無保留，固然體現了對雪峰的友誼與信任，但首先體現了茅盾對黨組織的態度。這證明，儘管中央未能恢復茅盾的組織關係，但茅盾仍像黨員那樣，對黨毫無二心。

　　茅盾這番談話，基本上是客觀公正的。但他只批評胡風有宗派主義情緒，而不批評周揚有宗派主義情緒，這就不夠公正了。這裡反映出茅盾對胡風的為人作風有看法；對其任職「中山文化教育館」有政治性的懷疑。他和胡風關係不融洽也有歷史原因。胡風是秦德君前夫穆濟波的學生，經秦德君介紹認識了茅盾。茅盾對胡風相當熱情。但胡風對茅盾及其作品卻相當輕視。1933年茅盾任左聯執行書記時，胡風是宣傳長，周揚是黨團書記兼組織部長。胡風當時與周揚關係很好；和茅盾就差多了。共事兩個多月後，茅盾因寫《子夜》辭職，由胡風繼任。1934年秋穆木天夫婦向左聯黨團報告，說胡風是「內奸」。周揚等當時深信不疑；故胡風被迫辭去左聯執行書記職務。茅盾對胡風，特別是他的中山文化教育館的兼職，也心存懷疑。此懷疑直到逝世前所寫的《我走過的道路》談及對胡風的看法時，都有所反映。胡風對周揚以至茅盾的對立情緒，原因固然很多，不滿於此政治上的懷疑，實為主要因素之一。魯迅不滿周揚，有時對茅盾也偶有不滿，也與此有關。所以茅盾對雪峰所談對胡風的看法不盡公允，苛責胡風而不責備周揚，也是不公正的。至於他聽說胡風要另立組織，則係訛傳。這被後來的事實所否定。連後來發表的《中國文藝工作者宣言》的動議與起草，也與胡風無關；而是巴金和黎烈文所為。雪峰對茅盾關於胡風的看法，亦不以為然。故此茅盾認為雪峰「對周揚抱的成見較深，責備也多；對胡風只說他少年氣盛，好逞英雄。」〔註233〕但在促進團結，促使聯合上，雪峰與茅盾完全一致。他倆相約，互相配合，分頭去做工作。孰料此後由於提出了「民族革命戰爭的大眾文學」口號，周揚策劃的文藝家協會也終於成立，使分歧與爭論反而加劇了。

　　關於「民族革命戰爭的大眾文學」口號是怎麼提出的，歷來說法不一，經過政治運動，說法更加混亂。因此有必要先澄清事實，才能論定是非。

　　1966年8月10日胡風再次以「反革命」罪被捕。馮雪峰被打成右派多年，「文革」中又受衝擊。這時雪峰寫了《有關1936年周揚等人的行動以及魯迅提出「民族革命戰爭的大眾文學」的口號的經過》這份材料，詳細交待

〔註233〕《我走過的道路》（中），第320～321頁。

了他當年以中央特派員身分赴滬時與胡風談話的情況：「談到國防文學口號，胡風說，很多人不贊成，魯迅也反對。我〔註234〕說：魯迅反對，我已知道，這個口號沒有階級立場，可以再提一個有明白立場的左翼文學口號。胡風說，『一二八』時瞿秋白和你（指我）都寫過文章，提民族革命戰爭文學，可否就提『民族革命戰爭文學』。我說，無需從『一二八』時找根據，那時寫的文章都有錯誤。現在應該根據毛主席提出的抗日民族統一戰線政策的精神來提。接著，我又說，『民族革命戰爭』這名詞已經有階級立場，如果再加『大眾文學』，則立場就更加鮮明；這可以作為左翼作家的創作口號提出。胡風表示同意，卻認為字句太長一點。我和他當即到二樓〔註235〕同魯迅商量。魯迅認為新提出一個左翼作家的口號是應該的，並說『大眾』二字很必要，作為口號也不算太長，長一點也沒有什麼。這樣，這口號的最後決定者是魯迅。」〔註236〕胡風的回憶錄與馮雪峰的說法大同小異。〔註237〕魯迅後來在《答徐懋庸並關於抗日統一戰線問題》中說：「這口號不是胡風提的，胡風做過一篇文章是事實，但那是我請他做的，他的文章解釋得不清楚也是事實。這口號，也不是我一個人的『標新立異』，是幾個人大家經過一番商議的，茅盾先生就是參加商議的一個。」〔註238〕

茅盾回憶他參加商議的情況是：約在和雪峰長談後「隔了兩三天，我有事去魯迅家，……馮雪峰也在座。我們談到了『國防文學』。魯迅說：現在打算提出一個新口號——『民族革命戰爭的大眾文學』，以補救『國防文學』這口號在階級立場上的不明確性，以及在創作方法上的不科學性。這個口號和雪峰、胡風商量過。雪峰插嘴道：這個新口號是一個總的口號，它是無產階級革命文學的繼承和發展，可以貫串相當長的一個歷史時期；而『國防文學』是特定歷史條件下的具體口號，可以隨著形勢的發展而變換。魯迅說：新口號中的『大眾』二字就是雪峰加的。又問我有什麼意見。我想了一下道：提出一個新口號來補充『國防文學』之不足，我贊成，不過『國防文學』這口號已經討論了幾個月了，現在要提出新口號，必須詳細闡明提出它的理由和說明它與『國防文學』口號的關係，否則可能引起誤會。這件工作別人做是

〔註234〕這是馮雪峰回憶錄中的自稱。
〔註235〕當時，談話在魯迅寓所雪峰借住的三樓居室進行。
〔註236〕《雪峰文集》第4卷，第513～514頁。
〔註237〕參看胡風的回憶錄《回憶參加左聯前後》。
〔註238〕《魯迅全集》第6卷，第532頁。

不行的，非得大先生〔註 239〕親自來做。魯迅說：關係是要講明白的，除非他們不准提新口號。我們又交談了一下新口號的內容。我說這個新口號的缺點是太長，又有點拗口。魯迅道：長一點也不妨，短了意思不明確，要加一大篇註解，反倒長了。臨走時，我又對魯迅說：提出這個新口號，必須由你親自出面寫文章，這樣才有分量，別人才會重視。因爲『國防文學』這口號，他們說是根據黨中央的精神提出來的。魯迅說：最近身體不大好，不過我可以試試看。」〔註 240〕茅盾的回憶證實了魯迅的說法。

綜上所述可以得出以下結論：一、新口號是由雪峰提議，和胡風初步商量，又和魯迅充分研究，魯迅完全同意；魯迅又和茅盾充分研究後，由魯迅最後決定的。魯、馮、胡研究時茅盾不在場；魯、馮、茅研究時胡風不在場。但他們的最終意見完全一致。二、他們充分研究了「兩個口號」的關係；提新口號的目的也正是爲補救「國防文學」在階級立場上的不明確性。三、茅盾特別注意提出新口號者應該是魯迅，並且要求處理好雙方的關係，以免產生誤會。這些就是客觀的歷史眞實情況。

但由於最早形諸文字的是 1936 年 6 月 1 日胡風在《文學叢報》第 3 期上發表的《人民大眾向文學要求什麼？》一文。當時「國防文學」派就認定新口號是胡風所提，遂群起而攻之。儘管魯迅在《答徐懋庸並關於抗日統一戰線問題》一文中說明此文是他讓胡風所寫，口號是由魯迅自己所提出，但人們仍置事實於不顧，建國後於 1955 年打倒了胡風，就更加認定此口號是胡風所提，認定魯迅此說是受胡風的蒙蔽爲其開脫的。然而歷史老人最公正；他只認事實。因爲魯迅《答徐懋庸並關於抗日民族統一戰線問題》的手稿，現仍完好地存放在魯迅博物館。儘管手稿上留有馮雪峰筆錄、代筆的痕跡，但魯迅親筆改寫、加添與最後定稿的筆跡，佔全文的很大一部分。當事人雪峰、胡風和茅盾的回憶文章，也白紙黑字，充分證明了這一歷史事實。

胡風爲什麼要寫文章提出「民族革命戰爭的大眾文學」這口號？其說也不一。魯迅在《答徐懋庸並關於統一戰線問題》中說：「這口號不是胡風提的，胡風做過一篇文章是事實，但那是我請他做的。」胡風回憶說：1936 年 5 月 8 日上午與雪峰談話時，「他告訴我，口號確定爲『民族革命戰爭的大眾文學』，周先生也同意了，要我寫文章反映出去。我當晚翻閱了手頭有的有關

〔註 239〕魯迅是長子。大先生是大家對魯迅的尊稱與愛稱。
〔註 240〕《我走過的道路》（中），第 321～322 頁。

材料，寫了《人民大眾向文學要求什麼？》9 日上午，我送給了雪峰。10 日上午我再去，他交還了我，一字未改。說周先生也看過了，認為可以。要我找個地方發表出去。」〔註241〕此說與此文發表時註明的寫作時間「1936 年 5 月 9 日晨 5 時」相符。此文發表於 6 月 1 日，距寫作時間 20 餘天。若說胡風「搶先」發表文章提此口號，這「搶」的速度不是太慢了嗎？

茅盾很不滿意由胡風出面提此口號，是可以理解的。因為他有言在先：要魯迅出面提，以加重分量，並說清問題以避免誤解。這也體現出茅盾的謹慎態度和預見性。胡風此文 6 月 1 日刊出後，「國防文學」派的反映既快又強烈。周揚也於 6 月 5 日發表了《關於國防文學》。儘管此文的副標題是「略評徐行先生的國防文學反對論」，文章也並未直接提到胡風的文章，但徐行的文章發表在 2 月 22 日，周揚的答辯徐行的文章不是太滯後，而對胡風文章的反映不是太迅速了嗎？

周揚創辦了《文學界》並發表《關於國防文學》的兩天之後，即 1936 年 6 月 7 日，周揚籌組的中國文藝家協會召開了成立大會。會上通過了茅盾起草的宣言。茅盾也當選為常務理事兼常務理事會的召集人。茅盾介入此事，是和雪峰議定的。就是在魯迅家那次討論提出新口號談話後，雪峰送茅盾出來時告訴他：「大先生不願加入文藝家協會，也不必再勉強他。」胡風「他們要另外組織文學團體，也就讓他們組織罷。不過，你可以兩邊都簽名，兩邊都加入，免得人家看來完全是兩個對立的組織。我們還可以動員更多的人兩邊都加入，這樣，兩個組織也就沒有什麼區別了。」茅盾認為：「在當時那種對立的形勢下，的確不失為一個好辦法。」不過在成立大會上討論茅盾起草的宣言時有人主張加進「國防文學」口號去，卻因茅盾堅持不肯而未加。也有人「提到胡風以及他提出的新口號，但並未引起人們的反響，顯然多數與會者不願把文藝界的分歧再在會上擴大。」〔註242〕該會的宣言兩天後就公開發表。

據茅盾回憶：「中國文藝家協會成立後的一個星期，中國文藝工作者宣言接著發表了，但中國文藝工作者協會卻始終沒有成立。宣言發表前二三天，魯迅把親自修改過的宣言稿請黎烈文給我送了來。只有三四百字，也沒有提兩個口號，我在宣言上簽了名。關於兩個協會的爭吵也就到此結束」，「但是

〔註241〕《新文學史料》1985 年第 1 期，第 46 頁。
〔註242〕《我走過的道路》（中），第 322 頁。

兩個口號的論爭卻在協會之外繼續進行，而且愈演愈烈。那時正當魯迅病重的時候。」〔註243〕最有分量的當然是周揚的文章《現階段的文學》。他批評胡風的文章「沒有認識促進全民族革命戰爭之實現的是人民救亡陣線的實際活動」，「他抹殺了目前彌漫全國的救亡統一戰線的鐵的事實，所以對於『統一戰線』、『國防文學』一字不提，在理論家的胡風先生，如果不是一種有意的抹殺，就不能不說是一個嚴重的基本認識的錯誤。」〔註244〕

另外，周揚、夏衍等人，包括茅盾在內，一直認為「兩個口號」論爭是因胡風出面提此新口號引起的。若是由魯迅出面提此口號，論爭就不會引起。其實這並非問題之關鍵。關鍵在於對歷史轉折期的形勢、階級的民族的關係、堅持抗日民族統一戰線是否應對其組成作階級關係的分析、是否應堅持黨對統一戰線的領導權等等重大原則問題，客觀上存在不同的認識。加之對待不同意見又持宗派主義態度。認識有分歧，態度有問題，就必然導致爭論。因此即便新口號由魯迅提出，這場論爭也是不可避免的。還是魯迅說的對：「問題不在這口號由誰提出，只在它有沒有錯誤。」〔註245〕正確而又遭攻擊，蓋因攻擊者認識與態度上有錯誤。這是顯而易見的！歷史翻過32年，1978年4月周揚和趙浩生談「兩個口號」論爭時說的話就比較客觀：「跟胡風展開論戰」，這裡「有宗派情緒」，「錯誤在我不應該跟他爭論。他提出『大眾文學』，即使我們不知道是魯迅叫他提的，也不應該跟他爭論，應該歡迎。」另一個「主要的錯誤」，「是在解釋國防文學的文章中也有『左』的東西。……就是宗派主義。這個我應該負責任。」〔註246〕周揚對自己的錯誤能作如此客觀而清醒的估計與自我批評，是十分可貴的。

四

胡風的文章使茅盾很惱火，他覺得文章的「口氣，好像這個口號是他一個人提出來的，既沒有提到魯迅，也沒有說明這個新口號與『國防文學』口號的關係。給人的感覺是，胡風要用『民族革命戰爭的大眾文學』口號來代替『國防文學』口號」。於是茅盾就去問魯迅：怎麼由胡風寫文章，而且不是

〔註243〕《我走過的道路》（中），第323～325頁。
〔註244〕《現階段的文學》，《光明》第1卷第2號，1936年6月25日，《選編》（上），
　　　　第356頁。
〔註245〕《魯迅全集》第6卷，第532頁。
〔註246〕《新文學史料》1979年總第2期，第234頁。

「按照我們商量的意思來寫呢?」魯迅說:「胡風自告奮勇要寫,我就說,你可以試試看。可是他寫好以後不給我看就這樣登出來了。這篇文章寫得不好,對那個口號的解釋也不完全。不過文章既已發表,我看也就算了罷。」茅盾說:「問題並不那樣簡單,我們原來並無否定『國防文學』口號的意思,現在胡風這篇文章不提『國防文學』,卻另外提出一個新口號,這樣贊成『國防文學』的人是不會善罷甘休的。」魯迅笑笑說:「也可能這樣,我們再看看罷。」茅盾見魯迅在病中,不便再談,就又去找馮雪峰。茅盾說:「胡風這樣做是存心要把分歧擴大」,「我看胡風這人腦子裡從來沒有左翼文藝界團結的問題。現在補救的辦法只有請大先生再寫一篇文章。」雪峰說:「可是大先生正在生病。」茅盾說:「是呀,所以我來找你。」雪峰答應「去想想辦法看」。一個星期後,雪峰送來魯迅的《答托洛斯基派的信》和《論現在我們的文學運動》兩篇文章,〔註247〕及托派臨時中央委員陳其昌以陳仲山的名字寫給魯迅的信的抄件。雪峰說:魯迅給他看托派的信時氣得發抖。茅盾看後斷定:「這個托派大概看了胡風的文章,又聽了上海一些小報造的謠言,就以為魯迅是反對『國防文學』的,因而也與共產黨分道揚鑣了,所以就寫了這封『試探』信。」〔註248〕魯迅的文章痛斥托派自以為「比毛澤東先生們高超得多」,「無奈這高超又恰恰為日本侵略者所歡迎」。因此就「掉到地上最不乾淨的地方去。」魯迅表示:我「自覺和你們總是相離很遠的罷。那切切實實,足踏在地上,為著現在中國人的生存而流血奮鬥者,我得引為同志,是自以為光榮的。」〔註249〕這就大義凜然地表明了魯迅對中國共產黨和黨的抗日民族統一戰線政策的堅決擁護的態度。

《論現在我們的文學運動》一文,首先論述了「民族革命戰爭的大眾文學」是「左聯」成立以來「無產階級革命文學的一發展」;新口號的提出,是將「反對法西主義,反對一切反動者的血的鬥爭」「更深入,更擴大,更實際,更細微曲折,將鬥爭具體到抗日反漢奸的鬥爭,將一切鬥爭匯合到抗日反漢奸鬥爭這總流裡去。〔註250〕決非革命文學要放棄它的階級的領導的責任,而是將它的責任更加重,更放大,重到和大到要使全民族,不分階級和黨派,一致去對外。這個民族的立場,才真是階級的立場。」文章論述了「兩個口

〔註247〕《我走過的道路》(中),第 323～324 頁。
〔註248〕《我走過的道路》(中),第 329 頁。
〔註249〕《魯迅全集》第 6 卷,第 588～589 頁。
〔註250〕這番話實際包含著對「解散左聯」問題的含蓄的回答。

號」的關係：「民族革命戰爭的大眾文學，正如無產革命文學的口號一樣，大概是一個總的口號罷。在總口號之下，再提些隨時應變的具體的口號，例如『國防文學』『救亡文學』『抗日文藝』……等等，我以為是無礙的。不但沒有礙，並且是有益的，需要的。」〔註251〕兩文都特別注明：魯迅病中口授，由O.V.〔註252〕筆錄。

　　雪峰問茅盾有什麼意見。茅盾連說：「很好，很及時。」雪峰說：「文章打算在兩面的刊物上同時發表。周揚這一面就請你交給《文學界》。」茅盾答應後，因魯迅第二篇文章沒批評胡風及其文章的錯誤，就以致《文學界》信的形式寫了《關於〈論現在我們的文學運動〉》一文。茅盾表示支持魯迅對兩個口號的解釋，也批評了胡風文章的「錯誤」，還替「國防文學」口號及其支持者說了許多好話。茅盾把魯迅兩文及自己的文章一併交《文學界》主編徐懋庸。茅盾本以為，自己是文藝家協會常務理事會的負責人，《文學界》及徐懋庸是在他領導之下工作的，這批文章一定會照登。然而事實完全出乎茅盾的意料，茅盾錯誤地估計了形勢。

　　後來茅盾記述其結果道：「有三點使人覺得很不是滋味，一是《答托洛斯基派的信》沒有登，編著謅了一個站不住腳的理由，而這封信卻是有重大的政治意義的；二是《論現在我們的文學運動》雖然登了，卻排在後面，而按其重要性應該排在第一篇；三是我的一千多字的文章後面，編者寫了八百字的《附記》，拐彎抹角無非想說『國防文學』是正統，現階段沒有必要提出『民族革命戰爭的大眾文學』這個口號，因此整篇《附記》沒有一句贊成魯迅關於兩個口號可以並存的意見。從這裡，我直覺地感到宗派主義的頑固。事實也證明了我的感覺。魯迅的文章發表以後，贊成魯迅意見的文章寥寥無幾，而繼續宣揚『國防文學』口號反對『民族革命戰爭的大眾文學』口號的文章卻車載斗量。」〔註253〕這就徹底否定了攻擊者以及茅盾所說的新口號若由魯迅提出就不致引起爭論的判斷，同時也證明了反對者站的確實是嚴重宗派主義立場。倒是胡風接受了雪峰的批評，從此不再置一詞。所以整個「兩個口號」論爭過程中，發表的文章約近五百篇，胡風只發表了魯迅讓他寫的那一篇文章。但幾十年來他卻一直背著「破壞團結，搞宗派主義」沉

〔註251〕《魯迅全集》第6卷，第590～591頁。
〔註252〕O.V.即馮雪峰。
〔註253〕《我走過的道路》（中），第330～331頁。

重包袱，被當作引起「兩個口號」論爭的罪魁禍首！除雪峰爲他說幾句公道話外，再沒有人爲他洗刷和辯誣。而對周揚、夏衍等人，則既無批評，也不敢批評。至今論及此事的文章，還筆下留情。這連一向公正的茅盾也未能例外！

分裂看來已成定局。但茅盾還是想盡力挽回。他在 7 月中旬抱病約論爭雙方的主要代表和有關的年輕作家聚會，想作最後的調解。會議地點「在近郊區的一幢小樓裡」。但茅盾等了「好一會」，「只有五六位到會，參加『兩個口號』論爭的主要作家都沒有來。最後茅公無可奈何地向到會的朋友表示道歉，說他請的幾位理論家、作家都沒有來，證明不願接受調解，他也無能爲力了。然後和到會的朋友一一握手告別。」陳荒煤是出席者之一，他「緊緊握住」茅盾的手，「感到他的手有些涼。」〔註254〕可能因爲這時茅盾正生著病；也可能這是他失望的心情的一種反映！

《文學界》是 7 月 10 日發表魯迅、茅盾文章的。7 月中旬茅盾生病的幾天，看了該刊同期發表的郭沫若在東京寫的《國防·污池·煉獄》一文，覺得有一定道理。大約 20 日左右，雪峰來探病。孔德沚大弟弟孔令境也在場：他正幫茅盾編《中國之一日》。雪峰說：「周揚他們沒有停止論戰的樣子，對魯迅和你又不尊重。他們反對兩個口號並存，是排斥一切不同意見，『只此一家』的宗派主義。」茅盾表示有同感：「胡風他們有宗派主義，周揚他們又以宗派主義來回敬。」雪峰說：「我看目前主要是周揚他們的宗派主義。」茅盾談到，看了郭沫若的文章，對兩個口號看法有些改變。雪峰鼓勵他寫成文章。茅盾說：「我正在病中，短期恐怕寫不了。」孔令境毛遂自薦願代筆起草。他開了夜車，次日就交了稿。茅盾看了覺得基本合乎自己意見，但作了些修改：刪去批評徐懋庸的部分；改輕了批評周揚的部分；加重了批評胡風的部分。這固然反映了茅盾對胡風的偏見，但對周揚等手下留情的總的出發點，仍是維護團結。即便持這樣的折衷態度，仍然是事與願違！茅盾這篇文章修改了過去對「國防文學」全盤肯定的意見，指出它作爲「創作口號，本來是欠明確性的」，他首次公開表示：不贊成周揚「國防的主題應當成爲漢奸以外的一切作家的作品之最中心的主題」，和「『國防文學』的創作必需採取進步的現實主義的方法」這兩個觀點；茅盾認爲這「就有關門主義和宗派主義的傾向」，不利於廣泛團結一切抗日的文藝家。他表示同意郭沫若的意見：「國防文藝應

〔註254〕陳荒煤：《我和茅公的兩次會晤》，《文學評論》1996 年第 3 期，第 6 頁。

該是作家關係間的標幟，而不是作品原則上的標幟。」〔註255〕這實際上也說明茅盾已放棄了自己關於「中心思想」的觀點；對「國防文學」的理解也比較辯證了。這表現出茅盾虛心的，實事求是的，勇於學習別人，修正自己的態度。

茅盾也修改了其《關於〈論現在我們的文學運動〉》中對「民族革命戰爭的大眾文學」的理解。他的新認識是：「民族革命戰爭的大眾文學」「不是文藝創作的一般口號，而只是對左翼作家說的」「作為前進文學者的創作口號」，「不能對一切文學者如此的要求。」從這個角度看，它「比單提『國防文學』這口號來得明確而圓滿。」茅盾這解釋限制了魯迅原意的涵蓋面，但也不無道理。他還批評「一些為宗派主義所養大的善於『內戰』的朋友們，卻有意無意地曲解了魯迅先生的意思。」首先是「曾在魯迅先生處聽得了這口號的胡風先生，竟拿『民族革命戰爭的大眾文學』這口號來與『國防文學』的口號對立。他把本來只是對左翼作家而發的口號變成了對一般作家，『左』誠然是『左』了，但那道門卻關得緊緊的了，因而也是十足的宗派主義的『作風』。」〔註256〕這就是茅盾這篇題為《關於引起糾紛的兩個口號》一文的基本觀點和態度。批評胡風時他態度嚴厲，所述事實也有出入；還涉及到別的人。對一向溫和持重的茅盾說來這是少有的。其目的仍是以調和求團結維護大局之意。

他仍把文章交給《文學界》主編徐懋庸。這次倒痛快。文章寫於 7 月 27 日，8 月 10 日就刊出了。面對茅盾的苛責，一向桀驁不馴的胡風，按捺著性子沒有答辯。倒是周揚看了原稿，立即寫了反駁文章《與茅盾先生論國防文學的口號》，與茅盾的文章同時刊於《文學界》。這再次使茅盾感到難堪！只有這時，他才認同了雪峰的話：「目前主要的是周揚他們的宗派主義！」

周揚重申了「『國防文學』的口號應當是創作活動的指標」的主張。他毫不含糊地說，他和茅盾「原沒有什麼主張上的分歧」，「但對於茅盾先生修改以後的意見我不能同意」。他說茅盾批評他們的「關門主義宗派主義」，是「濫用名詞」。他把茅盾關於「民族革命戰爭的大眾文學」的闡述，曲解成「以為只有勤勞大眾的文學才是民族革命文學」，然後反倒給茅盾扣上一頂這

〔註255〕《國防・污池・煉獄》，《選編》（上），第 425 頁。
〔註256〕《關於引起糾紛的兩個口號》，《文學界》第 1 卷第 3 號，1936 年 8 月 10 日，
　　　　《茅盾全集》第 21 卷，第 149～153 頁。

「是有害的宗派主義和關門主義」的帽子。他還抓住茅盾修改了其「種種的題材必須有一中心思想」的看法這個辮子，指責茅盾「前後矛盾」。他全盤否定了魯迅、茅盾關於「民族革命戰爭的大眾文學」這口號的論述，認爲這口號「妨礙文學上的統一戰線」，因而「不能成爲現階段文學上統一戰線的口號」。他還說魯迅、茅盾的有關解釋，是「『左』的宗派主義者的大言壯語」。〔註257〕

周揚此文一發表，茅盾不僅失掉斡旋雙方關係的特殊地位，而且成了夾在中間、雙方都對他不滿甚至與之論爭的對象！這眞是悲劇性後果！然而茅盾仍然顧全大局，並未立即反駁，倒同時發表了《給青年作家的公開信》，〔註258〕正面闡述觀點，繼續呼籲團結。茅盾後來反思道：「讀了周揚的文章，又想到《文學界》編者的種種手腳，使我十分惱火。」「我氣憤的是，作爲黨的文委的領導人竟如此聽不進一點不同的意見。」雪峰對茅盾說：「你主張對他緩和，現在有了教訓了。目前阻礙文藝界團結的是周揚，是他的宗派主義和關門主義。胡風有錯誤，但我批評了他，他就不寫文章了；而周揚誰的話都不聽，自以爲是百分之百的正確。」他建議茅盾把周揚的宗派主義關門主義拉出來「示眾」。茅盾也覺得很必要。這就是茅盾後來發表的《再說幾句》。雪峰還告訴茅盾：魯迅回答徐懋庸的文章就要登出來了。這就是《答徐懋庸並關於抗日民族統一戰線問題》〔註259〕這篇總結性的長文。

原來早在茅盾上述文章送到《文學界》，周揚寫文章與茅盾展開論爭的間隙，即8月1日，徐懋庸給魯迅寫了一封態度相當惡劣的信，魯迅看後認爲通篇是「教訓我攻擊別人的信」，其中很涉及事關全局的重大問題，就給茅盾、馮雪峰看了。他決定帶病寫公開信給予回答。雪峰考慮到魯迅病重，建議仍採用由「魯迅口授，O.V.筆錄」方式。魯迅說：「這回，我可以自己動手。」雪峰堅請，才由他據魯迅的意思寫了初稿。魯迅看後說：「就用這個做一個架子也可以，我來修改、添加吧。」此手稿現存魯迅博物館。「不但全篇到處有修改的地方，而且後半篇幾乎全部都是他自己重寫和加寫的。」〔註260〕文末

〔註257〕周揚：《與茅盾先生論國防文學的口號》，《選編》（上），第570～574頁。
〔註258〕刊於《光明》第1卷第5期，1936年8月10日，《茅盾全集》第21卷。
〔註259〕刊於《作家》月刊第1卷第5期，1936年8月，見《魯迅全集》第6卷，寫作時間是8月3～6日，是雪峰據魯迅意見擬稿，經魯迅作了重大補充與許多修改而成。
〔註260〕《雪峰文集》第4卷，第520～521頁。

注明：8月3～6日寫成。

　　魯迅首先嚴正聲明：「中國目前的革命的政黨向全國人民所提出的抗日統一戰線的政策，我是看見的，我是擁護的，我無條件地加入這戰線。」魯迅也表明了他對文藝統一戰線的態度：「我贊成一切文學家，任何派別的文學家在抗日的口號之下統一起來的主張。」但是「非常濃厚的含有宗派主義和行幫情形」的文藝家協會並不就是文藝統一戰線，「國防文學」也不能成為文藝統一戰線的口號。「因為在『國防文學』與『漢奸文學』之外，確有既非前者也非後者的文學」，因此魯迅表示贊成郭沫若的觀點：「『國防文藝是廣義的愛國主義的文學』和『國防文藝是作家關係間的標幟，不是作品原則上的標幟』的意見。」魯迅宣布：「民族革命戰爭的大眾文學」口號是我提出來的，胡風的文章是我讓胡風寫的，提此新口號「是為了推動一向囿於普洛革命文學的左翼作家們跑到抗日的民族革命戰爭的前線上去，它是為了補救『國防文學』這名詞本身的在文學思想的意義上的不明瞭性，以及糾正一些注進『國防文學』這名詞裡去的不正確的意見。」因此是「正當的，正確的。」不是什麼「標新立異」。「同時在文學上也應當容許各人提出新的意見來討論。」「拒絕友軍之生力的，暗暗的謀殺抗日的力量的，是你們自己的這種比『白衣秀士』王倫還要狹小的氣魄。」魯迅重申了他對「兩個口號」之間的關係的意見，批駁了徐懋庸信中那些無端的攻擊。魯迅還駁斥了徐懋庸信中對胡風、黃源、巴金的污衊，以及對魯迅與他們之間正常關係的毫無根據的指責。魯迅的文章雖然有發泄鬱積的怨氣的地方，對周揚等的評價和抨擊也有過火之處，但就全文而言，則高屋建瓴，剖析透徹，論證公允，實際上成了「兩個口號」論爭的總結。它擦亮了同志和朋友的眼睛，提高了立足點，起到統一認識、統一步伐，促進統一戰線建設的綱領性文件的作用。

　　茅盾配合著魯迅，發表了他和雪峰商量過的《再說幾句——關於目前文學運動的兩個問題》〔註261〕一文。此文寫法一反舊例，雖也提到胡風等並批評了他們的宗派主義，但集中批評的，卻是周揚及其周圍幾個人的關門主義和宗派主義的種種表現。對周揚曲解己意的說法和扣在自己頭上的帽子，也一一反駁回去。此時，遭到魯迅批評的周揚等人，已經十分孤立，也無力答辯了。他只派人向茅盾作私下解釋。茅盾也就適可而止了！

〔註261〕刊於《生活星期刊》第1卷第12期，1936年8月23日，《茅盾全集》第21卷。

不過「兩個口號」論爭以來，遠在日本，聲援周揚的郭沫若，這時還不肯罷休。他在 9 月 10 日的《文學界》1 卷 4 號上發表了諷刺備至的《蒐苗的檢閱》。魯迅答徐懋庸的信發表之後，茅盾曾致信郭沫若，希望他和魯迅步調一致，共同引導文壇方向。郭沫若沒有回信。此文主要是批評魯迅，卻連茅盾一併批評了。

9 月下旬，《今代文藝》1 卷 3 期發表了金祖同「偷出來發表的」郭沫若的「戲聯」：「魯迅將徐懋庸格殺勿論，弄得怨聲載道；茅盾向周起應請求自由，未免呼籲失門。」文末附了金祖同的《後識》，披露並歪曲了茅盾致郭沫若那封信的內容。對郭沫若，茅盾曾和魯迅、雪峰相約，求大同而存小異，不予答辯。對金祖同的顛倒黑白無端攻擊，茅盾卻不能緘默。適巧《大公報》來約稿。茅盾就寫了《談最近的文壇現象》一文於 10 月 10 日發表。〔註262〕郭文反話正說，抽象肯定具體否定地反駁魯迅兼及茅盾。茅盾則撥亂反正，使郭文歪打正著。如郭沫若說「民族革命戰爭的大眾文學」口號應當撤回；茅盾則說「撤回與否，無關緊要，因為這本不是當作大旗抬出來，而且倘使有人仍舊愛用，也無法去禁止。」郭沫若說：這次論爭是魯迅導演的「檢閱軍實的蒐苗式的模擬戰」；魯文一出，使青年們失望。茅盾說：魯迅這一揭，「是正」了青年們的視聽，何以會引起失望？郭沫若歷數了新口號比「國防文學」有更多的「不明瞭性」，羅列了「國防文學」的許多長處。茅盾則歷數了「民族革命戰爭的大眾文學」「救正」了「國防文學」不明瞭性的種種表現，對究竟是誰使親者痛仇者快，也據實作了比較說明。在此茅盾也引出金祖同的文章和郭沫若的「戲聯」評點道：「這是戲謔，材料現成，忍俊不禁，雖則徐懋庸並未被『格殺勿論』，而且活得很神氣，接連發表了好多文章『反魯迅』及至『反巴金』；雖然我所要求『自由』的對象，事實上絕不是周起應。」但事關自己，茅盾不願多說，只引馮雪峰關於創作自由的三解以代反駁。〔註263〕

魯迅長文既出，論爭高潮即過，結論已經清楚。周揚也無法再在上海工作，隨即被黨調往陝甘寧邊區。茅盾和郭沫若的文章，也成了這場論爭的激流餘波。

〔註262〕初刊於上海《大公報》國慶 25 週年特刊，1936 年 10 月 10 日，《茅盾全集》
　　　　第 21 卷，第 195～202 頁。
〔註263〕參看《茅盾全集》》第 21 卷，第 199～200 頁。

10月15日中共北方局書記劉少奇用筆名莫文華〔註264〕發表了《我觀這次文藝論戰的意義》的長文。他說：這次論戰最大的意義，「是在克服宗派主義或關門主義。」他和陳伯達針鋒相對，指出「魯先生和茅先生等的意見是正確的，他們提的辦法是正當的，適合現在實際情形的；同時，論爭愈發展下來，周揚先生等的意見的錯誤和宗派主義與關門主義，也完全暴露了。」他特別讚揚茅盾在批評宗派主義與關門主義上所起的作用，讚揚《關於引起糾紛的兩個口號》一文，是站在正確立場上，毫不偏倚地為糾正兩派人——一派是周揚等，一派是胡風聶紺弩等——的宗派主義而作的。」劉少奇還特別讚揚魯迅的《答徐懋庸並關於抗日統一戰線問題》與馮雪峰以呂克玉筆名發表的《對於文學運動幾個問題的意見》兩文，說他們不是「爭口號」，而是為了「運動的開展」和「理論問題」進行了對「關門主義與機械論的批判」，並且更正確地提出了辦法。他也肯定郭沫若《蒐苗的檢閱》一文「是使這次論爭會有好的解決的表示」。「但有些意見未能同意」，因為「郭先生所了解的聯合戰線，似乎仍是魯茅諸先生所指摘過的關門主義的主張。」他例舉了郭沫若的許多說法然後歸結道：這一切「要使人誤解郭先生也在爭口號，將論爭的中心問題掩蓋起來了。」〔註265〕

1938年5月23日下午，轉赴延安的徐懋庸向毛主席詳細匯報了這次論爭的情況。毛澤東說：「這次論爭的性質，是革命陣營內部的爭論，是在路線政策轉變關頭發生的。」「由於革命陣營內部理論水平、政策水平的不平衡，認識有分歧，就要發生爭論，這是不可避免的。」這場爭論「也是有益的。爭來爭去，真理越爭越明，大家認識一致了，事情就好辦了。」「但是你們是有錯誤的，就是對魯迅不尊重。魯迅是中國無產階級革命文藝運動的旗手，你們應該尊重他。」〔註266〕1940年1月丁玲向毛主席匯報工作，談到30年代上海「兩個口號」論爭時，毛澤東說：「兩個口號都是統一戰線的口號，只是一個有立場，一個沒有立場。」〔註267〕

〔註264〕劉少奇1936年2月出任此職。30年代初他在上海領導工人運動，後赴蘇區參加了長征和遵義會議，以及決定黨的統一戰線政策的瓦窰堡會議。

〔註265〕此文刊於《作家》第2卷第1號，1936年10月15日，引文見《選編》（下），第899～902頁。

〔註266〕徐懋庸：《回憶錄》（四），《新文學史料》1981年第1期，第23、26～27頁。

〔註267〕據筆者訪問丁玲的記錄和陳明同志給我的信（1992年5月27日），「沒有立場」者指「國防文學」口號，有立場者指「民族革命戰爭的大眾文學」口號。

毛澤東的講話和劉少奇的文章實際是中共中央最高領導人對這場論爭所作的政治性很強的總結。

在魯迅的長文發表之後，論爭即將結束，馮雪峰經過積極斡旋協調，終於使雙方逐漸聯合。1936 年 10 月 1 日，由雙方代表人物共同簽名的《文藝界同人爲團結禦侮與言論自由宣言》正式發表了。這標誌著這場論爭的正式結束。但論爭暴露出的最主要的問題，是自 1928 年「革命文學論爭」中就存在過的宗派主義和「左」右搖擺的機會主義傾向，雖因這宣言的發表使分歧一度有所彌合，但並未從根本上解決問題。因爲這和黨內長期存在的路線鬥爭有某些聯繫。所以後來又多次舊病復發並導致更嚴重的後果。

茅盾在貫徹黨的抗日統一戰線方針、促進文藝界的團結方面，做了大量工作，他始終堅持團結的願望，高屋建瓴地把握導向，其意見的主要方向是正確的。但他對「兩個口號」及這場論爭中表現出的形形色色的宗派主義與關門主義，也有個認識的過程。在這過程中，他說過許多正確的話，也說過折衷調和及帶片面性的話。論爭提高了大家，也提高了茅盾本人。其最深刻的認識應當是下面這段話：

> 文藝聯合戰線的健全的展開和擴大，只有在反對關門主義，反對宗派主義、反對爭「正統」的內戰之下，才所〔註268〕完成。
> ——《再說幾句——關於目前文學運動的兩個問題》，《茅盾全集》第 21 卷，第 167 頁

五

在「兩個口號」論爭的後期，魯迅的病日漸沉重。從去年慶祝十月革命節時他謝絕蘇聯總領事邀他赴蘇治療至今，又多次謝絕史沫特萊等請外國名醫會診的勸告。茅盾、雪峰見他病情日重，又會同許廣平再三說服。魯迅才於 5 月 31 日下午接受史沫特萊約請的美國 D 醫生的診視。爲怕魯迅聽懂，事先約定用英語交談。診斷結束後 D 醫生認爲病情嚴重，恐怕過不了年，應當立即住院。但魯迅堅決不肯。又過了三天，連寫日記的力氣也沒有了，他才去醫院檢查。經透視，兩肺基本爛空了。魯迅這才肯考慮赴蘇聯或易地療養問題。8 月初和 8 月中魯迅在致茅盾的信中流露了此意向，卻仍在猶豫。茅盾回憶道：「但是魯迅終於沒離開上海轉地療養，一則吐血未再復發，肋

〔註268〕原文如此，疑是「能」字之誤。

膜炎也有好轉；二則當時上海文壇的鬥爭也使他不願離開。」〔註269〕到9月下旬發表了《文藝界同人爲團結禦侮與言論自由宣言》後，魯迅的時間已經不多了！

10月上旬沈母生病，茅盾返鄉探視，也打算利用這時間寫他計劃了兩三年，因爲文壇紛爭而推遲未能動筆的長篇：他「打算寫中國革命的啓蒙時期——辛亥革命、『五四』運動前後—— 一些革命的無名的先驅者的故事。」書名就叫《先驅者》。此題材從沒人寫過，茅盾以爲「我們不寫，等到下一代就更難寫了。」〔註270〕10月14日茅盾帶了幾箱書回烏鎮。不料母病已愈，他自己卻病倒了。「嚴重的失眠和便秘同時襲來，結果痔瘡大發作，大腸頭脫出寸許，痛如刀割，整天只能躺著。」正在這時，茅盾突然收到孔德沚19日下午發的急電：「周已故速歸。」茅盾似聽見晴天霹靂！茅盾回憶道：「10月10日我又見到魯迅，那是在上海大戲劇院看蘇聯電影《杜勃洛斯基》，他的精神依然很好，對於我提起的轉地療養連聽都不願聽。13日我給他去信告訴他我到家鄉小住，他還給我回了信。可是過了一個星期，怎麼就會故去了？」〔註271〕茅盾心焦如焚，但痔瘡痛得不能下床，只好電告孔德沚，代去參與料理喪事。22日就要出葬。茅盾無論如何也趕不上了！三四天後勉強趕回上海，他只能懷著悲痛赴萬國公墓祭弔！望著莊嚴的新冢，想到從此再不能和老戰友並肩戰鬥，茅盾失聲慟哭！

他的《寫於悲痛中》悼文，通篇幾乎就是懺悔詞：

　　　「中國只有一個魯迅，世界文化界也只有幾個魯迅，魯迅是太可寶貴了！」——這是G君〔註272〕在10月2日和我去訪魯迅先生後回來時的話。但是，我們太不寶貴魯迅了，我們沒有用盡方法去和魯迅的病魔鬥爭，我們只讓他獨自和病魔掙扎，我們甚至還添了他病中精神上的不快！中國人的我們，愧對那幾位至愛魯迅先生的外國朋友！〔註273〕

茅盾抱病返滬後，立即籌組並主持魯迅先生紀念委員會的工作。他親筆起草

〔註269〕《我走過的道路》（中），第328頁。
〔註270〕《我走過的道路》（中），第342～343頁。
〔註271〕《我走過的道路》（中），第343～344頁。
〔註272〕指《中國呼聲》報編者格蘭尼奇。
〔註273〕《寫於悲痛中》，《文學》第7卷第5號，1936年11月1日，《茅盾全集》第11卷，第435頁。

了 1936 年 11 月 4 日至 25 日連續發出的三個公告；全力籌劃辦理一切永久性的紀念事業，如出版《魯迅全集》、《魯迅紀念集》。茅盾用很大的精力宣傳魯迅。他寫了一大批文章：《一口咬住……》、《研究和學習魯迅》、《精神的食糧》、《學習魯迅》、《「寬容」之道》、《……在背於中國人現在為人的道德》、《謹嚴第一》、《以實踐「魯迅精神」來紀念魯迅先生》。〔註274〕連這些短文在內，茅盾在 30 年代論魯迅的文章共十四五篇，形成了茅盾的魯迅觀的第二個發展階段。

這批文章先是與文化「圍剿」與反文化「圍剿」的嚴峻形勢有關，後來則和魯迅逝世後對他作整體考察與反思有關。其中心是高度概括與評價魯迅那徹底的不妥協的、對敵鬥爭一口咬住不放的韌性戰鬥精神，與知難而進的奮鬥精神。在魯迅生前，茅盾和他背靠著背，迎戰四面八方的敵人；同時又防著自己營壘射來的暗箭。魯迅仙逝後，他分外感到肩上的歷史重擔的沉重。故對魯迅遺風分外珍視。不僅形成了上述十分集中突出的主題，連文風也為之一變：茅盾不再寫長篇宏論，而是用魯迅般的短文，闡述魯迅偉大的精神。立論之精闢，鋒芒之犀利，頗與魯迅遺風、文章題旨相對應。它使人感到，在茅盾筆下，魯迅雖死猶生！

「妙手著文章」之外，茅盾還「鐵肩擔道義」，挑起了魯迅留下的歷史重擔。這時左聯早被解散，文藝家協會名存實亡。茅盾是上海灘頭唯一眾望所歸的文壇領袖。但他苦於論爭過後，裂痕猶存，又沒有具凝聚力的左聯般的組織形式。茅盾與雪峰計議多次，遂以個別接觸作家接待青年來訪〔註275〕中悟出了方法：決定恢復前些年出版界聯絡作家的「星期聚餐會」辦法；每週一聚首，名「月曜會」。他與雪峰、沙汀、艾蕪等商定，由茅盾固定做東，以「撤蘭」方法湊趣。艾蕪在悼念茅盾逝世的文章中回憶道：由茅盾親筆畫一叢蘭草，有根有葉，每條根上標明集資數目：4 角至 1 元不等。考慮到青年作家經濟拮据，每次都是由茅盾首先圈去一元及一元以上的。參加者多是青年作家與刊物主編。除交流信息與文學見解外，還可組稿約稿。「在這會上，我認識了王統照、陳白塵、蔣牧良、朱凡、端木蕻良……有時人多了，自然形

〔註274〕分別刊於上海英文雜誌《中國呼聲》第 1 卷第 18 期，1936 年 11 月 1 日、《文學》第 7 卷第 6 號，12 月 1 日、日本《改造》第 19 號，1937 年 3 月、《大眾日報·大眾堡壘》，1938 年 10 月 12 日、19 日、26 日、《文藝陣地》第 2 卷第 1 期，10 月 16 日、香港《立報·言林》，10 月 19 日。

〔註275〕抗日高潮漸起，白色恐怖漸鬆，這時茅盾已可公開待客。

成兩處談話，茅盾同志就會說：『來，大家一道談吧，不要分開』。他關心當時文藝思潮和文藝問題，也關心每個作家的創作。他講的不多，總喜歡聽別人談話。這個撇蘭聚餐會直到蘆溝橋七七事變發生，才行停止。」〔註276〕

「七七」事變不久，就是上海「八一三」抗戰。茅盾立即參與了救亡運動，著文辦刊，投身抗戰大潮。上海淪陷前夕，他不得不顛沛流離，奔赴國難，離開他生活戰鬥了二十多年的上海，肩負著民族的重任，踏上了新的征途！

〔註276〕艾蕪：《回憶茅盾同志》，《憶茅公》，第 108～109 頁。

第七章　奔赴國難（1937～1940）

第一節　顛沛流離，爲抗戰吶喊

從「九一八」到「一二八」，從「七七」到「八一三」上海抗戰，在民族危難關頭，茅盾和人民一起，同仇敵愾，以筆代槍，奔赴國難，始終戰鬥在第一線。

一

1937 年 8 月 12 日，孔德沚回家告訴茅盾：「聽說仗一打響，日軍就要進駐越界築路地段。咱住的這滬西極司非爾路信義村，正是越界築路地段。咱要不要搬家？」茅盾估計：「日本進攻中國，不會八面樹敵；起碼目前不會幹進駐越界築路地段，把英法逼到對立面的蠢事。所以我認爲暫時不必搬家。倒是在在虹口開明書店總廠的那批書，一打起仗來，勢難幸免。」孔德沚想起「一二八」抗戰時商務印書館被炸，她辛辛苦苦抄清的《子夜》部分發排稿就焚於戰火。於是說：「書馬上就得拉回來，一兩千冊書，五六隻木箱裝一車就得，你忙你的大事。我去搬！」幸虧孔德沚性子急辦得快，否則次日就是「八一三」上海抗戰爆發，這批書又難幸免！

「『八一三』，上午十時許，上海閘北第一聲炮響的消息由滿市飛舞的『號外』傳來時，上海市民只有興奮」，「處處見著緊張，然而興奮緊張的內容是：『好了，這一天終於來了！』」〔註 1〕「八一三」「正午，行駛租界的公

〔註 1〕《今日》，《立報・言林》，1938 年 8 月 13 日，《茅盾全集》第 16 卷，第 181 頁。

共汽車和電車都已貼滿了戰事業已爆發及我軍決心『予打擊者以打擊』的報告；尤其是政府封鎖長江及南黃浦的消息，予人以莫大的振奮。」人們說：「這回不同『一二八』了，日本小鬼退到哪裡，我們追到哪裡！」14 日「以後，文化界的群眾工作方始由過去『不合法』的地位而爭得合法的地位」；各種活動飛速開展起來了！〔註2〕茅盾懷著激動心情記下的這些動人場景中，也有他激切的行動。

還是 8 月 12 日，書由孔德沚去搶運，他和馮雪峰一起去赴鄒韜奮、胡愈之約集的會議。會上，「大家認為當前的救亡工作是百廢待舉，這不能靠國民黨的官辦衙門，必須立即動員群眾組織群眾自己來幹。」8 月 14 日是星期六，出席聚餐例會的人特別多。茅盾說：「在必要的時候，我們人人都要有拿起槍來的決心，但是在目前，我們不要求作家藝術家投筆從戎，在抗日戰爭中，文藝戰線也是一條重要的戰線。我們的武器就是手中的筆，我們要用它來描繪抗日戰士的英姿，用它來揭露漢奸、親日派的醜惡嘴臉。」〔註3〕要「把文藝工作深入到大眾中去，提高大眾的抗戰覺悟，開創出一個抗戰文藝的新局面來。」〔註4〕會上決定：辦個能迅速傳出作家吶喊抗戰聲音的小型刊物；並接受了雪峰的建議，用被迫停刊的《文學》、《中流》、《文叢》、《譯文》四刊同人的名義來辦。會上推茅盾任主編。自籌資金合辦。作者寫稿盡義務，不給稿酬。刊名就叫《吶喊》。

8 月 16 日夜，茅盾在隆隆炮聲中寫的發刊詞《站上各自的崗位》中，慷慨激昂地說：「大時代已經到了，民族解放的神聖的戰爭要求每一個不願做亡國奴的人貢獻他的力量。」「中華民族的每一個兒女」，「站上各自的崗位」，「向前看！這炮火，這血，這苦痛，這悲劇之中，就有光明和快樂產生」；「和平，奮鬥，救中國，我們要用血淋淋的奮鬥來爭取光榮的和平！」「站上崗位」是茅盾對民族義憤與時代使命所作的集中概括。〔註5〕8 月 25 日出刊的《吶喊》，就標誌著團結在他周圍的廣大愛國作家站上了自己的戰鬥崗位，去實現茅盾在《本刊啓事》中闡明的宗旨：「為我前方忠勇之將士，後方義憤之民眾，奮其禿筆，吶喊助威。」四家雜誌的主編王統照、黎烈文、靳以、黃源

〔註2〕《光榮的一週年》，《救亡日報》，1938 年 8 月 13 日，《茅盾全集》第 16 卷，第 178～179 頁。

〔註3〕《我走過的道路》（下），第 3～5 頁。

〔註4〕《我走過的道路》（下），第 5 頁。

〔註5〕《茅盾全集》第 16 卷，第 80～81 頁。

在創刊號上各刊一文。然而他們未免過於樂觀。《吶喊》剛出了兩期，當局即讓新聞檢查所出面，藉口未經登記，勒令停辦。幸賴邵力子幫助補辦了登記手續。他們乘機從第 3 期起，改爲更積極進攻的刊名：《烽火》。11 月 12 日上海淪陷後刊物遷到廣州繼續辦。茅盾先爲編輯人，遷廣州後改任出版人。巴金則相反，先爲出版人，遷廣州後就全面負責此刊了。巴金回憶道：茅盾離滬後，「我接替他的工作，才發現他看過、採用的每篇稿件，都用紅筆批改得清清楚楚，而且不讓一個筆畫難辨的字留下來。」「我也要以這認眞負責、一絲不苟的精神爲榜樣！」〔註6〕

辦刊物同時，茅盾參與發起了上海文化界救國協會以統一領導文化界抗日救亡工作。他還兼任鄒韜奮籌辦的《救亡日報》的編委。他更以筆代槍，短短時間寫了 30 餘篇散文、雜文與政論，後來選取 15 篇結集，1939 年 4 月由烽火社出版，題爲《炮火中的洗禮》。其中心一是吶喊抗戰，抒時代強音；二是剖析民氣人心，張揚正氣，鞭撻頹風；三是戰時生活寫眞。特別是第一類，大都如《吶喊》發刊詞《站上各自的崗位》那樣，昂揚著時代的戰鬥精神，表現了人民同仇敵愾的壯志。這些文章充分反映出茅盾與時代與人民精神和步調完全一致的戰鬥風姿。他的散文風格也爲之一變：從前冷靜、犀利而略帶諷刺的特色保留下來，但主旋律卻體現出激昂慷慨、熱情噴湧的政治抒情詩般的激情與力度；充分體現出中華民族的氣魄與全民抗戰的精神。

這時戰局吃緊，茅盾不得不作離滬安排。但老太太執意不肯離開烏鎮。孔德沚回去說服也無效。這時孔德沚在愛華女校時的同學陳達人，從長沙來信，讓兩個孩子去她那兒就讀。於是夫婦倆分頭安置老人和孩子。孔德沚帶著東西回烏鎮安置老太太，並拜託紙店經理黃妙祥照料老人。上海的其餘家當，分成送人的和存二叔家的兩類。據堂弟沈德榕回憶：存他家的東西中，有兩本茅盾寫給黨中央的信稿；詳細談了他對 1934～1935 年文壇紛爭的一些看法。這反映出茅盾對黨一片赤誠、對文壇盡職盡責、善始善終的態度。上海淪陷後，二叔怕被日本特務發現遭禍，就把信稿焚毀了！〔註7〕茅盾於 10 月 5 日帶兩個孩子繞道嘉興，到鎮江轉船，8 日抵漢口轉車，於 10 日抵長

〔註 6〕《悼念茅盾同志》，《文藝報》，1981 年 8 期，《憶茅公》，第 2～3 頁。

〔註 7〕沈德榕的回憶文章刊於《上海政協會報》第 4 期，1981 年。其所說的 1934～1935 年疑是 1935～1936 年之誤。其內容恐與兩口號論爭及黨內的宗派主義表現有關。

沙。那時長沙還是男女分校。經陳達人的丈夫「洋博士」黃子通聯繫,亞男入周南女中;阿桑入岳雲男中。這當中因黃子通堅請,茅盾到他任教的湖南大學講演一次。最讓茅盾高興的,是徐特立的來訪。他從陝北回湖南,是為籌備中共駐長沙辦事處。這是茅盾抗戰以來首次見到「以公開身分活動的共產黨人,而這樣身分的同志已有十年不見了。」〔註8〕所以茅盾十分激動,兩人互相溝通了情況。徐特立十分稱讚茅盾的小說《大鼻子的故事》。

10月20日茅盾返回武漢,才知滬寧線已不通車,只能繞道。生活書店的徐伯昕聞訊來訪,轉達了鄒韜奮約茅盾來武漢辦刊物之意,茅盾欣然同意。然後茅盾轉道長沙、株洲、南昌,於11月5日抵杭州。不料此時滬杭線亦已中斷!只好再繞紹興乘船,12日掌燈時分才算抵家!孔德沚正在焦急,見丈夫安然返回,高興地跳腳。剛進門就聽到廣播:「我軍已撤出上海!」茅盾險些回不來!12月5日南京淪陷。戰事更加嚴峻。茅盾寫好在滬寫的最後一篇文章《「孤島」見聞》,就於公曆1937年除夕,離開了工作戰鬥20餘年的上海!晚年茅盾懷著悲愴,回憶當時的心情道:「上海可以說是我的第二故鄉,在這裡我開始了對人生真諦的探索」,「選擇了莊嚴的工作。現在我要離去了,為祖國神聖的事業。但是我還要回來,一定會回來!」他哪裡知道,此一去竟是十年!

二

1938年1月3日,茅盾夫婦乘船經廣州轉火車,於12日抵長沙,寄住黃子通家,與兩個孩子共度春節。這期間會晤了張天翼、田漢、孫伏園、王魯彥、廖沫沙、黃源、常任俠等老朋友。他們為茅盾開了歡迎茶話會。徐特立也參加了並即席發言。他認為:目前在湖南工作比去陝北更重要。這對茅盾頗有啟發,後來他把這觀點寫進《你往哪裡跑》(正式出版改題《第一階段的故事》)的「楔子」(正式出版時刪去,現附在《茅盾全集》所收此長篇之後)的人物對話中。這期間茅盾結識了忘年交李南桌,並約他寫稿。茅盾還忙裡偷閒寫了五篇文章。其中《這時代的詩歌》、《第二階段》、《為著幼年的中國人》等三篇給了《救亡日報》發表。

1938年2月7日,茅盾抵武漢。他感到其濃厚的抗戰氣氛有如1927年。他和鄒韜奮、徐伯昕商定:刊物名叫《文藝陣地》,是綜合性半月刊,依託生

〔註8〕《我走過的道路》(下),第20~21頁。

活書店廣州分店在廣州編輯出版。於是茅盾廣泛向朋友們約稿：爲了推動文藝通俗化大眾化，他約老舍寫大鼓詞；爲了反映八路軍在敵後的戰鬥，他拜訪了老上級、八路軍駐武漢辦事處的負責人董必武。董老指定吳奚如幫助他組稿。〔註9〕他又拜託剛到新創刊的《新華日報》工作的樓適夷，拜託他利用報社渠道代《文藝陣地》組稿。

茅盾約人寫稿，自己也親自寫稿。十多天緊張工作間隙，他寫了九篇文章。中心是抗戰文藝發展方向與抗戰文藝大眾化問題。其中一篇是記訪問所得的文章：《記「孩子劇團」》。文中稱讚它「是抗戰的血泊中產生的一朵奇花！」茅盾由馮乃超陪同，訪問了南京陷落前夕獲得自由來到武漢的陳獨秀，聽他發表「不談政治，但談故事」和「武漢守不住，我們都得走」的高論。闊別十多年，人竟變化這麼大，茅盾不勝感慨之至！

2月19日，茅盾回長沙攜眷南下。24日抵廣州。于逢回憶道：「他一家四人：他和夫人孔德沚，還有一個長得很健康漂亮、又很像母親的十八九歲的女孩，和一個略爲瘦弱、有點像父親十五六歲的男孩，這就是沈霞和沈霜。茅公身材略小，比夫人還矮一些，穿著當時流行的長衫，一頭向後梳得平滑發亮的黑髮，整潔而又斯文，完全不像我從他的著作中所想像的那個有著偉大氣魄的作者。我不明白爲什麼那小小的身體裡能有如此巨大的力量。」〔註10〕來訪的新老朋友除于逢外，還有夏衍、潘漢年、歐陽山、草明、蒲風等。他們或約稿，或請演講。茅盾則「反守爲攻」：請他們支持自己主編的新刊《文藝陣地》。當晚來訪的薩空了，使茅盾改變了在廣州編刊物的計劃。他請茅盾赴香港主編由他任總經理的《立報》副刊《言林》。《文藝陣地》可在香港編妥後送到廣州印。茅盾徵得生活書店廣州分店經理同意，遂決定奔波兩地辦這兩刊。

走前茅盾還踐約赴知用中學演講。這次演講，成了「廣州如火如荼的救亡運動中的一次盛會，文化界人士和救亡青年積極分子都參加了。禮堂內外人山人海。」他江浙口音重，「每說一句，歐陽山就翻爲廣州話，……他的論述既系統又深刻，娓娓動聽，引人入勝。」〔註11〕27日下午3點半鐘就要赴港，1點半鐘茅盾還出席了廣東文學研究會的座談會。討論題目是「戰

〔註9〕茅盾回憶錄記載是董必武。吳奚如的回憶錄說是周恩來，見《憶茅公》，第170～171頁。
〔註10〕于逢：《茅盾，偉大的靈魂》，《憶茅公》，第229頁。
〔註11〕于逢：《茅盾，偉大的靈魂》，《憶茅公》，第228～231頁。

時文藝工作綱領和文藝大眾化與中國化問題」。茅盾作了簡短發言後急匆匆奔火車站，離 3 點半車時間只差幾分鐘！出於民族大義，茅盾的弦繃得十分緊！

　　香港住房緊張。費了很大力氣，才從九龍尖沙嘴一個二房東手裡，租到一間小屋。與二房東幾經「鬥爭」才解決了做飯、照明等瑣碎問題。茅盾把兩個孩子分別送進九龍彌敦道私立華南中學女校部和男校部。這期間茅盾逐漸體會到，香港物質生活的富麗，掩蓋著精神生活的貧困；也感受到赤裸裸的金錢關係之可怕。醉生夢死的小市民生活，必然和誨淫誨盜、低級趣味的讀物相連：香港幾乎沒有一張嚴肅的報紙和刊物。茅盾感到責任分外重大。一家四口擠住在 20 多平米的小屋裡。茅盾開始編在中國抗戰文藝史上舉足輕重，可與中國現代文學史上舉足輕重的《小說月報》、《文學》比肩，被鄒韜奮譽為「一面戰鬥的旗幟」的《文藝陣地》。八路軍駐港辦事處負責人廖承志，派杜埃與茅盾保持密切聯繫，並贈他以黨辦的《新華日報》。在香港，一份《新華日報》「幾十人輪流閱讀」，足見十分珍貴。茅盾高興地說：「有了它，就有了指路明燈」，「該怎麼感謝黨才好呢！」他據此報傳達的精神，寫成文藝性評論，還據此報把解放區的文藝動態，編入《文藝陣地》加以傳播。〔註 12〕這就大大提高了《文藝陣地》的思想性與戰鬥性。茅盾在發刊詞中宣告：「這陣地上，立一面大旗，大書『擁護抗戰到底，鞏固抗戰的統一戰線。」它「將有各式各樣的兵器」，「又將有新的力量，民族的文藝的後備軍。」這實際上是從內容、形式、隊伍等方面作了整體規劃布局。創刊號頭題文章，是轟動全國的張天翼的小說《華威先生》。此外有老舍的京劇《忠烈圖》，陸定一的報告文學《一件並不轟轟烈烈的故事》，魯迅遺著《關於中國木刻的幾封信》、《殘秋偶感》（七律），蘇聯巴武列林柯的《國防文學》，及文壇宿將葉聖陶、新秀李南桌等寫的頗有分量之作。茅盾自己寫的短文、短評、書評，連發刊詞、編後記、《文陣廣播》9 則等等，共是 16 篇文章！

　　正如茅盾所說，《文藝陣地》「一炮打響了！」它以其作者陣容、沉實的內容、新穎的形式引起了轟動。從第 4 期起，為提高印刷質量，《文藝陣地》在上海秘密印刷，校對由茅盾的內弟孔令境承擔。在滬印妥後運到香港發

〔註12〕杜埃：《臨歸凝睇，難忘蓓蕾》，《羊城晚報》，1981 年 4 月 10 日，《憶茅公》，第 201～202 頁。

行。它團結了新老著名作家 70 多位，產生了巨大影響。這時茅盾已遷到章乃器住過的九龍太子道 196 號四樓，與薩空了比鄰。茅盾這期間著書評 30 篇、短論 20 篇。他的編輯工作紮實嚴謹，視野開闊，頗爲讀者青睞。從 2 卷 7 期起，因茅盾赴新疆，《文藝陣地》由樓適夷代編。從 1939 年 6 月 3 卷 5 期起編輯工作轉移到上海。1940 年 12 月又遷重慶，由以群、羅蓀編輯。但名義上茅盾一直是主編。此刊物備受文禁迫害，1942 年 11 月 7 卷 4 期出版後被迫停刊。其後還出版了三本《文陣新輯》。樓適夷在《茅公和〈文藝陣地〉》一文中，稱它是「抗戰時期歷時最久，普及最廣，影響最深遠的全國性文藝刊物之一。」

茅盾主編的《立報・言林》工作量不大。他重在把握方針和組織穩定的作者隊伍。他承接上海時期謝六逸主編《立報・言林》時形成的玲瓏多樣、輕鬆精悍的風格，和「凡對人生社會，百般問題，喜歡開口的人，都到這裡來談天」的原則。但在《言林・獻詞》中茅盾強調：「今日我中華民族正在和侵略的惡魔作殊死戰」，《言林》「不敢自處於戰線之外」。但戰術則不拘一種。它並不就此化爲單純的「劍林」，「有時也許是一支七弦琴，一支笛，奏出大時代中民族內心的蘊積；它有時也許是一架顯微鏡，檢視著社會人生的毒瘡膿汁。」〔註 13〕茅盾真地達到了目的。

茅盾組織作者隊伍，重在新人年輕人的培養：包括青年評論家李南桌、杜埃、青年詩人袁水拍以及林煥平、黃繩等十餘人，形成隊伍核心。從而保證了稿源，每期頭題文章亦不必都由茅盾親自寫。《言林》以嚴肅活潑的特色，向庸俗報刊爭奪到大批讀者；其影響也兼及內地。

茅盾在香港還繼續主持編輯出版《魯迅全集》工作。他受許廣平委託在港操持印刷；並請在港的蔡元培作序。他在《文藝陣地》1 卷 3 期刊登了《魯迅全集總目提要》與《魯迅全集發刊緣起》，在封底登了副題爲「中華民族的火炬」的整頁廣告。他先後足足用了兩年多時間。他拿到墨香撲鼻、足足 20 卷的這部大書時，寬慰地吁了一口氣！他可以告慰戰友在天之靈，也可向世人與後人作一交待了！

茅盾雖集中力量辦刊，但並未放鬆抗日救亡的政治活動，例如周作人附逆的消息由北平傳來，舉國憤慨，文藝界亦極憤慨。於是由茅盾領銜，由樓適夷起草，散居各地的文藝界名流老舍、郁達夫、丁玲、夏衍、馮乃超、張

〔註 13〕《茅盾全集》第 21 卷，第 371～372 頁。

天翼、胡風乃至中間立場的胡秋原等共 18 人聯名，於 1938 年 5 月 14 日發表了《給周作人的一封公開信》：指出周作人附逆「實係背叛民族，屈膝事敵之恨事，凡我文藝界同人無一人不為先生惜，亦無一人不以此為恥。」公開信指出：周作人對「中華民族的輕視與悲觀」，「實為棄此就彼認敵為友」的基本原因。但他們仍對周作人作「最後一次忠告」：「希望幡然悔恨，急速離平，間道南來，參加抗戰建國工作。」否則將公認其為「民族之罪人，文化界之叛逆者」，而「惟有一致聲討！」〔註 14〕但周作人卻迷途難返！茅盾遂與這個自「五四」起共同發起文學研究會時結交的老朋友絕交，毅然劃清了政治界限，他還著文批駁朱光潛替周作人的附逆行為開脫，污衊聲討周作人者為「落井下石」的謬論，表現出大義凜然的態度。〔註 15〕

1938 年暑假，陶行知從美國回國參加抗戰，和他的老友吳涵眞（黃興之婿）合作在香港辦起培養抗戰所需人才的中華業餘學校。茅盾應聘負責文學專業。當時三個班學生共 180 人，每班每週上課三晚上，茅盾上不了這麼多課，就請樓適夷、林煥平共同任教。茅盾除自己寫講稿、授課外，還替林煥平審閱講稿。這是茅盾繼女中、上海大學與中央軍校武漢分校之後第四次執教。〔註 16〕

1938 年 10 月，武漢、廣州相繼淪陷。香港已成朝不保夕的孤島！茅盾只好把《文藝陣地》委託樓適夷，把《言林》交杜埃編，並草草結束了其連載的長篇，攜妻將雛，於 12 月 20 日乘船離港奔赴新疆！

三

抗戰爆發時，茅盾既非黨員，也無任何職務。但他是魯迅逝世後眾望所歸的文藝界領袖。他從未忘記入黨時確立的黨的立場，和自幼秉承的「國家興亡，匹夫有責」、「先天下之憂而憂」的中國先進知識份子的傳統。這一切形成的使命感，使他意識到自己肩負著民族的時代的重任。他的抱負與視野較前更加寬廣，他發表的許多文章都具導向性。他還側重闡述起旗幟作用的魯迅精神。二者一事兩面，都起了引導文壇的作用。這些意見可歸納為以下六點。

〔註 14〕《抗戰文藝》第 1 卷第 4 號，1938 年 5 月 14 日。
〔註 15〕《也談談「周作人事件」》，《烽火》第 18 期，1938 年 8 月 21 日，《茅盾全集》第 16 卷，第 184 頁。
〔註 16〕林煥平：《茅盾和我》，第 299 頁。

　　一、抗戰時期的文藝方向問題：抗戰剛爆發，茅盾就反覆強調：這是一場持久戰。〔註17〕以此作爲文藝服務於抗戰的出發點。這決定了他指導文藝工作的恢宏視野。他是中華全國文藝界抗敵協會理事，雖不主持常務，但他多次號召鞏固與加強中華民族有史以來的空前劫難促成的文藝界這「空前的大團結」。他號召：站在全國文藝界抗敵協會大旗下的同人，「應當根絕了過去那種貌合神離，包而不辦，宗派關門」等缺點，「一心一德」，「戰戰兢兢地負荷起當前艱鉅的工作來。」〔註18〕他全面思考規劃著文藝服務於抗戰的工作，又不斷糾正狹隘的功利目的與缺乏全局觀點的偏向。他指出：「時代要求我們把力量貢獻於抗戰」。但「文化工作的部門是眾多的」，要統籌兼顧，著眼全面。〔註19〕針對某些政客打出「戰時文藝政策」旗號以限制眞正的抗日文藝運動的陰謀，茅盾公開揭露抵制道：「文藝是反映現實的。戰時的文藝」亦不例外。他承接著他的《歐洲大戰與文學》所論述的史實：羅曼・羅蘭、巴比塞對交戰雙方「各爲其主」的「反現實主義」的「文藝政策」的抨擊，以國內國外的歷史經驗教訓引導中國當前的現實：「我們是被侵略國」，人人皆知我們爲什麼流血，爲什麼田地被糟蹋，子妻會離散，「我們的戰士是眞正的忠勇奮發，視死如歸，歷史最傑出的寫實主義作家的健筆也不能把我們今日的壯烈的現實反映得足夠！我們目前的文藝大路，就是現實主義！」此外無所謂「政策」！茅盾說：這種現實主義文藝「不僅反映現實」，且要透過它指出「未來的眞標！」這眞標和遠景就是：「抗戰的結果是自由！」抗戰的火陷必將把「社會中封建勢力的殘餘」「淨除」；「社會的主要矛盾很可能自然而然消解去」；最終「是孫中山先生三民主義眞正的全部的實現。」〔註20〕

　　這番話反映了茅盾一個非常重要的政治思想：抗戰不僅擔負著反對帝國主義侵略的民族解放的任務，也擔負著反封建、反官僚買辦統治的民主革命

〔註17〕參看 1937 年 9 月發表的《還是現實主義》和 1938 年 2 月發表的《「抗戰文藝展望」之發端》等文，見《茅盾全集》第 21 卷，第 335～336、343、344頁。

〔註18〕《祝全國文藝家的大團結》，《文藝陣地》創刊號，1938 年 4 月 16 日，《茅盾全集》第 21 卷，第 375 頁。

〔註19〕《第二階段》，廣州《救亡日報》，1938 年 2 月 8 日，《茅盾全集》第 21 卷，第 339 頁。

〔註20〕《還是現實主義》，《戰時聯合旬刊》第 3 期，1937 年 9 月 21 日，《茅盾全集》第 21 卷，第 334～336 頁。

的任務。他看出所謂「戰時文藝政策」，表面似在反帝，實則既維護帝國主義利益，也維護封建的官僚買辦勢力的利益，其目的在於壓制民族民主革命。因此茅盾堅決反對並大聲疾呼：「遵循著現實主義的大路，投身於可歌可泣的現實中，盡量發揮，盡量反映——當前文藝對戰事的服務，如斯而已。」「除此之外，無所謂『政策』。」〔註21〕這和他一再指出抗戰具長期性，是持久戰的觀點一起，展示出茅盾的戰略眼光。

抗戰伊始，茅盾就以此高瞻遠矚的視野去引導國人，其指引的方向，代表了歷史的必然要求，也被八年抗戰的歷史證明了其正確性；這是非常難能可貴的。只是他對前景的預計過分樂觀了。這八年抗戰雖打敗了日本帝國主義，但孫中山的三民主義卻遠未實現。因為蔣介石所追求的是一黨專政的法西斯主義。這才引發了抗戰勝利後不久就爆發的內戰！

二、正確處理兩組關係：首先是正確處理普及與提高的關係。他指出：「目前的文化問題，有普及的一面，也有提高的一面。如果把這兩面截作兩段來看，便會走到絕路。要提高，先須普及，從普及中然後能有真正的提高。」〔註22〕他在《文藝陣地》編輯工作中充分貫徹著這精神。他的評論文章也不搞長篇大論，他針對讀者需求，就作品的思想藝術作通俗的解釋；他針對作者，特別是業餘作者與文藝通訊員，就作品的長短提出切實可行的修改加工等意見。他關於普及與提高的意見，和四年後毛澤東《在延安文藝座談會上的講話》中的論述不謀而合。

另一個是正確處理歌頌與暴露的關係。茅盾指出：「抗戰的現實是光明與黑暗的交錯，—— 一方面有血淋淋的英勇的鬥爭，同時另一方面又有荒淫無恥，自私卑劣。」消滅這荒淫無恥自私卑劣是爭取最後勝利的首要條件。他要求作家不能只反映「半面的『現實』」，在寫光明的同時也寫黑暗及其為何不能克服，這才是「必須描寫出來的焦點。」〔註23〕

茅盾還明確指出了正確暴露諷刺黑暗與運用暴露諷刺手段問題。「暴露的對象應該是貪污土劣，以及隱藏在各式各樣偽裝下的漢奸。」暴露他們的手

〔註21〕《還是現實主義》，《茅盾全集》第21卷，第334～336頁。

〔註22〕《雙十紀念與「抗戰八股」》，此文寫於1938年10月7日，因郵寄有誤，拖後一年才發表，見1939年10月10日《星島日報》，《茅盾全集》第21卷，第514～515頁。

〔註23〕《論加強批評工作》，《抗戰文藝》第2卷第1期，1938年6月29日，《茅盾全集》第21卷，第433頁。

段「應當是烈火似的憎恨。」「諷刺的對象應該是一些醉生夢死、冥頑麻木的富豪、公子、小姐，一些『風頭主義』的『救國專家』，報銷主義的『抗戰官』，『做戲主義』的公務員。」「諷刺作者的筆觸是冷峭的，但他的心是熱的，他是希望今日被他諷刺的對象明日會變成被他讚揚的對象。」這裡茅盾站高一步提出了作家審美態度與審美情感傾向及如何正確處理兩類不同性質的矛盾諸問題：「對於醜惡沒有強烈憎恨的人，也不會對於善美有強烈的執著；他不能寫出真正的暴露作品。同樣，沒有一顆溫暖的心的，也不能諷刺。悲觀者只能詛咒，只在生活中找尋醜惡；這不是暴露，也不是諷刺。沒有使人悲觀的諷刺與暴露。」〔註24〕這些意見和魯迅生前說的及此後毛澤東說的意見，都驚人地一致而且有深度；既是文藝工作的導向，也是審美科學的真知灼見。不僅在當時，就是在今天，仍有其指導意義。

　　三、關於現實主義創作方法問題：我在前面說到，茅盾的文藝思想發展，「左聯」時期不同於「五四」時期的特點之一，是不在理論上倡導這「主義」那「主義」，而重在「五四」以來文學實踐的堅實的理論總結與昇華。對蘇聯大力提倡的社會主義現實主義，他僅論及一次，但未展開。然而其理論批評文章和創作，卻明顯地扣緊這新創作方法的基本精神，也許他要以實踐來驗證這創作方法的正確性。抗戰伊始，他一反左聯時期這種做法，旗幟鮮明地把社會主義現實主義作為抗戰文藝的方向極力倡導，借以對抗壓制抗戰文藝民族民主傾向的官方所鼓吹的所謂「戰時的文藝政策」。他的理論倡導是以左聯時期的實踐為基礎的。因此顯得紮紮實實，胸有成竹；理論上有新的發展。

　　他從「左聯」兩個理論綱領借鑑蘇聯的創作方法所提出的理論主張談起，評價是：雖有差異，「並無大謬」。他認為：若把蘇聯的「社會主義的現實主義與革命的浪漫主義」中「『社會主義的』與『革命的』兩個帽子除掉，單從世界的偉大作品中去研究，便可見現實主義的要素和浪漫主義的要素常常在同一作品中並存而不相悖。」因此，「如果機械地要在此二者之中強為取捨」，既「不必要，而且有害」。他的根據是：大時代的「現實生活中就有不少 Romantic 的故事」。他是指人們向理想的飛躍、超人的英雄行為等，而非指幻想、虛誕、逃避現實。他認為：「真正反映現實的，血淋淋的現實的作品，

〔註24〕《暴露與諷刺》，《文藝陣地》第 1 卷第 12 期，1938 年 10 月 1 日，《茅盾全集》
　　　　第 21 卷，第 503 頁。

就必然地包含了 Romantic 的光焰萬丈。」〔註25〕「在文藝史上，初期的寫實主義作品都有一定的政治的立場，都是從政治思想出發，去觀察社會人生的。」「『五四』以來寫實文學的真精神，就在它有一定的政治思想為基礎，有一定的政治目標為指針。……這就是民族的自由解放和民眾的自由解放。」因此，儘管「五四」以來文學由現實主義、浪漫主義、現代派諸「主義」多元組成，「但時代需要的是寫實主義，所以寫實主義成了主潮。」〔註26〕

茅盾認為抗戰以來的時代需要，仍是以包含著民族的和民眾的自由解放這一政治理想的現實主義為主潮。但「民族解放」的反帝泛指性有所淡化，反抗日本帝國主義的特指性內容卻強化為主導方面。其實質並無改變。茅盾緊緊把握這個以政治理想為靈魂始自「五四」的現實主義主潮，不遺餘力地加以推動，使之起統攝抗戰文藝全盤的作用。他的關於歌頌與暴露、抗戰文藝題材多樣化但以重大題材為主導、塑造什麼樣的典型等等理論觀點，都是從這個現實主義主潮理論軸心輻射出來的。可見堅持現實主義主流傾向性與對其他流派的包容性開放性，是抗戰初期茅盾思想一大要特徵。

四、關於現實主義典型問題：茅盾的現實主義典型論是其現實主義理論與「五四」時期「文學是人學」主張的繼續與發展。他不贊成所謂抗戰時代「充滿了英勇壯烈的場面」，「人是依著時代的動向而前進的」，因此「我們必須寫這場面和時代」而不必著重寫人的似是而非的觀點；他堅持「還是應當寫人」。「人雖然是依著時代的動向而前進，但決不是完全機械地被動的，人亦推動時代使前進得更快些」；「人是時代舞台的主角，寫人怎樣在時代中鬥爭，就是反映了時代。」當前時代要求的中心是抗戰建國，這仍舊可以從各樣人的活動來體現，來反映「時代的面目」。茅盾由此歸結到恩格斯對現實主義的美學概括：「創作的最高目標是寫典型事件中的典型人物。」他不反對「單寫典型的事」，認為「只要觀察深入，分析正確，也是非常好的。」茅盾對典型的事作了非常寬泛的理解：「前方後方」，都「有不少典型的事。」但他仍堅持現實主義的最高要求：「寫典型事件中的典型人物。」他高興地指出：「從『事』轉到『人』，可說是最近半年來的一大*趨勢*。」〔註27〕

〔註25〕《關於〈抗戰後文藝的一般問題〉》，《大眾日報》，1938年3月21日，《茅盾全集》第21卷，第365～366頁。

〔註26〕《浪漫的與寫實的》，《文藝陣地》第1卷第2期，1938年5月1日，《茅盾全集》第21卷，第388～390頁。

〔註27〕《八月的感想——抗戰文藝一年回顧》，《文藝陣地》第1卷第9期，1938年

　　茅盾對典型人物的理解也是很寬泛的：歌頌的、諷刺的、暴露的人物，「英勇壯烈」的英雄與各式各樣的敵人，都可以寫成典型人物。他在《文藝陣地》創刊號推出的小說《華威先生》中的華威先生這個典型引起爭論後，茅盾在《八月的感想》、《論加強批評》等文中，從典型的眞實性、典型性與多樣化許多角度，肯定了這個典型的美學價值。他高瞻遠矚地說：「文藝的教育作用不僅在示人以何者有前途，也須指出何者沒有前途」；對後者不加打擊，「它不會自己消滅，既有醜惡存在，便不會沒有鬥爭，文藝應當反映這些鬥爭又從而推進實際的鬥爭」。這是「抉摘那些隱伏在紅潤的皮層下的毒癰」的工作。茅盾認爲「華威先生並沒有死」，「這個典型還應當發展」。〔註28〕茅盾在這裡深化了文藝審美與審醜雙重作用的理論，也把現實主義的典型化引上一條寬闊的路。正是在茅盾的支持維護下，張天翼又寫了《華威先生》的續篇，組成抗戰文藝史上有名的華章：《速寫三篇》。

　　茅盾還對姚雪垠的小說《差半車麥秸》給予很高評價，認爲它是寫出了「普通農民的覺醒」的典型。認爲其可貴處之一是挖掘了「農村老百姓」「先天的民族意識」，故更能啓發普通的以至落後的群眾。〔註29〕茅盾還多次稱讚姚雪垠的才能，對他寄予了厚望。在茅盾的扶植下，張天翼、姚雪垠後來都成了中國文壇上的大作家。

　　五、關於作家批評家的世界觀與生活積累問題：茅盾認爲，任何創作方法都受世界觀的制約與指導。不論社會主義現實主義還是革命浪漫主義都只能在無產階級革命人生觀指導下才能發揮能動作用。他指出：「生活決定意識」；決定作家的世界觀、人生觀的主要因素，一是「從個人生活，教養，階級意識等等」出發；二是「從實踐生活中去體驗，去精修。」前者是「教育和訓練」，後者是親身的社會實踐。因此作家充實其生活經驗就是「天經地義」的事，從而既獲得創作源泉，又提高思想與視野。〔註30〕

　　爲適應抗戰需要，茅盾提出了「作家的生活應是戰鬥的」口號，並作了寬泛的解釋：「戰鬥」並非「一定要上火線」或「天天在幹群眾運動」；忠於

　　　　8 月 16 日，《茅盾全集》第 21 卷，第 464～474 頁。

〔註28〕《八月的感想》，《茅盾全集》第 21 卷，第 470～472 頁。

〔註29〕《抗戰與文藝》，蘭州《現代評壇》第 4 卷第 11 期，1939 年 2 月 5 日，《茅盾全集》第 22 卷，第 18 頁。

〔註30〕《關於〈抗戰後文藝的一般問題〉》，《大眾日報》，1938 年 3 月 21 日，《茅盾全集》第 21 卷，第 366 頁。

真理、忠於自己，「一絲不苟、嫉惡如仇，見一不善必與之抗」，「這就是戰士的生活」。對深入火線，茅盾也有卓見：「問題不在他有沒有拿過槍，打過仗，而在他是否真正曉得士兵生活」，特別是「深知士兵的內心的生活。」因此作家的生活實感並非指其生活經驗的廣度，而首先是指其深度。〔註31〕

茅盾對作家樹立革命人生觀與深入生活以及二者的契合的論述，把握了抗戰文藝服務於抗戰使作家獲得創作自由的關鍵，許多作家遵照茅盾指示的方向，通過實踐成了名作家；他們的實踐所得，反過來又證明了茅盾的理論是真知灼見。

茅盾還要求：作家做到的，批評家也應該做到。批評家「念念有詞」說：「作家要向生活學習」，但卻「不大有人敢說」：「批評家也還得向生活學習。」但茅盾卻敢於大聲疾呼：批評家「勸作家不要寫自己不熟悉的事，也該自勸不要批評自己不熟悉的事」。茅盾指出：中國地大物博，「各地情形不同」，抗戰的急劇變化又把平素不顯的「好處和缺點都『表』出來了」，對此不僅作家，批評家的把握也「未必就已頭頭是道。」因此，茅盾在要求批評家深入生活同時，又提出「加強批評工作」的涵義「是『一石打雙鳥』的」；一是「對於作品多作批評」，二是「對於批評家本身的工作也多作批評，即所謂『自我批評』。」茅盾把這種自省意識提高到抗戰中批評家「責任愈加重大」，「工作也愈加『繁重』」的時代使命感的高度來認識。針對某些批評家素質不高，對生活認識了解不深，卻指手畫腳的現象，茅盾甚至尖銳地說：「我有時倒以為批評家的權威如果縮小些，也許反於作家有利。」〔註32〕這實在是切中肯綮的一記重錘！

茅盾從世界觀與生活這兩翼對創作與理論批評兩條戰線同時致力促進，這是對他此前的文藝思想的大幅度的開拓；展現出他的視野與導向的超前性與全方位性；其憂患意識與使命感也是極其強烈的。

六、關於大眾化問題：這是隨抗戰動員群眾之急需而形成的抗戰文壇最熱的話題；也是茅盾此時最集中、最突出的論題之一。

茅盾指出：文藝大眾化是時代的需要和歷史的選擇；因此改變了其正常程序：「本來文藝大眾化運動應當和國語運動聯繫起來的」，現在急需「文藝

〔註31〕《關於〈抗戰後文藝的一般問題〉》，《茅盾全集》第 21 卷，第 366～367 頁。
〔註32〕《論加強批評工作》，《抗戰文藝》第 2 卷第 1 期，1938 年 7 月 16 日，《茅盾全集》第 21 卷，第 431～432 頁。

來做發動民眾的武器。」當前的步驟只能這樣辦：「一是文藝大眾化起來，二是用各地大眾的方言，大眾的文藝形式（俗文學形式）來寫作品。」而且需改變「五四」以來自外國學來的進步的但不爲大眾所喜歡的形式，多採用雖較原始但適合大眾口味的舊形式：「爲了抗戰的利益，應該把大眾能不能接受作爲第一義，而把藝術形式之是否『高雅』作爲第二義。」他還把「大眾能懂的形式」從敘事、寫人、對話、動作等方面展開來作細致的論述。茅盾批評那種認爲這麼做太庸俗、太急功近利的論調說：不這樣，「就不能深入大眾，不願深入大眾就是對於抗戰工作的怠工。」〔註 33〕「事實是：二十年來舊形式只被新文學作者所否定，還沒有被新文學所否定，更其沒有被大眾所否定。」〔註 34〕

　　茅盾肯定了大眾化與利用舊形式的「同一性」，同時也指出其「矛盾性」。「大眾化是當前最大的任務」。「『文章下鄉』，文章入伍，要是仍舊穿了洋服，舞著手杖」，群眾難以接受。「此時切要之務」是研究大眾所歡迎的「舊形式究竟可以被利用到如何程度」，並「實驗如何翻舊出新。」〔註 35〕這就是尋求認同的同一性。「利用」「當然不是無條件的接受」，而是整體性地「消化它而再釀造它。」「學習之，變化之，且更精煉之，而成爲我們的技巧。」〔註 36〕總之汲取改造而求新的認同，這就是茅盾所理解的「矛盾性」；以及「同一性」與「矛盾性」的對立統一。

　　茅盾不贊成「舊形式可以裝進新內容者，爲數不多」〔註 37〕的偏見；也不贊成把利用舊形式簡單化理解爲「舊瓶裝新酒」。他認爲：利用舊形式包括「翻舊出新」（去掉不合現代生活的舊質，存其表現方法之精髓，且補充以新質）與「牽新合舊」（如不襲用舊小說的章回體與開頭結尾的套語，但學其筆法簡潔、動作描寫緊湊、故事發展前後呼應鈎鎖、寫心理不用敘述而用描寫等等）兩義。二者匯流，將產生民族文藝新形式，「這才是『利用舊形式』的最高的標準。」因此，與其說是「利用」，不如說是「應用」更爲恰

〔註 33〕《文藝大眾化問題》，《救亡日報》第 154～155 號，1938 年 3 月 9～10 日，《茅盾全集》第 21 卷，第 356～358 頁。

〔註 34〕《大眾化與利用舊形式問題》，《文藝陣地》第 1 卷第 4 期，1938 年 6 月 1 日，《茅盾全集》第 21 卷，第 409 頁。

〔註 35〕《大眾化與利用舊形式問題》，《茅盾全集》第 21 卷，第 410 頁。

〔註 36〕《關於大眾文藝》，《新華日報》，1938 年 2 月 13 日，《茅盾全集》第 21 卷，第 348 頁。

〔註 37〕《文藝大眾化問題》，《茅盾全集》第 21 卷，第 359 頁。

當。〔註38〕

由於形式問題是文藝大眾化的焦點，故茅盾著重論形式而較少論內容。但他也提出許多有關文藝大眾化內容的精闢見解。例如他提醒作家「不要以租界中避難的大眾作為戰區中大眾的代表。兩者因為生活不同，觀念形態也大大不同了。」而且在抗戰劇變中大眾也在變化，他們「自動地唾棄舊的一切教條了。」作家也不要「擔心大眾是多麼守舊」，「再以舊眼光去看大眾。」因此，不論涉及政治思想還是倫理道德，作家都應「大膽地依照」「合理的觀點處置」文學作品的內容。〔註39〕

從左聯時期到抗戰時期，文藝大眾化討論中，一直存在通俗化與文藝質量之關係問題的爭論，有人認為「要做到通俗，就會『降低標準』，要達到質的提高，就得犧牲通俗。」茅盾反對把二者對立起來。他說：「通俗並非庸俗」，「『通俗』云者，應當是形式則『婦孺能解』，內容則為大眾的情緒與思想」，這和「大眾化」「沒有什麼本質上的差別」。「以為『高』者『高深』之謂也」，是一種誤解。「『質的提高』，並沒有什麼奧妙」，只要做到「（一）人物須是活生生的人」，「（二）寫什麼得像什麼」，「（三）字眼用得確當，句子安排得妥點，意義明白，筆墨簡勁。」「自然『通俗』，而『質』亦『高』了。」〔註40〕

茅盾這幾方面的理論，是在抗戰爆發、文藝界多數人一時還難以適應新形勢，抗戰文藝的實踐不多，也難以形成統一意見之際及時提出的。其價值在於：適時地發揮導向作用以統一文藝隊伍的思想與步調；使之沿著正確方向前進。茅盾之所以能及時地形成適時地提出這些高瞻遠矚的真知灼見，得力於他自「五四」以來形成的「史識」和作為政治家與文藝家關注實際，緊密實踐所形成的「時識」，並能把二者有機地結合起來。茅盾一切闡述集中於一點：調動一切可能調動的文藝力量與手段，藉以動員最大多數的人民群眾參加抗戰。他及時把握住抗戰的長期性這一特點，把握住光明與黑暗相交織的時代特點，及時提出正確對策與導向性意見，這是茅盾抗戰初理論建樹一

〔註38〕《利用舊形式的兩個意義》，《文藝陣地》第 1 卷第 4 期，1938 年 6 月 1 日，《茅盾全集》第 21 卷，第 413～414 頁。

〔註39〕《與斯范論大眾文學的寫法》，上海《譯報》，1938 年 9 月 22 日，《茅盾全集》第 21 卷，第 501 頁。

〔註40〕《質的提高與通俗》，《文藝陣地》第 1 卷第 4 期，1938 年 6 月 1 日，《茅盾全集》第 21 卷，第 411～412 頁。

大可貴的特色。

　　茅盾的理論建築在他逐漸成熟起來的馬克思主義哲學思想、政治思想與美學思想的雄厚基礎上；具有以馬克思主義哲學觀駕馭美學觀的鮮明特色。因此能以其理論的精闢性透徹性高屋建瓴地武裝了一代文藝工作者。這些理論又成爲他的編輯工作全方位視野的基礎，使他能通過《文藝陣地》等報刊的導向性，引導抗戰文藝新潮流。特別是高築起革命現實主義的燈塔，指導著抗戰文藝主潮，推動著文藝多元發展的宏偉的新局面。

四

　　在香港期間，茅盾唯一的小說創作是長篇《第一階段的故事》。茅盾在1945 年寫的該書後記中說：當時港報各副刊的傳統作風「有點近於『五四』以前上海各報『屁股』的味兒」，這「『南國』的和殖民地文化的特性」，藉徐志摩的話說就是「濃得化不開」。他們「視爲足資號召的東西主要是武俠，神怪，色情。」爲使《言林》突破此局面，又不致脫離現實脫離群眾，薩空了就請茅盾寫這部長篇在《言報·言林》連載。

　　茅盾立定的方針是：「形式上可以盡量從俗，內容上切不能讓步。」「抗戰的生活對於大多數香港人是生疏的。而我這部小說卻不能不寫抗戰，又不能不是遠在上海的戰爭，我沒有把握敢說我這小說的內容能使那時的香港讀者感得親切。」最初的構思「打算在我力所能及的廣闊畫面上把一些最典型的人物事態組織進去，而且不以上海戰爭的結束爲收場的。原稿開頭有一章『楔子』，講到書中若干人物已在武漢，而『一』以下各章則是回敘；這就是我原定的計劃，寫上海戰爭者一半，而寫武漢大會戰前的武漢者亦將佔其一半。」實際完成的只是前半：寫上海「八一三」抗戰及其失敗後上海終於淪陷。此作「經過短促時間的構思」，每天寫一點，每天登一段，「居然支持了八個月之久。」到茅盾赴新疆時打住。初定書名爲《何去何從》：提出了一個關係國家、民族、個人命運的大問題。結尾要寫「青年知識份子選擇了正確的道路——到陝北去。」與《立報》關係密切的朋友恐惹麻煩，不贊成「在題目上攤牌」，因此初刊時改題《你往哪裡跑》。茅盾覺得「外形雖尚近似，但精神已經完全不同了。」因此一直不喜歡。加之此作只完成了計劃的一半，出版時就改題《第一階段的故事》。〔註41〕

〔註41〕以上均引自《第一階段的故事·後記》，《茅盾全集》第 4 卷，第 475～477 頁。

　　茅盾選擇剛剛經歷過的上海「八一三」抗戰與戰爭中民族資本家與愛國青年等等他熟悉的題材，用搖鏡頭掃描「八一三」以來上海戰事過程的各個角落。許多人與事都有眞實生活依據。如「八百孤軍堅守四行倉庫」等情節，我們可從當時報紙上查出原始報導。但茅盾採用「假人眞事」，與「假人假事」雙用的原則，前者佔更大的比重。加之事件進程描寫依據了歷史，遂使這部長篇具明顯的報告文學色彩。此作與後來的《劫後拾遺》同樣，都可稱爲「報告小說」；開後來的「紀實小說」之先河。

　　小說著筆最多的形象是愛國民族工業資本家何耀先。他的「襯影」是比他激進的愛國資本家陸和通。與吳蓀甫比，何耀先的性格發展方向不是買辦化，而是日益向人民大眾的民族利益的共同性方向發展。他對抗戰的認識，有個由局部到全局、由低級階段到高級階段的發展過程，遂使愛國主義意識漸居主導地位。這與吳蓀甫的性格發展方向相反，故形成鮮明對比，從而既體現了時代的特點，也體現出茅盾在把握大時代影響下民族資產階級新取向上，態度更爲積極，更具導向性的思想傾向與典型化審美追求。這一點，在陸和通性格提煉更具理想化色彩上，反映得更爲突出。人物典型化的另一極，是站在他們對立面，喪失民族立場，一切以利潤爲目的，乘機大發國難財，對抗日戰爭竟持「和戰皆主」投機立場的反動資本家潘梅成。雙方圍繞對「八一三」抗戰的態度，構成基本衝突。

　　照《子夜》的結構原則，茅盾本應把階級矛盾和民族矛盾中許多人物之間立場的衝突作爲中軸，展開人物關係與情節。但這次茅盾放棄了他這所長，代之以新的藝術結構框架；他把這些立場思想個性均不相同的人物，分別組成若干性格群體，使各自獨立發展並以電影對比蒙太奇手法，對這不同的人物群體分章作對比描寫。茅盾覺得這更易突出主題與審美傾向，也利於分段連載時各成一個獨立格局，民族化的章回小說的章法，在此派了大用場。

　　茅盾也放棄了寫人物爲主的基本結構原則，小說結構按事件進程，以「寫事」的情節發展建構之。這就爲寫上海「八一三」抗戰的始終，及一直寫到保衛大武漢的全過程鋪墊了基礎，並給唱民族英雄的贊歌，展示愛國青年與愛國資本家的心靈歷程，騰出了足夠的藝術空間。

　　正所謂有得必有失，「報告」色彩濃了，小說的色彩就淡了；事件描寫完整了，人物性格的完整性典型性就差了。「人」淹沒在「事」中是創作之大忌。

茅盾智者千慮，也有這一失！從揭示主題看，的確把舉國上下同仇敵愾的光明面和陰暗角落中狐鼠蠢動的黑暗面對比得比較鮮明，正如茅盾所說：「抗戰的現實是光明與黑暗的交錯，──一方面有血淋淋的英勇鬥爭，同時另一方面又有荒淫無恥，自私卑劣。」〔註42〕這種描寫使小說獲得鮮明的時代色彩，具較強烈的時代性。但另一方面，「人」淹沒在「事」中，光明面的描繪又不如黑暗面寫得生動。這就影響了小說的深度與審美力度。加之此書寫於 1938 年，事件發生在 1937 年，這種近距離操作的結果之一，是缺乏充分的歷史的過濾，抗戰伊始那種昂揚興奮情緒，濃濃地凝諸筆端，未免帶上過分的樂觀。從而對民族資本家內心深處私利與民族義憤之間的衝突的描寫，顯得失重。如陸和通身上就過多地塗上理想化的光彩。與生活真實比，其典型性就顯得弱化了。這種偏向，後來在《鍛煉》中得到明顯的糾正。可見對審美表現言，「熱處理」遠不如「冷處理」更經得住時間的檢驗。

　　這部小說的形式較之左聯時期的作品更加大眾化。舉凡茅盾在文藝大眾化理論中涉及的那些重要原則，此作中大都有程度不同的實踐。如分章列標題，但又不是「對聯」式回目文字，就是「翻舊出新」之一例。看來茅盾確實注意採舊形式之精髓，並加以發展，在「翻舊出新」與「牽新合舊」方面，逐漸邁出探索的腳步。

　　而且，從《第一階段的故事》為起點，茅盾整個抗戰時期的小說創作，都紮紮實實地在民族化大眾化的道路上，堅定地探索著前進。

五

　　中國現代文學的發展歷史，自「五四」始至今，經歷了將近 80 個年頭；中國現代文學的發展歷史，實質上是中華民族文學在對外文學交流的外部條件促進下實現自身現代化的輝煌的創作過程。茅盾的文學道路的 60 多年的漫長經歷，一開始就置身中國文學現代化伊始的「五四」新文學革命大潮，且伴隨著這將近 80 年的文學現代化經歷的絕大部分歷程。這使得茅盾的文學道路與中國這段革命歷史和中國現代文學發展史之間，構成了非常複雜而且內涵豐富的關係。

　　從中國現代文學史與相應的這段中國歷史的關係看，中國文學的現代化過程，一開始就受這段中國歷史的時代使命（即追求民族的階級的解放）和

〔註42〕《論加強批評工作》，《茅盾全集》第 21 卷，第 433 頁。

政治革命的制約與驅動。文學的本質是一種「人學」。人生和人學的重要核心內容雖然豐富而複雜，但對中國這段文學史而言，文學與人生的關係，很大程度上是文學與政治的關係。二者之間這種關係的疏密程度，具一定的階段性。因此中國革命歷史對文學提供的政治要求儘管十分迫切，但文學與政治仍呈現出若即若離的階段性狀態。「五四」時代對文學提出的政治要求，是承擔思想啟蒙的任務。由於這和文學的人學本質相對契合，因此時代的政治的要求並不違背文學的自身規律。乍登文壇即能大體把握住文學自身規律的年輕的茅盾，以倡導為人生的現實主義〔註43〕的理論體系，使文學的現代化進程中，發展文學內在的本質的規律與承擔時代賦予的思想啟蒙的政治任務之間，大體和諧統一。這時茅盾的美學觀儘管處在幼稚階段，卻並無多大的內在矛盾。

大革命前後，中國現代歷史面臨著重大曲折。階級的民族的革命處在嚴峻關頭。它要求調動一切可能調動的手段，也包括文藝手段，為實現階級的民族的革命這一歷史必然要求服務。1928年再度掀起的革命文學的倡導運動，〔註44〕實際是適應與完成這一時代要求的對應物。茅盾擁護文學響應這一歷史要求並承擔這一作為「人生」內涵主導層面的任務。但他看出了倡導者的理論與實踐中那些嚴重的違背文學的人學本質與自身規律的現象；他不能容忍違背中國文學現代化進程的這種種偏向，因此才成為論爭的一方；是革命文學的倡導的批判對象。對這種批判，茅盾的基本態度是抗爭的：這就是《從牯嶺到東京》和《虹》所以產生的緣由之一。但後來他也有屈從的一面，這就是他的《三人行》、《路》和《「五四」運動的檢討》、《中國蘇維埃革命與普羅文學之建設》等小說與論文中，部分地使文學自身規律屈從於服務政治的傾向，並導致作品概念化傾向產生的緣由。這段期間僅僅一兩年，到醞釀並寫作《子夜》時，他就清醒地意識到，並從理論、創作兩方面努力克服，遂出現了茅盾在整個左聯時期以理論與創作兩方面努力克服，遂出現了茅盾在整個左聯時期以理論與創作兩個高峰創建的黃金時代——儘管局部上仍存在文學屈從政治的瑕疵。

抗戰爆發後，整個民族處在危急關頭。茅盾清醒地意識到國家、民族、

〔註43〕 那時他倡導的自然主義，是經過茅盾改造過的自然主義，很大程度上是現實主義。

〔註44〕 其最早的倡導，是1923年《中國青年》雜誌發端，1925年茅盾以《論無產階級藝術》總其成的將近兩年的歷程。

人民所面臨的這一危難的嚴峻性。這時不僅歷史向文學提出了傾其全力挽狂瀾於既倒的要求；茅盾也發自內心地要求文學服從歷史與時代提出的這一「救亡」的政治任務。這就是他這一時期的理論具有鮮明的文藝為抗戰服務的「工具論」特點所以產生的緣由，也是《第一階段的故事》重在寫事，忽略了寫人，因而違背了茅盾理論上再三申明過的「人雖然是依時代的動向而前進」，但決不是機械的被動的，而是「推動時代使前進得更快些」的「能動的」，因此「還是應當寫人」的理論主張。創作與理論之間之所以產生這種矛盾，是因為茅盾這時的「文藝為抗戰服務」的理論中，有明顯的加給文學以過重的政治負荷的因素。而這又非單純的茅盾的美學觀的內部因素使然，實際上是茅盾意識到時代的政治要求也是歷史的必然要求後，自覺地主動配合的結果。這和他「左聯」時期寫《三人行》等作品時所持的理論：「在前進的意識的文藝作品的產品和非前進的乃至有毒的文藝作品尚是一與二之比的現在，即使犯了公式主義錯誤的作品，也比完全沒有好」〔註 45〕的思想是一脈相承的；但又是不盡相同的。可見，在整個中國現代文學史上，文學的政治服務「超負荷」狀態，存在歷史必然性。

茅盾畢竟既是文學家，也是政治家，他和抗戰時發出「文藝與抗戰無關」論調的「為藝術而藝術」的文學家畢竟不同，何況「文藝為抗戰服務」又是當時的歷史與時代發出的莊嚴的召喚，茅盾又如何能不主動地配合與響應？由此正可以看出茅盾的創作個性與理論個性的一大突出的特徵。由此我們才能更清楚地發現以《第一階段的故事》為標誌的茅盾小說創作繼《三人行》之後的第二次藝術上滑坡的根本原因。由此發展下去，我們也可能更清楚地探究，建國後茅盾的理論批評中，對文藝與政治的關係的闡述，存在著有時他極力反對違背文藝規律，有時他自己也違背文藝規律現象的遠因。

第二節　遠征新疆，播撒文化革命種子

茅盾赴新疆，是他抗戰開始後的第二次顛沛流離。此行不僅領略了異域風情，還意外地經歷了假「左」真右的軍閥統治下的險惡生活。除了效力抗戰事業之外，在少數民族地區播散下文化革命的種子，則是茅盾一生中很獨特的貢獻與收穫。

〔註45〕《想到什麼就寫什麼》，《茅盾全集》第 21 卷，第 126 頁。

一

　　離港後何去何從，茅盾頗費心思。當時文人雲集於蔣介石統治下的重慶，自己在那兒未必能發揮作用。安全是否有保障，也沒有把握。而且生計謀職也不能不考慮，因爲在港的花費使多年的積蓄所剩無幾。茅盾正在爲生計與去向躊躇，杜重遠卻邀他赴新疆主持新疆學院教育系的工作。杜重遠曾先後三次赴疆；著有《三渡天山》一書，得到周恩來的支持與指導。1938 年 10 月，他就任新疆督辦公署顧問兼新疆學院院長。他向茅盾稱讚新疆督辦盛世才非常開明，以「反帝、親蘇、民平（民族平等）、清廉、和平、建設」六大政策爲施政綱領。他說盛世才借助蘇聯力量與蔣介石抗衡，和延安也保持著良好的關係，並欲走社會主義道路。他告訴茅盾：生活書店重慶分店經理張仲實已經應邀赴疆，希望茅盾也同去。張仲實曾任生活書店總經理，和茅盾在上海有過合作關係。他這次是應鄒韜奮的要求，赴新疆辦生活書店分店的。有他合作，茅盾自然高興。但茅盾畢生謹愼，不肯貿然決定，就去請教廖承志。但廖承志對新疆也所知甚少。只說那兒共產黨員很多，如毛澤東之弟毛澤民，如陳潭秋、林基路，如沈澤民的同學孟一鳴等，都在新疆「任職」。新疆的異域情調與神秘色彩，本來就吸引著茅盾；又有這許多有利條件。那裡與蘇聯比鄰，可以找機會送孩子去深造。且使茅盾下決心的最主要的原因，晚年他在回憶錄中有明確的記載：「如果新疆當局果眞如杜重遠所說的那樣進步，那麼把新疆建設成一個進步的革命的基地，無疑有重大的戰略意義；而我能爲此事業稍盡綿薄，也是我應有的責任。」〔註 46〕於是就答應了杜重遠。不久杜重遠送來盛世才歡迎茅盾赴疆工作的電報。事情就這麼敲定了。茅盾移交了手頭的那些工作，做好了離港的一切準備。

　　1938 年 12 月 20 日，茅盾攜眷乘船離港，繞經越南海防市，乘火車經河內轉乘滇越線火車，12 月 28 日抵昆明。雲南省文協分會的朋友楚圖南、穆木天、施蟄存、馬子華等及杜重遠派的人，都在車站迎接。然後把茅盾一家送往西南旅社下榻。這天下午先期抵達的杜重遠來拜會，並安排了乘飛機赴蘭州的事宜。

　　茅盾在昆明逗留一週。除出席文協的歡迎會、座談會，拜會西南聯大的老朋友顧頡剛、朱自清、聞一多、吳晗等，並出席講演會演講外，茅盾還主

<hr />

〔註46〕《我走過的道路》（下），第 75 頁。

動協調了當地文化人與外來文化人之間的關係，促使一向膈膜的兩支力量，組成團結的抗日文化統一戰線。他在文協講演的題目就是《統一戰線與基本工作》。〔註47〕他還介紹了抗戰以來的文藝形勢與滬、港、穗等地的抗戰文藝活動。1月5日茅盾赴雲南大學演講，題目是《抗戰文藝的創作與現實》。可惜未留下講稿，只在《雲南日報》上有條報導。此外寫的許多文章，有12月30日看金馬劇團演出石凌鶴的話劇後所寫的劇評《看了〈黑地獄〉》，為刊物《戰歌》寫的《大眾化與「詩歌的斯泰哈諾夫運動」》，為《新雲南》寫的《談「深入民間」》，為《戰時知識》寫的《文化上的分工合作》等。最後這篇是呼籲文化界結成統一戰線所作努力的繼續。他指出：文化界常因意見分歧而導致摩擦，工作上就缺乏聯繫。「這一切，在統一戰線中是容易消解的。」他勸大家「在抗戰建國的大原則下」實現「文化界的統一的組織」，實施「整個的大綱領下」的「分工合作」。「對於抗戰建國盡最大的貢獻。」〔註48〕茅盾始終是政治活動家與文藝活動家。在他說來，這幾乎是出於時代使命感驅使的自覺的日常工作。這和他「每抵一地，『立足未穩』就要應付當地的編輯和記者的衝擊」一起，成為抗戰以來他在全國各地的活動規律，也是他一生在各地留下的歷史珍貴遺跡。

1939年1月5日晨7時，茅盾一家乘飛機離昆明，中途在成都停留加油，從此成為「休戚相關的伙伴」的老友張仲實由此登上飛機，和茅盾匯合成一路。下午4時50分抵凜烈的西北風撲面襲來的蘭州。下榻在中國旅行社蘭州招待所後，大家彼此互看，一路的黃塵已把他們弄成一個個「土人」了！

次日會晤杜重遠時，才知道盛世才對茅盾這些文化人進入其「獨立王國」頗有顧忌。他正猶豫未決，藉口天氣不好，沒有飛機，設置了進疆障礙。杜重遠決定：他搭蘇聯飛機先去疏通。茅盾等留下來等飛機。

誰知這一來，滯留蘭州竟達45天之久！和在昆明同樣，茅盾在蘭州繼續播散其抗戰文藝種子。蘭州文壇遠較昆明荒涼：沒有名人，也成立不起文藝界抗敵協會的分會。只有幾位文學青年，支撐著每期只印500份的綜合性半月刊《現代評壇》，卻已出到第4卷。茅盾應他們的邀請，作過兩次題為《抗

〔註47〕刊於《雲南日報》，1939年1月5日，《茅盾全集》第22卷。

〔註48〕《文化上的分工合作》，《戰時知識》第2卷第1期，1939年1月25日，《茅盾全集》第22卷，第12～13頁。

戰與文藝》、《談抗戰初期華南文化運動概況》〔註49〕的講演。後一篇針對當地情況，特別指出「注意和封建勢力作鬥爭以掃除阻力」問題。與昆明聽眾每次動輒數百人比，蘭州顯得十分冷落：每次不過三四十人。但茅盾覺得這是些革命文化「種子」，定會生長與擴散。

剩下的時間很多，然而無事可做，茅盾就觀察生活，拜訪朋友。他寫了回憶越南旅途經歷的《海防風景》，又積累了後來寫《旅途見聞》、《蘭州雜碎》等文所用的材料。他拜會了八路軍駐甘肅辦事處的謝覺哉、伍修權。還從各方面聽到「進疆難，出疆更難」的信息。這就使茅盾對新疆的複雜形勢有了較充分的思想準備。

直到2月20日才乘飛機離開蘭州，途中在玉門暫停後，又飛抵新疆哈密機場。該地區行政長官劉西屏接他們住進城裡最好的招待所。不巧孔德沚突患肺炎，幸得駐此地的蘇聯紅軍軍醫治愈。3月6日來接的汽車隊到了。8日從哈密啟程，茅盾一路欣賞著新疆風光：參觀了坎兒井；經過了《西遊記》描繪的火焰山與吐魯番；翻過天山。3月11日下午4時抵迪化〔註50〕市郊。盛世才率全副武裝的車隊親迎，並送他們住進迪化市南梁正對蘇聯領事館的寓所。他派了一位副官盧毓麟管理生活供給，照料一切。

3月12日晚，盛世才在督辦府設宴為茅盾、張仲實洗塵。各廳廳長出席作陪。茅盾由此會見了化名周彬任財政廳長的毛澤民與教育廳長孟一鳴：他和沈澤民在莫斯科同學，原名徐夢秋。他們都是延安派來的共產黨員。席間盛世才正式宣布：「這次請二位到新疆，除了教書還有更重要的事情需要你們幫助。」一週後明確了：請茅盾任即將成立的新疆文化協會的委員長；張仲實任副委員長。

二

到迪化後第一件事，當然是了解盛世才及新疆形勢。盛世才本是原督辦金樹仁手下的東路總指揮。1933年4月12日經蘇聯轉入新疆的東北義勇軍與十月革命後逃往新疆的白俄（俗稱歸化族）組建的歸化軍發動的政變獲得成功，通稱「四·一二」革命。盛世才因擁有重兵，被推任臨時督辦。然而那些政變首領，後來都被盛世才殺害了。1934年初，甘肅地方軍閥馬仲英威逼

〔註49〕分別刊於《現代評壇》第4卷第11期，1939年1月、《現代評壇》第4卷第12期，1939年2月，收《茅盾全集》第22卷。
〔註50〕即今烏魯木齊市。

新疆。盛世才僞裝「左」傾，請蘇聯紅軍幫助打垮了馬仲英軍。從此蘇聯派出顧問，提供貸款，派蘇共黨員與久滯蘇聯的中共黨員進疆幫助工作。盛世才遂與中共建立了統一戰線關係。中共先後派鄧發、陳潭秋任中共駐疆代表，兼八路軍駐疆辦事處主任。經盛世才多次邀請，1938年中共派毛澤民等50多名黨員幹部分批來新疆。連同從蘇聯來的黨員幹部共「一百多人」。〔註51〕從此盛世才推出「六大政策」，表面上與蘇聯、中共合作，暗中卻培植私人勢力，建立特務組織，並乘蘇共清除布哈林分子機會，把幫他工作立下汗馬功勞的大批蘇共、中共黨員打成托派、民族主義分子、日本間諜，逮捕處決。所以在中共黨員努力下，新疆雖然一度出現了新局面，但盛世才卻一直暗藏殺機。茅盾抵疆時，正值此微妙局面。但杜重遠對此局勢卻全然不覺。毛澤民與茅盾敘舊並介紹了實情之後，再三囑咐他要格外小心，也別暴露他們原是朋友關係。他說教育廳長孟一鳴是你的頂頭上司，可以多來往，並通過他與黨保持秘密聯繫。孟一鳴則勸茅盾「多觀察，少說話，多做事，少出風頭」。明乎此局勢後，茅盾大失所望，然而身在曹營，也不得不暫棲一時，再圖後計。

經過愼重考慮，茅盾決定了方針：「工作上，以馬列主義的觀點宣傳六大政策下的新文化，進行文化啓蒙工作；教好新疆學院的課程；有選擇地進行文學藝術方面的介紹和人才的培養；人事關係上，實行『堅壁清野』，一切對外聯繫由」自己「出面，把德沚和兩個孩子同當地社會隔開。」〔註52〕

新疆學院在迪化城南蔣家營盤。其規模還比不上今天的一所小學。1986年我趁在新疆大學講學之機，尋訪茅盾的遺跡。據茅盾當年的學生和文聯、新疆大學的學者介紹，現在的新疆大學就建在新疆學院的舊址。他們帶我看過尚存的一棟二層小樓；〔註53〕但其他平房卻蕩然無存。1938年共產黨員林基路任教育長時把新疆學院辦得生氣勃勃。因遭盛世才之嫉，林基路被調到南疆。盛世才遂派老朋友杜重遠接任院長，教育長是郭愼先（也是中共黨員）。

茅盾來校時，只有兩個系，茅盾任教育系主任。張仲實任政治經濟系主任；〔註54〕茅盾來校執教的消息傳開後，人們爭相入學。當年的學員任萬鈞

〔註51〕參看陸維天編：《茅盾在新疆》，新疆人民出版社，1986年12月版，第215頁。
〔註52〕《我走過的道路》（下），第124頁。
〔註53〕但據茅盾的公子韋韜說：當年的新疆學院只有平房，沒有樓房。
〔註54〕《我走過的道路》（下），第121頁。但張仲實在《難忘的往事——與茅盾同

回憶說：「我當時是伊犁區立第一小學校長，我和教育局的朋友及幾個小學教師，經過力爭才獲准入學。」「我們中學時期的校長韓靈銳在教育系開學一個月後也趕來入學」。「那時中學校長地位很高，待遇也優厚。」他肯放棄這些，「是爲得到沈雁冰老師的教誨而來的。」〔註55〕顯然茅盾來校執教，在新疆是引起震動的一件大事。

因缺乏師資，茅盾包教了教育系的主要課程。其中有「中國通史、中國學術思想概論、西洋史等好幾門。每週上課17小時。」〔註56〕茅盾不肯踩別人的舊步，或照搬現代的課本。他同時編好幾門課的教材，邊編邊講。他編的《中國學術思想概論》講義，現存留講孔、墨、楊朱、孟子學術思想的片斷，言簡意賅，頗多創見。〔註57〕當年的學生任萬鈞回憶說：他講的「中國通史，實際上各個朝代的政治、經濟、軍事、外交、學術、文化、思想無所不包，可以說，集政治經濟史、社會史、學術史、思想史、文學史之大成。」「他的教學始終堅持馬列主義觀點。」「講義是用毛筆豎寫在方格稿紙上，字跡工整，書寫整潔，一絲不苟。」可惜他被迫離疆時「講義底稿未能帶走」，現已佚失。油印成散頁發給學生的講義沒能成冊，現亦未能發現。但健在的學生仍留下茅盾「是一位博古通今造詣很深的歷史學家」的深刻記憶。通過茅盾、張仲實的教育工作，他們「不僅學得了現代科學知識，更重要的是樹立了共產主義信念。在國民黨統治時期，他們有的奔赴解放區，有的參加伊、塔、阿三區革命，有的在迪化堅持地下鬥爭。當年的青年學生，現在都已是鬢髮斑白的老人了，但有的仍在社會主義建設的崗位上擔負著重要工作。」〔註58〕

茅盾課外指導學生們從事文藝活動，特別是指導新成立的「戲劇研究會」，培養的新苗、佼佼者有戲劇家趙明（原名趙普林）、黨固（時任學生會主席）及文藝多面手喬國仁等。茅盾還幫助學生辦了《新芒》校刊。集體創作並演出了報告劇《新新疆進行曲》。他代爲潤色加工劇本，上演後又寫了劇評。

志輾轉新疆的前前後後》一文中，說茅盾「任文學系主任」，自己「任政教系主任」。見《茅盾在新疆》，第172頁。

〔註55〕《茅盾在新疆》，第179頁。
〔註56〕《我走過的道路》（下），第126頁。
〔註57〕《我走過的道路》（下），第127～132頁。
〔註58〕任萬鈞：《茅盾在新疆學院》，《烏魯木齊文史資料》第4輯。

　　然而盛世才對杜重遠已經生疑，並想藉故加害。1939 年 11 月他派人接替其院長工作，茅盾和張仲實只得趕緊辭去新疆學院的工作。入學院僅兩個月的兒子沈霜，也被迫退了學。茅盾從此切斷了與學院的一切聯繫。但他教的那些學生，都是一粒粒文化革命的種子。

　　新疆文化協會成立於 1939 年 4 月 8 日，會址在市區今小南門裡。我曾瞻仰過這個磚木結構的二層小樓，現仍保存完整。茅盾任委員會長時使用的寫字枱，今尚存在新疆文聯。承茅盾當年的學生，新疆文聯副主席郭基南指點，我有幸目睹了這件歷經 50 多年滄桑的茅盾的遺物。新疆 14 個民族都有自己的文化促進會。這些「半官半民」的團體「是開拓新疆各族燦爛文化的一支生力軍」。故遭盛世才疑忌。「每興一次冤獄，就抓一批各族文化促進會的領導人。」新疆文協成立時，各促進會的負責人已換過幾任。協會成立後與茅盾共過事的各協會會長，後來也多被殺害！盛世才派茅盾、張仲實兩個「外來戶」當正副委員長，也只是裝門面，實際派親信李佩珂當副委員長兼秘書長來控制實權和下屬各促進會。文協下設三個部：藝術部（茅盾兼部長）、研究部（張仲實兼部長）、編譯部（李佩珂兼部長）。李佩珂原是漢族文化促進會長和新疆官藥房經理。他能任這個肥職，當然因為他是盛世才的親信。茅盾和張仲實看清了形勢，覺得可幹的事非常有限，而且容易遭疑，就把人事、財政權都交給他，以免盛世才疑心。李佩珂自然高興。但編譯部管編教材，他幹不了，就推給茅盾。文協下屬實驗劇團、文化幹部訓練班、古物陳列室等，這是務實的工作，茅盾就親自負責。茅盾擬定了工作範圍：「（一）領導各族文化促進會促進全疆文化之更向前發展。（二）調整並溝通各族文化促進會之工作。（三）供應文化食糧，培植文化幹部，舉辦各種藝術宣傳，以適應全疆文化發展之要求。」〔註 59〕盛世才勉強同意了這三條。但第一條形同虛設。第二條由李佩珂負責。茅盾所能做的是第三條。而這些工作對各族人民確有實利。

　　於是茅盾發表文章，首次對「六大政策」表示贊成。但據其正面的精神，對「『以民族為形式，六大政策為內容』的文化政策」作深入闡發：一、適應人民的需要，提高人民的精神生活，配合全國抗戰的形勢，為民族解放戰爭作最大的貢獻。二、把提高一般人民的文化水準作為當前新疆文化的主

〔註 59〕《六大政策下的新文化》，《反帝戰線》第 4 卷第 1 期，1940 年 4 月 1 日，《茅盾全集》第 22 卷，第 96 頁。

要任務。三、既要「使漢族文化因時代潮流之變異而揚棄而昇華」，又要反對以前那種以漢族文化「窒息與凝滯」各民族文化的錯誤政策，使各少數民族文化都得到開發。文章還讚揚各民族文化促進會是「有群眾基礎的團體」。「在一般人民政治認識之提高以及精神生活之向上這兩點，已經起了很大的作用。」〔註60〕茅盾這些提法，實質上是給「六大政策」及其下的文化政策定性定位，目的是對盛世才起遏制作用。一旦盛世才露出反動面目，其「六大政策」及據此制定的文化政策本身，就能從對比中對其虛假性與反動性起揭露作用。茅盾在新疆的全部工作，都依此深謀遠慮的策略行事。而茅盾制定的這些原則，又體現出他反對大漢族主義，扶植少數民族文化事業的態度。這和建國後他擔任文化部長，從事少數民族文學評論工作同樣，是他畢生熱情扶植少數民族文化事業的兩大壯舉。

盛世才對茅盾的用意，並非毫無察覺。但茅盾的深謀遠慮與進行正面教育以廣泛動員爭取群眾相結合的策略光明正大，使他無可奈何。

茅盾充分利用其合法身分與機智策略，宣傳馬列主義與蘇聯的成就，實際也擴大了共產黨的影響。這就有力地推動了抗戰與文化革命工作，鞏固與加強了各民族之間的團結。

李佩珂推給茅盾的編教科書工作，其實是教育工作的基礎，故茅盾很認真地進行。教育廳長孟一鳴派共產黨白大方（化名劉伯珩）、維族青年作家阿巴索夫幫他工作。茅盾對阿巴索夫悉心教導，借以扶植維族文學人才。可惜阿巴索夫後來也被盛世才逮捕，瘐死獄中。茅盾所編，包括「一套中、小學教材和一套科學技術常識性質的叢書，交給教育廳出版、發行」，供全疆使用。當時僅維吾爾族文化促進會一個會，在全疆所轄就有 95 個分會，「一百多所學校」，「學生有十萬多人。」〔註61〕新疆的多學是各促進會的會立學校，再加上民眾學校，遠比教育廳屬的學校多。這些科技書與這些教材派了大用場。茅盾發表《把冬學運動擴大到全疆去》的文章予以推動。他說：「冬學運動不單是教育工作，也是宣傳工作」與「組織工作」。要把它「融化於生活實踐中」；「把農牧技術與各種生活常識，把抗戰形勢，新疆在抗戰中所負的巨大任務」，「灌輸到廣大民眾的心田」；使民眾認識到「要建設新疆必須 14 個民族

〔註60〕《新疆文化發展的展望》，《新疆日報》，1939 年 4 月 12 日，《茅盾全集》第 22 卷，第 35～38 頁。

〔註61〕阿布力米提‧買合蘇托甫（當時任新疆文協編輯，是茅盾的部下）：《懷念沈雁冰同志》，《新疆日報》，1981 年 3 月 10 日。

共同努力」，「提高到同一文化水平」；「這樣才算是多學運動得到了圓滿的成績！」才能「把全疆的文化發展推上一新的階段！」〔註62〕

1939 年 6 月，盛世才讓茅盾以文協名義辦以青年為對象，以加強各促進會力量為目的的文化幹部訓練班。主要講「六大政策」，也開些別的課；但實際工作都叫李佩珂擔任，只讓茅盾每週講一次話。茅盾意識到盛世才的目的是培養親信，以便藉此進一步清洗各文化促進會；讓他辦當然是掛名，講什麼話自然是大難題。於是他採用巧妙辦法：「問題解答」。此班自 7 月初陸續報到，來的多係 13 個少數民族的學員，連漢族部分學員在內共 200 餘人。

當時的錫伯族學員、現新疆作協副主席郭基南回憶道：「茅盾老師上的是《問題解答》課。這是一門總輔導課。上課前，他讓學生把各課教學中遇到的費解或未領會的問題統統寫在紙條上，交給班代表。上課時再由班代表把紙條遞給他，當場予以解答，進行輔導。因此，茅盾講每堂課，涉及的面都很廣，從哲學、社會科學到文化藝術，從文學藝術概論到具體的創作實踐和藝術手法」，「無所不包。令人贊嘆的是」，他「分別繁簡主次，深入淺出，講得十分精闢透徹，真不愧是位中外頗負盛譽的學識淵博、出類拔萃的文學家和學者。」後來茅盾把中心集中到宣傳抗戰上。他從甲午戰爭講起。後來又用毛澤東的《論持久戰》作課本，用七八節課講了一遍。這「使我們初步地接受了毛澤東思想的教育，堅定了抗戰必勝的信念。」〔註 63〕但此班只辦了一期就停辦了。因盛世才 11 間又一次大逮捕：不僅包括維族宗教領袖、促進會長兼建設廳長阿布都大毛拉、哈薩克族人迪化市公安局長、歸化族促進會長等頭面人物，還逮捕了幹訓班的兩個學員，同時下令審查其餘學員，最後竟以「結業」名義下令停辦。「這個訓練班是新疆有史以來第一次開設的有各民族學員的文藝專業的學習課堂。雖然時間不長，但它的影響是深遠的。」各族學員「分散到天山南北」，他們把第一批新文化運動的種子，播撒到全疆。直到今日，「有些有成就的民族文藝工作者，就是參加過訓練班後逐漸成長起來的文藝人才。」〔註64〕

為廣泛推動文化運動，茅盾還廣泛求賢。他在下發各行署、縣、局的徵

〔註62〕此文刊於《反帝戰線》第 3 卷第 4 期，1940 年 1 月 1 日，《茅盾全集》第 16 卷，第 265～266 頁。

〔註63〕《灑淚念師情》，《新疆日報》，1981 年 4 月 12 日。

〔註64〕《「薇姑仙子下天山」——茅盾先生在新疆主持文協工作的點滴回憶》，《新疆文學》1981 年第 6 期。作者滿族作家艾里，是當年這個幹訓班的學員。

集人才通告中說:「為了集中本省藝術人才,以期群策群力推動本省藝術工作起見,擬調查本省所有之藝術天才的人士(不分族別、性別、職業、年齡)」,其範圍包括中西繪畫、木刻、新舊詩歌、歌譜、西北小調、指導唱歌、編劇、話劇表導演職人員等等方面。通告要求將調查所得人才名單上報茅盾主管的文協藝術部。簽署通告者是「新疆文化協會委員長沈雁冰、副委員長阿不都拉、張仲實、李佩珂」。〔註65〕茅盾還具名簽署下發了徵集有關新疆的歌曲、民謠、救亡歌曲的通知,「以便匯集成冊,開展歌詠運動。」〔註66〕兩份通知思路開闊,文字犀利嚴謹。茅盾當時兼藝術部長,手下並無文筆得力的下屬;加之他一向事必躬親,故此兩份通知,很可能出自他的親筆。即使不然,起碼能從中看出他發展少數民族傳統文化與革命文化所具的抱負、視野,與傾注的一片赤誠與熱情。

匯集了作品後,茅盾就致力於傳播,以擴大影響。如 1939 年 11 月就從徵集的近千件作品中選出 752 件,舉辦了新疆有史以來第一次畫展。茅盾特地寫了《由畫展得到的幾點重要意義》一文作了概括:「第一,作畫的人是普遍於各方面的。」「第二,題材都是現實的」:包括「抗戰,新新疆的建設,以及本省生活的描寫」等三類,而以抗戰為重點。「第三,參觀畫展的觀眾又是普遍於各方面的。」「第四,展覽的作品」,「則全疆 14 個民族都顯了身手的」。可見「他們如何把他們各自不同的生活習慣(民族的形式)統一於援助抗戰建設新疆的題材(六大政策的內容)。」最後茅盾還「以 12 個字贈給我們的青年畫家:『多看,多作;慎擇題材,大膽作畫!』」並以「不患在技巧的未臻純熟,而患在內容的空虛」相告誡。〔註67〕

茅盾領導的文化活動以話劇運動為最轟動。他實際上是新疆話劇運動最早的倡導者、組織者,起了奠基石的作用。1939 年 5 月,茅盾指導新疆學院他的得意門生趙明、黨固等學生,創作演出了《新新疆進行曲》。茅盾不僅代為修改潤色劇本,還代為寫了主題歌《新新疆進行曲》。此詩為《茅盾全集》佚文,現全文引在下面:「四一二,這一聲春雷!/掃蕩了舊時代的殭穢,/掃蕩了舊時代的群醜,/古老的新疆放射出燦爛的光輝!/十四個民族,/四百萬同胞,/同聲擁護六大政策!/我們是四一二的產兒,/我們團結在

〔註65〕引文據 1939 年 6 月 20 日哈密教育局收到的通知,原件現存新疆檔案館。
〔註66〕引文據 1939 年 6 月 20 日哈密教育局收到的通知,原件現存新疆檔案館。
〔註67〕參見《新疆日報·畫展特刊》,1939 年 11 月 16 日,《茅盾全集》第 22 卷,第 82～83 頁。

六大政策的旗幟下，／一德一心，／天山似的崇高，／戈壁似的浩瀚，／是我們要努力學取的精神，／我們要堅決地耐心地爭取新新疆建設的完成！／向前進，同志們！／爲了新新疆，／爲了新中國，／戰鬥向前進！」〔註68〕此歌由陳谷音譜曲。劇作演出後，即成爲盛極一時的流行歌曲。至今健在者還有人能夠唱。茅盾還寫了《爲〈新新疆進行曲〉的公演告親愛的觀衆》爲其進行宣傳擴大影響。〔註69〕

　　約在 6 月上旬，盛世才向茅盾出示了趙丹等戲劇家要求來新疆工作的電報，並徵求意見。茅盾當然不願這些老朋友重蹈自己的覆轍，鑽進盛世才的「牢籠」。但趙丹等事先沒和自己通氣，徑直電呈盛世才，他就沒有勸阻的餘地。於是他機智地設置障礙說：「這些人都是住慣大城市的藝術家，恐怕過不慣新疆的生活。而且他們除了演戲，也沒有多少事可做。」盛世才本不歡迎文人來，就順水推舟讓茅盾代他擬電文勸阻。但那時電文也有盛世才的耳目檢查。茅盾也只能以條件艱苦暗示之。不料趙丹等回電表示不怕艱苦，竟懷著滿腔熱情，於 8 月初貿然闖來！這一行是四對夫婦：趙丹與葉露茜、徐韜與程晚芬、王爲一與俞佩珊、朱今明與陳瑛，此外還有搞音樂的易烈。盛世才讓他們歸在茅盾領導的文協，組成話劇運動委員會。茅盾跟他們說明電報婉言勸阻的底細，但現在已無可挽回，只能勸他們一切行動都要小心謹慎。茅盾也處處庇護他們，在可能的條件下，積極推動戲劇運動。於是起草了《新疆戲劇運動委員會第一期兩年工作計劃草案》，〔註70〕規定了任務：一、確立抗戰戲劇之基礎；二、協助各民族的戲劇運動，發揚其固有的戲劇藝術；三、訓練戲劇運動幹部人才。經過短期準備，首先推出章泯的五幕話劇《戰鬥》。茅盾把幫他編教材的黨員劉伯珩和從別的渠道調來的黨員劇作家于村配備到戲劇委員會，又請杜重遠派部分新疆學院的學生演配角，做舞台工作。此劇於「九一八」紀念日上演後一炮打響！茅盾寫了劇評《關於〈戰鬥〉》。他說：「目前敵寇正傾全力以圖『鞏固佔領區域』，正在加緊進行其『以華治華』『以戰養戰』的陰謀，《戰鬥》這一劇本，在暴露敵人此種陰謀以及指明我們的對策這一點上，是有教育意義的。」〔註71〕因爲人手不夠，此後只演了包括茅

〔註68〕刊於《新芒》月刊第 1 期，1939 年 5 月，此刊是茅盾支持下由新疆學院學生們辦的刊物。
〔註69〕刊於《新疆日報》，1939 年 5 月 26 日，《茅盾全集》第 22 卷。
〔註70〕全文刊於《新疆日報》，1939 年 9 月 17 日。
〔註71〕見《戰鬥·公演特刊》，《新疆日報》，1939 年 9 月 17 日，《茅盾全集》第 22

盾譯的愛爾蘭女作家葛雷的《月方升》在內的幾個獨幕劇。爲培養人才，在茅盾支持下於 11 月成立了實驗劇團，招收了首批學員。劇團又排了陽翰笙的《塞上風雲》和章泯的《故鄉》。後者 1940 年初上演後，卻莫名其妙地引起盛世才的不快。當中又發生盛世才派人試探趙丹等人來新疆的眞實態度等波折。這些事經茅盾斡旋，才算了結。於是茅盾和趙丹商量，爲了釋疑，「編一個對比『四一二』前和『四一二』後新疆社會新舊變化的劇本」，「表示對六大政策的支持」。這就是後來公演的五幕話劇《新新疆萬歲》，卻又因趙丹飾的老官僚容貌酷似盛世才的岳父邱宗濬，邱當場拂袖而去。盛世才更加惱怒。茅盾只好寫了《演出了〈新新疆萬歲〉以後》〔註72〕一文從藝術上做了解釋，才多少減輕了趙丹等的壓力。

茅盾在新疆還有兩項活動。一是盛世才要他擔任盛世才扶植的仿照共產黨成立的反帝會會刊《反帝戰線》的主編。但該會工作人員中不少是中共黨員，故遭盛世才的疑忌並派特務監視，有的還被捕。因此茅盾堅辭不就。盛世才很不高興。茅盾只好先後爲其寫了十多篇文章以示支持。另一項是 1939 年十月革命前夕，盛世才成立了中蘇文化協會迪化分會，讓茅盾任會長，蘇聯派的蘇共黨員王寶乾和張仲實任副會長。茅盾就任後，爲慶祝該會成立和充分利用這機會擴大蘇聯社會主義成就的影響，寫了《誠懇的希望》、《二十年來的蘇聯文學》、《蘇聯的科學研究院》〔註73〕等文章，產生了極大的影響。

這些工作是茅盾在盛世才的監視疑忌下小心謹愼地以巧妙的策略積極開展的有益於各族人民和抗戰的革命的事業。特別是宣傳馬列主義、中共路線與方針政策，推動新文化運動以加強各族人民文化交流方面的多種建樹，產生了深遠的影響。

三

茅盾在新疆的著述，視野空前開闊，舉凡國內國際，思想學術，文化藝術等等，均多建樹。

卷，第 72 頁。
〔註72〕刊於《反帝戰線》第 4 卷第 3 期，1940 年 6 月 1 日，《茅盾全集》第 22 卷，第 103 頁。
〔註73〕分別刊於《新疆日報》，1939 年 11 月 5 日、《新疆日報》蘇聯十月社會主義革命 23 週年紀念特刊，1939 年 11 月 7 日、《反帝戰線》第 4 卷第 1 期，1940 年 4 月 1 日。

　　涉筆最多的是國內國際時事政論；短短時間竟達十多篇。這固然是抗戰形勢的需要，但也因新疆的險惡處境與未就任《反帝戰線》主編引起盛世才的不快和疑慮，為釋其疑忌且不觸及敏感生事的話題，才把話題轉向國際的。這些文章內容歸納起來是三個方面：其一，對第二次世界大戰形勢、戰爭性質的剖析。茅盾解剖了德意日聯盟及其發動的法西斯侵略戰爭的反動性質；解剖了美英法與德意日之間，既具鬥爭性又具同一性的複雜關係；解剖了美英法對蘇聯，既想聯合，借蘇擊德，又怕支持蘇聯會養虎遺患；遂使反法西斯聯合作戰連連貽誤戰機。許多文章謳歌了社會主義蘇聯反對侵略維護和平的歷史貢獻，及其體現的國際主義精神。從對比中揭示出侵略必敗、和平必勝的光明前景。其二，對日本帝國主義侵略中國稱霸亞洲以至世界的反動本質的透徹分析。茅盾揭露了日本稱霸亞洲是稱霸世界侵略野心的第一步；尖銳指出其反動野心不能得逞的四個原因：原料先天不足，補充原料的財力匱乏；「開發」淪陷區「以戰養戰」反動策略難以實現；內部經濟鬥爭階級鬥爭日益尖銳；外交上日益孤立。最後得出日帝必敗，但我們不能「等它自斃」而應全民動員，積極抗戰去爭取最後勝利的結論。其三，對汪精衛漢奸政權作了徹底的揭露。茅盾經歷了國共兩黨從合作到分裂，汪精衛從偽裝到公開叛國這全部歷史過程，而且很長一段時間，置身政治核心，對汪逆認識透徹，故揭露也入木三分。特別是《顯微鏡下的汪派叛逆》〔註74〕這篇長文，和他大革命時期所寫揭露蔣介石的幾篇長文遙相呼應，是中國現代史的重要文獻。他從汪逆辛亥前兩年刺殺攝政王進入革命陣營，以極「左」面目出現實現投機活動寫起，著重揭露他配合蔣介石發動「七一五」叛變最終導致了大革命失敗；和「七七」事變後公開投敵，組織偽政權，成了民族罪人的罪惡行徑與反革命兩面派的本質。對汪逆集團中包括曾是中共首批黨員的陳公博、周佛海在內的逆黨及其漢奸「理論、策略」的形成、發展與終將滅亡的前景，都作了歷史的考察。這些文章高屋建瓴地講清了敵我友、國際國內的對峙形勢、複雜關係與力量對比。他提醒我們：要看清形勢看透敵人，更要相信人民的力量，堅定信心，爭取抗戰勝利的美好結局。他還深入論述了抗戰的意義，我們應持的立場態度、戰略策略，作持久打算和具必勝的信心，以及抗戰過程亦即民主革命過程，最終必定迎來民族的階級的解放等重大問

〔註74〕刊於《反帝戰線》第2卷第10、11期合刊，1939年8月1日，《茅盾全集》
　　　　第22卷。

題。這些文章和觀點，再次展示了茅盾政治家的胸襟；首次展示了他的國際
視野；全面陳述了他對民族矛盾與階級矛盾、民族革命與階級革命相互關係
的辯證認識；充分體現了他的路線認知與策略頭腦。這一切說明他不僅懂文
學懂政治，而且懂經濟，懂戰爭辯證法，具備思想家的頭腦和素質。這些文
章在當時是照路的燈，指向的塔；在今天則是歷史的實錄與歷史規律的揭示。
在過去，如同對他大革命時期的政論那樣，對抗戰時期他的國際國內政論的
價值與歷史意義，我們也一向忽視，而未給予應有的歷史確認。

　　第二類是科學文化論文，計有七八篇之多。連他寫的公文如《新疆文化
協會致全省公路會議賀電》〔註75〕等在內，則有十多篇。這些文章有些未收
入《茅盾全集》。但對考察茅盾思想實在是重要資料。

　　第三類是文藝論文。茅盾說：「到達新疆後，我把文學創作徹底『束之高
閣』了，即使文藝評論也很少寫。」〔註76〕儘管如此，文論仍有16篇之多，
而且包括《「五四」運動之檢討》、《中國新文學運動》、《談抗戰初期華南文
化運動概況》、《民族化、大眾化與中國化》、《〈子夜〉是怎樣寫成的》等這樣
頗有分量的宏篇。這些文章可粗略地劃為四類：一是作家作品與文學門類
論。其最重要者是《在抗戰中紀念魯迅先生──魯迅先生逝世三週年紀念》
與談《子夜》的兩篇長文。〔註77〕1939年5月《新疆日報》副社長中共黨員
汪嘯春請茅盾到報社專門講講《子夜》的創作經驗。報告在滿城大街南頭的
報社大會議室舉行。除報社全體成員外，新疆學院的學員和文化界許多人也
都參加了。不久報社把講演的整理稿標上《〈子夜〉是怎樣寫成的》題目在該
報發表。這是當時茅盾談《子夜》創作的最完整的文章。茅盾發表的那些
評論當地文藝創作的文章略帶異域色彩，是茅盾評論中特殊的一組。二是對
蘇聯文學歷史與現狀的評價。三是對「五四」以來新文學發展歷史的反思與
重大理論問題的探討。四是對抗戰文藝形勢與當前文藝運動思潮的理論總結
與探討。

　　1939年為紀念「五四」運動20週年，茅盾應杜重遠的邀請在新疆學院作
了《「五四」運動之檢討》的講演。〔註78〕婦女協會副委員長張奮音也通過孔

〔註75〕刊於《新疆日報》，1939年5月20日。

〔註76〕《我走過的道路》（下），第139頁。

〔註77〕分別刊於《反帝戰線》第3卷第2期，1939年11月7日、《新疆日報》，1939
　　　　年6月1日，均收《茅盾全集》第22卷。

〔註78〕刊於《新芒》月刊第1卷第1期，1939年7月，《茅盾全集》第22卷。

德沚堅請茅盾到婦協給女中師生作講演。為避免重複，茅盾把講題定為《中國新文學運動》。〔註 79〕這和左聯時期的《「五四」運動的檢討——馬克思主義文藝理論研究會報告》一起，構成三篇姊妹篇，只是時間跨度稍長，某些觀點略有改變，也有所發展。這是茅盾對 20 年文藝運動的系統總結。

在論述「五四」之遠因時，他對晚清資產階級的興起與文學改良等源頭，從經濟政治文化等多種視角作了歷史分析。他認為「中國在五四以前的文學，就文藝思潮上來說，是古典主義的文學。」「五四」要打破它對個性的束縛，「提倡『解放個性』，發展個性」，「因而發展個性為主的浪漫主義的文藝思潮」就應運而起。但這時西歐文學已由浪漫主義進入寫實主義階段，所以新文學歷史「第一時期：從五四運動到五卅（大約有五年）」的特徵之一，就是「寫實主義的與浪漫主義的創作方法的交錯」。其另外三個特徵是「由反封建到反帝」、「由文學改良到文學革命」和「詩歌興盛」。他仍沿襲了「五四」運動是資產階級性質的這一錯誤認識。但對《新青年》派文學主張的長短，其內部觀點不統一導致分裂，「五四」以後文化統一戰線一度分裂，導致「青年思想混亂」等等問題的剖析，卻極有見地。他關於「五四」以來「寫實主義的與浪漫主義的創作方法的交錯」這一特點的概括，突破了他從前一度接受的「文學進化論公式」的局限，顯然更符合文學思潮發展的歷史邏輯。他對這兩種創作方法的論述仍有可議之處。如他說「寫實主義是寫實，浪漫主義常是理想的」：這似乎從其「寫實主義中常常含有理想」的觀點後退了半步。他說「寫實主義與浪漫主義的分別，就在它的思想基礎，是唯物論抑唯心論。」這個觀點也欠妥。因為事實上許多寫實主義作家的世界觀也是唯心論；反之，浪漫主義作家也有許多唯物論者。何況，同一作家同時用此兩種「槍法」者，也大有人在。我們不能單從世界觀的區別看創作方法的區別。

茅盾認為新文學第二時期是「從五卅到北伐（約三年）」。特徵是「反帝運動的高漲」，「新文學陣營內部的分化」，「寫實主義佔了優勢」，「小說漸興盛，詩歌中落，戲劇仍舊」。第三時期是由北伐到抗戰前（約 12 年）。特徵是：一、北伐後一度使「反帝反封建工作受了挫折。」民族解放運動由高潮到退潮。「五四」革命目標未能完成。茅盾側重從民族資產階級「先天不足」，必然與工農分手而屈膝於帝國主義封建勢力方面找原因。二、「革命文學內部兩

〔註79〕刊於《新疆日報》，1939 年 5 月 8 日，《茅盾全集》第 22 卷。

條戰線的鬥爭。」茅盾進一步批判了標語口號傾向與「唯技巧主義」，認為這分別是「左傾空談」與「右傾的尾巴主義在文藝上的反映。」他仍堅持必須與這兩種傾向作鬥爭的立場。足見茅盾的韌性戰鬥精神。三、「現實主義的勝利」，不但糾正了上述傾向，也完善了現實主義創作方法自身。四、「小說到了全盛時代，戲劇建立了，新詩歌運動發生了。」五、「大眾化問題的提出。」茅盾正是此時介入文藝大眾化討論的。

綜上所論，茅盾形成結論：「中國新文學運動提出的課題主要是兩個：(1)文學的反帝反封建的任務之完成，必須展開與加強現實主義的創作方法」，為此作家必須樹立「正確而前進的世界觀、人生觀。」(2)為完成此任務「須先解決大眾化的問題。」由此茅盾把歷史經驗與現實需要有機地聯繫銜接起來了。他突出強調：抗戰以來「這兩個課題不但依然不變」，且「必須加速來回答。」

茅盾總結新文學發展歷史的直接動因是恰值「五四」運動 20 週年紀念。但面對抗戰新形勢，思考與探索文藝適應與推動時代發展的正確方向與路徑，當是他的強烈時代使命感所驅動。

這也決定了他作歷史反思的四個基本視角：文學完成時代使命的狀況，文學隊伍的組合，文學思潮、流派、創作方法及其與先進世界觀之關係，各種文學樣式比照發展的狀況。這是他總結考察各不同歷史階段的共同標尺。這從文學史觀方面反映出茅盾的理論個性與文學觀念的重要特徵。

茅盾在新疆所寫文論，其探索思考的重點仍是文藝大眾化。視野開闊、思路更加拓展、把通俗化、大眾化與中國化及其相互關係的考察系統化，是其特點。這和他說的「抗戰以來」實驗機會增多，「無論在理論方面，實踐方面都比以前進步多了」〔註80〕有一定關係。同時也受到毛澤東的文章的啟發。

茅盾以史家的眼光考察通俗化、大眾化與中國化的形成發展及其相互關係。他指出：「『通』與『俗』連用」成詞約「在甲午戰爭前後」。意即「使俗人能懂」。這時僅限於形式，未涉及內容；且與「民間人人熟悉的形式」及應用之「而使之普遍」相聯繫。及至涉及內容，「通俗化」就不夠用了。於是在上海「一二八」抗戰時提出「文學大眾化」問題，並「成為一種運動」。它包含「『教育大眾』與『向大眾學習』這兩方面」：教育大眾以前進的宇宙觀與

〔註80〕《中國新文學運動》，《新疆日報》，1939 年 5 月 8 日，《茅盾全集》第 22 卷，第 45 頁。

人生觀；學習「大眾的生活色彩及其意識情緒」。兩者「互相依存而發展」。
這是「合理的解決」文學大眾化問題必經之路。大眾之外尚有「小眾」，故其
內涵小於民族。而且「大眾化」內涵「缺乏濃厚的歷史性」。以此剖析爲基
礎，茅盾提出了「中國化」問題。〔註81〕他指出：「第一個提出」中國化的是
毛澤東。茅盾引證其關於樹立「中國老百姓喜聞樂見的中國作風與中國氣
派」〔註82〕的那段名言。然後指出其兩大內涵：「第一是運用辯證的唯物論與
歷史的唯物論這武器」，以求我們民族「歷史發展的法則，及民族特點，學
習我們的歷史遺產，而給以批判的總結；第二是揚棄我們的歷史遺產，更進
一步而創造中國化的文化」：它「是中國的民族形式的，同時亦是國際主義
的」。〔註83〕茅盾這闡釋已經昇華到歷史與哲學的高度。但又具有現實的針對
性。他指出：「五四運動以來，我們丟棄了固有的文化去接受西洋文化。在隨
著人家俯仰的情形下，發生著種種變動」。但「文明國家的文藝應有它自己的
作風」。它首先存在於「民間的通俗文學中」。〔註84〕這一切論述從多種角度
把通俗化、大眾化、中國化作爲完整的理論體系與實踐方向，作了透徹的
論述，並指出了其實踐的意義與途徑。

看來新疆的環境比上海、香港更便於茅盾接受馬列主義，與當時正在形
成的毛澤東思想的影響。這使他的大眾化理論不僅形成體系，且與馬克思主
義關於批判繼承與推陳出新的理論一脈相通。這也可以解釋他反思新文學發
展四個階段的歷史時，爲什麼能那樣洞察，而且透徹得好似隔岸觀火。新疆
有14個民族，茅盾在新疆使自己的大眾化理論系統化完整化，不僅具有更大
的多民族文化背景，也有利於更廣更深地弘揚多民族構成的中華民族文化，
加強各兄弟民族之間的內聚力，以團結抗戰，共同對敵。顯然這具有更大的
政治文化內涵與現實戰鬥意義。

茅盾還繼續深化了他關於處理好歌頌與暴露、光明與黑暗、優點與缺點、
前方與後方的關係等問題的理論，並把這一切提高到文學典型的高度來認
識。他引證恩格斯「典型環境中的典型人物」的論點當作「構成文藝作品的

〔註81〕《通俗化、大眾化與中國化》，《反帝戰線》第3卷第5號，1940年3月1日，
《茅盾全集》第22卷，第87～91頁。
〔註82〕見《毛澤東選集》第二卷《中國共產黨在民族戰爭中的地位》。
〔註83〕《通俗化、大眾化與中國化》，《茅盾全集》第22卷，第91～92頁。
〔註84〕《問題的兩面觀》，《文藝月刊》第3卷第1期，1939年3月1日，《茅盾全集》
第22卷，第22頁。

一個重要條件」，並加以深化：「作品所描寫的環境與人物都要典型化」。「典型環境比較容易寫，典型人物寫起很難的。」他強調：達到典型化「必須多觀察」，這才能「綜合許多人共同的理想、意識、行動」，形成人人看了覺得熟悉，「甲看了像甲，乙看了像乙，而又不完全相像」的如同阿Q般的典型人物」。「這種綜合許多人共同思想、意識、行動而寫成的典型人物，也就是形象化的作品。」〔註85〕這裡茅盾著重從把握生活源泉的重要性出發，強調了典型的普遍性而未著重強調其個性。但其思路仍是《創作的準備》中論典型問題的繼續與發展。

　　茅盾在新疆很少搞創作，只留下幾首詩歌。新詩創作除前引的《新新疆進行曲》外，還有他擔任全省公路會議大會宣言起草委員會委員長時創作的一首歌詞，《築路歌》：

　　　　領：嗨呼杭育

　　　　　　大家一齊用力

　　　　合：不怕高的山

　　　　　　不怕無邊的戈壁

　　　　　　不怕風霜雨雪

　　　　　　我們——爲了新新疆的建設

　　　　　　嗨呼杭育

　　　　　　大家一齊用力〔註86〕

此詩詩味不濃，可能與其勞動號子性質有關，但它具有強大的氣勢，體現出勞動人民撼天動地的力量。

　　此外茅盾寫了四首舊體詩《新疆雜詠》。此詩附在1942年8日應《旅行雜誌》約稿所寫的散文《新疆風土雜憶》中。其寫作時間眾說紛紜。從內容看，前兩首是：「紛飛玉屑到簾櫳，大地銀鋪一望中；初試爬犁呼女伴：阿爹新買玉花驄。」「曉來試馬出南關，萬樹銀花照兩間。昨夜掛枝勞玉手，藐姑仙子下天山。」這是1939年春抵迪化時的記錄實感之作。三、四兩首是：「博格達山高接天，雲封霧鎖自年年。冰川寂寞群仙去，瘦骨黃冠灶斷煙。」「雪蓮雪蛆今何在？剩有饞蚊逐隊飛。三伏月圓湖畔夜，高燒篝火禦寒威。」這

〔註85〕《抗戰與文藝》，此文是赴新疆途經蘭州在甘肅學院的一篇演講，刊於蘭州
　　　　《現代評論》第4卷第11期，1939年2月5日。趙西記錄整理。《茅盾全集》
　　　　第22卷，第18～19頁。
〔註86〕刊於《新疆日報》，1939年5月12日，此詩亦爲《茅盾全集》所佚。

是茅盾據 1939 年夏陪英國領事遊廟兒溝、博格達山的經歷，再揉合進別人介紹的情況寫成。這組詩像是親歷其境、有感而發的即景吟詠，不像事後追憶之作。因此，這四首詩寫作時間當是 1939 年 5 月至盛夏分兩次寫成，後來附在文章中才發表的。〔註87〕不僅詩情畫意濃鬱、極富異域浪漫情調；其中「雪蓮雪蛆今何在？剩有饕蚊逐隊飛。三伏月圓湖畔夜，高燒籌火禦寒威。」還語意雙關，極富象徵韻味。其弦外之音，分明是對盛世才獨裁統治、血腥鎮壓的新疆險惡環境的撻伐。

四

　　抵新疆不久，茅盾就看出形勢的險惡，盛世才的虛偽狠毒。他覺得此地不宜久留。兩個孩子上學問題，女兒亞男的安全問題，更令茅盾擔心。加之來此不久，就發生了兩個被稱為「花花太歲」的「皇親國戚」，即盛世才的五弟盛世驥，盛之妻弟邱毓熊，都想打亞男的主意的事。先是盛妻邱毓芳定要亞男去女子中學教書，繼而邱毓熊、盛世驥要求上門來拜茅盾為師。茅盾只好答應每週給他們輔導一次。但他們來到寓所後，並不學習，總是海闊天空地窮聊；還一再堅持要見亞男。做母親的最敏感，就提醒丈夫：兩個傢伙不懷好意。故當他們來時，兩個孩子都躲開。這樣「堅壁清野」，僵持了一個多月，兩個「花花太歲」才知難而退。然而孩子們躲在家裡，無法上學，生活當然非常寂寞。平時只有餵養的兩隻小狗列那和吉地，給家庭生活帶來點樂趣。茅盾後來寫的短篇《列那和吉地》〔註 88〕中的記實性描寫，透出的正是寂寞生活中的這點樂趣。因此茅盾決計先送孩子去蘇聯，自己再謀脫身之計。

　　1939 年 6 月中旬，周恩來經新疆赴蘇聯治臂傷。盛世才設宴接風，請茅盾夫婦作陪。孔德沚乘機託鄧穎超帶信給已在蘇聯的老友楊之華，請她設法接這兩個孩子去上學。周恩來也讓孟一鳴告訴茅盾：「新疆不行，可以去延安。」不久楊之華託人帶來回音：當時只有中共領導人的子女，蘇聯才接納上學，亞男、阿桑不符合這個條件！

　　八、九月間發生了杜重遠的冤案。盛世才派親信接任新疆學院院長。但

〔註87〕見 1942 年《旅行雜誌》第 9、10 期所刊《新疆風土雜憶》，《茅盾全集》第 12 卷，第 142～143、147～148 頁。

〔註88〕刊於《文學創作》第 1 卷第 2 期，1942 年 10 月 15 日，《茅盾全集》第 9 卷，第 331～347 頁。

只准杜重遠辭職,卻不准他離疆就醫。10 月份起,又把杜重遠軟禁起來。茅盾和張仲實更加感到自危。12 月底,茅盾曾託蘇聯塔斯社的杜果夫人和蘇聯駐新疆總領事代謀赴蘇之策。終因離疆必須盛世才批准而未果。他倍感「進疆難出疆更難」這話的分量!於是茅盾只好託病,爲離疆預先製造輿論。茅盾知道,寄出新疆的信件都要檢查,就故意在 1940 年 2 月 15 日《致四川〈文學月〉》函中,託病推辭約稿道:「積久之眼疾,又復發作,1930 年之白自兩月以前,即復『捲土重來』,閱讀 5 號字書報已甚費力,寫作以爲苦。以前本有對症之藥,此間遍覓不得,唯有消極地少用目力,冀不加劇」而已。這期間張仲實曾請假奔伯母之喪,被盛世才假藉沒有飛機拖住不放。茅盾也在尋找藉口。

1940 年 4 月 20 日,茅盾收到二叔的電報,告以沈母於 17 日病故。茅盾一家悲慟萬分!遂向盛世才請假,返里料理喪事。盛世才假裝同意,但仍像拖住張仲實那樣故伎重施。茅盾決定大造聲勢來施加壓力。他先登報聲明:於 22 日設靈堂遙祭。盛世才也假惺惺前來吊唁,實則仍藉口沒有飛機拖住不放。直到「五一」節,在宴席上,得到蘇聯總領事的幫助:搭蘇機飛離。張仲實也獲准同機離疆奔喪。5 月 5 日上午 9 時他們乘飛機離開迪化,12 時在哈密降落。當夜,盛世才三次打電話給哈密行政長官劉西屏:第一次讓他扣留茅盾。第二次說:先不要扣,待考慮考慮。午夜 3 點第三次打電話說:「算了,讓他們走吧!」劉西屏是延安派的中共黨員,他一直替他們捏一把汗。直到 6 日凌晨送他們登機起飛,才告知這些底細。大家都鬆了口氣,但又不由得後怕起來。

茅盾 1939 年 3 月 12 日抵迪化,1940 年 5 月 6 日離開。在新疆度過一年又兩個月的險惡生活。這期間他和十多個民族的群眾禍福與共,共度民族的階級的危難歲月,親身體認了多民族構成的中華民族大文化傳統與現實生活中民族關係的豐富的內涵。作爲作家,他獲得了難得的全方位的民族文化認知。他通過主持新疆學院與文化協會工作,在新疆播撒了文化革命的種子;他廣泛開展了多民族的文化交流,也培養了大量少數民族新苗。這實際上無意之中爲自己後來擔任文化部長工作,積累了經驗。經此虎口餘生,茅盾鍛鍊了險惡環境中應變的能力與聰明機智,他這才能夠在逆境中作出那麼多的建樹。這再次表現出他居險不驚、臨危不懼、沉著機智的政治家的膽識與鬥爭藝術。這段經歷還爲創作積累了素材。他的散文集《如是我見我聞》(出版

時改題《見聞雜記》）、散文《新疆風土雜憶》、小說《列那與吉地》、詩歌《新疆雜詠》、《新新疆進行曲》、《築路歌》，都是據他進疆、在疆、離疆的經歷見聞寫成的充滿異域情調的華章。特別是他的政治與文化工作論文與文論，在他的文學道路和中國歷史上，都是難得的奉獻。

茅盾的耕耘，他樹立的風範，其影響至今在新疆長遠留存和延續，爲各族文化工作者與群眾所師法。他健在的學生，至今仍尊敬地稱他：茅老師！

第三節　奔赴延安，投身新的社會

1940 年 5 月 6 日下午 4 時許，茅盾一行飛抵蘭州。本來飛機可以直飛西安，孰料權勢大於公理，因爲傅作義要搭這班飛機，竟把茅盾一行擠了下來，滯留在蘭州！

一

這次再過蘭州，茅盾發現：雖經敵機多次轟炸，蘭州反而更「繁華」！洋貨貨源「倒是越『戰』愈旺盛了。何以故？因爲『中國人自有辦法』」。茅盾感慨萬千，遂把藉助軍車走私洋貨發「國難財」等所見所聞寫進散文《蘭州雜碎》中，作爲在《華商報》連載的那組《如是我見我聞》中的一篇。結集《見聞雜記》出版時這些揭露性描寫卻被檢查官統統刪掉！〔註89〕

直到 14 日晨茅盾一行才搭上爲赴重慶的青海活佛喜饒嘉措所開的專車，離開蘭州赴西安。下午 3 時許汽車經華家嶺時被風雪所阻。正所謂塞翁失馬焉知非福；棄機乘車，成了茅盾體驗生活的機會。否則哪有《風雪華家嶺》所記述的受阻兩三天那些眞實的出人想像的生動情景？好不容易天晴上路，翻過幾年前紅軍曾經走過的九曲十八彎的天險六盤山；在黃土高原上，遙望著簇簇排排傲然挺立的白楊樹；參觀過大姑娘窮得沒褲子穿的農戶；5 月 19 日下午才抵西安，下榻在西京招待所。1994 年夏天在西安開會時，我隨韋韜去尋蹤訪舊，當年西京招待所的樓房尚在。韋韜說：這是西安事變指揮所之一。當年他隨父親寓此時，父親講起這個事件，對張學良、楊虎城兩位將軍，充滿了敬佩之情！

戰時的西安形勢緊張。當晚敵機來襲，茅盾一家只好到郊外躲避，竟發

〔註89〕這些被刪掉的部分收入《茅盾全集》時恢復了原貌。

生了如孩子失散而又復聚的危險經歷。也正是這次，他認識了那位被國民黨特務捉去了朋友，自己被捉又被放的年輕人。茅盾把自己的歷險與這年輕人的經歷寫進《西京插曲》，〔註90〕茅盾說：這些青年多半是投奔延安的，只有八路軍辦事處給他們換上軍裝派車送走才行。但有時也遭特務阻攔。在蘭州時茅盾和張仲實就計劃過：不去重慶，改去延安。5 月 20 日下午，茅盾和張仲實去訪位於七賢莊的八路軍辦事處，意外地見到由延安赴重慶的周恩來，和由山西回延安的朱德總司令。這成了茅盾一生的重大轉折之一：周恩來安排他們隨朱德的車隊赴延安。

　　5 月 24 日上午 8 時，三輛卡車組成的總司令車隊起程上路。夜宿桐川時，朱老總特地來旅館看望。茅盾發現：這位赫赫有名的將軍的文學素養極高！暢談的話題是杜甫、白居易。次日中途，他們拜謁了黃帝陵。應朱老總的要求，茅盾給其隨行人員講了黃帝的歷史傳說。朱老總隨後發揮道：「我們這些黃帝的子孫，點燃了民族解放的烽火……也一定能取得戰爭的最後勝利！」那些阻撓抗日、妥協投降者「是黃帝的不肖子孫！」〔註91〕茅盾和朱德初會，印象卻極深——他有幸直接了解到中共中央領導人的抱負與胸襟：毛澤東、周恩來、朱德的共性！

　　5 月 26 日下午 2 時許，車抵延安郊區七里舖；歡迎的人群早聚候於此。茅盾首先認出了當時任中共中央政治局常委總負責人的張聞天。當他正緊緊握著弟弟沈澤民的這位老同學的手時，卻有位瘦小個子用上海話問他：「沈先生，還記得我嗎？我是商務印書館的廖陳雲！」茅盾一下子想起來了，心裡不由得一陣激動：他正是 14 年前他們同在一個支部，一起領導商務大罷工的那位年輕人。現在名叫陳雲，也是中共中央主要領導成員。老戰友闊別而後重逢，又是一番情致和感慨！車到南門，又和弟媳張琴秋相逢！她叫聲「大哥！大嫂！」就和孔德沚抱在一起，泣不成聲！多年不見，他們失去了母親和澤民！親人相聚，又是親熱，又是唏噓！張琴秋是延安女子大學的教育長。她和其他同志一起，送茅盾等住進當時貴賓才能住的交際處。品嘗的不是山珍海味，卻是幹部們自種自收的土產。有一道用雞蛋做的延安名菜「三不沾」，讓孔德沚這位燒菜名手大開了眼界。當晚出席了延安各界的歡迎會。

〔註90〕收入《見聞雜記》時，關於這個年輕人的這段長達 2600 字的文字，也被刪掉了。收入《茅盾全集》時予以恢復。

〔註91〕《我走過的道路》（下），第 203 頁。

大操場上高掛汽燈，群眾相互「拉」歌的聲音，有如海潮。茅盾首次置身革命大家庭的新鮮環境，激動的心情，久久不能平靜。次日晚，又出席了在中央大禮堂召開的歡迎大會。毛澤東身著粗布灰軍裝，趕上來和茅盾等緊緊握手。廣州一別十多年，儒生成了將軍，但儒雅的風度依然！魯藝演出了洗星海的《黃河大合唱》。茅盾被那偉大的氣勢所控制，頓生崇高情感，令人鄙吝全消！此時此境，使茅盾心潮澎湃：從紅色的廣州，到流血的武漢；從失卻歷史機遇的廬山，到東渡日本；從上海的風雨，穗港的顛簸，新疆的歷險，到而今置身革命聖地！翻滾過多少歷史風雲，眞是兩個世界兩重天！他從入黨到而今再次投到黨的懷抱，此時此刻茅盾的心潮起伏，可惜從未形諸文字！這次會上茅盾的情況，報紙也僅留下簡要的報導：「茅盾先生講話，謂八路軍朱總司令及各位同志都是創造抗戰勝利的人物，彼將於可能時赴前線一行，搜集此項材料以爲日後寫作之用。」〔註92〕可見這時茅盾已經下定久居延安的決心。

　　由張琴秋幫忙，亞男進了延安女子大學。阿桑卻不肯聽嬸嬸的意見進毛澤東青年幹校。他進了從讀《西行漫記》時起就嚮往的陝北公學。張聞天率先來拜訪茅盾；27 日茅盾又回訪。他正式表示：要在延安長住。張聞天答應盡快作出安排。茅盾又拜訪了毛澤東。敘舊之外，著重介紹了新疆情況，他要求中央營救杜重遠。毛澤東請中宣部長羅邁〔註93〕去安排。後來茅盾從羅邁處獲悉，當時杜重遠和趙丹等都被逮捕入獄！6 月初，毛澤東來交際處回訪。他送了茅盾一本新出版的《新民主主義論》。孔德沚備了便飯，他們山南海北，邊吃邊聊。茅盾覺得毛澤東對《紅樓夢》頗多精闢見解。毛澤東建議茅盾去魯迅藝術文學院工作：「魯藝需要一面旗幟，你去當這面旗幟罷！」茅盾很高興：「旗幟我不夠資格，搬去住我樂意，因爲我是搞文學的。」孔德沚見毛澤東抽煙一支連一支，就勸他戒掉。毛澤東幽默地說：「戒不了嘍！前幾年醫生都下了命令，我服從了，卻又犯了！看來我是頑固分子！」茅盾搬到魯藝後，毛澤東又接他到楊家嶺長談了一次。這次是談「三十年代上海文壇的鬥爭及抗戰以來文藝運動的發展。」〔註94〕關於這些問題茅盾早就給中央寫過書面報告，離滬時存在二叔處。這次跟毛澤東面談，自然更加詳盡，且

〔註92〕《各界代表，熱烈歡迎朱總司令及茅盾、張仲實兩先生》，延安《新中華報》，
　　　　1940 年 5 月 31 日。
〔註93〕即李維漢。
〔註94〕《我走過的道路》（下），第 206 頁。

能交換意見。這時毛澤東形成其對解散左聯、「兩個口號」論爭的看法，對他後來《在延安文藝座談會上的講話》總結「五四」以來文藝的發展，都有一定的影響。

二

7月間周揚接茅盾遷到魯藝。周揚來延安後，先任邊區政府教育廳長；現在是魯藝副院長。院長是吳玉章。魯藝在延安市郊橋兒溝。周揚安排茅盾住在東山腳下的兩孔窰洞中，派一個「小鬼」料理生活，從小灶打飯吃。孔德沚就「無用武之地」了。進城得騎馬，她又不會。不過週末兩個孩子回來，張琴秋也常來聚聚，倒也並不寂寞。他們在此住到9月下旬。茅盾在《記「魯迅藝術文學院」》〔註95〕中，對魯藝有詳細的介紹。茅盾寫道：迄今爲止，它是「把文學藝術的理論研究與創作實踐，和生活認識與革命經驗密切地聯繫配合起來的」唯一的文藝院校。魯藝設文學、戲劇、音樂、美術四個系。「學生有四五百，但教師和工作人員也有二三百。」學制兩年。學習之外，「生產運動在『魯藝』簡直是一首美妙的牧歌。」每期學員都被派到前線或基層實踐體驗。演講會，英模老戰士報告會，所附實驗劇團演出果戈理、莫里哀、莎士比亞和曹禺的名劇，還常演京劇，也有教師自編的新作。所以，課餘生活十分豐富，也別有情致。一如茅盾在《風景談》中描寫的那樣。

茅盾剛到，就應邀給全院師生作報告。作家柯藍回憶道：他「穿著八路軍的軍裝，在『魯藝』（天主教堂左邊的空地上）給我們上課。」他「還給我們文學系講文學概論，著重介紹了市民文學」，還油印了講義。〔註96〕這是指茅盾開的課《中國市民文學概論》。據當年的學生程秀山回憶，此課「每週一次，每次四小時，主要是介紹中國奴隸社會到封建社會初那個時期，中國市民文學的發生、發展與變化。」〔註97〕魯藝教師康濯後悔自己到了前線未能聽課。但他看到了「輾轉兩千里，幾道封鎖線」傳到他手中的這份講義：「土紙的油印本」。其中談《水滸》的內容「至今我都能記得不少。」〔註98〕可惜

〔註95〕刊於《學習》第5卷第2、4期，1941年10月16日、11月16日，《茅盾全集》第12卷。

〔註96〕《茅盾同志對通俗文學的關懷》，《中國通俗文藝》1981年第2期，《憶茅公》，第317頁。

〔註97〕《沉痛的悼念》，《青海日報》，1981年4月17日，《憶茅公》，第343頁。

〔註98〕《雨瀟瀟》，《芙蓉》1981年第3期，《憶茅公》，第296頁。

這份講義至今尚未發現，不過其基礎是 1940 年 7 月初茅盾在文協延安分會給各文藝小組所作的報告：《論如何學習文學的民族形式》。此文能使我們略窺此課之一斑。程秀山還記得：學生「曾不斷向他提問，他都是溫和而耐心地給予解答，完全是一個受尊敬的長者與學者的姿態，和善平易，熱情親切」。柯藍也說：「他淵博的學識，精闢的分析，我們是那樣如飢似渴地吞食著這些文化食糧。」

　　6 月初茅盾出席了魯藝建院兩週年紀念大會，並應邀講話。6 月 21 日《新中華報》報導其講話要點說：他「談到了抗戰中文藝理論落後於現實的問題，作家和理論家的深入群眾鬥爭生活問題，作家和批評家之間的聯繫問題。更希望我們真能夠承繼著魯迅先生的勇敢的不屈的精神努力於創作和批評，以固定中國新民主主義文化的文藝堡壘。」〔註 99〕

　　茅盾在魯藝不擔負領導組織等責任，但他仍是一位辛勤的園丁，播散著其影響超越了時空的種子。

三

　　1940 年 1 月，陝甘寧邊區文協首屆代表大會曾選遠在新疆的茅盾為大會名譽主。現在茅盾到了延安，自然如魚得水。他每周騎馬進城兩三次，參加文協或其他社會活動。在延安，馬就是「小臥車」了。茅盾在新疆就學會了騎馬。這時他的騎術雖不精，但經過延河灘也還能小跑一陣。他經過王家坪的桃園，有時下馬，坐在石凳上，邊喝茶邊觀景，正如《風景談》中所寫。他除出席文協會議，作報告寫文章，還為文藝小組的學員看作品。蕭三、方紀主編的《大眾文藝》2 卷 2 期所刊茅盾的文章《一點小小的意見》，就是輔導年輕作者的。

　　8 月，茅盾出席了延安文化界隆重舉行的魯迅誕生 60 週年紀念大會。茅盾還和林伯渠、吳玉章等聯合在《中國文化》2 卷 2 期上發表《魯迅文化基金會募捐緣起》，以募集魯迅文化基金。他還參與發起組織魯迅研究委員會；支持籌辦《魯迅研究叢刊》。他為《大眾文藝》寫了兩篇紀念文章：散文《為了紀念魯迅的 60 生辰》〔註 100〕詳細回憶了史沫特萊和茅盾等勸魯迅出國治病，魯迅離不開戰鬥崗位不肯成行的情形，和文壇糾紛對魯迅的不公正對待問

〔註 99〕轉引自《魯藝史話》，陝西人民出版社版，第 137 頁。
〔註 100〕刊於《大眾文藝》第 1 卷第 5 期，1940 年 8 月 15 日，《茅盾全集》第 12 卷，第 7～10 頁。

題。論文《關於〈吶喊〉和〈彷徨〉》〔註101〕是茅盾的魯迅觀第三個時期的代表作。他批駁了「《彷徨》是（魯迅）悲觀思想的頂點」的謬論，指出《彷徨》是《吶喊》的發展，「是更積極的探索。」茅盾不否認魯迅這時有些悲觀，但「只是對於當時資產階級的代言人所企望的目標」「懷疑其可能實現；而不是對於中國人民大眾的終於能得到解放表示了悲觀。」因此決非什麼「悲觀思想的頂點。」對魯迅這兩部小說集，特別是《阿 Q 正傳》，茅盾作出透徹的分析。茅盾還把珍藏多年的魯迅代抄的茅盾《答國際文學社問》一文的手稿，獻給紀念魯迅的展覽會。此文是魯迅代該社向茅盾約稿，寄出前為防丟失，魯迅親筆抄了存底。它象徵著這兩個文壇巨擘的友誼。此文由方紀改題為《中國青年正從十月革命認識了自己的使命》，刊於 11 月出刊的《大眾文藝》2 卷 2 期。

茅盾還有文學以外的許多活動。一是中宣部組織的由中國共產黨中央政治局常委負責人張聞天親自主持，每週一次學習斯大林著的聯共黨史的第四章《辯證唯物主義和歷史唯物主義》的報告會。二是艾思奇主持的哲學討論會。三是范文瀾、呂振羽主持的中國歷史討論會。後兩個會毛澤東、張聞天、任弼時等也常參加。茅盾經常出席，但很少發言。這正是他在歡迎會上宣布的第一步計劃：多學習，充實自己。他達到了目的。可惜第二步去前線的計劃，因召他去重慶未能實現。

四

茅盾在延安不足 5 個月，卻寫了一大批文章。除紀念魯迅，介紹高爾基·評論延安作家作品，談寫作修養等文章外，其主要論題是民族形式。這些文章大體分三類。一是參與理論探討與論爭的：《論如何學習文學的民族形式》、《舊形式、民間形式與民族形式》、《致孔羅蓀——關於「民族形式」的通信》。〔註102〕二是結合《水滸》談民族形式：《關於〈新水滸〉》、《談〈水滸〉》。〔註103〕三是在延安獲得材料、作了構思，在延安或重慶寫作發表的：

〔註101〕刊於《大眾文藝》第 2 卷第 1 期，1940 年 10 月 15 日，《茅盾全集》第 22 卷，第 156～159 頁。

〔註102〕分別刊於 1940 年 7 月《中國文化》第 1 卷第 5 期，同年 9 月《中國文化》第 2 卷第 1 期，同年《文學月報》第 2 卷第 1、2 期合刊。

〔註103〕分別刊於《中國文化》第 1 卷第 4 期，1940 年 6 月、《大眾文藝》第 1 卷第 6 期，9 月 15 日。

《在戲劇民族形式問題座談會上的講話》、《戲劇的民族形式問題》、《雜談延安的戲劇》。〔註104〕

　　民族形式的討論，濫觴於左聯時文藝大眾化討論。抗戰爆發應時代急需再次興起。1938 年和 1940 年，毛澤東發表了《中國共產黨在民族戰爭中的地位》與《新民主主義論》，張聞天以洛甫的筆名發表了《抗戰以來中華民族的新文化運動與今後任務》之後，把討論推上了新階段。茅盾對毛澤東的文章評價極高：「自從抗戰以來，關於文化如何服務於政治，我們抗戰勝利以後將要建設怎樣一個新的中國，新中國的新文化又是怎樣一種面目、性質，以及近 20 年中華民族的新文化運動是向了怎樣一個方向發展，目前以及今後任務是什麼」：過去也有人零零碎碎地談過，但真正「運用馬列主義的理論」，對這些問題作了精密的分析，提出「精闢的透視與指針的」，是毛澤東和張聞天這幾篇宏文。因此這「是中國新文化史上一件大事」。〔註105〕茅盾的這批論文也受到這些文章的啟發。茅盾在 20 年代就接受了馬克思主義關於經濟基礎與上層建築對立統一的理論，並用以解釋文學。他認為文學是「人類生活一切變動之源的社會生產方法的底層裡爆發出來的上層的裝飾。」〔註106〕這也是他論民族形式問題的基本出發點。但此時，他對他從前的觀點，也有很多發展與突破。

　　一、對民族形式之產生的科學解釋：茅盾指出，「各種文藝形式」是「社會經濟的發展到了一定的階段時」的產物，這是中外「各民族文藝發展的歷史」的「大同」。但因各「民族的『特殊情形』」而在大同中有了小異，此乃「民族形式」賴以產生的「原故」。〔註107〕

　　二、從文學遺產中學習民族形式，應作具體分析：茅盾認為中國的文學遺產，多是封建文人所為，反映的是封建文人的「思想情感、喜怒愛憎」。只有「百分之一」「表白了人民大眾的思想情感、喜怒愛憎」，而且其相應的形式，也是「由人民大眾所創造出的」，故能為「廣大人民大眾所喜歡而接受。」因此繼承民族形式，必須注意內容與形式的關係，即看它是否具備人民性。

〔註104〕分別刊於 1941 年 2 月《戲劇春秋》第 1 卷第 3 期，同年 3 月《抗戰文藝》第 7 卷第 2、3 期。同年 5 月《電影與戲劇》第 3 期。以上這三組文章，除《致孔羅蓀》收文化藝術出版社《茅盾書信集》外，均收《茅盾全集》第 22 卷。

〔註105〕《論如何學習文學的民族形式》，《茅盾全集》第 22 卷，第 117～118 頁。

〔註106〕《西洋文學通論》，世界書局版，第 14 頁。

〔註107〕《舊形式、民間形式與民族形式》，《茅盾全集》第 22 卷，第 145～146 頁。

茅盾稱這「百分之一」的文學為「市民文學」。「市民」是個特定的歷史範疇。茅盾是「指城市商業手工業的小有產者」和「鄉村中農富農」。茅盾歷史地指出：先秦兩漢就有「反封建意識」的市民文學。在經濟發展的漢武帝時代「罷黜百家獨尊儒術」時「被消滅」。後來封建經濟衰落，市民經濟興起，南北朝民歌、唐傳奇、宋評話、元曲、明清小說等市民文學才次第興起。茅盾對這些「不朽的古典的市民文學」代表作，特別是《水滸》、《西遊記》、《紅樓夢》等，作了集中剖析，稱它是「民族民主革命」文學的精華。他認為，要從文學遺產中借鑑民族形式，這才是主要的借鑑對象。〔註108〕

三、借鑑民族形式不但應顧及內容，對民族形式遺產本身也應作歷史分析：茅盾說，人民大眾了解事物「乃通過物質的關係，而非精神的（從具體的行動，而非從抽象的說理）」。所以，「以為形式是大眾所熟悉，內容便無論怎樣都行」者，「亦不免背謬。」〔註109〕因此茅盾堅持內容與形式相統一的觀點。他指出：社會經濟不斷發展，作為對應物的文學，包括佔「百分之一」的人民大眾的文學，其內容與形式也都在發展變化。今天的新現實要求新的民族形式，它反映的「內容將是新民主主義的新現實。」這和舊的民族民間形式「所從產生的舊封建社會是兩個不同的歷史階段。」何況即便是人民大眾創造的形式，也「並不盡善盡美」。因此，即便民間形式也「不能整套地被承襲，並且也不是什麼被『拆開』和『溶解』，而是被吸取了消化了變成滋養的一部分。」文人創造的或經過文人「沾手以後更進步的形式，也並不為大眾所歧視」；因此，借鑑民族形式，「一切舊形式皆當有份，不應只推崇民間形式。」〔註110〕

站在這些立足點上，茅盾深刻批判了當時向林冰提出的所謂「民間形式是民族形式的中心源泉」的謬論。茅盾的分析辯證、全面，批判也較為有力。

四、民族形式的借鑑與文學創新的關係：茅盾認為，二者「不能硬分開來講」。因為「『創造』是從『學習』中間產生出來」的；「『學習』，到了醇化的境界，前人的『遺產』成為自己的血肉，生平之所經歷，所見所聞，都溶

〔註108〕參見《論如何學習文學的民族形式》，《茅盾全集》第 22 卷，第 119～128 頁。

〔註109〕1940 年 8 月 5 日《致孔羅蓀》，《茅盾書信集》，文化藝術出版社版，第 123 頁。

〔註110〕《舊形式、民間形式與民族形式》，《茅盾全集》第 22 卷，第 148、153 頁。

合錘煉而成爲自己的『靈感』……自然而然具備了『創造性』了。所以『學習』是『創造』的前提，又是『創造』的過程。離開了學習來空談創造，也許可以『造』出一些什麼來，然而未必是『創』。」〔註111〕

　　五、建立新的民族形式的方向與途徑：茅盾指出了四點，「要吸取過去民族文藝的優秀的傳統」，「學習外國古典文藝以及新現實主義的偉大作品的典範，要繼續發揚五四以來的優秀作風，更要深入於今日的民族現實，提煉熔鑄其新鮮活潑的質素。」〔註112〕這裡充分反映出茅盾的開放意識與辯證觀點。在他看來，建立新的民族形式，不僅不排斥而且十分需要「外」爲「中」用。更不能不重視汲取生活源泉所提供的滋養。於是就涉及到對「五四」新文學傳統的評價與態度。茅盾仍從「社會經濟發展到了一定的階段時，就必然要產生某種文藝形式」的立點來論證：「『五四』以來受了西方文藝影響的新文藝形式」之所以能產生，是因爲「五四」時的「中國土壤」與所借鑑的外來形式賴以產生的外國土壤二者之間的共「同」性。於是「五四」的「小異」，與中國和外國之「大同」之間，產生了契合。這就使這「外來的異物」在「五四」時代的土壤中被「民族化」爲新的民族形式。由於「五四」離抗戰近，其有生命的東西也就更多：理所當然地成爲建立新民族形式的最重要的借鑑對象和必經之途。〔註113〕由此茅盾進一步批判了向林冰從「民間文學是民族形式的中心源泉」說出發，排斥借鑑外國和否定以至摒棄「五四」新文學傳統的荒唐理論。

　　六、通過各民族文學匯成世界文學的構想：他認爲「個別民族的智力創造變爲」全世界的「公共財產」，是物質生產與精神生產的共同規律。這使得「民族的片面性和狹隘性，變爲愈加不可能了」，因此，他相信，遲早會「從許多民族的和地方的文學裡，產生出一種世界文學來。」「這種世界性的文學藝術」，並非拋棄各民族文藝「憑空建立起來的」；而「是以不同的社會現實爲內容的各民族形式的文藝各自高度發展之後，互相影響溶化而得的結果。是故民族文學之更高的發展，適爲世界文學之產生奠定了基礎。」〔註114〕這番話是在日寇侵略使中國民族矛盾上升爲社會基本矛盾與主要矛盾的形勢下說的，就更顯得胸襟開闊，高屋建瓴；與狹隘的民族主義者的態度迥異。這

〔註111〕《論如何學習文學的民族形式》，《茅盾全集》第22卷，第118頁。
〔註112〕《舊形式、民間形式與民族形式》，《茅盾全集》第22卷，第155頁。
〔註113〕參見《舊形式、民間形式與民族形式》，《茅盾全集》第22卷，第145頁。
〔註114〕《舊形式、民間形式與民族形式》，《茅盾全集》第22卷，第154頁。

種構想，被其不斷實現的過程和趨勢，證明了其科學性與眞理性。

七、對小說、戲劇文學門類民族形式探索的研究與引導：茅盾認眞總結了陝甘寧邊區文藝工作者探索文藝民族化的努力與成就，並作了熱情肯定。他特別推崇延安的平劇〔註115〕改革的經驗。他詳細地介紹了魯藝平劇團「改良平劇，創造新歌劇」的穩紮穩打的步驟：「第一期是徹底把握平劇的技巧，第二期新編歷史劇，作爲改良的實驗的過渡，最後則爲從平劇的技術中化出來，保存其精華，加進新的成分，而完成了新歌劇之創造。」〔註116〕茅盾相信他們會成功。他對谷斯範利用改造舊章回小說體裁的「出新」的經驗，也充分肯定，予以總結。他特別肯定的是：一面「力避歐化」，一面力避「章回小說中慣用的濫調套語」這一方針，肯定了「人物都用夾有地方語的普通話（不是北方話）」的做法，並提出「字彙固可採自大眾口頭，句法則有待自製」的構想。他認爲「這樣一來，勢非創新不可。」〔註117〕

抗戰以來，茅盾在香港、新疆、延安以至後來在重慶，對文藝大眾化、民族化、中國化都重點作出探索與論述；尤其延安時期，論述尤爲透徹。這是他畢生的理論建樹中最輝煌的部分之一。這些文章發表當時，即受到文壇學界充分的肯定。例如他的《在戲劇的民族形式問題座談會上的講話》發表後，就受到田漢、陽翰笙、老舍等著名戲劇家的稱贊。尤其是郭沫若，對茅盾的理論，一向反對，挑剔甚嚴，這次卻倍加讚揚：認爲茅盾「把各時代的文藝形式與社會經濟基礎緊密地聯繫起來了，這可以補我們的缺憾。」他指出，重慶文藝界論述章回小說勃興原因時，局限在受印度宗教文學影響的一面；而茅盾卻指出：這是「宋明時有了市民階級之故，即與當時商業都市發展有關。」郭沫若還肯定了茅盾對向林冰的「民間文學中心源泉說」的批判非常有深度。郭沫若能作如是說，足見茅盾的這些理論建樹的價值和受歡迎的程度。

茅盾關於文藝大眾化、民族化、中國化的論述，綿延了十多個年頭。橫向審視，這是適應抗戰時代對文藝提出的歷史要求，其後期則配合了毛澤東關於「中國作風、中國氣派」的召喚，以及參與「民族形式論爭」的產物。

〔註115〕當時北京已改名北平，故京劇當時被稱爲平劇。

〔註116〕《雜談延安的戲劇》，《茅盾全集》第22卷，第208頁。

〔註117〕《關於〈新水滸〉》，《茅盾全集》第22卷，第113～114頁。谷斯範創作的《新水滸》計劃是三部，茅盾這裡論及的是已經出版的第一部：《太湖游擊隊》。

縱向審視，則具更深層更多面的意義。「五四」前夕他乍登文壇，就對西方和中國古典文學溯本探源，充分把握文藝的特質與發展規律，因此他主持《小說月報》、領導文學研究會時，才能從文藝特質出發，準確把握文學與社會之內在關係，提出「爲人生的文學」主張。很快又由「爲人生的文學」發展到「爲無產階級的文學」。後來又參與左聯時期文藝大眾化的倡導與討論。這一切使他有了紮紮實實的理論的實踐的基礎，這才能在抗戰初期作出上述的輝煌建樹。

　　他是從文學的審美特質、與多方面的社會功能立論的。他重視與強調文藝的特質。但從未把它看成不食人間煙火的「象牙之塔」中物。他看得分明而又透徹；「五四」以降，在新文學 20 多年的歷史與中國文學現代化進程中，舉凡文藝與社會人生、時代政治保持著密切關係時，都能衝破種種阻力，健康地發展。舉凡文藝脫離了人民大眾與時代社會，哪怕再纖巧、再有藝術獨創性，也大抵遭到歷史和人民大眾的遺棄。因此，他論述文學民族化道路時，一向注意對比觀照「五四」以來文學現代化、文學大眾化進程的經驗與教訓。他從來不把文學遺產與文學民族化單線聯繫，等同視之。他非常注意文學民族化與現代化、大眾化之關係，及其發展進程中的成敗得失。他認爲：這才能使文藝民族化與文藝大眾化的內在的血肉聯繫的特質，被充分認識，充分顯示，充分把握；用以推動文藝健康地發展。因此，他的文藝民族化理論與其現實主義美學思想體系，又是互爲表裡的。

　　明乎此，才能準確把握與判斷茅盾的文藝民族化大眾化理論的美學價值與文學史意義。

五

　　茅盾延安之行的心靈感受，豐富而又複雜。但他在《我走過的道路》中的記述，卻比較簡單。這也許是他留下的只是錄音與資料經韋韜整理而成，並非他飽和著思想情感體驗親筆記述描繪所致。今天，要觸摸他當年的心靈歷程，記錄他延安時期心靈感受的有限的幾篇抒情敘事散文《風景談》、《白楊禮讚》、《記「魯迅藝術文學院」》、《開荒》、《馬達的故事》、《憶冼星海》，〔註118〕就成了最珍貴的、可從中窺見其心態感受的材料。

〔註118〕分別刊於《文藝陣地》第 6 卷第 1 期，1941 年 1 月、《筆談》第 1 期，1941 年 9 月、《學習》第 5 卷第 2、4 期，1941 年 10 月、《筆談》第 6 期，1941

　　儘管茅盾參與了中國共產黨的早期活動，此後直到大革命時期他都有機
會觸摸黨的心臟，直接感受其脈搏的跳動；在新疆他和幾位傑出的共產黨人
同艱共險，且在他們的鐵臂撐持下終於脫險；但對戰鬥在黃土高原革命聖地
的這些共產黨人及其締造的這嶄新的社會，茅盾卻是從 5 個月的延安生活中
才獲得了直接的感知。由於時間短暫，他未能譜成長卷；在國統區所寫的這
些短作，又不能直抒胸臆。於是就借助含蓄的象徵與抒情，把採擷的生活片
段、人物剪影，情感化凝練化，借以抒發他謳歌偉大、讚美崇高的熱情。這
些散文，可以說是茅盾創作生涯的起點，也構成他的散文創作第三個階段的
嶄新的特點。

　　他挑選出新疆、延安之行中，沙漠裡、高原上最使他感動與崇敬的物象，
充實以飽滿的激情，提煉加工爲象徵著雄偉、崇高，飽含著詩韻詩情的意象
意境：他以肉眼望不到邊際，「回顧只是茫茫一片」，「偶爾有駝馬的枯骨」，「似
乎只有熱空氣在作哄哄的火響」的沙漠，作爲典型意境；推出了駝隊的意象
與形象：他先把「丁當，丁當」的駝鈴送到你的耳鼓；再推出「那些昂然高
步的駱駝，排成整齊的方陣，安詳而堅定地愈行愈近」。然後才讓「駱駝隊中
領隊駝所掌的那一桿長方形猩紅大旗耀入你的眼簾」；使「大小丁當的諧和的
合奏充滿了你的耳管」，最後才奏出主旋律：「最單調最平板」的大自然「加
上了人的活動」，構成這莊嚴、嫵媚的畫面，奏出「自然是偉大的，然而人類
更偉大」的主調。這就使讀者自然聯想到，這壯闊的大自然，正是以延安爲
代表的革命聖地；那高舉紅旗、高視闊步、堅韌跋涉的駝隊，正是任重道遠、
正爲民族的階級的解放而奮鬥的中華民族與中國人民最優秀的一群：中國共
產黨人及其領導下的中國工農群眾。不著一字而盡得其精神，靠的正是詩意
的凝聚與象徵。〔註 119〕

　　茅盾還在讀者面前鋪下「黃」的「處女土」，「綠」的「麥浪」，「無邊無
垠，坦蕩如砥」的黃土高原作爲意境，推出一組詩的意象：「那就是白楊樹，
西北極普通的一種樹，然而實在不是平凡的一種樹！」茅盾濃墨重彩，以
詩歌般的複沓手法，盡情描繪其形象：「筆直的幹，筆直的枝」，「絕無橫斜
逸出；它的寬大的葉子也是片片向上」，它「傲然聳立」，「不折不撓」，「像

　　　　年 11 月、《藝文志》第 2 期，1945 年 3 月、《新文學》第 2 號，1946 年 1 月，
　　　　均收入《茅盾全集》第 12 卷。
〔註 119〕參看《風景談》，《茅盾全集》第 12 卷。

哨兵似的」「對抗著西北風」！然後再鐵鼓銅鈸般高奏出主旋律：「正直，
樸質，嚴肅」，「堅強不屈與挺拔」，「也不缺乏溫和」，它「是樹中的偉丈夫」，
「象徵著北方的農民」，「象徵了今天我們民族解放鬥爭中所不可缺少的樸
質，堅強，以及力求上進的精神。」茅盾還把「賤視民眾、頑固倒退」的「貴
族化的楠木」拉來和這「樹中的偉丈夫」白楊樹作尖銳對比，使文章的結
尾充滿繞梁的餘韻。限於白區的文網，茅盾只點出「北方的農民」即戛然
而止。但讀者同樣可以從白楊樹的詩意形象裡意會到，這是共產黨及其領
導下的抗日軍民的象徵；這通篇的散文詩意蘊，都在謳歌它那偉大的精神。
〔註120〕

　　茅盾的謳歌如此著力和動情，他抒發的是時代最強音。在茅盾的文學歷
程中，這是空前的。那濃得化不開的詩意詩情，可以和東渡日本時所描寫的
「霧」、「賣豆腐的哨子」等喚起的情愫比美。不過一邊是詛咒，一邊是歌頌，
構成黑白鮮明的強烈對比。沿用上文我對茅盾 20 年代 30 年代兩個抒情散文
時期採用的「苦悶的象徵」、「時代的象徵」的提法，40 年代茅盾抒情散文的
特徵，可稱之為「革命的象徵」。

　　這三個階段的藝術特徵，顯然是其特定時代的縮影。

　　茅盾這批散文的敘事部分，延伸了上述抒情散文的主題，從各不同方位，
寫黨領導下的解放區人民大眾的精神風貌。《風景談》除寫駝隊外，還分別寫
了「生產歸來」、「魯藝」風光、男女新貌、茶社新風與凌晨號手、峰頂哨兵
六組剪影。以一鱗一爪的點染手法，借斑窺豹，展現出新人新事新社會新風
尚新精神。這是活生生的現實存在；但又代表著未來的新中國的理想世界。
名寫風景實寫人：「自然是偉大的，人類是偉大的，然而充滿了崇高精神的人
類活動，乃是偉大中之尤其偉大者。」〔註121〕

　　這些感受並不抽象，是歷史也是現實；是經過茅盾親歷了此世界與彼世
界，形成了鮮明對比，所得的真切認識。《開荒》就展示出紮紮實實以艱苦奮
鬥求生存求發展，自強不息、自力更生，共度抗日戰爭戰略相持階段那最艱
難的歲月所體現出的那種拼搏精神與豪邁地自立於世界各民族之林的民族氣
概：這裡「有說各種方言的，各種家庭出身的，經過各種社會生活的青年男
女」，他們用「曾經是摘粉搓脂的手，曾經是倚翠偎紅的臂」，「舉起古式的農

〔註120〕《白楊禮贊》，《茅盾全集》第 12 卷。
〔註121〕《風景談》，《茅盾全集》第 12 卷，第 15～18 頁。

具，在和那億萬年久的黃土層搏鬥——『增加生產』，一個燃燒了熱情的口號」！而且這裡「還有另一面的『開荒』——掃除文盲，實行民主，破除迷信，發展文藝，提倡科學……」。「從前，大自然的力量，曾經創造了這黃土高原；如今，懷抱著崇高理想的人們，正在改造這黃土高原。」其實，茅盾所揭示的，還有人正在改造自身的動人的現實與精神。〔註122〕

茅盾還描繪了曾在舊世界生活，而今卻在嶄新的世界與陝北老農結合在一起、生活在這崛強的黃土地上的人民藝術家：冼星海與馬達。茅盾通過兩個人物特寫，生動地傳出：從久遠的歷史，通向直面的現實和同樣久遠的未來理想世界的，昂首闊步、知難而進的時代精神。這些散文的一切描寫體現的歷史感與時代認知相結合，透出了茅盾並未形諸筆墨的延安之行的豐富而又複雜的感受的一部分，從中可以觸摸到他心靈深處的奧秘，聽得見他激動的心臟那強烈的跳動！

茅盾在延安曾闡述「如何向人民大眾生活去學習」的命運。但他無意中也袒露了他自己的內心體驗：「所謂『向人民大眾的生活去學習』，無非是使得生活範圍擴大起來，往複雜、往深處去的意思。……人總不能幹遍三百六十行」，故「在『經驗』以外，不得不借助於『觀察』。所謂向生活學習」，「是把『經驗』和『觀察』統一起來的意思。……『經驗』本是主觀的，但須要時時以客觀的態度來分析研究」；「須要慎防或有意或無意地把自己和被觀察的對象對立起來，而成了旁觀者的態度，應當使『我』溶合於『人』的生活中，憂人之所憂，樂人之所樂，在生活上，我雖是『第三者』，但在情緒上，『我』和他們不分彼此，換言之，『觀察』雖是客觀的過程，但須要從主觀的熱情走進被觀察的對象。」〔註123〕這裡談的是審美體驗理論，但也是茅盾在延安的5個月，把「經驗」與「觀察」有機地統一起來的實踐「體驗」。他真正做到了把「『我』溶合於『人』的生活之中」了。他確實做到「『我』和他們不分彼此」了！這些散文數量有限，但這是一個「窗口」，給我們提供了方便：看茅盾是如何在新的世界中使自己的情感發酵，使自己的精神蛻變的。由此也能更深刻地理解，面對下面馬上要發生的兩件大事，茅盾為什麼會持這樣堅定豁達、義無反顧的態度。

〔註122〕《開荒》，《茅盾全集》第12卷，第121～122頁。
〔註123〕《論如何學習文學的民族形式》，《茅盾全集》第22卷，第132～133頁。

六

9 月下旬，張聞天到橋兒溝來看茅盾。茅盾回憶當時的情景道：他出示了「周恩來從重慶打來的」電報。「大意是：郭沫若他們已經退出第三廳，政治部另外組織了一個文化工作委員會，仍由郭老主持。爲了加強國統區文化戰線的力量，希望我能到重慶工作」，他認爲這樣「影響和作用會更大些。」〔註124〕原來第三廳是蔣介石爲壓制民主力量硬行解散的。周恩來將了他們一軍：「第三廳這批文化人你們國民黨不想要，我們共產黨就要了。」他請新上任的政治部主任張治中派車把這批文化人送到延安去。蔣介石無奈，只好挽留；只好又成立了這個置於政治部之下的文化工作委員會。周恩來請茅盾去重慶，就是讓他去加強這個委員會。張聞天徵求茅盾的意見。經過上述精神蛻變與情感發酵的茅盾，當即痛快地答應：他服從革命需要，放棄定居延安的宿願。張聞天說：「孔大姐可以留下。」孔德沚堅持她自沈澤民犧牲時立定的方針：與丈夫寸步不離，充當「保護神」。但兩個孩子要留在延安上學。

茅盾向張聞天提出要求：請中央考慮恢復自己的黨籍。他原想從容地解決這件事。現在事情有變，不能不馬上提出來了。張聞天高興地歡迎茅盾的想法，答應立即提請中央研究。不久他又找茅盾談：「中央認爲你目前留在黨外，對今後的工作對人民的事業更有利，希望你能夠理解。」〔註125〕也因有了上述精神蛻變與情感發酵，茅盾當然能理解。何況這是統戰工作需要，與由日本回國後他要求恢復黨籍遭「左」傾的中央拒絕，是性質不同的。

決定了這兩件大事，和起程赴重慶的日期，茅盾就離開魯藝，搬回交際處；並向毛澤東辭行。毛澤東風趣地說：「你現在把兩個包袱〔註126〕扔在這裡，可以輕裝上陣了！」

1940 年 10 月 10 日，茅盾結束了 5 個月的延安生活，隨著董必武的車隊，告別革命的心臟，踏上了新的征程！

茅盾的香港、新疆、延安之行，經歷了性質不同的「三重天」。在延安，他系統地讀了馬列和毛澤東的論著，親身體驗了嶄新的社會和革命生活。他的理論實踐雙重認知與體驗，都比即將一起工作的國統區文藝同行佔

〔註124〕《我走過的道路》（下），第 226 頁。
〔註125〕《我走過的道路》（下），第 228 頁。
〔註126〕指兩個孩子。

有優勢。他以更加堅定的立場，更加明確的理想爲根基，投入了霧重慶這更加複雜的生活與鬥爭。他決心以全部生命，迎接抗戰勝利，迎接新中國的誕生！

對在上海、廣州、延安三度一起共過事的茅盾，毛澤東有深沉的友情。1944年他致信道：「雁冰兄：別去忽又好幾年了，聽說近來多病，不知好一些否。回想在延安時，暢談時間不多，未能多獲教益，時以爲憾。很想和你見面，不知有此機會否？」〔註127〕

機會當然是有的，但是時間並不多：那是抗戰勝利後毛澤東赴重慶談判的歷史轉折關鍵的時刻，哪裡又有從容暢談的時間？

〔註127〕據中國文聯編：《文藝界通訊》1981年第2期首頁，毛澤東此信的手跡。

第八章　叱咤風雲（1940～1946）

第一節　轉戰渝港，揭露滿路狐鬼

　　1940 年 10 月 10 日，茅盾由延安出發赴重慶。按說 1500 公里的行程，頂多走 10 天半月。但儘管是董必武的車隊，沿途仍備受刁難，足足走了一個半月。僅在寶雞就受阻經月！先是不批給汽油。後又讓捎運棉花。上下交涉，一無成效。這裡的見聞，茅盾部分地反映在《「戰時景氣」的寵兒──寶雞》裡：此文成了發國難財的冒險家的興盛史與平頭百姓的「破落史」的縮影。此後路上見聞，在《拉拉車》、《「天府之國」的意義》、《成都──「民族形式」的大都會》、《最漂亮的生意》和《司機生活片斷》中略有描繪。《「霧重慶」拾零》則是 1940 年 11 月下旬抵重慶後所見特務政治、森然文網等陰暗印象之所記：茅盾對黑暗的國統區的看法，可見一斑。

一

　　茅盾先下榻在重慶的八路軍辦事處。周恩來、鄧穎超趕來看望。周恩來說：「請你來擔任文化工作委員會的常務委員，是給你穿上一件『官方』的外衣，委員會的實際工作自有別人去做，不會麻煩你。你還是用筆來戰鬥。」「編刊物，擴大進步文藝的影響，團結和教育群眾，這是重要的工作。壓迫愈嚴重，我們愈要針鋒相對地鬥爭，同時也愈要講究鬥爭藝術。這裡的情況，由徐冰同志向你介紹。」徐冰隨即送來許多材料，介紹了重慶及大後方的鬥爭形勢。他先安排茅盾住在生活書店作為過渡。三天後，即 1940 年 12 月 1 日才住進棗子嵐埡良莊。這是一位與軍政兩界均有關係的四川人的小樓。茅盾

夫婦與王炳南夫婦合住三樓。二樓是沈鴻儒。主人住底樓。茅盾在此安心寫他的「見聞錄」。頭一篇就是《旅途見聞》。

在生活書店那幾天，鄒韜奮和徐伯昕與茅盾商定了把《文藝陣地》由上海遷重慶出版的事宜。抗戰爆發後，生活書店在全國各地50多個分店大都被國民黨查封，只剩下重慶總店與貴陽、桂林、香港三個分店。鄒韜奮堅決抵制了脅迫他加入國民黨、以官辦的正中書局兼併生活書店等陰謀。他艱難撐持，表現出「寧為玉碎不為瓦全」，大義凜然的正氣。但《文藝陣地》在滬編輯，國統區不讓發行。為獲准發行，只得遷來重慶。但樓適夷因事不能隨遷，遂改由葉以群任實際負責人。由以群、沙汀、艾青、宋之的、章泯、曹靖華、歐陽山七人組成編委會。茅盾仍任主編。葉以群是黨所安排的黨與茅盾之間的聯絡員，兼照茅盾的生活。直到1948年進解放區止，他隨茅盾轉戰西南，一直充當黨與茅盾間的橋梁。

《文藝陣地》復刊號第6卷第1期於1941年1月10日出版。它仍保持已形成的風格。復刊號既有艾青、沙汀、張天翼等老作家的作品或論著，也有孔厥等解放區新人的作品。為紀念列寧逝世15週年，特別刊登了戈寶權譯的《列寧論文學、藝術與作家》、曹靖華譯的《列寧的故事》。董必武對所刊茅盾那篇寓政治描寫於風景描寫中的散文《風景談》特別讚賞。他說：「你寫得很好。國民黨審查官低能得很，你談風景，他們就沒有辦法了。他們只忌諱『解放』，把『婦女解放』都改成了『婦女復興』。」〔註1〕茅盾特別注意多刊登匕首般的雜文以重振魯迅的雄風。他寫道：雜文是「中國新文學」「在尷尬的時代，從夾縫中突現的突擊隊。如神鷹一搏，既剽疾而準確，還以少許勝多許。」「時代會使得這一體裁再重振墜緒。」「這也是現實主義。」〔註2〕所以茅盾每期都編發多篇雜文。惜因皖南事變發生，茅盾和以群被迫離重慶赴香港，而未能使雜文蔚成大觀！

茅盾在重慶參與了政界、文藝界、社交界的許多活動。到重慶不久，他就參與發起營救杜重遠的活動。他不能忘懷他這位受迫害的老朋友。他根據周恩來的建議，起草了由沈鈞儒、鄒韜奮、郭沫若、沈志遠和茅盾等著名人士聯名的致盛世才的通電。既為杜重遠辯誣，也給盛世才留了退路：他

〔註1〕《我走過的道路》（下），第242頁。

〔註2〕《現實主義的道路》，《新蜀報》，1941年2月1日，《茅盾全集》第22卷，第173頁。

們表示願共同擔保，要求盛世才把杜重遠轉到重慶交當局審理。但盛世才回電卻說：「在新疆六大政策下沒有冤案。」茅盾氣得發抖。他在幾天後舉行的中外記者招待會上，徹底揭露了盛世才在新疆實行黑暗統治、殘酷鎮壓群眾的內幕，也揭露了盛世才一手製造的杜重遠、趙丹等冤獄及他們受迫害的真相。

茅盾出席社交界、政界的集會並作了多次演講。他還出席了文藝界的許多座談會。如「戲劇的民族形式」座談會等，也都有講話與發言，並把許多演說與講話整理成文章發表。這些講話與文章，中心是追溯「五四」至抗戰以來文藝運動的發展及其方向，著重論述當前文壇形勢。茅盾以其轉戰南北，特別是在延安的豐富經驗，以及在重慶的切身體驗爲依據，不僅高屋建瓴，而且剖析透徹。

茅盾認爲：「中國新文學 20 年來所走的路，是現實主義的路。」一切討論與論爭，都「圍繞著這個『軸』」；「都是爲了現實主義的更正確的把握」，並「爭取其勝利。」〔註 3〕茅盾通過多方面的分析證明：「中國文藝運動的方向」「一向是正確的。」但其「實踐過程卻每每有主觀要求與客觀阻礙的決蕩，因爲主觀力量與客觀要求之不適應，同時，復因客觀的要求與阻礙之間的矛盾的時強時弱，而走了迂回曲折的道路。」目前「正走在這樣崎嶇的路上。」〔註 4〕他這是指當局的政治迫害和「文禁」而言。

茅盾從文藝運動、隊伍的壯大及其新貌立論，肯定了以下兩點是「空前」的：一是前方、後方、淪陷區、敵後游擊區及抗日根據地文藝隊伍人數是空前的；許多「向來與文藝無緣的青年被呼引到文藝的領域」發揮其才能，成爲新生力量。二是「在文藝理論」上提出並討論了許多「新的問題」，而且大致有了結論。因此茅盾認爲：「三年來是有進步的」，對此「不能估計得太低。」〔註 5〕茅盾特別看重文藝新人及其具備的新素質：如「紅小鬼（勤務員）」、年輕農民、小學教師等，他們眞正配稱作「眞正能把生活和大眾打成一片」者。〔註 6〕他特別看重文藝的群眾基礎，由從前的小市民、小知識份

〔註 3〕 《現實主義的路》，《茅盾全集》第 22 卷，第 172～173 頁。
〔註 4〕 《今後文藝界的兩件事》，重慶《大公報》，1941 年 1 月 12 日，《茅盾全集》第 22 卷，第 168 頁。
〔註 5〕 《今後文藝界的兩件事》，《茅盾全集》第 22 卷，第 167 頁。
〔註 6〕 《抗戰期間中國文藝運動的發展》，《中蘇文化》第 8 卷第 3、4 期合刊，1941 年 4 月，《茅盾全集》第 22 卷，第 199 頁。

子、先進工人「擴大到士兵、農民和落後的工人分子了。」〔註7〕這使茅盾改變了他在日本所說的關於基本讀者是小資產階級的看法。茅盾指出，文藝新人爲新讀者群服務導致了新優勢：「他們生活是多色多彩」「變動不居的」。反映到技巧上，則是雖不老練，但「清新靈動」；雖不工整但「橫斜逸出而多姿」，故「常有獨到之處。」因此茅盾主張「讓他們自由發展。」我們的培養則應一幫其加強「社會科學、哲學、歷史」等修養；二幫其總結「從實際經驗產生的嶄新的工作方法」使「更發展之」，作爲「今後的文藝運動」「有價值的材料。」〔註8〕他相信在他們當中會出現「未來的愛倫堡」、「未來的瑪雅科夫斯基和 A‧托爾斯泰。」茅盾還主張進一步擴大這支隊伍。途徑之一是繼續推動文藝通訊員運動。加強其「寫作的練習」，「指正和修正」〔註9〕其作品。他特別強調要把延安解放區培養工農文藝隊伍的經驗與方法推廣到全國去。

茅盾重點論述的第二個問題，是繼承魯迅爲代表的「五四」優秀傳統，面對抗戰以來的新形勢，把作品的內容與形式大大提高一下。他把魯迅傳統歸結爲「進步的世界觀，戰鬥的現實主義，以及融合中外古今而植根於廣博生活經驗的藝術形式。」他認爲魯迅的傳統與道路，正是 20 年來中國絕大部分作家正走著的路。四年抗戰已使作家生活經驗大大開展，文藝對象也大大開拓了。故對作品的內容與形式，都應提出新的要求。〔註10〕

內容的新要求，就是充分反映「抗戰的現實」；即「中國人民大眾的覺醒，怒吼，血淋淋的鬥爭生活。」這是一個「中心軸」與「無情的尺度，凡是助長民眾的覺悟，培養民眾的力量，解除民眾在抗戰時期生活苦痛的一切行爲和措施，應該得到讚美，反之，還要施行愚民政策，欺騙，壓迫，掠奪民眾的一切行爲和措施，必須加以抨擊。」

對新形式的要求，則是由「大眾化」「更進一階段」，即進到民族形式。茅盾把它界定表述爲「植根於現代中國人民大眾生活，而爲中國人民大眾所熟悉所親切的藝術形式。」「熟悉」是指「用語、包法、表現思想的形式」及「構成形象之音調、色彩而言。」「親切」是指所寫的「生活習慣、鄉土色調、人物的聲音笑貌舉止等等而言。」但茅盾同時強調：這並不「排斥外來形式」

〔註7〕 《抗戰期間中國文藝運動的發展》，《茅盾全集》第 22 卷，第 196 頁。
〔註8〕 《今後文藝界的兩件事》，《茅盾全集》第 22 卷，第 169～170 頁。
〔註9〕 《抗戰期間中國文藝運動的發展》，《茅盾全集》第 22 卷，第 200、197 頁。
〔註10〕 《抗戰期間中國文藝運動的發展》，《茅盾全集》第 22 卷，第 201～202 頁。

與「中國古來文學的優秀傳統。」倒是應該「吸收而消化以滋補自己」；「批判地加以繼承而光大之的。」〔註11〕

　　爲把「民族形式」具體化與現代化，茅盾重申先有人物後有故事之主張，同時發展了其人物與環境及其相互關係的理論：「不可把人孤立起來看。」「凡人皆是社會人」，其「思想意識是在與別人的接觸時顯現出來的」，他的「社會價值也是放在複雜的社會關係中而始確定的。」故看人應與其周圍環境聯繫起來，從其「社會關係上去看」，從其「應付人事等等行動的總體上去看。」同時，還「要從發展中看人物。」「人之變化累積而爲社會萬象的變化。」後者「又影響到人使他變。」「這一切的變，個別觀之」或進或退或升或落；「整體而觀」則是「在矛盾曲折中向前進的。」「所謂從發展中看，就是在這種錯綜交互的變化關係上去看」，即「從社會矛盾中去看」。〔註12〕

　　茅盾過去談人物與環境描寫，基本上是把它置於形象思維過程中去考察。現在他對作家提出的要求，是從馬克思主義世界觀、方法論高度，從觀察、認識與概括社會現實的過程與審美感受審美表現過程相互銜接的有機聯繫上，從審美感受、審美表現、審美欣賞三個不同層次與視角作出辯證的綜合的論述，從而達到茅盾論述此問題的最高點。這同時也是當時中國文藝學和美學研究所達到的最高點。

　　在重慶，茅盾也一定程度地介入了文藝界的論爭。對向林冰關於「民族形式」觀點的論爭，他趕上了個「尾」；對《戰國策》派的論爭，他趕上了個「頭」。考慮到《戰國策》派理論的「法西斯」性質，茅盾採取了嚴肅對待的態度。但考慮到論戰尚未充分展開，該派代表人物如陳銓、林同濟等都是極愛面子的西南聯大的教授，茅盾採取不點名地寫政論文章作適度批判的方法。這些政論有《時代的錯誤》、《我的 1941 年》、《談「中國人真有辦法」》之類，〔註13〕著重區分了戰爭的正義的與非正義的性質，站在此基點上揭露所謂「戰國」論的荒謬，從而揭露其對「五四」以來的新文化革命、新文學革命以至社會歷史研究取得的成就所持否定態度的荒謬，指出其「國粹派」的實質。他採取的幾個論述角度，都緊扣其反動本質。這就打中了要害。茅盾還寫了

〔註11〕 《抗戰期間中國文藝運動的發展》，《茅盾全集》第 22 卷，第 201～202 頁。

〔註12〕 《關於小說中的人物》，《抗戰文藝》第 7 卷第 2、3 期合刊，1941 年 3 月，《茅盾全集》第 22 卷，第 193 頁。

〔註13〕 分別刊於重慶《大公報》，1941 年 1 月 1 日、《新蜀報》，1 月 1 日、《全民抗戰》第 155 期，1 月 25 日，均收入《茅盾全集》第 22 卷。

《「家」與解放》〔註14〕等文章，批評沈從文所持與《戰國策》派或類似或相關的謬論，如「婦女回到廚房去」等。這也是與這次討論有關的小插曲。

1941年1月7日，發生了震驚中外的皖南事變。茅盾是事件發生後十天即1月17日，從沈鈞儒那兒聽到噩耗的。次日他看到《新華日報》用「開天窗」的方式登了周恩來親筆題的悼詞：「千古奇冤，江南一葉，同室操戈，相煎何急！？──為江南死國難者致哀。」茅盾感到非常震驚和悲憤。當月23日，茅盾出席了周恩來約見民主黨派和無黨派人士介紹皖南事變真相的會議。茅盾進一步了解了中共中央的態度立場和皖南事變的真實情況：汪精衛派漢奸吳開先以秘密特使身分穿梭於寧滬渝之間，為「蔣敵偽合流」聯合「剿共」牽線搭橋的結果之一。茅盾更看清了蔣介石掀起這次反共高潮的背景與必然性。鬱悶所積，不吐不快！茅盾遂於2月16日夜寫了情緒壓抑的抒情散文：《霧中偶記》。由於文網森然，不能直說，他以「天氣奇寒」「刮起大風」暗喻蔣介石掀起的反共高潮。對冒著嚴寒「穿著單衣」「和敵人搏鬥」的戰士及其「英勇和悲壯」的精神，茅盾致以崇高的敬意。對「霧」重慶「醜的，荒淫無恥」，及「奸商、小偷、大盜、漢奸、獰笑、惡眼、悲憤、無恥、奇冤、一切，而且還有沉默」，茅盾給予無情的揭露與譴責。但茅盾表示堅信：「濃霧之後，朗天化日也跟著來。」「血不會是永遠沒有代價的！民族解放的鬥爭，不達目的不止，還有成千成萬的戰士們還沒有死呢！」〔註15〕這篇散文壓抑、激忿與昂揚的情調共在，以強烈的抒情，喚起了無數同仇敵愾的心！

2月下旬，周恩來約見茅盾。話說得推心置腹：「我把你從延安請來，沒想到政局發生這樣大的變化，現在又要請你離開重慶」，到香港開闢一個新的戰線。「因為你剛從延安來，目標太大。」周恩來決定讓葉以群陪茅盾去，並且說：鄒韜奮、夏衍、范長江等也去。他徵求茅盾夫婦的意見，茅盾毅然表示：服從鬥爭需要。孔德沚也表示要陪茅盾共患難。為防戴笠的特務暗算，徐冰安排茅盾躲在南溫泉以避耳目；然後隻身赴港。孔德沚暫留棗子嵐埡照常活動，以迷惑敵人，掩護茅盾先走；隨後她再去香港團聚。於是茅盾避到南溫泉住了20多天，繼續寫他的見聞錄，共得《蘭州雜碎》、《風雪華家嶺》、

〔註14〕刊於《文藝陣地》第6卷第2期，1941年2月10日，《茅盾全集》第16卷，第299～302頁。

〔註15〕《霧中偶記》，《國訊》旬刊第261期，1941年2月25日，《茅盾全集》第12卷，第19～21頁。

《白楊禮贊》、《西京插曲》、《市場》和《「霧重慶」拾零》6 篇散文近兩萬字。尤其最末一篇文章，對圖書檢查會的「老爺們」大加諷刺，後來結集出版時，竟被砍刪了全文的三分之一！

　　1941 年 3 月中旬，由黨作出安排，茅盾在分別持有職業教育社與馮玉祥副官處證明的生活書店、新知書店兩位職員的護送下，離開重慶，乘了一週的汽車，到桂林轉乘飛機，於 3 月底抵香港。茅盾此時的心情，盡傾瀉在七絕《渝桂道中口占》中：「存亡關頭逆流多，森嚴文網欲如何？驅車我走天南道，萬里江山一放歌。」〔註 16〕面對黑暗和逆流，茅盾表現出大義凜然，奮戰不息的精神！

二

　　茅盾先住在旅館，約兩週後，孔德沚也趕到，遂遷到堅尼地道寓所。房東是一位旅美華僑。這時香港的形勢較 1938 年茅盾來時有很大變化：三年戰火的震撼，黨領導下進步文化工作者的開拓，使得市民的政治意識與愛國情緒相當濃厚。由於邱吉爾政府對日本態度強硬，港府對抗日宣傳的態度，也較前開明。但另一方面，國民黨的勢力也打進來，並攫取了一部分陣地。他們以「盟邦」身分要求港府「取締一切違背國府抗建國策和損害國府聲譽的言論。」此地的檢查官「相當內行」，進步報刊被迫「開天窗」的現象，相當普遍。但以許地山、戴望舒、蕭紅、端木蕻良、林煥平等為中堅的文協香港分會在 1940 年成立後，已形成進步力量的軸心。現在夏衍、范長江又奉周恩來之命抵港。他們一到，就於 4 月 8 日創辦了對開一大張的晚報《華商報》。茅盾的到來，就更有了堅強的核心；從此把香港的抗戰文藝運動推向新的階段。夏衍等約茅盾寫一部連載用的小說。茅盾就把陸續寫的「見聞錄」以《如是我見我聞》為題，加了個弁言，交夏衍在《華商報》上連載。

　　此作的取材與寫作，我在前邊已多次提到。關於其寫作主旨，茅盾在《弁言》中說道：「這不是遊記」，因為遊記要寫犯禁忌的「『路平』或『道險』。」故所寫只「是七零八落的雜記。也許描幾筆花草鳥獸，也許畫個把人臉，也許講點不登大雅之堂的『人事』，講點人們如何『穿』，如何『吃』，又如何發昏做夢，或者，如何傻頭傻腦賣力氣。」「不過我自信，聞時既未重聽，見時亦沒有戴眼鏡，形諸筆墨，意在存真。故曰『如是我見我聞』。」茅盾的《如

<hr />

〔註16〕《茅盾全集》第 10 卷，第 379 頁。

是我見我聞》，正是這種「以一目盡傳精神」的社會剖析性抒情記事散文。它和魯迅的雜文異曲同工；用他自己的話說就是：「這也是現實主義。」他在香港所寫的《大地山河》、《開荒》、《記「魯迅藝術文學院」》，以及那組知識性歷史性較強的回憶文章《客座雜憶》，如同《如是我見我聞》中的《白楊禮讚》、《風景談》那樣，或共同構成上述的茅盾散文創作第三階段的特點：「革命的象徵」；或以描敘作其補充。

這時鄒韜奮和徐伯昕也先後抵港辦起了每週六出版的《大眾生活》週刊，由茅盾、金仲華、夏衍、千家駒、胡繩、喬冠華及主編鄒韜奮組成編委會。經大家提出要求，由鄒韜奮出面轉達，要求茅盾寫個供刊物連載的長篇小說，以爭奪香港與東南亞的廣大讀者。出於「開闢新戰線」的需要，茅盾勉為其難，咬咬牙答應下來。這就是從 1941 年 5 月 17 日《大眾生活》創刊號起連載的著名長篇《腐蝕》。

這時希特勒已攻佔了大半個歐洲，6 月 22 日又撕毀「和約」悍然進攻蘇聯。至這年 10 月，竟打到莫斯科近郊。中共駐香港的負責人廖承志，為適應國際風雲突變的形勢，統一文化工作者的認識，及時交流情況，就辦起每週一次的時局漫談會。茅盾、鄒韜奮等都經常參加。每次開會，通常先由廖承志談國內局勢，介紹黨的重要指示或文件，及延安、重慶黨報發表的重要文章。再由剛回國的喬冠華介紹國際形勢。然後再大家漫談。這對茅盾編刊物、寫雜文幫助很大。這時他和黨之間，仍由葉以群溝通情況與關係。

由於支持《華商報》、《大眾生活》等刊而供稿著文，茅盾自己主編的刊物《筆談》，直到 7 月底才創刊。茅盾緊扣「開闢新戰線」的工作，從抗戰、爭民主的政治需要出發，把它辦成以小品文為主的半月刊。和辦《小說月報》、《文藝陣地》同樣，這次又是茅盾唱「獨角戲」。他在《徵稿簡約》中提出兩條：「一、這是個文藝性的綜合刊物」，「是一些短小精悍的文字，莊諧並收，辛甘兼備，也談天說地，也畫龍畫狗。」「二、內容如果要分類，則第一，關於遊記或地方印象；第二，人物志，以及遺聞軼事；第三，雜感隨筆，上下古今，政治社會，各從所好；第四，讀書札記，書報春秋；第五，文藝作品」；「第六，時論拔萃。」此刊從 1941 年 9 月 1 日起至 12 月 1 日止，每逢 1 日、16 日兩日出刊，並出版 7 期。其作者是高層次的。柳亞子提供了連載的《羿樓日札》，茅盾則是《客座雜憶》。經常供稿的作者如郭沫若、陳此生、胡繩、于毅夫、喬冠華、楊剛、以群、戈寶權、胡風、袁水

拍、林煥平、駱賓基、鳳子、柳無垢等都是名家。其文短而精，多以巧筆抨擊時弊。茅盾自己就寫了近 50 篇文章。此刊影響了全國，直到香港淪陷時才不得不停刊。

茅盾牢記周恩來「開闢新戰線」的要求，除寫《腐蝕》外，主要致力於匕首投槍般的雜文。由於港英當局配合國民黨限制言論自由，茅盾只能運用借古諷今等曲筆爲文。故其雜文被「開天窗」的情況很少。這些雜文大體是兩類。一類是譏刺政局、針砭時弊、抨擊暴政、呼喚民主的。這類文章也有直言不讀的。如《復活》〔註 17〕不僅把蔣石化作竊國大盜袁世凱，還借孫中山的亡靈考察其信徒的言行。文章寫出孫中山的「亡靈」目睹了三件事：一是他的照片和希特勒的並列；他的《三民主義》甚至被壓在希特勒的《我的奮鬥》之下。二是看到有人校對他的遺著，「每一句都改成相反意義」。三是見一叢山，遍植罌粟。主持其事者正拿著他的《上李鴻章書》指給人們看，說這正是「實行總理遺教」。這一切無不對蔣介石的倒行逆施行爲作辛辣諷刺。〔註 18〕有的文章則用曲筆。如《談一件歷史公案》。〔註 19〕文章很長，中心是說：殺岳飛者，秦檜只是執行者；主謀卻是宋高宗。因爲南渡後高宗的「國策」是：對外納款求和；對內加緊剝削，鉅款養兵，「專門鎮壓民眾。」而握重兵以抗金的岳飛，對「寶座的威脅太大」，遂殺之。顯然，宋高宗就是蔣介石。其「國策」就是「蔣敵僞合流」。殺岳飛則影射「皖南事變」和鎮壓抗日的中國共產黨。對這種借古諷今的高明「史筆」，檢查官也無可奈何。另一類雜文是議論國際時事，借以參與國際上反法西斯侵略的。《筆談》每期頭題都是茅盾親筆寫的「兩週間」專欄；或三五則，或近十則。多是百多字甚至數十字的匕首般的短論。茅盾對法西斯侵略戰爭痛加揭露；對反法西斯鬥爭的各國人民則熱情謳歌。「兩週間」之外的國際性雜文篇幅較長，主題卻相近。這些文章表達了茅盾對蘇聯人民反對德國侵略的衛國戰爭倍加關注。這些文章又和他在新疆的反帝政論一脈相承；進一步展示出茅盾胸懷全球，關注革命的恢宏視野。

此外茅盾也寫了許多文藝論文。除紀念魯迅逝世五週年所寫的《最理想的人性》、《研究魯迅的必要》、《研究、學習、並且發展他》之外，還有《談

〔註 17〕刊於《華商報》，1941 年 4 月 11 日，《茅盾全集》第 16 卷，第 305～306 頁。
〔註 18〕刊於《華商報》，1941 年 4 月 11 日，《茅盾全集》第 16 卷，第 305～306 頁。
〔註 19〕刊於《筆談》第 3 期，1941 年 10 月 1 日，《茅盾全集》第 16 卷，第 412～418 頁。

技巧、生活、思想及其他》、《如何加強我們的抗戰文藝》等頗有分量、影響極大的文論。特別是爲悼念許地山逝世所寫的《掉念許地山先生》、《論許地山的小說》等文，發展了《落華生論》中的許多觀點。如認爲許地山「在外表的浪漫主義風度之下，有一副寫實的骨骼」等論斷，不僅對具體作家的風格個性作了準確概括，也具普遍性的理論意義。

三

在香港，茅盾的主要創作成就是長篇《腐蝕》。〔註20〕幾十年來，對《腐蝕》的生活依據與創作動因，人們一直是很清楚的。近些年因秦德君、沈衛威提出的說法，而一度模糊起來。秦德君對沈衛威說：女作家白薇看了《腐蝕》後「跑來告訴我」說，「《腐蝕》是寫我的。她說：茅盾怕你報復他，就先下手，把你寫成國民黨特務，是以筆殺人。」〔註21〕這裡沒有說白薇提供此說的根據。此情況也未得到白薇或別人的任何證實。秦德君說：她看了《腐蝕》後，認爲「那女特務的生活一點也不是我的。」這就陷於自相矛盾的境地。因爲她又相信白薇的說法有道理：「因爲我當時在重慶的確很出風頭，川軍、國民黨軍政界、民主黨派、共產黨方面，我都有來往，茅盾可能把我誤認爲是有特殊身分的女特務。」「但他讓女特務趙惠明自新，這有他心理上的原因。」說這些話前秦德君曾問沈衛威：「你看出這本書與我的關係嗎？」沈答：「還沒有。」及至聽了秦德君上面這番話。沈衛威就「順著桿往上爬」地分析道：「由於你的提示，我這樣看茅盾的《腐蝕》：你「混跡於許多達官貴人之中，上通下和，神出鬼沒的情況」，使茅盾「產生了一種神秘感、恐懼感，他懷疑你」「成了國民黨特務。」「尤其害怕你對他忘情的報復，加上外在其他的政治因素」，「他爲你寫了《腐蝕》。」「也就是說茅盾的這部小說，實際上是爲排遣你在他心裡籠罩著那不可名狀的陰影而寫，爲解開你的神秘之謎而作。我這樣分析與白薇和你憑女性的藝術直感所獲得的心理感應，也許能吻合上。」但這種「學術研究」所得的結論，比秦德君說法更加離奇。其形成方法也十分輕率，是在未經證實的一種說法基礎上推導出來的。連秦德君都覺得勉強，因而說：「這是你作爲研究者的分析。」〔註22〕沈衛威這觀點也

〔註20〕連載於《大眾生活》週刊，1941年5月17日至9月27日，收入《茅盾全集》第5卷。

〔註21〕《秦德君對話錄》（二），《許昌師專學報》1990年第3期，第79頁。

〔註22〕《秦德君對話錄》（二），《許昌師專學報》1990年第3期，第79～80頁。

保持在其《茅盾傳》裡。〔註23〕

　　第二種說法是美籍華裔作家夏志清提出來的。他首先承認：「《腐蝕》一方面哀悼了新四軍運動的可悲下場，另方面又預言了共產黨的最後勝利。」「無疑是抗議國民黨出賣友黨而寫的。對於現代人來說，秘密警察代表了極權暴政的最壞形式。」「茅盾巧妙地利用了國民黨最受非議的一面。因為國民黨在抗戰期間為了打擊共產黨，不惜採用了特務手段。這種愚昧的措施，當然應該受到譴責。」〔註24〕夏志清自稱他是反共的。但作為學者，他基本上還是尊重事實的。其對作品成因與主題的基本概括，也大體公允。

　　第三種說法是作家哈華提出的：當時正是蔣日勾結，『反共高潮』越演越烈的時期。茅盾目睹皖南事變在前，妥協投降在後，不禁怒火中燒，義憤填膺。」「以小說《腐蝕》扔出了投槍。當時我在重慶，我知道這是以真人真事做模特兒的，是揭露國民黨利用祖國的青年對抗日的激情，辦了許多訓練班，與共產黨爭奪青年。後來大家明白那是接受反共的特務訓練，就再也無人投考這樣的『學校』了，大家決心投奔革命聖地延安。反動當局就乾脆在路上布滿軍警憲特，捕捉到延安去的青年，他們的『學校』便成了集中營，〔註25〕那些反共老狗張君勱和叛徒葉青（托派）對他們進行反共教育，那些特務再教他們間諜術，然後派遣到延安，或者分配到全國各地。」「特別一些天真的熱愛祖國的火女，落到他們手裡後，先被特務強姦，然後再叫他們以『左』的面貌出現，去搞美人計。」說什麼「『你們的戰場就在床上。』這些少女的良心還沒泯滅，她們不願做特務，但又擺脫不了他們。」「一個少女找到了重慶《新華日報》，訴說了她經歷的」這種「坎坷不平的道路，希望共產黨對她伸出援助的手，把她從苦海中挽救出來。茅盾根據這個故事，寫出了《腐蝕》這樣一本動人心魄、引人落淚的日記小說。」〔註26〕翟同泰也指出寫《腐蝕》的根據中有「吳全衡提供的材料，但不完全是根據她提供的材料，是聽了幾個人所講的故事綜合起來而又加以改造的。」〔註27〕

〔註23〕　《艱辛的人生——茅盾傳》，台灣業強出版社，第177頁。

〔註24〕　《中國現代小說史》，香港友聯出版社中文版，第305～306頁。

〔註25〕　茅盾在《如是我見我聞》與雜文《復活》中都記錄了這些內容，顯示了《腐蝕》題材來源的部分端倪。

〔註26〕　《巨星的隕落——憶茅盾同志》，《憶茅公》，第383～384頁。

〔註27〕　《「源泉藝術在民間」——茅盾談自己的創作》，《華東師範大學學報》1981年第6期。

　　最後一種說法是茅盾的自述:「香港及南洋一帶的讀者喜歡看武俠小說、驚險小說,這種小說我自然不會寫。不過國民黨特務抓人殺人的故事,以及特務機關的內幕,卻也有神秘色彩。我曾聽人講過,抗戰初期有不少熱血青年,被國民黨特務機關用戰地服務團等招牌招募了去,加以訓練後強迫他們當特務,如果不幹,就被投入監獄甚至殺害。還聽說,陷進去的青年有的偷偷與進步人士聯繫,希望得到幫助,使他們跳出火坑。韜奮就接待過這樣的青年。如果寫這樣一個故事,通過一個被騙而陷入深淵又不甘沉淪的青年特務的遭遇,暴露國民黨特務組織的凶狠、奸險和殘忍,對民主運動和進步力量的血腥鎮壓,以及他們內部的爾虞我詐和荒淫無恥,也許還有點意思。故事的背景可以放到皖南事變前後,從而揭露蔣介石勾結日汪,一手製造這『千古奇冤』的真相。」由於從接受寫連載小說的任務到正式初載只有一週時間,不可能如從前那樣從容準備,「寫個提要,列個人物表」,「於是決定採用日記體,因為日記體不需要嚴謹的結構,容易應付邊寫邊發表的要求。我一向不喜歡用第一人稱的寫法,這時也不得不採用了。小說主人公即日記的主人,決定選一女性,因為女子的感情一般較男子豐富,便於在日記中作細致的心理描寫。我給小說取名《腐蝕》,以概括主人公的遭遇,為了吸引讀者,我在書前加了一段小序,假稱這本日記是我在重慶某防空洞發現的。」〔註 28〕這甚至使來信問趙惠明下落的天真的讀者,誤以為真有其人。

　　以上四說中,哈華與茅盾的說法基本一致。但茅盾所據的生活素材,遠較哈華所說的要多。對照歷史與小說不難斷定:此兩說比較可靠。對小說主題思想的概括,茅盾說得比較準確。哈華（一定程度上包括夏志清的部分說法）的看法也基本準確。這從作品的描寫與產生的轟動效應,能得到充分的證明。

　　《腐蝕》體現了茅盾寫人物的基本原則。前面說過:茅盾主張寫人物要「從發展中」寫,從其「社會關係上」寫,把他「與周圍環境聯繫起來」寫,從其「應付人事等等行動總體上去」寫,從而達到「整體而觀」的效果。〔註 29〕《腐蝕》正是遵循了這些原則。趙惠明出場時已是 25 歲左右的女特務。但茅盾借助她在日記中對身世經歷的回憶與敘述,大體描繪出,她曾參與學潮,特別是「一二九」學生運動,有過「戰地服務」的抗日軍事經

〔註 28〕 《我走過的道路》（下）,第 260〜261 頁。
〔註 29〕 《關於小說中的人物》,《茅盾全集》第 22 卷,第 192〜193 頁。

歷，後被特務希強先姦後騙，拉下水當了特務。這是一種相當複雜的人生經歷。寫她墮落的過程本身，就對特務政治的強烈控訴與抗議。通過趙惠明置身魔窟所參與的種種特務罪行的描寫，加重了對小說基本主題的揭示。

但茅盾並不滿足於一個人物這特殊經驗的單線描寫。而是把趙惠明及其兩個女同學：黨的地下工作者萍，和汪偽特務舜英，羅織到皖南事變前後的「蔣敵偽合流」與共產黨領導下的抗日反蔣、特別是反「蔣敵偽合流」的大背景中，寫出了一組「三人行」：揭示出在階級矛盾民族矛盾相交織的複雜鬥爭中，三種不同的青年所代表的三種不同的人生道路。借兩醜襯托一美，指示出青年應走的革命道路；也藉以更有說服力地寫趙惠明經過尚未泯滅的人性與獸性的激烈鬥爭，終於走上了悔過自新之路；從而體現出兩個「中國之命運」大搏鬥時代，三種人生觀與人生道路的碰撞與對比，藉以警策世人，特別是當代青年。

作品寫蔣介石與「蔣敵偽合流」，著重通過舜英及其丈夫從南京到重慶穿針引線爲「合流」反共上竄下跳的描寫，以此作鋪墊，再借助皖南事變爆發後特務加緊防範鎮壓等等行動的正面描寫，側面寫出了蔣介石一手製造的皖南事變的罪行。這就使蔣介石的反共陰謀與特務政治，和地下黨的鬥爭與新四軍的抗日壯舉兩相對照，反射出 1941 年中國社會「光明與黑暗的交錯，── 一方面有血淋淋的英勇的鬥爭，同時另一方面又有荒淫無恥，自私卑劣」〔註 30〕的複雜現實。使作品中的「青年男女爲環境所迫，既未能不淫不屈，遂招致莫大的精神痛苦」，〔註 31〕及三種不同人生道路、三種不同的精神痛苦的描寫，擺脫了偶然性與個別性，獲得了具普遍性與典型性的社會政治教育意義與啓迪作用。一部第一人稱的日記體小說，居然能臻此境，殊屬不易！

茅盾採用日記體的作用，除前面他自述的便於邊寫邊連載外，更重要的是通過趙惠明的「自訟、自解嘲、自己辯護等等」〔註 32〕手段，從人物性格塑造言，是寫趙惠明由人而獸，人性與獸性並存互鬥的人性異化、人格分裂過程的複雜情態；也極有說服力地寫出她人性復歸、棄惡向善的動勢。這裡有兩個趙惠明：縱向看，是趙惠明向善的過去與趨惡的今天；橫向看，是趙

〔註30〕　《論加強批評工作》，《茅盾全集》第 21 卷，第 433 頁。
〔註31〕　《腐蝕・弁言》，《茅盾全集》第 5 卷，第 3〜4 頁。
〔註32〕　《腐蝕・後記》，《茅盾全集》第 5 卷，第 299 頁。

惠明人性與獸性、反動性與懺悔意識、改悔傾向的矛盾衝突。這就從思想上
體現出茅盾透徹犀利地剖析人物思想情感的深湛的功力。從藝術上則體現出
茅盾社會心理人物心態剖析的藝術功力所達到的全新突破。

從人物典型考察，趙惠明是茅盾筆下「時代女性」群中特殊的一員。她
是慧女士型惡向發展的極端化的典型。這也是茅盾對魯迅提出的「易卜生命
題」──「娜拉走後怎樣」所作的一個方面的回答：「墮落」了的娜拉中的最
壞的一種答案。這也是構成茅盾婦女觀、婦女運動觀的文學展現的一個有機
組成部分。趙惠明這個宙醜典型，起了其他任何典型難以達到的作用。因此，
此書問世，受到普遍好評。

本來學界對典型人物趙惠明也有定評。但解放初在極「左」思潮泛濫時，
在 1950 年開展鎮反、肅反運動中，茅盾受到不公正的指責：「作家不該給趙
惠明以自新的路；作品對趙惠明有同情，也是錯誤的。」這是兩個有聯繫的
問題。那一個的政治分量都不輕，遂導致據小說改編的同名電影也被禁映。
此書再版時，人民文學出版社問茅盾「有無修改」。茅盾充分考慮了各種評論
後「終於不作任何修改」。但他寫了一篇《後記》作出回答。一、關於給趙惠
明出路問題：茅盾說：這一方面是連載時應編輯的要求，「拖到第 26 期」「合
為一個合訂本」以方便讀者。更主要的是接受了許多讀者的意見與要求：給
其以「自新之路」以分化瓦解那些受騙後陷入魔窟無以自拔的脅從者。「在當
時的宣傳策略上看來，似亦未始不可。」二、關於同情趙惠明問題：茅盾不
承認對她有同情；也不同意今天的讀者看了給出路的描寫會因此「鬆懈了對
於特務的警惕」一說。茅盾指出：不能把人物的思想當作作家思想，因此不
該把「趙惠明的自訟，自解嘲，自己辯護」作「正面的理解」。因為這「正是
暴露了趙惠明的矛盾、個人主義、『不明大義』和缺乏節操」。作家的這些自
白，絕大部分是對的。〔註33〕

但說茅盾對趙惠明一點同情也沒有，這不合乎作品的審美實際與效果。
在當時「左」傾思潮壓力下，茅盾不得不如是說；這是可以理解的。但不能
認為這是實事求是的。首先看作家的審美表現動機：此作序言中茅盾關於「塵
海茫茫，狐鬼滿路」，失足青年為環境所騙所迫而招致「莫大的精神痛苦，然
大都默然飲恨，無可申訴」的敘寫，這字裡行間就流露了一定的同情。然後
看作品的審美表現：作品寫趙惠明的人性雖已異化，但其人性與良知並未完

<hr>

〔註33〕《腐蝕·後記》，《茅盾全集》第 5 卷，第 297～300 頁。

全泯滅。她還有向善的要求與憎惡的意識，對特務頭目與魔窟中的種種罪惡，她在日記中多處揭露抨擊。對被害的人民，特別是青年，她不僅同情，而且也手下留情。對地下工作者 K 與老同學萍，特別是對剛被拉下水的小女特務 N 的營救，使之脫離魔窟，幫助她走上「新生」，包括對過去的情人，被捕的「工合」〔註 34〕成員小昭的營救在內，都是寫她的悔改表現與向善行動。對有改悔表現者給出路並給予一定的同情，都是審美表現中具同情取向的層面。這也是實情。可見問題不在於作品中有無同情。而在於同情什麼，該不該同情這些方面。如果你是真正的徹底的歷史唯物主義者，你必然也應當作出肯定的回答。

這裡涉及到的茅盾審美表現的情感取向問題，還可作深入一步的剖析。茅盾把萍、趙惠明和舜英作為革命者、蔣特、汪偽漢奸三種類型，代表共、國、偽三種勢力，其描寫時所持的態度也是涇渭分明的。對萍、小昭和 K，作者熱情肯定。對趙惠明的基本態度是揭露批判；對其過去的純潔的歷史，對其現在的向善要求與行動，予以鼓勵，給予出路；也有分寸地表示同情。對舜英則是辛辣諷刺和無情地鞭撻。這三種不同的審美與審醜取向，都極鮮明且達到極高的水平。特別是這一切都通過局限性極大的女特務的日記出之，雖經過她的情感過濾與認識扭曲，而不失卻應有的政治評價，且能各有各的分寸，均各作出鮮明的思想情感評價，又不失去趙惠明作為女特務的思想情感態度取向與心理的真實性。沒有極高的藝術功力和思想情感素質，怎能臻此佳境？

《腐蝕》的結構也是有特點的。一是其「細腰蜂」或「凹腰葫蘆」型的獨特結構。這是應讀者與編者要求為此作「續貂」，造成了作品中趙惠明在魔窟和在大學區兩段工作經歷，自然地形成兩組先後出場的不同人物關係所致。但情節、主要人物性格與作品主題，卻一脈相承。若非作家匠心獨運，又怎樣可能似一氣呵成而無明顯「續貂」痕跡？二是茅盾把外在現實的客觀世界的描寫，完全納入趙惠明日記所展示的個人內心感受與主觀世界的描寫之中；把蔣、汪、共三方的複雜鬥爭這種客觀社會矛盾衝突構成的情節描寫，納入趙惠明內心雙重人格、人性與獸性的衝突，及其由人性異化到人性開始

〔註34〕「工合」是斯諾、路易·艾黎等外國進步人士在中國辦的合作社性質的「中國工業合作協會」的簡稱。旨在動員我國後方人力物力生產日用品及簡單武器支援抗日戰爭。在其中工作的多是中國進步的要求革命者。小昭屬之。但小昭並非共產黨員。

復歸的性格發展與心靈歷程的描寫之中。正是後者把「細腰蜂」式藝術結構的前後兩部分融化爲一體。這種縱橫交織的貫串線，使藝術結構似渾然天成。三是蔣、汪、共三條線形成「鼎足」型情節結構。這種結構在茅盾作品中多呈外在人物關係橫向展開的類型，如《三人行》即是，但《腐蝕》卻因它被納入趙惠明日記中去而取得了縱向展開的「內在」式類型。這是茅盾運用「鼎足」型結構藝術的新開拓與新創造。

因此種種，使《腐蝕》在中國現代文學史與茅盾創作道路上，具有極獨特的意義與價值，使它在國內國外均享有很高的聲譽，獲得了極高的評價。

茅盾的短篇《某一天》〔註 35〕在主題上與《腐蝕》相近：尖銳諷刺了假抗戰、眞反共、發國難財的一個國民黨官吏，藉以揭露國民黨所謂「抗戰到底」的眞面目。

四

《腐蝕》連載完的次月，即 10 月下旬，史沫特萊向茅盾辭行。她預言：日美不久就要開戰，香港將淪陷。她勸茅盾速速離港。果然，12 月 7 日，日軍偷襲珍珠港成功，並對美、英正式宣戰。從此太平洋戰爭爆發。12 月 8 日，以日軍進攻九龍爲標誌，港戰也爆發了！日機接連轟炸香港。「許多難民流離失所。」茅盾「除捐款外，還親自前往慰問患難同胞。」作家杜埃「陪他從九龍過深圳，到一個叫『上水』的地方去慰問，難胞受到很大的感動。那時，香港幾家進步的日報紛紛報導茅盾慰問難民的有關照片。」〔註 36〕長篇《鍛煉》中寫難民收容所的情節，就與此切身體驗有關。

這時地下黨已著手安排進步文化人撤離的工作。以群特地帶茅盾到廖承志統一安排的轉移地點軒尼詩道一家跳舞學校去，與其負責人應先生先行接洽，以防萬一以群來不及從其九龍住所趕來而措手不及。不久，果然戰鬥打響。茅盾接到轉移通知，而以群遲遲未能趕至。茅盾就攜孔德沚徑自遷去。他們住在三樓的一間舞廳。茅盾用化名，以九龍某總店老板的身分住下。當晚葉以群與戈寶權趕到。以群算是紙店的伙計。戈寶權則算以群的朋友。接著宋之的夫婦、女兒，文藝通訊社的高汾也來了。茅盾在此度過港戰最激烈的半個月。12 月 18 日，日軍攻港，此寓所離前線僅一箭之遙，樓頂又被炮彈

〔註35〕刊於《國訊》旬刊港版第 1 期，1941 年 10 月 10 日，收入《茅盾全集》第 8 卷。

〔註36〕杜埃：《臨歸凝睇，難忘蓓蕾》，《憶茅公》，第 203 頁。

擊中，他們遂於 25 日遷往中環德輔道一家中華大旅社。26 日香港淪陷。兩天後，日軍徵用此旅社。茅盾他們於 31 日又遷到干諾道一家小旅館住了四天。地下黨又安排他們轉移到西環半山腰一所大戶住宅。這是茅盾在港的第五處住所。

　　1942 年元月 9 日，戈寶權接茅盾夫婦到東環貧民區一棟房子，換上「唐裝」，準備出發。當夜以群引他們登上一艘大船，10 日凌晨船開赴九龍。登岸後，他們就加入難民隊伍的洪流。中途他們離隊，奔赴東江游擊區寶安。12日晚在白石龍游擊隊總部，會見了東江游擊隊司令員曾生與政委王平。休整了三天後，曾生已作好安排，由游擊隊員護送他們，於 1 月 20 日出發赴惠陽。途中因惠陽淪陷，受阻約半月。敵軍撤走後他們才奔赴惠陽。半夜過橋時，孔德沚失足掉到橋下河中。被救起後她邁著裹過腳的「半天足」，居然仍堅持步行，於 1942 年 2 月 14 日抵惠陽。27 日他們乘木船離惠陽，3 月 1 日元宵節那天抵老隆。次日搭軍車過忠信。當時茅盾化名孫德祿，孔德沚是孫陳氏，他們以義僑證明作為掩護，直到陽曆 3 月 9 日，才乘火車抵桂林。距他們離港的時間，正好兩個月。〔註37〕

　　這一路上，茅盾獲得充分了解黨領導下的東江游擊隊風采的機會，加深了對革命軍隊的認識。他在 1942 年 6 月交給桂林學藝出版社出版的中篇報告文學《劫後拾遺》〔註38〕和 1946 年 1 月 18 日至 27 日由《新民報》晚刊連載，1947 年上海新群出版社出版的《生活之一頁》，以及 1947 年 6 月至 11 月《進步青年》2 至 7 期連載的另一部《生活之一頁》，1949 年 6 月新加坡南洋出版社出版單行本時改題《脫險雜記》等散文集，以及 1943 年 10 月 1 日《半月文萃》2 卷 3 期所刊《歸途拾零》這組散文中，都詳細描繪了離港赴桂，途經東江游擊區的所歷所見。這些散文和《見聞雜記》一起，是抗戰時期茅盾顛沛流離、奔赴國難，艱險經歷所體現出的偉大精神與堅韌態度的真實寫照。除關於延安的那幾篇散文外，這是直接描繪共產黨及其領導下的游擊隊英雄風貌的珍貴篇章。

　　茅盾對中國共產黨 1941 年組織搶救近兩千名淪陷香港的進步文化人這一壯舉所作的文學表現，既歌頌了共產黨，又暴露了日寇與國民黨反動派。它

〔註37〕參看《我走過的道路》（下），第 278～295 頁。
〔註38〕此文作為小說，收入《茅盾全集》第 5 卷。作為小說，其實並不妥當，應該算作報告文學。

對茅盾的人生經歷與創作道路,具特殊的意義。這是茅盾散文創作中非常獨特的一些篇章;對中國現代文學史言,幾乎是僅見的記錄這些歷史的重要文學著作。因此,它對中共黨史與中國游擊戰爭史及中國游擊隊史,具有重大的史料價值。

第二節　蝸居桂林,韜光養晦譜春秋

茅盾夫婦住進桂林一家小旅店時,是很狼狽的:兩人身穿東江游擊隊發的藍布棉衣,又肥又髒。茅盾提一個包袱一隻暖瓶;孔德沚提一個包袱一個藤籃,內裝梳洗用具和那部扮成教徒借以掩蓋身份用的《新舊約全書》。茶房一見,投來鄙夷的眼光。茅盾當時確實阮囊羞澀,難以久住旅館。但房租低的住房一時又找不到。田漢、歐陽予倩、魯彥、孟超、宋雲彬、艾蕪、司馬文森,以及先期抵桂的夏衍、金仲華等聞訊來訪。當地黨的負責人(公開身份是文化供應社辦的《文化雜誌》的主編)邵荃麟也來看望。

一

邵荃麟主動讓出自己的廚房給茅盾夫婦暫住。這是由國民黨左派陳邵先任社長的文化供應社的宿舍,是坐落在西門外麗君路南一巷的新蓋的二層樓房。前樓一層是倉庫。樓上四大間住著宋雲彬和一個出版商。後樓四小間擠住著邵荃麟、葛琴夫婦和金仲華兄妹。宋雲彬曾寄住茅盾家,並讓孔德沚挺著大肚子為他按蚊帳,導致孔德沚早產。茅盾夫婦沒有住處,他卻一聲不吭。倒是初次結識的邵荃麟讓出廚房給茅盾住。這是一間約八九平方米大,只能放一張小雙人床與一張小桌的名副其實的蝸居。四周十分嘈雜:樓上是宋雲彬和那些太太們搓麻將;或是站在走廊談「賭經」。樓下天井是僕佣們坐著洗菜閒談。樓上樓下又時時對喊。茅盾戲稱之以唐朝的「坐部伎」與「立部伎」。茅盾特別鄙視樓上「立部」的話題:「內容自極猥瑣,然有一基調焉,曰:『錢』。」〔註39〕直到茅盾忍無可忍,發了一次脾氣,他們才稍有收斂。這是桂林當時某些文化人精神狀態的反映。久積這些所聞所見的社會現象;茅盾「寫《雨天雜寫》時……不免流於筆端;於是文章中就出現了活躍於桂林文化市場上的某些人物,並且寫下了一副對聯;『飯桶酒囊亦功德,雞

〔註39〕《雨天雜寫之四》,《人間世》復刊第 1 卷第 4 期,1943 年 4 月 1 日,《茅盾全集》第 16 卷,第 486 頁。

鳴狗盜是雄才』。」〔註40〕

　　這時桂林的形勢相當複雜：抗戰初地方當局爲抗衡重慶壓力，保護地方權力，一度曾與共產黨合作，允許某些進步活動。於是文化人麇集桂林，大顯身手；遂有「抗戰文化名城」美稱。皖南事變後，蔣介石對桂林施加壓力，遂使當局增加了各種限制；並加強了圖書檢查；但相比之下仍較重慶爲寬。故除重慶密令通緝的鄒韜奮外，由香港撤出的進步文化人皆雲集於此。但重慶一面電告廣西：不要給他們安排工作；一面派以文化服務社會身份掩蓋其CC特務身份的劉百閔來邀他們去重慶。劉百閔特別宴請了茅盾：一是表示「中央」的「慰問」；二是邀他赴重慶繼續其國民黨軍事委員會政治部文化工作委員會委員的工作。他還以工作、生活均無問題相許。茅盾很難相信他有誠意，就以休整與寫小說爲由，推辭不赴。劉百閔遍邀諸人卻一無所獲。他無法向重慶交待；只好一面派特務嚴密監視；一面坐等勤催。

　　茅盾鑑於這種形勢，決定韜光養晦，暫時不寫揭露時弊的雜文，而以寫談歷史的散文和長篇小說爲主，靠賣文爲生。這時敵機時來空襲，人們都到鐘乳石岩洞躲避。茅盾卻置生死於度外。他在「兩部鼓吹」的嘈雜與空襲時來這種兩相交迫的環境中，抓緊著述，寫下了著名的長篇小說《霜葉紅似二月花》第一部和《雨天雜寫》這組散文。

　　6月間〔註41〕葉聖陶來桂林，趨訪茅盾。據葉聖陶《蓉桂之旅》中記：「6月4日星期四，九時抵桂林。（下午）四時隨雲彬至其寓。寓中熟人聚居，有雁冰、仲華、聯棠諸家，……雁冰夫婦亦仍如前，他們五年來行路最多，見聞自廣。雁冰方作一長篇小說，俟其出世當爲佳作。」「6月9日星期二，十一時至雁冰所，應其招飯。雁冰夫人治饌甚豐。有雞與魚蝦。云來桂後從未請客，此爲第一次也。午後一時許傳警報，未久而傳緊急。雁冰夫婦不逃，余亦留。雁冰爲余談在新疆一年間之所歷，頗長異聞。旋飛機聲起，隱隱聞投彈聲，繼見高射炮之煙兩朵，復次見敵機四架，飛行甚高，約歷一刻鐘而寂。雁冰繼續談說，中氣甚足，直至四時半而終止。雁冰夫人復談香港脫險經歷，南北往來行程經歷畢可聽。」〔註42〕這段文字記錄了老友相聚的歡愉之情，與面對轟炸笑傲鄙視的膽識與風釆。

〔註40〕《我走過的道路》（下），第306頁。
〔註41〕《我走過的道路》（下）中誤記爲7月間。
〔註42〕《新文學史料》1982年第4期，第39、41頁。

在桂林，解決生計問題是當務之急。那時桂林書店與出版社已登記者就有 60 多家，多係「皮包書店」，常做盜版生意，獲利頗厚。老板多是原大書店或出版社的職員，與文化人熟稔。他們多以從優的稿費求稿。其中，學藝出版社是生活書社桂林分店被查封後的「化身」。茅盾認爲理應支持，遂允以紀實散文集《劫後拾遺》付之。經理也很通情達理，見茅盾手頭拮据，就允預支稿費；且可先在雜誌上發表部分章節。遂救了茅盾生計上的燃眉之急。

各雜誌的索稿，茅盾一概謝絕。他想看看重慶對他在港抨擊政治、揭露特務和文網的著述持何態度，故不願寫匕首投槍般的短文「授人口實」。何況桂林文禁亦緊，寫出來也發表不了。所以他決計以長篇形式寫重大歷史題材和港情紀實。《劫後拾遺》於 1942 年 5 月 1 日脫稿。6 月初茅盾就開始醞釀並創作長篇鉅著《霜葉紅似二月花》。

茅盾謝絕了一切拋頭露面的社會活動，加強了可靠朋友間的私下交往。但有兩次活動則盛情難卻。一次是文協桂林分會爲提高版稅、稿酬以維護作家權益，並帶有向出版商交涉談判性質的文藝家座談會。茅盾被推舉爲主持人，並負責拉那位到處遊說、證明作家要降低經濟要求以維護出版商利益的文化掮客宋雲彬出席此會。會議於 1942 年 4 月 26 日在廣西藝術館召開。茅盾報告了醞釀過程和有關建議後，大家開始發言。然後讓宋雲彬當場表態。宋雲彬則表面同意，並在建議書上簽了名，從此卻和文協斷絕來往，成了地道的「出版商」代理人了。另一次是邵荃麟再三要求他爲文協分會所辦的文藝講習講課。茅盾談了「讀、觀察、寫」等三個問題。講稿經修改以後，發表在 5 月 5 日《中學生》雜誌，題爲《雜談文學修養》。從此一發難收。他又被態度誠懇、頭腦清楚的華華書店老板孫懷琮所說服，爲他寫了如何開掘題材的文藝隨筆《有意爲之》。此外還寫了《大題小解》、《談人物特寫》、《「詩論」管窺》等文藝短論約 20 篇左右。這些文章也鋒芒收斂，避開時弊，大都談藝術技巧。這在茅盾一生，是少見而獨特的。

這時的茅盾飽經滄桑！入黨時的政治抱負，被「四一二」的打擊磨煉得現實一些了。抗戰初期出於民族義憤的激昂吶喊的心情，被幾年的顛沛流離的艱難歲月磨煉得冷靜多了。他在新疆看破了假戲眞唱的政客醜劇；在延安卻獲得了國家民族光明前景的新希望。在重慶的短暫時日，他見到了狐鬼滿路的黑暗；香港的浮沉使他意識到長期抗戰道路之曲折。而今長途跋涉，來到

這表面繁榮的抗戰文化名城桂林，「住了三個月，什麼也沒有學得，什麼也沒有做得，就只看到聽到些；然亦正因尚有見聞，有時也感到哭笑不得。」〔註43〕他這裡的潛台詞，首先是指的蔣介石熱衷打內戰和施暴政，而不致力禦侮抗敵。茅盾在抗戰初預言的民族革命運動與民主革命運動雙向並舉的局面，不僅沒有出現，政治環境之惡劣，反而每下愈況了！他這位幾十年來以犀利筆墨衝鋒陷陣的大作家，而今也不得不韜光養晦。茅盾這時的心情，是極其鬱悶的。這種心情，不僅茅盾一人；和他過從甚密的柳亞子、陳此生，以及文藝界其他朋友，也大都如此。他和柳亞子、陳此生每次相聚，不是論史鑑今，就是詩文酬對。而其觀照與思考的，卻是時局風尚，國家民族的安危與前景。柳亞子是追隨孫中山從事中國資產階級舊民主主義革命和創建國民黨的元老與革命的弄潮兒；茅盾是追隨李大釗、陳獨秀參加新民主主義革命和創建共產黨的元老與革命弄潮兒。陳此生則是著名的歷史學家。這三位的談吐情思，從理論到切身經歷與體驗，都充盈著古今中外的深刻的歷史經驗教訓的反思內涵，與溯本求源、借古鑑今的特徵。這政治的歷史的宏觀視野與溯本求源性，對茅盾自身，不論主觀上他是否意識到，客觀上呈現出的，卻是幾十年來一脈相承的歷史反思過程。早在童少年時代讀史與作史論時，就打下了歷史學科紮實的基礎。小學作文所獲批語中所謂的「讀史有眼」，就是指他能以獨立思考的新眼光去審視歷史，並取得現代意識性的新結論。及至參加革命，歷史反思與現實活動，都納入其政治視野之中。商務時期繼續其文學的溯本求源工程，去進行古典文學研究，這歷史反思性的積澱，也燭照了他後來的文學創作，從而形成政治社會主題，及其歷史反思特徵。在新疆講學，他開過歷史課。這是他第一次系統地把中國歷史研究成果，從經濟、政治、社會，特別是文化意識形態角度，進行系統梳理的機會。許多思考，都上升為理性層次，並已形諸筆端。可惜這些文字早已散佚，若能發現，當可窺見他已臻的宏觀視野與歷史深度。本書據當年的聽眾的回憶與茅盾的回憶，所述其當時所思考的部分內容，只能借斑窺豹。這次在桂林與柳亞子、陳此生談古論今，茅盾的思考與言談，當是這長期歷史反思過程的繼續與深化。這與他當年治中國文學和外國文學的兩次溯本求源，具同樣重要的意義。時值桂林陰雨綿綿，頗類江南的梅雨季節，恰似陰霾時局的寫照。有了這番思考，茅盾在「無寫處中覓可寫之物」，遂萌生「我也講講歷史如何」

〔註43〕《雨天雜寫之四》，《茅盾全集》第 16 卷，第 486 頁。

〔註44〕的構想。筆下所積，共得五篇。總題爲《雨天雜寫》。思出有因，加之文如其人：茅盾談古論今，自然暗藏鋒芒。除鞭笞文化市場頹風之外，仍然不離政局。如《雨天雜寫之三》，〔註45〕從希特勒向法國索拿破崙侵俄文件之阿Q氣質說起，對比了希特勒與拿破崙，對比了秦皇漢武，從政治、經濟、文化等多重視角，除了得出「如在今世，則秦始和漢武那一套，同樣不是我們所需要，正如拿破崙雖較希特勒爲英雄，而拿破崙的鬼魂卻永遠不能復活了」的具體結論外，還引出了針對現實的普遍性結論：「不能禁止人家思索，不能消滅人家的記憶，又不能使人必這樣想而不那樣想，這原是千古專制君王的大不如意事；希特勒的刀鋸雖利，戈培爾之輩的麻醉欺騙造謠污衊的功夫雖復出神入化，然而在這一點上，暫時還未能稱心如意。」可是「歷史上有一些人，每每喜以前代的大人物自喻。」幹盡這樣那樣逆歷史潮流而動的蠢事。所以他們「終必失敗」的結局，自然早就等在那裡了。項莊舞劍，意在沛公，這些話實有所指，而且讀者不必苦思，就能對得上號的。文如其人，茅盾畢竟還是茅盾！

這組散文寫於 1942 年的桂林，反映了當時的眞情實感，大都於 1943 年滯後發表，但仍堅持了揭示時弊、鞭撻黑暗的犀利鋒芒與審美力度。只是不僅讀者，就是茅盾研究界，對這組文章，也一向忽視了它展示出的茅盾思想重要側面的重大意義。

觀察研究社會，是茅盾一貫致力的工作。在桂林和次年在重慶，他用娟秀的毛筆字在豎行信箋上寫下一批札記，共 43 頁，每頁約 400 字，總共約四千餘字。其中在桂林所寫約 53 則。多係生活見聞實錄。由此可以窺見到茅盾從生活到創作的某些「隱秘」和他在桂林關注的社會問題。這些札記或長達千餘言，或百餘字幾十字，頗類似蒲松齡的《聊齋》體。從生活來源看，開始是乍抵桂林朋友來訪所得：如他在札記中註明係據司馬文森、陳翰笙、艾蕪、伍禾、殷家二妹等「來談」者就是。有些是不甚熟悉者，他用魏某、溫某標之；而以「客談」標者爲多。這一類約 14 則。多據報載或乾脆是報刊文摘特別是摘自廣告者近 10 則。其他多未註明來源：或回憶抗戰爆發初武漢、金華等地的見聞；或四川、廣西當地的見聞。此類最多，近 30 則，由此可以

〔註44〕《雨天雜寫之二》，初刊於貴州華美書店《藝術新叢・陽光》，1943 年 7 月，《茅盾全集》第 16 卷，第 477 頁。

〔註45〕初刊於《人間世》復刊第 1 卷第 1 期，1942 年 10 月 15 日，《茅盾全集》第 16 卷，第 480～485 頁。

看出，這時茅盾的客居生活較爲狹窄。從內容看其最爲關注的是經濟情態：其中記物價者 13 則；記投機倒把、經濟腐敗、工商業滑坡者 8 則；記工業困窘者 3 則；記資本家腐朽生活者 1 則；總計 25 則，約佔五分之二強。記文化情態者居次：其中文化市場之畸形者 6 則；文人處境艱難或心態扭曲者亦 6 則。記人民群眾顛沛流離等不幸遭遇者 8 則，若把記文人者計在內則 10 餘則。由此可見：茅盾在桂林雖然韜光養晦，過蟄居生活，但他關注國家民族人民命運的胸懷卻一以貫之。這些札記同時也就是他積累創作素材、確定創作主題的基本依據。這些札記起碼爲後來創作《走上崗位》、《鍛煉》、《清明前後》等作奠定了部分基礎。

　　這些札記中頗有意味深長的社會剖析文字。如「五月四日〔註 46〕大公報《爲青年憂爲國家懼》一文中謂：『同學見面，言不及義，彼此都不說眞話，誰都怕對方是偵探。』又云：『他們的情緒，是受著一種擾亂，受著一種壓迫……什麼東西擾亂』」「『壓迫青年的情緒？是黨派活動』」，「『學校屢入黨派糾紛，甚至用校紀以外的手段對付學生，那都會傷害青年的情緒』。」〔註 47〕又如：「司馬文森來談：昔日廣州棄守之時，廣州市女壯丁隊千餘人隨軍撤退，至蘆苞清遠，奉令解散，千餘女壯丁流離失所；流落爲娼者有之，大部則爲歹人拐騙，詐言介紹至粵北工作，既至粵北則賣與當地之小地主富農爲妾。粵省小地主及富農本多蓄妾，蓋利用其勞動力，較雇長工爲便宜也。女壯丁之被拐賣爲妾者，操作如牛馬，被虐待萬狀，有不勝其苦思逃走，則當地鄉公所電話一出，百里內之要道即有人守望，逃者終不得脫。捉回後搒笞禁閉，慘絕人寰，甚至有被挖眼者。又有若干女壯丁流落在西江，其時軍運汽車公畢返曲江者多空車，司機亦拐騙此等女子，除擇尤逼爲妾侍外，又以分贈朋友。女壯丁多爲女招待，女理髮，女工及商店女職員，其中多有受初中教育者。」〔註 48〕再如有一則札記談川西物價，就其利害作了極透徹的階級分析：「地主階級坐享高利」，用種種手段盤剝佃農。「中間商」則利用物價波動，把農民的主要產品納入流通過程「從中漁利」，使「直接生產者與消費者都受了痛苦」。「薪給者」中大學教授所受其害甚至較木工等更爲嚴重。造成「受高級訓練的薪資調整」反較勿需訓練或很少訓練者更緩以至「最緩」。

〔註46〕指 1942 年 5 月 4 日。
〔註47〕據茅盾在桂林所寫札記手稿。
〔註48〕據茅盾在桂林所寫札記手稿。

茅盾對「物價高漲中有人得利，有人吃虧」的這種種現實大鳴不平。這些札記表現出他的時代使命感、社會責任感與憂患意識。

這些札記，是茅盾一生很少存留的寶貴遺墨。由此我們能更深地切入其文學生涯與內心世界。

這期間柳亞子組織了一次攜眷遊灕江陽朔的活動。參加者有陳此生、田漢、熊佛西、茅盾夫婦與楊東蓴等。他們在船上論史賦詩，時時夾以憂國憂民、思戀故土之情。柳亞子是晚清革命團體南社的著名前輩詩人。茅盾和他多所唱和。這些詩是自我情懷的真實傾瀉，與《雨天雜寫》組篇同樣，反映出茅盾另一面的複雜心情：如「搏天鷹隼困藩溷，拜月狐狸戴冕旒。落落人間啼笑寂，側身北望思悠悠。」〔註49〕那狐鬼滿路，壯志難酬的壓抑憤懣之情，不禁溢於言表。

11 月上旬，茅盾應邀參觀在延安結識的著名進步畫家、中國抗戰美術出國展覽會總幹事沈逸千的畫展，並被邀到沈寓，觀賞他讀《白楊禮贊》有感所繪的《白楊圖》。茅盾應請題詩曰：「北方的佳樹，挺立攬斜暉。葉葉皆團結，枝枝爭上游。羞擠楠枋死，甘居榆棗儔。丹青留風骨，感此倍徘徊。」後來發表時，把頭兩句改為「北方有佳樹，挺立如長矛。」第四句改為「羞與楠枋伍」，末句改為「願與子同仇！」在歌頌黨與抗日軍民的主題基礎上，表達了茅盾同仇敵愾的態度與抱負。茅盾身在蝸居，心連廣宇。秋風蕭殺，浮想聯翩。在所賦《感懷》中，有抒情壯志，兼思遠在延安的小兒女的。其句曰：「煎迫詎足論，但愁智能渴。桓桓彼多士，引領向北國。雙雙小兒女，馳書訴契闊。夢晤如生平，歡笑復嗚咽。」

這時茅盾反覆考慮，桂林決非久棲之地；去延安已不可能，在桂林和在重慶均在特務監視之下。但在桂林，蔣介石若下毒手，可以用自己不從命，他則鞭長莫及無法保護的理由掩蓋其罪行。去重慶是老蔣邀請的。重慶外交使節與新聞機構林立，老蔣礙於輿論，反倒不敢下毒手。而且周恩來仍在重慶，郭沫若、老舍、陽翰笙等仍可相互配合，以文化委員會委員身份做許多工作。於是茅盾下定決心赴重慶：「我個人的幸福已緊緊地和民族的命運捆在一起，只有爭取了民族的自由與解放，我們闔家才有團圓的可能。」〔註50〕於是他開始作起程赴重慶的準備。

〔註49〕《無題·七律》，《茅盾詩詞集》，第5～6頁。
〔註50〕《我走過的道路》（下），第316頁。

這時，熊佛西要辦大型月刊《文學創作》，並自任總編輯。茅盾是 1921
年在北京與汪仲賢辦民眾戲劇社時結識熊佛西的。茅盾與柳亞子、田漢商定：
大家集體支持他，並答應每期每人至少提交一篇文章。桂林不比香港，寫小
說也很曲折隱晦。茅盾由港脫險帶了一路作掩護身份用的《新舊約全書》，這
時派了大用場！茅盾想：蔣介石信教，取材於聖經，該不會有麻煩。於是寫
了《耶穌之死》和《參孫的復仇》。〔註51〕以前茅盾曾以北歐神話為題材，寫
過《神的滅亡》，亦屬此類。這類作品所取題材，有其內在的固有涵義，作家
的主體寓意雖是借此諷彼，但是只能總體把握，不宜機械地對號入座。但《耶
穌之死》對殉道者的謳歌，和對叛徒猶大的鞭撻與譴責，《參孫的復仇》對大
利拉的無恥與欺騙的揭露，對參孫的過分呆氣與善良的諷喻，及對其最終復
仇的英雄行為的快意描寫，除了其自身的審美內涵外，仍有針對現實的弦外
之音。不過它表現得比較隱晦，不易為不熟知《聖經》故事，不了解寫作背
景的讀者所把握。

這在茅盾，是不多見的。這固然打上了惡劣環境的時代烙印：40 年代在
國統區興起的歷史劇高潮，歷史小說成風，是這特定時代的產物，都是大石
底下曲曲折折生長的小草。然而對茅盾來說，不論談史論今的《雨天雜寫》
組篇，還是取材《聖經》的幾個短篇，這固然是題材與創作視野的拓展；但
從戰鬥性與審美鋒芒說，不能不承認這是一種不得已而為之的創作傾向性的
萎縮。本時期所寫現實題材的作品，如《列那和吉地》、《虛驚》、《過封鎖線》，
都是新疆生活和離港脫險經歷的紀實之作。連到重慶寫的《船上》在內，1980
年雖都由茅盾親手編入《茅盾短篇小說集》，但與茅盾編入《茅盾散文速寫集》
的《太平凡的故事》同樣，都是紀實散文，不能算嚴格意義的小說。其一向
犀利的鋒芒，在這些作品中，呈「鈍化」的趨勢。在茅盾說來，這當然是不
得已而為之的。

由於支持了熊佛西，茅盾就無法謝絕其他朋友的約稿。所以《過封鎖線》
和《太平凡的故事》，就分別給了王魯彥和邵荃麟。此外他還應中國旅行社《旅
行雜誌》主編孫春台之約，寫了長達八千字的《新疆風土雜憶》，並由此與中
國旅行社結緣。赴重慶後茅盾還被聘為《旅行雜誌》主編兼該社顧問。

這時茅盾收到了先期赴重慶的葉以群的來信，要他到重慶繼續主編《文

〔註51〕分別刊於《文學創作》創刊號，1942 年 9 月 5 日、《創作月刊》第 2 卷第 1
期，12 月 15 日，均收入《茅盾全集》第 9 卷。

藝陣地》。這給了茅盾一個藉口。於是他通知劉百閔：所寫長篇已告段落，重慶邀我去編雜誌，我擬就任。劉百閔正因坐等了五個月卻連一個文化名人也沒請去，不好向蔣介石交差。茅盾是第一個答應的大人物。劉百閔當然大喜過望。在獲得茅盾「說話算數」的諾言，並安排了監送辦法後，劉百閔就一個人先回重慶報功去了。

茅盾拒絕了劉百閔提供路費等「優待」，自己來籌措路費，遂編了《見聞雜誌》、《白楊禮讚》〔註52〕和《茅盾自選短篇集》，分別交文光書店、柔草社和民範出版社。後一個集子因審查未能通過，故未能出版。

茅盾決定 12 月 3 日離桂林。11 月 29 日柳亞子、田漢夫婦在月牙山以「豆腐名吃」設宴為茅盾餞行。柳亞子贈別詩曰：「遠道馳驅入蜀京，月牙山下送君行；離情別緒渾難說，惜少當延醉巨觥。」田漢則除贈別詩外，還讓國民黨軍校炮科畢業的兒子攜槍同行，為茅盾「保鏢」。後來茅盾以《桂渝道中雜詩，寄桂友》四首絕句贈柳亞子。行前他還寫了《將赴重慶，贈陳此生伉儷》這首長詩。這些詩既抒懷又記事，把他們「論史」的借古鑑今的共同經歷，和對時局的憂憤之情，傾注在激情滿紙的警句裡。其中「投袂吾心決」「慷慨上征途」句，充分表達了當時茅盾的壯志豪情。

1942 年 12 月 3 日，茅盾夫婦離開桂林抵柳州。換車前「監送」的特務把田漢的兒子支開，一路食宿車票均由他們「處置」。孔德沚為此憂心忡忡。茅盾因為早已料定蔣介石所持的是什麼態度，反倒處之泰然，樂得一路由他們「保護」。12 月 4 日，他乘火車離開柳州去金城江；5 日轉汽車去貴陽。在貴陽等車票期間，茅盾會見了闊別多的商務印書館時期的老朋友謝六逸。當中茅盾患急性咽喉炎幾乎失聲。幸虧李達夫人王會悟代請教會的醫生給打了消炎退燒針，次日始能堅持登車。途經遵義、綦江，各宿一夜，他們終於 1942 年 12 月下旬抵達重慶，從此開始了長達三年的在特務監視下的不自由的生活。幸好茅盾對蔣介石的態度判斷正確。他利用這三年相對穩定的寶貴時間，做出了許多貢獻。

二

茅盾在桂林所寫的最重要的作品，無疑是未完成的長篇小說《霜葉紅似二月花》。此書早在抗戰前夕就開始構思，〔註53〕實際寫成於 1942 年 6 月至 9

〔註52〕二書分別於 1943 年 1 月和 2 月出版。
〔註53〕《我走過的道路》（中），第 343 頁和《我走過的道路》（下），第 299～300 頁。

月。1958 年此書收入《茅盾文集》時，茅盾在「新版後記」中說：「全書的規模比較大，預計分三部，第一部寫『五四』前後，第二部寫北伐戰爭，第三部寫大革命失敗以後。但是寫了十五萬字，只完成了第一部，還沒有沾著大革命的邊」，〔註54〕就因赴重慶而擱筆。第一部共 14 章。1 至 9 章初刊於 1942 年 8 至 11 月《文藝陣地》7 卷 1 至 4 期。10 至 14 章以《秋潦》為題，初刊於 1943 年 1 至 6 月重慶《時事新報‧晨光》1 至 29 期。全書 1943 年 5 月由桂林華華書店出版，總題仍為《霜葉紅似二月花》。

從書中所寫環境特點，及其地近上海與省城（杭州）看，事件的地點當在杭嘉湖地區。參照茅盾自繪的環境圖〔註55〕可知，顯然以他的家鄉桐鄉縣烏鎮與青鎮為參照系。

關於第一部事件發生的時間，茅盾自己的說法不一。他在《秋潦‧解題》中說是「『五四』運動的上一年」。但這明確的特指時間，不能被書中的情節所證實。「新版後記」中說：全書「本來打算寫從『五四』到 1927 年這一時期的政治、社會和思想的大變動」，其時間就比較活動。晚年他說：「第一部寫『五四』前後」。其時限就更為靈活，可理解為「五四」時期及其後。

學界的說法「振幅」更大。從 1943 年 10 月 20 日桂林自學雜誌社和讀書俱樂部所組織的座談會記錄整理稿〔註56〕看，會上就有爭論。韓北屏認為「發生在五四時代以前」；田漢認為在「五四以後」。靈珠贊成田漢的意見，但認為所寫的是「五四」的旁潮，「是不是『五四』沒有多大關係」。此後李長之著文認為：「這小說在寫時間和空間的特質上，缺乏明確，甚至有些混亂。」〔註57〕建國以後，許多現代文學史與茅盾研究專著的說法，更是莫衷一是。最寬泛的說法是寫「辛亥革命以後至『五四』前夕」。葉丁易說是「民國初年」，美國學者夏志清在《中國現代小說史》中則說是「1926 年」。

一部作品的時代背景，通常是有特定性的。雖然有的作家如曹禺有時故意模糊其背景，但多數作家都點得很明確。茅盾尤其如此。他歷來注意通過細節描寫點明其時代，以加強典型環境的時代氛圍。像《子夜》一開頭就

〔註54〕《我走過的道路》（下），第 300 頁。
〔註55〕見《茅盾全集》第 6 卷。這是「文革」期間茅盾寫續書大綱時所繪。
〔註56〕刊於《自學》第 2 卷第 1 期，1944 年 2 月 1 日，後收入《茅盾研究論集》。
〔註57〕見《時與潮文藝》第 3 卷第 4 期，1944 年 6 月 15 日，《茅盾研究論集》，第 353 頁。

借寫車（「有三輛 1930 年式的雪鐵龍汽車⋯⋯」）點明了時間。《霜葉紅似二月花》也是如此。1983 年我根據小說的時代氛圍描寫與人物對話所涉及的時間，提出事件發生在「1923 年或 1924 年」〔註58〕的觀點。近來有幸拜讀了「文革」期間茅盾續寫的《霜葉紅似二月花》續書的大綱與梗概手稿。據此我進一步得出結論：《霜葉紅似二月花》第一部事件發生的時間是 1924 年秋。

我的根據有二：一是作者利用人物對話所作的提示；二是作品的情節與人物描寫的情景規定。如《茅盾全集》6 卷 40～41 頁寫朱行健跟張恂如談起縣裡的往事時，說到「五六年前」錢俊人「在鳳鳴樓小酌」時對自己講的一番話：「那時他說，行健，從戊戌算來，也有二十年了。」「戊戌」是 1898 年，據此可知「五六年前」的那場談話發生在 1918 年。此後過了五六年，所以朱行健回憶往事的時間（即小說事件發生的時間），顯係「1923 年或 1924 年」。另外，《茅盾全集》6 卷 83 頁寫趙守義對胡月亭談話時說：「孝廉公從省裡來信，說起近來有一個叫做什麼陳毒蠍的，專一誹謗聖人，鼓吹邪說，竟比前清末年的康梁還要可恨可怕。咳，孝廉公問我，縣裡有沒有那姓陳的黨徒？」這是寫 1921 年中國共產黨成立之後在敵對營壘中引起的反響。可作為上引例證的佐證。

最強有力的證據是「文革」中茅盾續寫《霜葉紅似二月花》時留下的手稿。《霜葉紅似二月花》第一部結尾是第 14 章。續書從第 15 章起寫其第二部。其情節發生的時間是緊接「秋潦」第 14 章的。這時「秋潦」問題已經平復。在「第 15 章初稿一段」中茅盾寫道：「天氣逐漸涼快。良材侍奉姑太太回了錢家村。上游沒有大雨，河水馴順，錢家村和小曹莊一帶的稻田估計還可以收穫九成，這算是好年景了。農民們鬆一口氣⋯⋯」：這是對那場因秋潦淹田引起的鬥爭結局所作的明確交待。時間是與第一部相銜接的。大綱手稿中從第 15 章到第 17 章，都沒有寫發生「五四」運動，其情景都是「五四」過後的事。特別是在這第 15 章（標題為「婉小姐智激錢良材」）手稿中，茅盾寫錢良材對黃和光夫婦談話中有這麼一段：「良材謂：從前康梁保皇，孫中山革命，旗號分明。可現在，國民黨三民主義，共產黨共產主義，共產主義同孫中山的三民主義，說是最終目的相同。」「但共產黨又說他們和國民黨合作是完成資本主義民主革命，意思是此時同路走，完成了資產階級民主革命

〔註58〕見拙著《茅盾作品淺論》，第 187 頁。

以後，他們又要反過來打倒那自己完成過的資產階級民主革命，這就叫人難懂了。所以國民黨內有一派人反對國共合作。」這裡所說的，都是 1924 年 1 月 20 日至 30 日在廣州舉行的有共產黨參加的國民黨第一次全國代表大會以後當年發生的事。這就排除了此書事件發生在 1923 年及其前的一切可能性。手稿「第 18 章以後各章的梗概及片斷」中所寫事件其時間與第 15 章大體連續。其第一個小標題是「北伐軍入城」，即 1926～1927 年的事了。上述一切例證，排除了事件發生於「五四」運動前的各種說法，並進一步確證了小說第一部所寫事件發生的時間，在 1924 年秋。這時間規定，在續書大綱與梗概的情節設計、人物關係描寫等方面都可得到證實。據此，爭論了近 50 年的問題，也許可以了結了。

　　茅盾曾明確說過，此書的總體構思是：「本來打算寫從『五四』到 1927 年這一時期的政治、社會和思想的大變動，想在總的方面指出這時期革命雖遭挫折，反革命雖暫時佔了上風，但革命必然取得最後勝利；書中一些主要人物，如出身於地主階級和小資產階級的青年知識份子，最初（在 1927 年國民黨叛變以前）都是很『左』的，宛然像是真的革命黨人，可是考驗結果，他們或者消極了，或者投向反動陣營了。如果拿霜葉作比，這些假左派，雖然比真的紅花還要紅些，究竟是冒充的，『似』而已，非真也。再如果拿 1927 年以後反革命勢力暫時佔了上風的情況來看，他們（反革命）得勢的時期不會太長，正如霜葉，不久還是要凋落。」〔註 59〕把第一部定稿和二、三兩部的大綱、梗概等手稿作為統一體看，就不難判斷，茅盾這一主旨是一貫的，而且通過補敘、追敘、插敘、人物對話提及過去等方式，對這條歷史縱線的歷史淵源描寫，追溯得相當久遠：它上溯到辛亥革命以前的戊戌維新，充滿了深邃的歷史感。這部作品由明暗兩條線相互糾結，構成全書的結構框架。這條體現主旨的歷史政治縱線，是一條避實就虛的暗線。茅盾採用《紅樓夢》筆法，把它納入家庭生活茶餘飯後的閒談話語與兒女親情的描寫中，草蛇灰線般綿延下來；但有清晰的脈絡可尋。這和寫受過「五四」時代洗禮的男女知識分子構成的兩組「三人行」人物系列這條明線，糾結交織，再加上王伯申、趙守義等的明爭暗鬥這條線索，共同構成總體結構框架；共同支撐著小說的歷史蘊涵深厚的主題和歷史感極強的創作題旨。

　　小說氣魄宏大，主次情節起伏交錯，歷歷分明地寫了張、王、錢、趙、

〔註 59〕《新版後記》，《茅盾全集》第 6 卷，第 250 頁。

馮、黃、朱七個大家族的興衰發展史。把七八十個人物的複雜關係，交織在由舊民主主義革命到新民主主義革命的歷史發展長河的描寫中。儘管政治事件描寫都以暗線出之，其階段性寫得仍很清晰。有的論者認為此書是寫辛亥到「五四」，其根據或許就是這條穿插追敘的暗線描寫。

小說追溯的最早事件，是張老太太的丈夫和王伯申之父王老相當年圍繞墳地之爭，那是戊戌變法後辛亥革命前張氏地主家族衰敗史與王氏資產階級家族發跡史過程中雙方的一次較量。王家以輪船公司發家，並把剝削的觸角伸向農村。這種經濟關係，是以資產階級舊民主主義革命為背景的。張家與錢家是世交兼親戚。瑞姑太太之夫錢俊人（錢良材之繼父）和朱行健幾個「熱心人」一起，「十五年前」「在縣裡大紅大紫辦什麼新玩藝」如「佃戶福利會」〔註60〕之類，當是 1908 至 1909 年辛亥革命前夕的資產階級由改良主義向民主主義革命過渡的反映。此後張家衰微。與張家是世交的趙家，成為仍有權勢的地主階級的代表。他們與打入上海，代表買辦階級的馮氏家族，即所謂「孝廉」公馮退庵及其兄馮買辦狼狽為奸，虎踞城鄉兩地，呈犄角之勢。以上所述並非小說開篇的情節描寫，而是人物對話中作出的交代。小說開篇展開的情節，是王伯申以惠利輪船公司為基礎，趙守義以善堂為基礎，兩人所展開的種種鬥爭，是民族資產階級與地主階級在「五四」新民主主義革命開始以後階級鬥爭的繼續。作品還寫了王伯申之子王民治與馮秋芳的聯姻糾葛。這一切反映了民族資產階級與地主階級以及買辦階級拉拉扯扯的複雜關係與態度。這條線索在續書中是當作重要情節正面展開的。此前第一部中是側面描寫為主。因此，把王伯申和趙守義鬥法這條暗線，當成作品藝術結構主線，是不妥當的。但是把其前沾後連的上述歷史線索作為關於小說主要題旨的思想貫串線，則是非常必要的和正確的。這一切揭示：由維新變法到辛亥革命再到「五四」運動，中國資產階級民族民主革命，其反帝反封建鬥爭，一直存在著不徹底性。特別是民族資產階級自身與工農群眾的矛盾，及其與地主、買辦階級保持的千絲萬縷的聯繫，及其妥協性，這是歷次政治運動包括「五四」在內所以失敗的內因。這留下了很大的歷史教訓。我在本書多處提到，茅盾曾在許多文章中，批判過包括「五四」在內的這種歷史教訓與局限。茅盾的這些文章，其實都顯露出《霜葉紅似二月花》構思過程中深沉思索的軌跡。寫王伯申、趙守義鬥法，是和《子夜》中寫吳蓀甫、趙伯韜鬥法

〔註60〕《茅盾全集》第 6 卷，第 99、166 頁。

一脈相承的。兩者有對照互補作用，體現了中國資產階級民主主義革命的獨特過程的重要側面。這具有認識歷史與審美表現的雙重價值。

　　茅盾在小說藝術框架中安排的明線，是以寫錢、張、黃、朱四個家族爲重點，塑造以錢良材、張恂如、黃和光和張婉卿爲主幹，兼及寶珠、許靜英等受到「五四」洗禮的青年一代知識男女人物群像的。寫他們共性與個性相結合的人生道路、人際關係，特別是以愛情、婚姻、家庭關係爲核心內容的人生遭際。他們受過「五四」民主、自由與科學精神的洗禮，大都想有所作爲，「五四」退潮後又大都無所作爲。有的頹唐（黃和光），有的消沉（張恂如），有的茫無方向，只能托爾斯泰式地或聶赫留朵夫式地做些改良主義的無效追求聊以自慰（錢良材）。這是些「五四」落潮後的「零餘」人。他們有趨新的願望，而無行動的能力與決心。他們很大程度上表現出小資產階級知識份子的兩重性。錢良材、張恂如、黃和光這三位男性，是一組「三人行」。其性格間有對比映襯作用。張婉卿、胡寶珠（恂如妻）和許靜英是具同樣審美對比映襯作用的又一組「三人行」。寶珠追求的是賢妻良母、夫唱婦隨的舊女性道路。婉卿本有自由馳騁的素質和才幹，卻困守在頹唐的丈夫身邊，起著鳳姐般的作用。只有許靜英還在走「五四」開拓的那條新路。但其前景如何，尚難料定。這兩組「三人行」，是應「五四」科學、民主、自由、個性解放與戀愛婚姻自由自主大潮而生，但大都是沒有眞正走上這條康莊大道的落荒者，甚至是倒退者。他們共同組成消極性很強的人物性格的「光譜」，散放著「五四」漲潮與落潮所折射出的五光十色的人生道路的駁雜的光輝。

　　《霜葉紅似二月花》第一部這條複雜的明線描寫，解剖了出身上層社會的「五四」弄潮兒在落潮期中表現的局限性。它與暗線描寫異曲同工，也是對從辛亥革命到「五四」運動，中國革命不徹底性與局限性的歷史反思與深刻總結。它和《雨天雜寫》散文組篇一樣，留下了茅盾在抗日戰爭最艱難的階段，在桂林系統地反思中華民族歷史發展，特別是近百年來中國資產階級由舊民主主義革命到新民主主義革命歷史發展所得認識的許多痕跡；其中結晶了中國歷史發展的許多歷史教訓。這種深沉厚重歷史感，大大豐富了《霜葉紅似二月花》的立意與基本主題。它使第一部並未寫明，但二、三部將充分展示的「霜葉紅似二月花」的思想寓意，顯得深刻厚實。參照續書大綱再看這主題，即使在第一部中，也不是那麼難以捕捉了。

　　因此，這部長篇小說政治性、歷史性、人生道路與道德倫理性主題，得到飽滿厚重的有機組合，從而使這部作品成爲茅盾小說中最具中國民族性、社會性與國情特色的一部。有了這個認識，回過頭看靈珠 1943 年在上述座談會上的下述發言：「作者不是寫五四的主潮，是旁潮，是支流。是不是五四沒有多大關係。他寫的是五四的影響。本來一個政治的潮流有它的空間性與時間性。五四的精神，到現在還在一些小城市內發生，我們距離那個時代已經很遠了，但是一些離都市較遠的鄉村，還剛剛開始走上那條路哩。」〔註 61〕這些話在當時，無異是空谷足音。

　　《霜葉紅似二月花》的人物關係與人物譜系描寫，其複雜程度與《子夜》比，有過之而無不及。若把第一部中人物關係按家族譜系加以圖解進行粗線條勾勒，〔註 62〕就能顯示出茅盾構思此作並作了成功的審美表現的恢宏視野與既成的磅礡格局。論者往往以《紅樓夢》與此書相比，不是沒有道理的。

　　寫此書時，茅盾的文藝民族化理論探索與中國文學民族化創作經驗的總結，均告一段落。他把所取得的許多成果，用到此書民族化審美表現實踐中。從既成的文字作總體品味可以感到，那把歷史描寫融於家務事、兒女情之中的審美表現筆法，沖淡而不綺麗，纏綿而不艷膩；它舉重若輕，情致幽遠，的確是《紅樓夢》般的大手筆。但就風格言，陰柔之中透出陽剛之氣，家務事、兒女情中不乏歷史風雲變幻的內涵與底蘊；則又和《子夜》一脈相承，且有重大發展。不同的是，茅盾把他一向擅長的社會政治剖析的鋒芒，藏於心理剖析與人情世故的歷史性剖析之中，就顯得含而不露，剛柔相濟。也許這與茅盾在桂林時期韜光養晦的處世態度有關，即便不是對應物，起碼有某些暗合與默契。

　　可惜的是此書始終未能寫完。否則這些審美表現特色，當能得到更充分的體現。這給中國現代文學史，留下了一個永久的遺憾！

　　《霜葉紅似二月花》沒有寫完，這始終是茅盾引以爲憾的事。但他對這部書時不時就在心頭進行思考與構思。「文革」中他寫了「續書大綱」，仍然沒有完成。但許多人物得到了發展與進一步定位。例如他在答問中說：「錢良

〔註 61〕　《茅盾研究論集》，第 338 頁。
〔註 62〕　參見拙著《茅盾的藝術世界》，第 477 頁前所附《霜葉紅似二月花》人物結構圖。

材是主要人物，但不是主人公。他是開明地主，自己有一套幻想，但結果處處碰壁。柳亞子就是這樣的人。」〔註63〕錢良材在書中所佔比重最大，既然仍非主人公，那麼茅盾心目中到底想把誰當主人公寫？這在「續書大綱」中也未明確的答案。也許此書的「續書大綱」後半過於簡略，與茅盾構思尚未最後定局有關罷？

第三節　風雨霧都，迎接抗戰勝利

　　1942 年 12 月下旬茅盾抵重慶時正值房荒，覓宅殊難！幸賴生活書店辦的國訊書店騰出存紙庫房樓下一室做茅盾的寓所：即距城 30 里的唐家沱新村天津路 1 號寓。「中統」派特務扮成煙販在其後門搭一草棚「營業」，實則晝夜監視！茅盾詼諧地說這是因禍得福：因為「此地人煙稀少」，新村更是荒涼，時時停電，一片漆黑。「宵小作案容易極了。」有了這個煙攤，乞丐流氓小偷一概不敢「光顧」！茅盾在渝三年有半，一直在特務監視之下！〔註64〕

一

　　茅盾的霧都生活可以 1944 年夏秋為界分為前後兩段。在前段，迫於白色恐怖仍得韜光養晦，極少社會活動；多在寓所讀書著文譯作品。

　　《文藝陣地》被限制在重慶發行，因而只得停刊。辦新刊又不批准。CC 特務頭子張道藩以國民黨中宣部長兼文化運動委員會主任的公開身份，對茅盾取「懷柔」政策。茅盾按「統戰」方針，虛與周旋，旨在爭取他網開一面，批准辦刊。但他滑如泥鰍，光說空話，不辦實事，反倒逼茅盾為他的官辦刊物《文藝先鋒》寫長篇小說。茅盾先以《文藝雜談》、《認識與學習》等談文藝技巧的短文敷衍。他卻派該刊主編王進珊連連催索。茅盾只得把桂林時已開始構思的關於民族資產階級命運的小說題材抽出一部分於 7 月 8 日至 29 日寫成中篇《走上崗位》，〔註65〕於 1943 年 8 月至次年 12 月在《文藝先鋒》

〔註63〕翟同泰：《「源泉藝術在民間」——茅盾談自己的創作》，《華東師大學報》1981 年第 6 期。

〔註64〕田苗在《深深懷念茅盾先生》中說：「作過中統局秘書的張國棟回憶文章說：『1943 年盛世才就發電報來說，查明茅盾、薩空了、陳此生三人是共產黨員。並寄來照片請求逮捕。因茅盾名氣大不便動手，便在附近設了監視。這監視就是對著門有了個煙攤，常年看守著。』」見《茅盾和我》，第 181 頁。

〔註65〕第一章發表時題為《在崗位上》，從第二章起改題《走上崗位》。

3卷2至6期，4卷1、3、5期，5卷1、3至6期連載。由於不能觸及政治，在此刊上說話也極受限制。中篇寫到滬戰開始工廠遷廠即草草結束。我曾據茅盾的手稿校勘初刊文字，發現二者多有出入。手稿留下多處剪貼補綴大段文字的痕跡；初刊文字卻沒有。這些補寫的文字抨擊政治直露尖銳，想是茅盾邊發表邊改寫原稿所致。儘管如此，茅盾一直不喜此作，始終不出單行本，也不收入《茅盾文集》。晚年出長篇《鍛煉》單行本時，他竟抽出《走上崗位》的5、6兩章，修改後納入《鍛煉》，作爲其14、15章。可見茅盾對張道藩文網束縛壓迫下不情願之作的厭棄態度；也反映了他當時的心境。

但茅盾在此同時，對計劃中的這部寫民族資產階級命運之長篇的生活積累與構思，卻下大工夫繼續進行。他繼續寫自桂林開始寫的札記。在重慶所寫共得25則。內容除憶灘江游泳、賽龍舟場面、記「書載」納粹辦「人類畜牧場」等三則外，餘皆圍繞工業命運、戰局人心、「儒林」情態與政界腐敗四個中心，而且多爲千字以上的長文，很少短記。特別引人注目的是：在這裡記下了隨遷工廠的艱難（如以1600字寫C君辦廠，以千字寫熟練工人跳廠），描繪了戰時動態，如上海戰時的母女生離、重慶大轟炸（此則札記近兩千字，以某甲之親歷記出之，實則是紀實與虛構結合）、司機發國難財與標題爲《冀中宋莊之戰》的札記等。記「儒林」情態則描繪了胡先驌、馮友蘭、陶希聖、錢穆等名人之唯心論取向；抨擊了藝術繪畫中現代派頹風；特別是剖析了知識份子中政治投機、賣身投靠等無恥行徑。這些題材大都提煉進《鍛煉》第一部及其餘四部〔註66〕大綱中。如記傅孟眞著《盛世危言》、《「五四」雜談》等文之「畏首畏尾態度」時說：他們這些人「做官怕傾軋，做教授又嫌清淡；對現狀不滿」，「不發牢騷則被譏爲應聲蟲」，怕失體面；發牢騷又怕扣政治帽子。茅盾構思說：「此可假設」——學者作「五四」講演（即以傅《「五四」雜談》中語），遭青年詰難。他期期難作答。青年語人曰：「始吾以他尚是個學者，今乃知其思欲做官而又不敢做之清倌人式的政客，思欲獻身爲走狗而又皇皇然恐被主人看不起，因而拿腔之小丑也。」這裡構思的情節，雖未全用於《鍛煉》，但顯然是《鍛煉》中崔道生這個人物的雛型。又如：寫「好大喜功之青年」，開始時很高傲，且愛其表妹；終「受威脅利誘」而墮落，出賣其所愛的「爲革命黨」之表妹：此即《鍛煉》中人物羅求知之原型。札記虛

〔註66〕據《鍛煉》小序可知，此書擬寫成「五部連貫的長篇小說」。見《茅盾全集》
　　　　第7卷，第342～343頁。

構的《冀中宋莊之戰》，似是一部中篇的提綱：「書中一對情人之一男的在冀中游擊隊，女的在延安。」構思的情節曲折動人，且擬汲取「榴木所寫《不朽的女兒》」中眞實情節及其眞實人物女主人公君鈺的戰鬥經歷。據《鍛煉》大綱可知，此女被虛構成《鍛煉》中的蘇辛佳。這些材料及另一則「重慶大轟炸」札記，均用於寫蘇辛佳在重慶及其後「轉入游擊區、戰死」〔註 67〕的壯烈經歷。〔註 68〕包括《鍛煉》構思過程的論述在內，我多次在本書涉筆茅盾從生活到創作的歷程，我的目的是在展現茅盾的創作個性。這些札記與《鍛煉》的關係，就充分說明了茅盾的創作個性特徵。

這些札記並不能改變茅盾在文網壓抑下，政治的鬱悶如骨鯁在喉且難吐以求快的困圍憤懣處境與心情。

既然很難舒展大筆搞創作，茅盾只好致力於翻譯。當時正處在抗戰期間翻譯外國古典名著的鼎盛期。但茅盾卻在曹靖華的敦促下，選定了蘇聯關於衛國戰爭的軍事文學來譯。他先後譯了巴甫連科的長篇《復仇的火焰》（1943 年 6 月新知書店初版），格羅格曼的長篇《人民是不朽的》（1945 年 6 月文光書店初版），和收入《蘇聯愛國戰爭短篇小說譯叢》（1946 年 10 月永祥印書館初版）中的許多短篇。此外，他還編了《現代翻譯小說選》（1946 年 10 月文通書局出版）並冠以長達 14000 字的序言。此文對蘇、英、法、美及其他反法西斯戰爭的文學概況，以及抗戰以來中國翻譯界掀起的譯介世界文學名著的高潮的概況，作了完整系統的論述；這是本時期茅盾最重要的外國文學論文。

譯介各國反法西斯軍事文學，特別是蘇聯衛國戰爭的軍事文學，是茅盾在可能公之於眾的前提下，有意識地推動抗戰，張揚愛國主義精神，曲折地介紹社會主義蘇聯，藉以促進中國民主革命的用心良苦之舉；也是他建黨後宣傳馬克思主義與社會主義蘇聯長期工作過程的有機環節。我們不能孤立地看這些譯介活動。

翻譯介紹之外，就是大量地寫理論批評文章，編輯《文陣新輯》和《新綠叢輯》以及認眞培養文學新人的工作。《文陣新輯》是《文藝陣地》停刊後，由以群編輯的，茅盾是掛名主編。《新綠叢輯》是茅盾爲幫助新人新作問世所

〔註67〕　參看我整理發表的《鍛鍊：總綱及第二部以後筆記》，《茅盾研究叢刊》第 4 輯，第 4 頁。
〔註68〕　上述札記內容均據茅盾《桂渝札記》手稿；札記全文擬在《茅盾研究叢刊》第 7 輯發表。

主編的一套叢書，由以群等辦的自強書店出版，共出了三輯。首輯是穗青的中篇《脫韁的馬》；次輯是錢玉如（茅盾代她署名郁茹）的中篇《遙遠的愛》；三輯是王維鎬的三篇《沒有結局的故事》和韓罕明的中篇《小城風月》。茅盾除給每篇寫了序言，並附有別人的讀後感若干篇為其「開路喝道」外，還寫了《新綠叢輯旨題》，冠於每本書前。

　　這期間茅盾乘船進城時，結識了常常同船的唐家沱載英中學學生胡錫培（即田苗），也認識了以他為核心的「突兀文藝社」的社員。他們多數是大學生中學生，其中包括席明真、楊奚勤、劉德彬、藍浪等中共地下黨員。茅盾接受他們的要求，給予熱情的輔導。茅盾為他們題詞說：「讀書即求知識，求知識亦即求真理，認識真理然後知如何處世立身。」〔註69〕這些話成了該社的指導思想與社員們的座右銘。他們常在茅盾家裡聚會。茅盾還為其所辦的刊物《突兀文藝》題了刊頭，並提供了一篇文章：《什麼是基本的》，以示支持。茅盾支持文學新人，還有一個特例：就是幫助「五卅」運動期間經徐梅坤介紹與茅盾結識的青年女工胡子嬰（後與章乃器結婚又離婚，這時為重慶著名企業家與婦女運動頭面人物）寫小說。胡子嬰想寫一部民族工商業者的抗戰苦難歷程的小說，藉以揭露國民黨政府對民族工商業的摧殘。頭次來求，茅盾為她講了一天小說作法，並鼓勵她寫。再次求訪，她帶來約五萬字的初稿。茅盾閱後，肯定了作品的思想傾向，卻否定了它的藝術表現；並要她重寫。三次來訪，她帶來約十萬字的第二稿，茅盾看後基本上給予肯定。他用了一週多的時間給她細批細改，還寫了幾十頁的意見。有的地方還代擬了修改文字。第四次來訪，小說已經改妥。茅盾又為她潤色文字，推薦給開明書店出版。這就是署名宋霖的中篇小說《灘》。茅盾還寫了《讀宋霖的小說〈灘〉》評介鼓勵。茅盾這麼做，固然為了友誼和鼓勵新人新作，此外也因為《灘》的題材主題，和茅盾的《子夜》、《清明前後》能起呼應作用：都強有力地揭示了民族資本的悲劇命運與民族工業被扼殺的根本原因，並為其出路指明了方向。

　　這期間茅盾參加的少量的社會活動均係文學活動，如出席文協和文藝界的集會等。1943 年夏他的《霜葉紅似二月花》出版，他曾參加義賣以救濟貧病交困的作家。1944 年夏，以群受黨委託創辦中外文藝聯絡社。茅盾擔任社長。以群任總編輯。該社類似文藝通訊社，宗旨是在國內外報刊上

〔註69〕田苗：《深深懷念茅盾先生》，《茅盾和我》，第 172 頁。

介紹解放區的革命文學創作以擴大其政治影響。此後，該社創辦的《文聯》雜誌，是一個既發表作品又發表評論的綜合性刊物。茅盾爲其撰寫了《發刊詞》。

1944 年 9 月下旬起，茅盾進入他在重慶生活的第二階段。這時政治形勢已經好轉，茅盾就結束了其韜光養晦的生活，積極投身到民主運動行列。1943 年蘇軍轉入戰略反攻後，1944 年已把軍隊推到東歐。波蘭、羅馬尼亞、保加利亞次第解放。從 6 月起美英法盟軍終於開闢了第二戰場。國際反法西斯鬥爭勝利在望。但中國戰場形勢卻恰恰相反。日軍爲打通中國從東北到越南的陸上通道而節節進攻；國民黨軍隊則節節敗退。八個月時間，河南、湖南、廣西、廣東等省大都淪陷。美國總統羅斯福已再難容忍蔣介石讓美軍替他抗日，自己卻用美援打內戰的局面，遂嚴屬敦促蔣介石實行國共聯合抗日。蔣介石的倒行逆施，也遭到全國人民反對。民主黨派與人民團體也紛紛集會要求廢除一黨專政。茅盾遂全身投入民主運動洪流。1944 年 11 月和 1945 年 1 月，周恩來兩赴重慶，代表共產黨與國民黨協商召開緊急國務會議，討論成立聯合政府事宜。茅盾列席了重慶各黨各派的內部會議。1945 年 2 月 25 日他簽名參與發表由郭沫若起草、重慶文化界 312 人聯合發表的《文化界時局進言》。「進言」要求「（一）必須立即召開由各黨派參加的臨時緊急會議，商討戰時政治綱領；（二）由臨時緊急會議推選幹練人士組織戰時全國一致政府，推行戰時政治綱領」。此外還提出廢除檢查制度與限制人民活動的法令，取消「黨外教育」，停止特務政治，嚴懲貪贓枉法之官吏奸商，保障人民自由等「六點要求」。蔣介石盛怒之下，撤銷了此事件的發起者與組織者文化工作委員會。但茅盾和文委成員們仍以其他形式積極活動。出版界還自動取消了國民黨的新聞雜誌審查制度。

爲了配合這場鬥爭，茅盾參加了文藝界的許多討論，寫了大批匕首投槍般的雜文政論、文藝短論和評論。1945 年，舒蕪發表了題爲《論主觀》的長文，對早在 1942 年胡風就提出來的「主觀戰鬥精神」作進一步的宣揚。文藝界組織了有關討論。茅盾也聽說胡風批判的「客觀主義」的實指對象是自己與沙汀。但茅盾顧全大局，未予反駁，也沒參加討論。只在文章中正面闡述了自己的部分觀點與主張。

由於揭露蔣政權下的陰暗面的國內外條件已經成熟，茅盾在幫助胡子嬰修改《灘》時，就萌生了重新提筆創作，以有戰鬥力的作品參加戰鬥的念頭。

這部作品正式動筆是 1945 年秋，經過兩月以上的準備，又寫了兩個月，方始完成：這就是茅盾一生所寫的唯一的話劇劇本《清明前後》。〔註70〕他為此劇寫了 32000 餘字的大綱，相當於作品篇幅的三分之一。為寫劇本他向曹禺、吳祖光等著名劇作家多次請教。剛寫了兩幕，日本已宣布投降。所以演出是在慶祝抗戰勝利氛圍中進行的。當時毛澤東正在重慶。劇作由從新疆脫險來到重慶的趙丹執導；他經茅盾同意，把劇本作了一些修改。茅盾於 9 月 23 日看了彩排。9 月 26 日此劇正式公演時一炮打響了！公演持續了四個星期。許多資本家、工廠主都來看戲。他們還出錢為工人包場。永利化學工業公司四川分廠還經茅盾允許自排此戲，公演了多場。他們自己印的說明書《開場白》中寫有一句頗具煽動性的話：「讓我們在勝利後的第一個元旦，向全國喊出：建國工業化！政治民主化！」國民黨本想禁演此劇，又懾於民意不敢禁演，只好在電台廣播說：「此劇有毒」。這反倒幫助做了「廣告」。為此已去職的張道藩，曾於 10 月 30 日致函國民黨中宣部，提出「希即密飭部屬暗中設法制止，以免傳播流毒」的奸計。但這無濟於事。文藝界為此劇組織了座談會。《新華日報》發表了《兩個話劇的座談》。〔註71〕此後引起了此劇是否「標語口號公式主義的作品」的論爭。何其芳、邵荃麟等同志都著文對此論作了批駁。《清明前後》的轟動效應成了一件政治上的大事。

茅盾把所獲四十多萬元的演出稅的一半，用來宴請劇團。他還在這年仲秋節為此劇出版所寫的後記中，對趙丹、徐韜、王為一、朱今明等四位朋友在新疆遭冤獄獲釋後，首次合作組團，就演出了自己的戲，表示感激。其中有這樣兩句話：「上帝的還給上帝，魔鬼的仍歸魔鬼。」

二

茅盾開始揭露國民黨蔣政權的標誌性文章之一，是 1944 年 7 月 8 日在重慶《新華日報》發表的題為《時間，換取了什麼？》的散文。文章所寫三個人的關於抗戰七年歷程的對話中，有些話特別值得我們注意。頭一個人說：「這七個年頭在我輩等於沒有。……你當是一個夢也可以，不過無奈何這是事實。……在敵人的炮火下邊，老板職員工人一齊動手，乒乒乓乓拆卸笨重的機器，流彈飛來，前面一個撲倒了，後面補上去照樣幹，冷冰冰的機器上浸

〔註70〕1945 年 10 月由重慶開明書店初版，此後陸續印行了七版。
〔註71〕「兩個話劇」指《清明前後》和夏衍的《芳草天涯》。

透了我們的滾熱的血汗。機器上船了，路遠迢迢，那危險，那辛苦，都不用說，不過我們心裡是快活的。那時候，一天天朝西走，理想就一天天近了，那時候，一天，一小時，一分鐘，確實有價值。機器再裝起來，又開動了，可是原料、技工、零件，一切問題又都來了，不過我們還是滿身有勁，心裡是快樂的。我們流的汗恐怕不會比機器本身輕些，然而這汗有代價：機器生產了，出貨了。然而現在，……機器又只好閒起來了，不但閒起來了，拆掉了當廢鐵賣的也有呢！你瞧，這不是白辛苦了一場？……這七年的功夫是白過的！」另一個說：「七年倒也不算白過。教訓是受到了，而且變化也不少呵！」頭一個人反駁道：「對呀，變出了若干暴發戶，發國難財的英雄好漢！上月的物價，和前月的不同，和本月的也不同，這一點上，確是一天有一天的價值，時間的分量大多數人都覺得到的。」第三個人插進來說：「我們個人盡量各自愛等著就等著罷，愛怎麼等就怎麼等下去，有人等著重溫舊夢，有人等著天上掉下繁榮來，……不過，……世界不等我們……中國本身也不能等著那些一心只想等到了沒有問題的最後勝利到手以後便要如何如何的人物。……不過中國幸而也有不那麼等著的人，所以七年功夫不是白過，中國地面上是發生著變化了，打開地圖一看就可以看見的。」第一個人發怒似地說：「不論如何，白過了七年功夫總是一個事實。我們從今天起，不能再讓有一天白白過去，如果再敷敷衍衍，不洗心革面，真是不堪設想的。然而那七個年頭還是白廢的！」

　　我之所以大段引用這些話，是因為這是茅盾自桂林始，急切地思考抗戰以來歷史發展所得的重要結論。而且這些結論中最可寶貴的，是那不肯再容忍，不肯再敷敷衍衍，而是要洗心革面去行動，不讓有一天白白過去的急切的心情和堅決的態度。這些結論中，還具體地展示出《清明前後》及《鍛鍊》兩部作品的創作動機與題材來源，回答了這兩部著作所寫事件發生的時間當中那段歷史，究竟有哪些時代內涵。從寫《第一階段的故事》，到寫《清明前後》時止，「時間」「換取」的，是沉甸甸的歷史教訓；和時不我待，洗心革面，急思行動的時代使命感與歷史責任心。從這個意義上講，《清明前後》既是「第二階段的故事」的結局；同時又是「第三階段的故事」的開始。

　　《清明前後》是茅盾的第一部也是唯一的一部話劇作品。茅盾所下的工夫遠比寫一部中篇多得多。他之所以要寫成劇而不寫成自己擅長的小說，是

因爲「它的影響是直接的，集中的，爆發性的」。「正式寫作時間不過兩個月」，但「準備工作卻超出了兩個月」。抗戰以後的四部小說都沒寫大綱。此劇不僅寫了大綱，而且寫了兩份大綱；第一份約 11600 字；第二份約 21200 字。共計 32800 字。〔註72〕第一份大綱由人物表（人物計有以甲、乙、丙、戊、庚及丑、寅、卯、辰等字代人物姓名者，以及袁夢英、×主任、喬張、金老爺、甲妻、卯妻和外號「銅器時代」之青年等共十六七個）與分幕大綱組成。第二份大綱合併了人物，故人物數量減少了。有的人物在大綱後半獲得了姓或名，如甲姓林，戊姓方，甲妻名白芳，×主任之妻名嚴瑪麗，袁夢英在大綱後半改姓「黃」。人物性格也逐漸鮮明或有重大改變（特別是由甲發展到林永清，此人物性格有「質」的改變）。但大綱二稿沒有人物表，純由分幕大綱及其擬如可修改的一種甚至多種方案的說明文字構成。因爲沒有寫劇經驗，茅盾還多次『拜師求藝』，請教了曹禺和吳祖光」。演出本又經導演趙丹作了不少修改。這是因爲此劇的小說痕跡還是很濃，人物對話過長，不作修改將影響演出效果。茅盾也自知此劇即便是最後的定稿，小說色彩仍是很濃的，因此新時期他爲四川文藝出版社編中篇小說集時特地把《清明前後》編了進去。這一切說明茅盾此劇不僅寫作時非常認眞，而且對作品也非常珍視。

此劇是茅盾塑造資本家人物系列的小說的繼續；是他從時代歷史發展進程中，跟蹤揭示中國民族資產階級的發展道路，及其尾隨蔣政權所導致的悲劇命運的深化描寫與進一步開拓取得的新收穫。其題材是以 1945 年轟動重慶的「黃金提價泄密案」爲背景，但致力描寫的卻是圍繞中國民族資本的歷史命運問題的現實態勢，它概括了與《子夜》有共同點，與連續性的重大社會問題：一、買辦階級巨頭金澹庵及其同伙一起策劃要把林永清的工業資本吸引到投機市場，使其工廠改變性質，只保留個空招牌，用來搞投機生意。二、利用官場內部透出的「黃金要提價」這個機密，搶先造成交易市場牌價的波動，妄圖把林永清的資本一下子蝕空！

作爲愛國的有良心和獨立人格的工業資本家，林永清走過的路，也是何耀先（《第一階段的故事》）和嚴仲平（《鍛煉》）所走的那條坎坷的路。不過他的歷程更長，也更艱苦。他的更新機械廠剛剛走上軌道，日本的鐵蹄就踏

〔註72〕《我走過的道路》（下），第 381 頁說「大綱有兩萬七千字」，不確。我據韋韜同志按手稿抄清的稿件統計，他用的是每頁 400 字的稿紙，共 82 頁。其中第一份 29 頁；第二份大綱 53 頁。

過來了。他不得不內遷。他毅然決然把設備、原料乃至一部分熟練工人，先撤到漢口。漢口危急，又撤到重慶！開頭是有一兩年的繁榮，接著來的危機則持續了四五年。苦苦煎熬到 1944 年春，「他心中潛伏著的一個東西終於冒出頭來」，「便是，『辦工業，對於國家，對於自己，到底有什麼好處呀？』」這個思想危機的成因是：資本短缺，原料短缺，銷路不暢，買辦資本的包圍更是日甚一日。到《清明前後》拉開帷幕時，林永清已經山窮水盡了。其嚴重程度比《多角關係》中的唐子嘉所遇到的要強烈得多，因為他若關廠，其全部財產已不能與債務相抵！

　　不過《清明前後》與《子夜》及《多角關係》的寫法不同，其著力點不是林永清的處境，而是在此危險處境下，他那充滿痛苦、矛盾和思想鬥爭的心境。從品格講，林永清大大超過吳蓀甫。他與何耀先同樣是肯作出重大犧牲、奔赴國難作出貢獻、支援抗戰的愛國的工業家。現在的「放棄畢生以之的工業而隨波逐流」的悲觀念頭，完全是政治環境所逼成的。一方面「舉世皆濁，唯我獨清」的信條，被種種壓迫逼得既「清」不下去，又「清」得沒有意義。另方面則是對與買辦資本有條件的（即保持獨立性的）合作前景，他還存一定的幻想。他還沒有到徹底幻滅的程度，但他掙扎得太疲倦了。他的力氣在八年抗戰中耗盡了！在那些「升官發財，啃桌子底下的骨頭，舐刀口上的鮮血」的社會蠹蟲與民族敗類的傾軋中耗盡了！他當然不甘妥協；但他已經沒有再堅持下去的力量了！

　　雄心未死與力已耗盡之間的矛盾，就是林永清內心衝突和此劇的內在戲劇衝突的基本內容。他的出路何在？戰前吳蓀甫給他擺出了投靠買辦資產階級與之「合作」所演悲觀的那條絕路。因此，即便抗戰勝利了，他也沒有力量把廠子再拖回上海；也不願再去面對這條絕路，他更沒有再闖一次的勇氣！因為他感到那個前景是十分渺茫的。

　　劇作的結局是悲劇：金澹庵把包圍圈逐步放緊，構成了「十面埋伏」。林永清的「保持獨立性的合作」的幻想，全被粉碎。林永清不是「差不多已經成為絕路」，而是毫不含糊地走上了絕路。我們從客觀角度看，在抗戰勝利之際，林永清如果不賣身投靠，那就要麼破產，要麼加入抗戰結束後新的革命統一戰線，和共產黨合作，迎接自己的和本階級的新生。全劇閉幕時，茅盾藉陳克明之口喊道：「世界已經變了，中國再不變，可就完了。」這也是林永清的心聲！

　　作品描繪的林永清內心衝突的總體趨向表明：林永清一定會走這條路。這並非茅盾浪漫主義般的「拔高」，而是根據當時社會矛盾總趨勢所作的清醒的革命現實主義的真實概括。至此，茅盾把民族資產階級的命運與出路問題，和戰後的「中國社會向何處去」的問題，作爲歷史必然性，緊密地聯繫在一起。茅盾顯然慧眼獨具，在他筆下，把民族資產階級的出路問題這一重大政治性主題，開掘到了極致！在中國現當代文學史上，還有沒有別的作家對中國民族資產階級的歷史特點、階段性特徵、時代命運及其曲折的道路，認識得這麼深入，表現得這麼深刻而富於社會政治的與歷史的深度。不論從揭露批判或對其進步性作歷史性肯定，還是從歷史發展與審美表現角度給予必要的同情說，茅盾都是最宏觀、最辯證的一個。

　　《清明前後》中，還塑造了一位性格特異的時代女性。這就是被人議論褒貶得帶幾分神秘色彩的時代女性黃夢英。在太太們（尤其是林永清的夫人趙自芳）看來，她是個慣會製造桃色新聞的浪漫女性。在資本家嚴干臣等看來，她是個得罪不得的厲害角色──作品對此不作任何解釋，但嚴干臣認爲她有靠山。在讀者與觀眾看來，除了她性格素質中的正義力量外，她或許還應該有更重要的革命政治背景：她打了跡同捐客、行近漢奸的余爲民兩個響亮的耳光；並作了驚世駭俗的聲明：「恭賀各位做一萬個好夢，恭賀各位在一切種種的好夢裡升官發財，啃桌子底下的骨頭，舐刀口上的鮮血，可是，恕我不能奉陪了！」說罷她「縱聲長笑」，飄然而去。這真是個天半神龍見首不見尾般的神秘人物！茅盾借種種社會輿論故布疑陣，給黃夢英的性格塗上一種朦朧的、多少帶點神秘性的色彩。但從其行動規定看，茅盾對她寄託了濃重的理想與期冀。從她的言談中，我們感受得到《時間，換取了什麼？》般的批判的鋒芒。她的性格的審美規定性是明確的；只是內涵極複雜。她先向嚴干臣替不幸的小職員李維勤、唐文君夫婦求情，求情不得即以突然襲擊方式引已神經失常的唐文君上場，揭露嚴干臣、金澹庵等操縱炮製「黃金案」。把李、唐這對夫婦身受其害的內幕，和上述黃夢英種種行動規定性聯繫起來細細品味，不難看出她的行動意義的多層面性和她內心性格單純性相統一的典型性格特徵。這是個以交際花身份作掩護，混跡牛鬼蛇神之中，來完成特殊歷史使命的時代新女性。在《清明前後》大綱第一稿中，茅盾有段性格規定性文字：「夢英（《走上崗位》中那個不幸的少婦）現在經過了七八年磨煉，跟以前不同了。現在她有三十多歲，一個女人最有魅力的時候。她在本劇出

場時，是一個交際花；沒有人明白她的過去，好像她是從天而降，但既是一位這麼漂亮、聰明、帶點辣性的少婦，人們即使知她是從地獄中走出來的，也要追逐在她高跟鞋底下。只有一個青年（比她少了七八歲呢）喬張」，「稍稍知道夢英的一點過去的歷史，知道她曾是救亡青年一伙中的侶伴。『七七』時期熱情的餘燼現在埋在她心深處，被玩世不羈的外衣厚厚地覆蓋著了。但她在那個糜爛的上層社會上還是代表著一種爆炸力，一種不肯安於現狀的激越的情緒，一種撲向光明的慾望。她痛恨自己目前的生活，但又不知道如何安排。她唾棄那些對她獻媚的人們，但她離開他們又覺得悶；她需要玩弄這班人，在嬉笑唾罵中略感得一點生活味，倘連這一點也沒有，她可真覺得自己是個活死人了。她對工業家乙的印象不佳，以為他是買辦性的，對丙稍好，然而以為此人屍居餘氣，獨對甲，〔註73〕感覺尚佳，因為甲還有民族意識，還有熱情，還有一種憧憬。……後來甲將她代為弄來週轉廠方之資金買賣黃金，她知道了就鄙夷甲之為人。當最後一次甲乘機會以多金自耀，且對她露骨獻媚時，她就唾棄了他……」「夢英和卯妻〔註74〕本不識，當卯妻痛了而至工業家乙之別墅找丈夫時，她見了她即十分同情，——而且是愛她的。她為卯妻辯護，派人好好送她回去。她又向金融家求情，請他代向××辦事處主任為卯說情。」〔註75〕茅盾這段黃夢英性格規定文字和他在劇本定稿中的描寫大體一致。當然定稿的典型化程度更高。茅盾是把她當作時代女性群像中慧女士型來寫，而且承接著慧、孫舞陽、章秋柳（《蝕》）、梅行素（《虹》）和萍（《腐蝕》）的性格發展下來、遙相呼應，構成典型系列的。茅盾以極含蓄的筆法作審美表現，旨在給讀者與觀眾留下廣闊的接受與思考的空間，收到餘音繞梁的效果。這個人物的典型塑造，可以說達到了茅盾筆下時代女性系列的極致；也最具含蓄的性格美。關於黃夢英的這段性格規定文字，也給我們了解茅盾形象思維過程與規律，提供了一扇小小的窗戶。

　　從藝術創造結果看：茅盾把握戲劇藝術的能力可能是不高的。但作為文學劇本及其寫時代、寫人物的思想藝術功力，在中國現代文學史上和在茅盾的作品中，《清明前後》則都是獨特的和不可取代的。劇作家和理論批評家李健吾，特別看重此劇的主旋律：「世界已經變了，中國再不變，可就完了！」

〔註73〕甲這人物即定稿中的林永清。

〔註74〕即定稿中李維勤之妻唐文君。

〔註75〕這段引文及此前所謂大綱內容，均據茅盾的《清明前後》寫作大綱第一稿和
　　　　第二稿這兩份手稿。

他欣賞茅盾「對於社會的看法不是傳奇式的故事的獵取」，而是「牽一髮而動全局，他不是行舟，他在造山——什麼樣的山，心理的，社會的，峰巒迭起，互有影響。」〔註76〕周恩來看後向茅盾祝賀「寫作和演出的成功」。茅盾謙虛地說：「我從來沒有寫過戲，真是貽笑大方。」周恩來說：「你的筆是犀利的投槍，方向很準呀！什麼樣式都可以試一試，都可以發揮應有的力量啊！」於是「兩位巨人，手握著手哈哈大笑起來」。〔註77〕

劇本之外，茅盾在重慶還出版了短篇集《委屈》（建國書店 1945 年 3 月初版，這是茅盾最後一個短篇集），另有一個單篇《一個夠程度的人》。〔註78〕後者和入集的《船上》〔註79〕其實只是《故鄉雜記》般的速寫。所寫場景都是船上「風光」，所用都是犀利的諷刺手法。對抗戰期中的惡人惡事大張撻伐，對無力抗惡的小人物寄予同情，是別具風味的時代剪影。《委屈》集中，其餘的四篇也都是寫小人物的猥瑣生活的。所用的也是犀利的諷刺手法；但其諷刺並非一類，可依作家的審美取向界分為兩種。其一是對受抗戰中生活苦難的播弄，而無力把持自己的命運，只能逆來順受，在煎熬中度日子者，作者持哀其不幸的同情態度，諷刺其不思抗爭、也無力抗爭的愚昧情態。對不失善良人性的小人物的本質方面，他作了準確的肯定性描寫，如《報施》，〔註80〕如《過年》〔註81〕就是。其審美肯定性筆觸中所夾的善意的諷刺，充滿了悲劇性。可稱之為悲劇性的諷刺。其二是對那些對大時代中的民族危難毫無知覺，更談不上有什麼歷史責任感，有的乘機謀利、發國難財；有的一味泡在庸俗無聊的小市民圈子內過那種勾心鬥角、婦姑勃谿，蛆蟲一般的生活者，茅盾的諷刺是熱辣辣的。其諷刺旨在鞭撻與揭露，具有犀利的鋒芒與力度。可稱為喜劇性的諷刺。茅盾這些小說，寫的是小人物，做的卻是大文章。寫小人物的苦難，他提出的是大問題：這受煎熬的日子，即便「快過完了，抗戰就要勝利了」，但是「打完了仗，天上就落下金子來麼？」〔註82〕寫小人物的醜態與劣根性，喜劇性諷刺的後面倒是悲涼：這樣的民眾，有什麼

〔註76〕 《清明前後》，《文藝復興》第 1 卷第 1 期，1946 年 1 月 10 日，《茅盾研究論集》，第 395～399 頁。

〔註77〕 戈寶權：《憶和茅盾同志相處的日子》（三），《新文學史料》1982 年第 1 期。

〔註78〕 初刊於《時與潮文藝》第 5 卷第 1 期，1945 年 3 月 15 日。

〔註79〕 初刊於《文學創作》第 2 卷第 4 期，1943 年 10 月 1 日。

〔註80〕 寫於 1943 年 7 月 22 日，初刊於同年 11 月「文陣新輯」之一《去國》。

〔註81〕 初刊於《文學創作》第 3 卷第 1 期，1944 年 5 月 15 日。

〔註82〕 《過年》，《茅盾全集》第 9 卷，第 463 頁。

希望？兩種性質不同的諷刺藝術背後，隱藏著作家憂患意識極其強烈的審美情感。這種審美取向，和 30 年代的短篇有很大區別。它充滿著抗戰末期茅盾對《時間，換取了什麼？》的總體思考所導致的時代緊迫感，和急切地要為國為民尋找一條光明出路的焦灼心情。

　　本時期茅盾的散文與雜文，除了回憶錄如《生活之一頁》、《永遠年青的韜奮先生》、《記 Y 君》等文或記往事經歷，或寫人物風采，具有特定的時代內容與情感寄託者外，其他均是針對現實，揭露時弊，政論色彩極濃之作。這些作品完全脫開《雨天雜寫》的借古諷今外衣與歷史反思色彩，恢復了 30 年代直面人生矛盾的社會剖析與社會批判本色。本時期小說中那種諷刺鞭撻特色，同樣也貫串在散文創作之中。

　　其中審美價值最高的是《談鼠》〔註 83〕和《森林中的紳士》。《談鼠》和魯迅《狗·貓·鼠》一文不同，茅盾雖也諷刺了「借鼠以自重」的貓，但其全力撻伐而毫不同情的對象，是既害人，又「吃」人的鼠。他賦予其既殘酷凶暴、又「善於鬼鬼祟祟，偷偷摸摸」，有「潑膽」又狡猾多疑的社會品格。作品後半，就「防」、妥協與依靠全社會力量徹底鏟除等辦法加以探討，以調度讀者「同仇敵愾」的憎恨情緒。這裡所寫，顯然不只是自然之鼠，而是社會之「鼠類」了。其社會剖析與社會批判目的，也就不言而喻。《森林中的紳士》是茅盾狀豪豬之作的獨特命名。但把豪豬與紳士掛鉤，卻始自叔本華，後繼者有魯迅（見《一點比喻》）。但魯迅針對 20 年代，茅盾針對 40 年代。雖都把握其尋求一起相處的「最佳距離」的特徵，但魯迅所寫是其「一鼻、一嘴、一毛」，茅盾則是就風度、生活方式、自衛退守的「戰略戰術」以及「無病呻吟」的通體解散，作性格特色的總體把握，從而把豪豬與紳士的各自性格特色，既作出全面比較，又作了總體融匯，使其社會解剖筆觸，與社會批判審美力度，水乳交融地完美結合。茅盾在附記中說，他翻出此舊稿時「想起寫這一則時的心情，惘然若有所失」。其對日趨墮落的這種豪豬紳士的生活行為方式之辛辣諷刺中，顯然含著悲涼的韻味。

　　以上這些散文和雜文，連同在桂林所寫的《雨天雜寫》等，大都收在 1945 年 7 月良友復興圖書印刷公司初版，次年 11 月大地書屋增訂再版的散文集《時間的記錄》裡。

〔註83〕寫於 1944 年 3 月 17 日，初刊於《文風雜誌》第 1 卷第 4、5 期合刊，1944 年 6 月 1 日。

在 40 年代，茅盾的社會解剖、社會批判方式與諷刺藝術，均達到了各自的極致與相互結合的極致。其小說、散文、雜文、戲劇以及詩詞中的這些審美追求與審美手段，和他的歷史反思與社會緊迫感、時代責任感結合在一起，都緊扣著《時間，換取了什麼？》的歷史性思考。若把這些當作總體思想追求和本期作品的總體審美特徵，當能更充分地把握他此時此地的內心苦悶、理想憧憬，與創作個性、藝術風格的新特徵。

三

茅盾赴重慶之前的重要文藝論文與短論，大都收入 1942 年 12 月重慶出版的《文藝論文集》中，其後寫的未能結集；但論題都相當集中。

和桂林時期的歷史反思與重慶時期的直面現實相對應，茅盾的文藝視野，也集中在歷史反思和現實問題的揭示與校正上。在抗戰勝利前夕，茅盾清醒地意識到民族民主革命的新階段將隨著民族矛盾的逐漸解決和階級矛盾的逐漸上升而到來，因此他日益自覺地從政治和文藝兩個方面作輿論準備。重慶時期他最重要的文藝論題，是「五四」以來，特別是抗戰以來文藝運動與文藝思潮的歷史經驗教訓與現實態勢的反思與探討。《五十年代是人民的世紀——紀念文協七週年暨第一屆「五四」文藝節》〔註84〕一文的軸心，就是以「五四」文藝運動與思想政治運動之關係的規律來指導「五十年代」文藝運動取向的。其立論的出發點是：「一種新的文藝運動必然根源於新的思想運動，而同時又為其先驅。」故「五四」精神「民主與科學，是新文藝精神之所在，同時，發揚民主與科學也就是新文藝的使命。而民主與科學表現在文藝思潮上的，我們稱之為『現實主義』」。他論述了現實主義的科學精神與現實主義的民主精神兩個側面。他認為現實主義的民主精神就是「面向民眾，為民眾，做民眾的先生，同時又做民眾的學生，認識民眾的力量，表現民眾的要求」。他尖銳指出：目前實現現實主義的科學與民主精神的障礙，不是別的，正是寫作自由與作家人身自由「還沒有保障」，特別是對革命文藝的種種政治禁錮與壓制。一句話：文藝不民主。「不民主，中國就沒有前途。」因此茅盾號召：「文藝應當配合著今天的民主運動。」他充滿信心地斷言：新文藝已進入成年時期，它腳踏實地，面向光明。只要能堅持一貫奮鬥不屈的精神，

〔註84〕寫於 1945 年 4 月 19 日，初收入當年出版的《抗戰文藝‧文協七週年特刊》和 1946 年 11 月大地書屋出版的《時間的記錄》中，亦見 1946 年《新世紀》第 1 卷第 1 期。

「五十年代是『人民的世紀』。」〔註85〕

茅盾還提出了一個系統總結「五四」——左聯——抗戰以來文藝思潮的思路和提綱。〔註86〕他從革命文學興起與發展脈絡的一貫性出發，論述了歷史分期、現實主義與浪漫主義並生並存、共同發展的原因與界定原則等問題。他著重論述了30年代初中國歷史分期論戰、中國社會性質論戰與左聯文藝思想鬥爭這三條線的並行互補、相互制約與相互促進關係：這使得「歷史唯物論與辯證唯物論的思想武器能在文藝與學術的各部門內同時展開運用，這才使那一時期的思想鬥爭是如此熱烈而獲得輝煌的成果」。而「中國歷史和中國社會性質之正確的研究，有助於文藝作家之更深地了解社會現實。」〔註87〕茅盾的這些見解，不論後顧還是前瞻，都很使人眼界開闊。

茅盾還著重論述了「五四」以來，特別是抗戰以來文藝大眾化的重要意義。他很贊成馮雪峰在《論民主革命的文藝運動》一書中發表的觀點，認為文藝大眾化「是自有新文學以來，作為『民主主義的革命文藝或革命現實主義文藝運動路線的基本方向而出現』的」。茅盾認為：「這一問題是要在普及與提高的『辯證的』過程中求解決，不能分離出來；這一認識，我以為是最近幾年來從最寶貴的經驗中所得的結論。」〔註88〕茅盾進一步總結了近年來理論批評工作在這個問題上所取得的共識，以及在創作實踐中所取得的成就：「每逢我們的文藝運動向前開展一步」，「普及與提高」「這中心的課題便迫切了一步」。「抗戰產生的新現實」使之更加迫切。抗戰初期，「關於文藝作品之藝術性和宣傳性」的討論，「也就是『普及』與『提高』如何統一這中心問題的一環」。茅盾認為：「『五四』以來新文藝發展的方向，一是民族化，二是大眾化；這是配合著中國向前發展的總方向的。」面對抗戰爆發的緊迫現實需要，「新文藝的第一個反應就是（一）通過利用舊形式，（二）加緊創造新形式，以求配合當前的迫切需要。」茅盾承認這是「應急」，同時也認為這是「新文藝向民族化大眾化發展所必經的階段」。二者「並不背道而馳」。這個問題的實際解決，就能使文藝在普及的基礎上得到提高。〔註89〕

〔註85〕《茅盾文藝雜論集》（下），第1091～1092頁。
〔註86〕見《也是漫談而已》，寫於1946年1月21日，初刊於《文聯》第1卷第4期，1946年2月25日。
〔註87〕《也是漫談而已》，《茅盾全集》第23卷，第239頁。
〔註88〕《茅盾全集》第23卷，第242頁。
〔註89〕參見《抗戰以來文藝理論的發展——為「文協」五週年作》，寫於1943年3

　　茅盾認為關於民族形式的論爭取得的收穫，是抗戰以來理論工作的第二個成績。他認為「五四」以來向「民族化和大眾化的大道邁進」，其「指路牌」就是民族形式。關於民族形式的論爭，不僅有批判「民間形式中心源泉說」的收穫，更有理論的建樹。通過論爭起碼明確了以下幾點：一「正確的世界觀是幫助作家能夠深切透視民族生活並與人民大眾情感擁抱的一把鑰匙」，從而糾正了單純注重「形式」的片面觀點。二、明確了「新文藝的『普及』與『提高』將有賴於『民族形式』的完成」。

　　茅盾認為，對如何創造民族形式，也取得三點正確的認識：「第一，『五四』以來的新文藝一向是朝著民族化和大眾化的方向走的。」並且正確處理了借鑑民族文學遺產和世界優秀文學傳統的關係，當中糾正了種種不正確的認識與傾向，從而達到了「螺旋式向前發展」的目的。「第二，文藝形式與內容的問題決非對立，亦不能分離。形式不得不為內容所決定。」這就包含著對「民族求生存求發展求獨立求自由之歷史使命」的正確認識與充分表現等問題。「第三，視野最廣闊，觀察最深刻的作品，也是最能普及的作品」，亦即「雅俗共賞」的作品。「要做到『共賞』，也必須是人人切膚所感的喜怒哀樂」，「必須表現生活的整體，而不是片面。」這就能對「人生現實是光明與黑暗交錯的」，作出正確、辯證的反映。

　　茅盾對抗戰以來文藝運動發展的兩個取向，給予很高評價。一是文藝工作者適應抗戰需要，由沿江沿海大城市，分散到內地和鄉鎮以至農村，從而「更加靠近民眾」，為文藝普及打下了基礎。二是集中力量創作了大批反映時代的報告文學。茅盾說：「當時這兩個方向，都沒有錯。」其最可貴處是作家「深入社會，深入民眾」的自覺性與群體性。不過其弱點是熱情有餘而觀察不足，有濃重的主觀主義和都市知識份子氣。〔註90〕

　　茅盾抨擊了來自政府的種種政治迫害。他對作家一面與反動勢力抗爭，一面又能堅持服務於抗戰的表現，充滿了敬意。對他們的戰績，給予很高評價。他號召作家發揚這種光榮傳統：「時勢的要求，一天比一天緊迫了，文藝

　　　　月 10 日，初刊於同月 27 日《抗戰文藝》特刊，下面引文未注出處者，亦出
　　　　此文。

〔註90〕茅盾總結抗戰文藝運動的這些意見，集中在以下兩文：《文藝節的感想》，初
　　　　刊於 1945 年 5 月 4 日重慶《大公報》；《八年來文藝工作的成果和傾向》，寫
　　　　於 1945 年 12 月 10 日，初刊於同月 31 日《華西日報》；均收入《茅盾全集》
　　　　第 23 卷。

必須配合整個的民主潮流，『深入社會，面向人民』，表現人民的喜怒愛憎，說出人民心坎裡的話語。」「客觀的困難和束縛，要努力以求解除，主觀的能力也要努力增強。讓我們在總結經驗，改正錯誤的新起點上，重振抗戰初期文藝運動那種闊大而活潑的作風。」他號召：「世界在前進，中國也不能不前進，中國的文藝運動也一定得前進。」〔註91〕從這些文藝論文裡，我們同樣聽到茅盾在《時間，換取了什麼？》和《清明前後》中所發出的推動時代前進的呼聲；同樣體味到他那種歷史責任感與時代緊迫感。

茅盾當年這些立論的前提，是當時已經成為共識的文藝為政治服務，即文藝為抗戰與民主革命服務的原則。他強調的是文藝與革命政治的同一性，而未著重涉及其差異性。其實茅盾當時已經清醒地意識到：抗戰爆發後，在文藝服務於民族解放政治鬥爭之「得」的同時，也潛藏著文藝的社會功能超負荷，文藝的審美功能被束縛的「失」的問題。應該承認，不論當時還是今天，我們都應該毫不動搖地認為：文藝服務於抗戰，是當時文藝的天職。但文藝承擔此任務，是處在其功能並不完全勝任的超負荷狀態。當時關於文藝的宣傳性與藝術性的討論中，涉及到這方面的不足；有些不同意見，也有其合理性；不承認這些，那就不是實事求是的史論態度。當時茅盾一面宣傳文藝為抗戰服務，一面又批判公式化、概念化，突出強調現實主義及其審美功能，就是有針對性的。

因此隨著抗戰與抗戰文學運動的深入，文藝服務於抗戰的這第一次文藝觀念的調整，必然要向恢復文藝審美功能這第二次文藝觀念調整的方向過渡。當時風靡全國的「技巧熱」，就是其明顯的反映。茅盾意識到，這是文藝思潮的螺旋性上升與深化。他認為這是「在創造新的民族形式的目標下進行的，是一種建設性的探索。但是，也存在著一種忽視作品的思想內容，為談技巧而談技巧的傾向。」因此他自覺地介入，並作正確的引導與推動。早在桂林時期，他就寫了一組強調文藝創作規律與審美功能的文章，如《雜談文學修養》、《大題小解》、《談描寫的技巧——大題小解之二》就是。抵重慶後，他又發表了一大批這類文章。如《文藝雜談》、《認識與學習》、《從思想到技巧》、《新聞記者的文學修養》、《論大眾語》、《論所謂「生活的三度」》、《雜談思想與技巧、學歷與經驗》、《怎樣練習寫作》、《對於文壇的一種風氣的看法——談長篇小說需要三多及其寫作》、《對於文壇的又一種風氣的看法——談

〔註91〕《茅盾全集》第23卷，第106～107頁。

短篇小說之不短及其他》、《個性問題與天才問題——答覆「想搞文學」的青年的第一個問題》、《如何辨別作品的好壞——答覆「想搞文學」的青年的第二個問題》等等。此外，他還寫了《回顧》、《我怎樣寫〈春蠶〉》等總結自己創作經驗的文章，以及一大批評論作品，特別是評論新人新作的文章。這一切都是加強文藝審美作用、推動文學觀念向重視文藝自身規律方向調整所作的努力。

茅盾這批文章的特點是：比較宏觀與辯證，重視文藝審美體驗與審美表現規律的全方位性。他與當時重在技巧的「技巧熱」取向不同，他把生活、思想、技巧作統一觀；把認識、學習，昇華生活、主題思想開掘與作家的思想情感投入，內容與形式，創作方法與創作技巧的內在統一性追求，形象思維過程、閱讀審美接受與再創造過程，作統一的考察和系統的論述。他不僅把文藝的生活源泉、創作過程、閱讀審美、社會效應當作一個完整的過程，而且還把握其各個環節之間的同一性與差異性，使作家與讀者都以十分自覺的態度，進入由生活到創作，再到閱讀的審美全過程，從而使文藝的各方面的功能都能得到充分的重視與發揮，使創作與欣賞都遵循著客觀規律自然地運行。

如果把茅盾這特定時期對文藝運動、文藝思潮的認識、把握和引導工作，放在中國現代文學思潮史的全過程中考察，我們很容易發現，茅盾顯然是站在歷史制高點上，既開風氣之先，又領一代風騷的一代宗師。

四

為了強化革命力量並推動民主運動的進程，中國共產黨在重慶先後支持促成了為沈鈞儒、郭沫若、老舍祝壽或慶祝創作生涯 20 週年等紀念活動。1944 年 4 月，重慶慶祝老舍創作活動 20 週年座談會後，就有人醞釀為茅盾慶壽。為此以群還追茅盾的生日與年齡。茅盾的家規，約定俗成地不慶壽也不做生日。群眾性慶賀，更為一向謙虛的茅盾所堅辭。但是，1945 年 6 月初，徐冰和廖沫沙到唐家沱來，代表周恩來專程商議為茅盾慶五十大壽與創作活動 25 週年的事。他們說：請沈先生「不要以為這是個人的事，這是進步文藝界的一件大事，是文藝界的朋友薈萃一堂，向國民黨的一次示威，對於當前的民主運動，也是一個推動。請沈先生不要推辭。」既然是從這個意義上辦慶壽活動，茅盾當然無法再推辭。於是決定：1945 年 6 月 24 日，重慶文藝界為茅盾舉行隆重的慶祝創作活動 25 週年和 50 大壽的活動。其實茅盾的生日

是 7 月 4 日。因爲他是清光緒二十二年（丙申）五月二十五日亥時生。定 6 月 24 日，也是從當時的需要與籌備情況考慮的。

爲此活動，成立了由郭沫若、葉聖陶、老舍等發起的籌委會，6 月 6 日《新華日報》就刊登出消息。6 月 20 日籌委會又發布正式通知：6 月 24 日下午 2 時慶祝會在白象街西南實業大廈舉行。當天出席慶典者達七八百人。柳亞子、沈鈞儒、邵力子、章伯鈞、鄧初民、馬寅初等名流，中共代表王若飛，以及蘇、美等國際友人都參加了，連國民黨前中宣部長張道藩也來祝賀。慶祝會於下午 3 時開始，沈鈞儒任主席。先由王若飛、柳亞子、邵力子、馬寅初及文藝界代表馮雪峰、出版界代表傅彬然致賀詞。繼由蘇聯大使館一等秘書費德林宣讀蘇聯大使館的賀信。再由美國新聞處竇愛士講話。于立群朗讀了中華全國文協的祝詞。接著由張瑞芳、趙丹朗誦了《子夜》片斷。最後茅盾致答詞。他很動情地說：「五十年來，我看到了多少中國優秀的兒女犧牲了，我自己也是從血泊中走過來的；而現在，新一代的青年又擔負了比我們這一代更重的擔子，他們經歷著許多不是他們那樣年齡所需經歷的事；看到這一切又想到這一切，我覺得我更有責任繼續活下去，繼續寫下去。抗戰的勝利已在望了，然而一個民主的中國還有待我們去爭取，道路還很艱險。我準備再活二十年，爲神聖的解放事業做一點貢獻。我一定要看見民主的中國的實現，否則我就是死也不會瞑目的！」〔註92〕

慶祝活動除重慶外，國統區如成都、昆明等大城市，陝甘寧邊區等解放區，也都同時舉行，形成一次大示威行動。據《新華日報》7 月 4 日 4 版「文化短波」報導，出席成都慶祝會有李劼人、葉聖陶、陳白塵、黃藥眠、沈志遠等。葉聖陶「站在凳子上」「大聲吶喊」：「我們要和茅盾一樣提著燈籠在黑暗裡行走，現在成都、重慶、昆明各地到處有人點著燈籠，光明越聚越多，黑暗終將衝破。」這也許可以概括這次慶壽所產生的重大推動作用。

配合慶壽活動，許多報刊發表了文章和詩文。《新華日報》除消息外，還發表了以下文章：6 月 24 日有王若飛：《中國文化界的光榮，中國知識份子的光榮——祝茅盾先生五十壽日》；社論：《中國文藝工作者的路程》；葉聖陶：《略談雁冰兄的文學工作》；柳亞子：《祝雁冰先生五十雙壽》（詩）；吳組緗：《爲中國現實主義文學祝賀》；張恨水：《一段旅途回憶——追記在茅盾先生五十壽辰之日》。6 月 25 日有荃麟：《感謝和期待——祝茅盾先生五十壽和

〔註92〕《我走過的道路》（下），第 372～373 頁。

創作二十五年紀念》；張西曼：《我們在武漢的共同努力》；潘梓年：《人民的立場，嚴肅的態度》。6 月 30 日有鄧初民：《茅盾先生的五十生日》；沙汀：《感謝之辭》。

在這些文章中，最重要的是王若飛的文章和《新華日報》社論（由廖沫沙起草，經周恩來、王若飛審查、改定後發表），這是代表中國共產黨所作的評價，也是迄今為止，在未受「左」的思潮干擾下，我黨對茅盾所作的最高評價。王若飛在文章中，稱茅盾為「中國文化界的一位巨人，中國民族與中國人民最優秀的知識份子，在中國文壇上努力了將近二十五年的開拓者和領導者。」「茅盾先生為中國的新文藝探索出一條現實主義的道路。」他的文藝事業「是和中國人民大眾的解放事業緊相聯繫的，所以茅盾先生在中國新文藝的『大眾化』工作和『中國化』工作上，一直是站在先驅者的行列，而且是認認真真在實踐中探索著前進的道路的。」「他所走的方向，為中國民族解放與中國人民大眾解放服務的方向，是一切中國優秀的知識份子應走的方向。」《新華日報》社論稱茅盾是「新文藝運動中」「一位彌久彌堅，永遠年青，永遠前進的主將」，是「我們新文藝運動的」一面「光輝的旗幟」。今天，我們把這些話作為蓋棺論定的評價，我認為是恰如其分的！

慶祝活動中，正大紡織染廠陳鈞獻贈了一張 10 萬元的支票，作為茅盾文藝獎金。茅盾把它交給了文協。文協為此專門由老舍、靳以、楊晦、馮雪峰、馮乃超、荃麟、以群等組成茅盾文藝獎金評選委員會，並發出徵文啟事。事後各方又有損贈，總共 30 萬元。應徵文章 108 篇，評選出甲等 3 名，乙等兩名，丙等 3 名。茅盾的忘年交田苗，即他所培養的那個唐家沱的高中學生胡錫培，也獲甲等獎。此外的獲獎者中，也包括了突兀社的其他成員。

慶祝活動還有特價發售茅盾著作的安排。為此，《新華日報》發表了以群編的《茅盾著作目錄》，及茅盾著作分類目錄。發售活動由 6 月 23 日持續到 25 日。有開明、聯營、生活、文光、新國、新知等 12 家書店和出版社參與特價七折的發售。這大大擴展了茅盾著作和其他革命文藝著作的影響。這也是對國民黨檢查官刪、禁包括茅盾著作在內的許多革命文藝著作的一次抗議和示威。

五

在為茅盾祝壽之後，發生了兩件大事。一件是日本於 1945 年 8 月 15 日正式宣布無條件投降。從此，中國經過八年抗戰，取得了最後勝利！另一件

是 1945 年 10 月國共兩黨舉行的談判。儘管國民黨設置了重重障礙，由於中共在全國人民支持下幾經努力，終於簽訂了《政府與中共代表會談紀要》（即「雙十協定」）。1946 年 1 月 10 日，政治協商會議在重慶開幕。大會通過了《和平建國綱領》等議案。國共雙方還頒布了於 1946 年 1 月 13 日午夜生效的停戰令。至此，中國歷史的新階段終於來臨！

這期間，茅盾個人生活中，也發生了一件大事：大約是 1945 年 9 月 20 日，他和來自延安的版畫家劉峴的無意的一次談話中，獲悉女兒沈霞一個月前人工流產，由於醫生不負責任，消毒不嚴，不幸逝世的噩耗。茅盾十分鍾愛自己的女兒。但怕孔德沚承受不了，他只能控制感情，封鎖消息。他向黨提出要求，經周恩來作出安排，用毛澤東回延安的返程的飛機，把兒子沈霜從延安接回。在與兒子團聚的氣氛中，他把噩耗告訴了孔德沚。即便如此，茅盾與孔德沚也難以擺脫喪女之痛！後來茅盾的不少詩文與回憶錄，一再流露過這不盡的哀思。孔德沚則留下一封女兒死後寫給亡靈的遺書。其中說：「亞，你是個好孩子」，你「要為多數人謀幸福，要為中華民族爭口氣」，「你真正克服了一切艱苦生活」，在抗戰勝利前夕，「這樣死去」！〔註93〕在中國革命的艱難進程中，茅盾的弟弟死在戰鬥崗位上；母親病死在戰火中。如今女兒為了輕裝上前線，又死於打胎的醫療事故中！茅盾常說抗戰是「慘勝」。一個「慘」字，包含了多少辛酸的內容！

這時已是 1945 年 10 月下旬。茅盾由唐家沱遷回市裡他在 1940 年曾住過的棗子嵐埡良莊。小聚之後，兒子仍要回解放區，參加解放全中國的戰鬥。經周恩來安排，沈霜由重慶直飛北平，在軍調處中共代表團做新聞工作；任《解放》三日刊的記者。周恩來問茅盾下一步的打算。茅盾說擬回上海，但機票很難買。周恩來當即記下此事，隨即託邵力子幫助解決。

這期間茅盾受周恩來委託，於 1946 年 1 月 15 日發起組成「全國人民政治協商會議促進會」與「政治協商會議陪都各界促進會。」茅盾擔任理事。

1946 年 3 月上旬，周恩來讓茅盾去找他事先拜託過的邵力子。邵力子轉請張治中作出安排：讓茅盾夫婦乘 3 月 16 日的飛機離開重慶轉道廣州回上海。從此，茅盾結束了霧都三年在特務監視下的艱險生活，開始了為新中國的早日到來持續奮鬥的戰鬥生活的新階段。

〔註93〕據孔德沚生前留下的手稿。此信全文及另一封信的全文，我在拙著《茅盾　孔德沚》中完整地引用了，可參看此書第 234〜241 頁。